国家社科基金
GUOJIA SHEKE JIJIN HOUQI ZIZHU XIANGMU
后期资助项目

纪昀文学思想研究

Study On JiYun's Literature Thought

杨子彦　著

中国社会科学出版社

图书在版编目（CIP）数据

纪昀文学思想研究/杨子彦著. —北京：中国社会科学出版社，
2015.4（2018.1 重印）

　ISBN 978 - 7 - 5161 - 4065 - 9

　Ⅰ.①纪…　Ⅱ.①杨…　Ⅲ.①纪昀（1724～1805）—文学思想—思
想评论　Ⅳ.①I206.2

　中国版本图书馆 CIP 数据核字（2014）第 051023 号

出　版　人	赵剑英	
责任编辑	郭晓鸿	
特约编辑	王冬梅	
责任校对	王立峰	
责任印制	戴　宽	

出　　　版	中国社会科学出版社	
社　　　址	北京鼓楼西大街甲 158 号	
邮　　　编	100720	
网　　　址	http://www.csspw.cn	
发　行　部	010 - 84083685	
门　市　部	010 - 84029450	
经　　　销	新华书店及其他书店	

印刷装订	北京君升印刷有限公司	
版　　　次	2015 年 4 月第 1 版	
印　　　次	2018 年 1 月第 2 次印刷	

开　　　本	710×1000　1/16	
印　　　张	17	
插　　　页	2	
字　　　数	307 千字	
定　　　价	58.00 元	

国家社科基金后期资助项目

出 版 说 明

　　后期资助项目是国家社科基金设立的一类重要项目，旨在鼓励广大社科研究者潜心治学，支持基础研究多出优秀成果。它是经过严格评审，从接近完成的科研成果中遴选立项的。为扩大后期资助项目的影响，更好地推动学术发展，促进成果转化，全国哲学社会科学规划办公室按照"统一设计、统一标识、统一版式、形成系列"的总体要求，组织出版国家社科基金后期资助项目成果。

全国哲学社会科学规划办公室

目　　录

序

　　子彦的书即将付印，嘱我为序，我很高兴地答应了。

　　子彦在读博士时的指导老师本是陈熙中教授，后因熙中外出讲学，她又由张健教授指导。虽然在她论文的最后阶段我也参与提了一些修改建议，但是我实在没有做什么工作，只是那时我尚未退休，还在北大中文系文艺理论教研室，所以也了解她的论文情况。她选择纪昀为题，我是很赞成的，因为大家都知道纪昀是四库全书总编，是一位大学者，也是一位名臣，也知道他评点过《文心雕龙》，但是对他的文学思想的全面研究则是不够的，而实际上他是乾隆时期非常重要也很有成就的文艺批评家。我原来在拙作《中国文学理论批评史》中是没有写到纪昀的，后来因为参与帮助子彦博士论文提意见，逐渐体会到纪昀在文学批评史中的地位和作用，所以在修改此书时增加了有关纪昀的一节。

　　纪昀的文学思想核心是注重传统诗教的，但是他对文学的艺术审美特性又是非常懂得的。因此决不可因为他强调"发乎情，止乎礼义"，就把他当作一个封建保守派的文学批评家，而应该更多地看到他对文学的艺术审美特性的深刻理解和认识。同时，他对中国古代文学思想发展中的主线又有十分清醒的认识，特别是他在《云林诗钞序》中对古代文学思想发展中的对立和斗争，作了非常精确的概括，并且展示了他在提倡"发乎情，止乎礼义"的过程中，已经不再是简单的回归"诗教"传统，而是对传统诗学作了一种新的解释，发扬了其中的积极方面，对文学中的理性和感性、说理和抒情、艳情和色情、华丽和淫靡的关系，进行了相当深入的剖析。子彦的书中对纪昀的文学思想之阐述是非常全面和深刻的，不仅正确地把握了纪昀文学思想的基本核心，而且从各个不同角度和侧面，展开和发挥了纪昀文学思想的精粹内核，对纪昀在文学批评史上的重要地位和积极贡献，论说得非常清楚。她的博士论文从通过到现在虽然已经过了十一年，但是现在的这本书和她原来的博士论文，已经今非昔比，早就大大地超越了原来的论文，不仅分析更加全面深入，而且内容也更加丰富广博了。这十一年她一直没有停止努力，而是不断在学术上向前推进，把她的成果也贯穿到了对原来博士论文的修改中。我看到她的成长，她的坚毅的钻研精神，十分感佩，相信她会继续奋进，百尺竿头更进一步。我祝贺她的成功！

张少康

2014 年 1 月于香港北角宝马山

导　论

纪昀（1724—1805）是中国乾嘉时期著名的学者、文论家。纪昀主持纂修的《四库全书总目》在学术史上意义重大；评点的《文心雕龙》、《史通》、《李义山诗集》、《苏文忠公诗集》、《陈后山诗集》、《瀛奎律髓》、《二冯评阅〈才调集〉》等，在其各自的研究史上都占有重要地位；创作的《阅微草堂笔记》被视为清代笔记小说的高峰，和《聊斋志异》双峰对峙。

纪昀在中国学术史上又是一个处境尴尬的人物。纂修不等同著述，小说创作不同于学术研究，大量评点零散琐碎，在系统研究上存在一定难度，也一直未得到学界充分的研究与价值上的认可。因此，纪昀在中国学术和文学批评史上究竟发挥何种作用，处于何种地位，学界一直没有定论。虽然许印芳称"乾隆以来，论诗最公允者首推纪晓岚先生"①，朱东润盛赞"自古论者对于批评用力之勤，盖无过纪氏者"②，然而这少许赞扬并未引起多少关注。当代各类学术史、古代文学批评史中，纪昀或被置于乾嘉学术中一语带过，或被附于沈德潜之后语焉不详，甚或杳然不见踪影；研究也多以纪昀学术某一专题为对象，系统研究甚少，且评价随社会政治环境的变化而有所不同。这种情况近年来有所改善，高水平的专题论文增多，综合研究的专著如周积明的《纪昀评传》、张维屏的《纪昀与乾嘉学术》先后出版。总体而言，纪昀研究尚存在较大发展空间。

一　纪昀研究评述

关于纪昀的研究从乾嘉时期就已经开始。鉴于中国学术和社会政治的密切关系，前人关于纪昀的研究大致可以分为五个阶段：乾嘉时期；道光至20世纪初；20世纪20年代至新中国成立；新中国成立后至"文化大

---

① 许印芳：《诗法萃编》卷十一，云南丛书本。
② 朱东润：《中国文学批评史大纲》，上海古籍出版社2001年版，第348页。

革命"；改革开放至今。这五个阶段存在较大差异，研究视角和评价标准也在不断改变。通过评述这五个阶段的状况，我们大致可以知道这位有着"清代第一才子"之称的学者，他的形象在进入 21 世纪的学术视野前经历了怎样的变化。

（一）乾嘉时期

同时代学者的评价和相关记载，应能较为真实地反映纪昀在其时代的状况。就这一时期的资料看，纪昀在当时被视为"通儒"，整体评价较高。

学术方面，多集中在纪昀对《四库全书总目》的作用方面。嘉庆皇帝《御赐碑文》："稽古淹通，致身靖献。求维实是，河间家有藏书；举辄先登，日下名无虚士。……美富罗四库之储，编摩出一人之手。红梨照院，校雠夜逮于丙丁；青镂濡毫，品第月呈其甲乙。遍搜浩博，只字刊讹；别采菁华，片言扼要。似此集成今古，备册府之大文；皆其宣力始终，尽儒臣之能事"①。后人关注的焦点多在于"美富罗四库之储，编摩出一人之手"，以此作为辨析纪昀和《四库全书总目》关系的重要材料。

四库馆总阅官朱珪在为纪昀撰写的墓志铭中称："公绾书局，笔削考核，一手删定为《全书总目》"②。同样为官、治学兼及的阮元在《纪文达公集序》中也提到："高宗纯皇帝命辑《四库全书》，公总其成。凡六经传注之得失，诸史记载之异同，子集之分支派别，罔不抉奥提纲，溯源彻委。所撰定《总目提要》多至万余种，考古必衷诸是，持论务得其平"。同时阮元对纪昀的学术做了较为精准的概括："贯彻儒籍，旁通百家，修率情性，津逮后学"，"公之学在于辨汉宋儒术之是非，析诗文流派之正伪，主持风会，非公不能"③。

类似的评价还有很多④。纪昀也有对自己与《四库全书总目》关系的

---

① 《御赐碑文》，《纪晓岚文集》第 3 册附录，河北教育出版社 1991 年版，第 723 页。
② 朱珪：《经筵讲官太子少保协办大学士礼部尚书管国子监事谥文达纪公墓志铭》，《知足斋文集》卷五。
③ 阮元：《揅经室三集》卷五。
④ 昭梿《啸亭杂录》卷十：（纪昀）"所著《四库全书总目》，总汇三千年间典籍。"洪亮吉《北江诗话》卷一："乾隆中，四库馆开，其编目提要，皆公一手所成，最为赡博。"张维屏《听松庐文钞》："或言纪文达公博览淹贯，何以不著书？余曰：'文达一生精力，具见于《四库全书提要》，又何必更著书？'"李元度《纪文达公事略》：（纪昀）"一生精力备注于《四库提要》及《目录》，不复自为撰著。"（《国朝先正事略》卷二十）。陆以湉《冷庐杂识》（卷一）："《全书总目提要》二百卷，亦公所撰。说者谓公才学绝伦，而著述无多，盖其生平精力已毕萃于此书矣。"

表述："余于癸巳受诏校秘书，殚十年之力，始勒为《总目》二百卷"（《诗序补义序》），"余所编《四库书总目》"（《二樟诗钞序》）。由此可见，在当时的人包括纪昀自己，确实是把《四库全书总目》的编纂归属于纪昀的。

从总体上对纪昀予以评价的还有江藩，他主要从汉学师承这一史的角度进行述评，其观点同样深具代表性。《国朝汉学师承记》中关于纪昀的文字比较简短，为三段：首段叙家世生平，中段述其学术性情创作，尾段照录纪昀《考工记图序》。其中，中段被广为引用，影响较大：

> 公于书无所不通，尤深汉《易》。力辟图书之谬，《四库全书提要》、《简明目录》皆出公手。大而经史子集，以及医卜词曲之类，其评论抉奥阐幽，词明理正，识力在王仲宝、阮孝绪之上，可谓通儒矣。胸怀坦率，性好滑稽，有陈亚之称。然骤闻其语，近于诙谐，过而思之，乃名言也。公一生精力粹于《提要》一书，又好为稗官小说；而懒于著书，少年间有撰述，今藏于家，是以世无传者。今录公所作《戴氏考工记图序》一篇以见梗概。①

这是乾嘉时期阮元序文之外评价较为全面的一段文字：在学术方面，指出纪昀一生精力尽于《四库全书总目》，创作《阅微草堂笔记》；除常见的"通儒"之评外，还指出纪昀精通汉《易》，对纪昀就"词曲"等所作评论和识力进行了评价，对纪昀无专著予以解释——"懒于著书"及有所撰述而藏于家；在性情方面，除常见的"性好滑稽"，还强调其"胸怀坦率"，指出其言语诙谐表面下的合乎情理。这段文字也有争议处：一是称"《四库全书提要》、《简明目录》皆出公手"，一是称纪昀少年间有著述，藏于家而无传。

《四库全书提要》和《简明目录》是否出自纪昀之手，至今存有争议；说纪昀有著述而无传，则没有充分依据。纪昀门人刘权之的说法可能更接近事实："吾师纪文达公，天资超迈，目数行下，掇巍科，入翰苑，当时即有昌黎北斗、永叔洪河之目。厥后，高文典册，多为人捉刀，然随手散失，并不存稿，总谓尽系古人之糟粕，将来何必灾梨祸枣为！"②

至于最后一段完全摘录纪昀《戴氏考工记图序》，也间接表明这样一

---

① 江藩：《国朝汉学师承记》，中华书局 1983 年版，第 93 页。
② 刘权之：《〈纪文达公遗集〉序》。《文献征存录》卷八也称纪昀"作古文，稿多散弃"。

种状况：当时考证之风浓厚，而纪昀缺乏当时公认的学术尤其是考证方面的专门著述，因而将纪昀有限的被视为是考证成果的《考工记图序》列置于此。

论及纪昀性情而与江藩"性好滑稽"之说有所不同的，是门人盛时彦写在《姑妄听之》后的跋。此跋文呈现的纪昀是一位"学问文章，名满天下"的学者，且"天性孤峭，不甚喜交游。退食之余，焚香扫地，杜门著述而已"。盛时彦是纪昀颇为亲近的门人（《姑妄听之》"特付时彦校之"），可将此视为纪昀年迈之后谨慎处世的真实状况。

除了这些，还有一些门人弟子的赞誉之词。如刘权之："李杜之光焰，燕许之手笔，尽归腕下，戛然一代文宗也。"① 陈鹤："我师河间纪文达公以学问文章著声公卿间四十余年，国家大著作非公莫属。"② 李文藻："世之蓄道德能文章如吾师者，海内共仰望为宗匠"③。

对于纪昀的诗歌创作与批评，当时也已有所评议。就纪诗创作来说，阮元称其诗"直而不伉，婉而不佻，抒写性灵，酝酿深厚，未尝规橅前人，罔不与古相合，盖公鉴于文家得失者深矣"④。对于纪昀的诗歌批评，门人汪德钺《纪厚斋先生诗跋》称："嘉庆四年三月十四日，德钺侍坐于吾师晓岚先生，为教以诗之源流派别，自汉魏迄于元明。"⑤ 梁章钜记载更为详细："纪文达师曰：试帖结语，更要紧于起语。起语可平铺，结语断不可不用意"，"纪文达师曰：诗之为道，非惟语不可偷，即偷势偷意亦归窠臼"，"先读纪文达师之《唐人试律说》，以定格局；其花样则所选《庚辰集》尽之；晚年又有《我法集》之刻，其苦心指引处，尤为深切著名。时贤所作，惊才绝艳，尽有前人所不及者，而扶质立干，不能出吾师三部书之范围也"⑥。这些记载，对于纪昀诗歌批评研究都是较为重要的史料。

关于《阅微草堂笔记》，当时传布甚广，但是流传下来的批评并不多见。首先是纪昀门人盛时彦的序跋。盛时彦写于乾隆癸丑（1793）十一月的跋文内容非常丰富，解释了纪昀创作笔记小说的缘由——"年近七

---

① 刘权之序，《纪晓岚文集》第3册附录，第725—726页。
② 陈鹤序，《纪晓岚文集》第3册附录，第729页。
③ 李文藻：《与纪晓岚先生》，《南涧文集》卷下。
④ 阮元：《纪文达公集序》，《研经室三集》卷五。
⑤ 《四一居士文钞》卷五，北京师范大学图书馆藏《稀见清人别集丛刊》第12册，广西师范大学出版社2007年版。
⑥ 梁章钜：《退庵随笔》卷二十一。

十，不复以词赋经心，惟时时追录旧闻，以消闲送老"，表达了纪昀对《聊斋志异》的批评——"才子之笔，非著书者之笔也"，"一书而兼二体"，还对纪昀笔记小说的观念和创作方法、《阅微草堂笔记》的审美特点等诸多问题进行了具体论述，是纪昀和笔记小说研究的重要资料。对盛序涉及问题的研究已经很多，值得注意的是盛时彦所谓的"著书之理"——"著书必取熔经义，而后宗旨正；必参酌史裁，而后条理明；必博涉诸子百家，而后变化尽"。这里虽然出自盛之口，但是对照纪昀关于《文心雕龙》等诸多点评以及试帖诗写作的指导，即可知道，这也是纪昀对于著书之理的意见。盛时彦写于嘉庆庚申八月的序和跋文内容近似，强调纪昀"以学问文章负天下重望，而天性孤直，不喜以心性空谈标榜门户；亦不喜才人放诞，诗社酒社，夸名士风流。是以退食之余，惟耽怀典籍；老而懒于考索，乃采掇异闻，时作笔记，以寄所欲言"。在此序文中，盛时彦还特别指出纪昀对他的跋文"颇以为知言"；他现在的"合五书为一编"乃至序文，也是纪昀"检视一过"的。这说明盛时彦所有的表述，都是纪昀阅过且深以为然的。

除此之外，还有周中孚《郑堂读书记》的评论：（《阅微草堂笔记》）"虽晚年遣兴之作，而意主劝惩，心存教世，不独可广耳目而已也。"寥寥数语，却开了后世众多《阅微草堂笔记》批评的先声。

这一时期，纪昀和朝鲜使者常有来往，他们对纪昀的评价也是一个重要方面："中朝人物……文学则礼部尚书纪均（昀）、翰林学士彭元瑞，博雅赡敏，最于廷臣。凡有考试之事，编辑之役，两人必在其间云。"[①]"朝臣中一辞公论，刚方正直推刘墉，风流儒雅推纪昀，……昀则近则（以）中原学术，类皆以声律书画为粉饰涂泽之具，而稍进于是者，不过丛书小品之博洽而已。今行购求时，当世所称藏书名儒，多与之往复质问，则自内阁书下之书目间，或不辨其何等义例，何人编刻，而独昀一人，取诸腹笥，年经月纬，始终源流，洞如烛照。所著古文，本之以经术，绳之以检押，纯正优馀，无愧为当世名家。"[②]

朝鲜国王和副使徐滢修还曾有过关于纪昀的对话：

上教滢修曰："朱书觅来，而果有紧要耶？"滢修曰："书下诸册

① 吴晗辑：《朝鲜李朝实录中的中国史料》（十一），正宗十八年（乾隆五十九年），中华书局1980年版，第4881页。
② 吴晗辑：《朝鲜李朝实录中的中国史料》（十二），正宗二十三年（嘉庆四年），中华书局1980年版，第5002页。

遍问于藏书宿儒，而多不能辨其何等义例，惟礼部尚书纪昀洞悉其源流……。"

上曰："纪昀闻是陆学，能知尊朱否？"滢修曰："纪昀之文学言语，尊尚朱子。且以近日俗学之背朱子，从小品大，以为忧矣。"上曰："朱书如是绝贵，必因俗尚之宗陆而然，岂不可慨乎！"滢修曰："年来中原学术，果多宗陆，而朱书之绝贵，未必不因于此矣。"①

这里朝鲜国王听说纪昀"是陆学"，徐滢修认为纪昀"文学言语，尊尚朱子"，也说明了纪昀与宋明理学、心学的复杂关系。对话所谈到朱熹之书在当时"绝贵"，也为陆朱思想和乾嘉学术的关系研究提供了一种视角。

以上便是乾嘉时期关于纪昀学术和创作批评的主要内容。由《汉学师承记》及其他著述可知，当时纪昀得到官僚体系的充分肯定，在学界也广有影响，但是对比同时代人对戴震、钱大昕等的评价，尤其是前面所罗列的评语多出自纪昀的亲朋好友、门人弟子之口，可以清楚地看到，虽然有说法称纪昀和钱大昕并列，人称北纪南钱②，但是纪昀并没有获得戴震、钱大昕那样备受尊崇的学术地位。像同期李宪暠在其《定性斋诗话》中对纪昀论诗也有所批评，但是评价相当低："都下谈诗者曰纪晓岚、翁谭溪、钱箨石三人而已。然晓岚博而时俗不可耐，谭溪有志而无实得，亦不能免于俗尚，箨石文尚不如其人，是所谓晨星者不过尔尔，未足一探求也。"③

在清人钱泳的《履园丛话》中，纪昀甚至没有像钱大昕、王昶、邵晋涵、王鸣盛等人那样列入耆旧部，仅出现在笑柄部中："献县纪相国善谐谑，人人共知"④，记载了和纪昀有关的两则笑话。

和学术评价的简略构成对比的，是这一时期记载相当多的奇闻趣事。

---

① 吴晗辑：《朝鲜李朝实录中的中国史料》（十二），正宗二十三年（嘉庆四年），中华书局1980年版，第5000、5001页。

② 陈康祺《郎潜纪闻》卷七："河间纪文达公与嘉定钱詹事齐名，曰北纪南钱。"

③ 《高密三李诗话》，山东省博物馆藏钞本。李宪暠，生卒年不详，大约生活在乾隆时期，山东高密人。此评有论无述，不解何以称纪昀"博而时俗不可耐"。从对纪昀、翁方纲、钱载三个人一概予以严厉批评的情况来看，此评可能带有作者的主观性。值得指出的是，李宪暠评价纪昀的"俗不可耐"，在今天看是人人皆知的成语，但在乾嘉时期还是一个比较新鲜的词，出自蒲松龄的《聊斋志异·沂水秀才》："一美人置白金一铤，可三四两许，秀才掇内袖中。美人取巾握手笑出曰：'俗不可耐。'"

④ 钱泳：《履园丛话》卷二十一。

朱珪《纪文达公墓志铭》："先是郡为九河入海故道，天雨则汪洋成巨浸，水中夜夜有光怪。公王父梦见光入楼中，已而生公，光遂隐。人以为公实为此灵物化身也。少而奇颖，目数行下。夜则暗室闪闪有光，照见一切物，了然可辨。比知识渐开，光亦敛矣。故公自惠言之不讳。"①

这些史料说明，在纪昀所处的乾嘉时期，世人对他的评价有当时的特点，还没有完全认识其在学术上的贡献和价值。同时，因为这些契合民间趣味的轶事，纪昀在文化传播中逐渐成为民间文学所谓的"箭垛人物"②，被附会了诸多新的故事和特点，在被世人接受和熟悉的过程中，其本来的面目反而模糊不清了；而且随着其人格魅力的不断增大，其学术成就的光辉也逐渐被遮盖了。当代人多知道一个喜欢插科打诨、和和珅作对的纪晓岚，学术史上那个做出突出贡献的重要学者反被视而不见了。这种情况直到今天还在延续着：纪昀真正的墓园破旧不堪，门可罗雀，数里之外人造的纪晓岚文化园光鲜亮丽，游者如云。应该说，这种令人遗憾的情况在纪昀在世时便有所萌芽了。

（二）道光时期至 20 世纪初

这一时期关于纪昀的批评，集中在纪昀诗学、纪昀与《四库全书总目》的关系、《阅微草堂笔记》三个方面。对于前二者的批评不是很多，观点却鲜明。同时，关于纪昀的奇闻轶事继续大量出现于各种文集和野史之中。

诗学方面，许印芳③对纪昀诗歌批评的评价最值得关注。许印芳生于道光时期，为同治举人，在诗学态度与理论上和纪昀多有相同。秦光玉对许印芳的评价："勿论何种学术，务在悉心研究，独抒见解，尝以作古人应声虫为戒，盖欲穷真理、求真知、博考深思，从新估定价值，既得汉学家实事求是精神，又与哲学家、科学家治学方法暗相符合。"④ 这一评价同样适用于纪昀。许印芳对纪昀的诗歌批评进行了诸多研究，将纪昀对

---

① 清代笔记如昭梿《啸亭杂录》、《啸亭续录》，梁章钜《归田琐记》、《浪迹丛谈》、《浪迹续谈》、《退庵随笔》，赵慎畛《榆巢杂识》、张培仁《妙香室丛话》、陆以湉《冷庐杂识》、牛应之《雨窗消意录》、钱泳《履园丛话》、独逸窝退士《笑笑录》、齐学裘《见闻续笔》、陈康祺《郎潜二笔（燕下乡脞录）》等，都载有不少关于纪昀的奇闻轶事。

② 箭垛人物，是民间文学中常有的现象，即一个具有突出特征的人物形象被树立之后，人们就相继将类似故事附加在他身上。这种不断地累加和丰富，就好像是向"箭垛子"射箭一样，这种人物也因此被称为箭垛人物。

③ 许印芳（1832—1901），字麟篆，号五塘山人，云南省石屏县人，著有《五塘诗草》、《陶诗汇注》、《诗法萃编》等，选编《滇诗重光集》，是云南著名的文学家和教育家。

④ 秦光玉：《许荫山先生传》，《滇南碑传集》，云南民族出版社 2003 年版，第 744 页。

《文心雕龙》的部分点评收入《诗法萃编》，还将纪昀对于苏轼诗歌、《才调集》、《瀛奎律髓》的点评结合起来进行分析，给予了很高评价："乾隆以来，论诗最公允者首推纪晓岚先生，其评点前人诗文集多所发明。东坡诗集亦有批本，集中五七律诗佳篇不少，尽可奉为师法。"①可以说，许印芳是 20 世纪之前在纪昀诗文评研究方面最为全面和深入的学者。

此外，谢章铤②为《瀛奎律髓刊误》写的跋文，也是这一时期的重要资料。谢章铤在文中对纪昀论诗进行了高度评价：

> 文达论诗，不愧正宗。其于唐、宋诸家派别，亦皆持平。至"江西"流弊，言之尤洞澈。详阅是书，则操持"一祖三宗"之说而流为涩体者，文达早见及此矣。予尝得二冯是书评本，不知何人传录，其排驳虚谷，与文达大旨合，特措词诙谐呕嚎，颇乖著述之体，然亦虚谷有以招之。合而观之，而是书之底蕴尽见矣③。

光绪时期还出现了《纪河间诗话》④，邵承照辑，全书三卷，内篇两卷，外篇一卷。内篇上卷有总论及分论六朝到宋历代诗，下卷论金、元、明、清四代诗；外篇则录《阅微草堂笔记》中有关诗的部分。邵承照在序中指出："顾公一生精力，悉用于《四库全书总目》及《简明目录》二书，此外笔记数种、试律数选，无多著作。然公论诗粹语亦即具载于数书中，遗饷后学，班班可考也。照自总角即喜读公书，爰取公遗集及《四库全书总目》论诗之语汇为内编，复取笔记中之谈诗者别为外编，皆条分缕析，以便观览。昔《渔洋诗话》由门人抄撮而成，至今流传海内，家有其书，藉资谈助。兹书之成，亦仿其例焉尔。"关于纪昀的诗歌批评，邵承照称："公（纪昀）生平无书不读，而于有韵之语则尤道人所不能道"，"于古今诗学之源流、举凡、体裁、标格，无不一一熟于目而了于心"⑤。

---

① 许印芳：《诗法萃编》卷十一。许印芳对纪昀点评《文心雕龙》、《苏诗全集》、《瀛奎律髓》等，均有深入研究。20 世纪之前在纪昀诗文评研究方面，无人可与许印芳相提并论。

② 谢章铤（1820—1903），字枚如，福建省长乐县人，同治三年举人，光绪二年进士，著有《赌棋山庄全集》。

③ 方回评选，李庆甲集评校点：《瀛奎律髓汇评》，上海古籍出版社 1986 年版，第 1835—1836 页。

④ 邵承照辑：《纪河间诗话》三卷，光绪辛丑安乐延年室刊本。

⑤ 邵承照：《〈纪河间诗话〉序》。

这个时期关于纪昀和《四库全书总目》关系，较之前一个时期有了很大变化。一方面有些人坚称纪昀"总其事"，像邵承照《纪河间诗话·凡例》就认为："当日虽数人列衔，文达实总其事，亦无由一一分出某条为某人手笔，概以文达似无不可"；另一方面出现了较大的质疑之声，最突出的莫过于李慈铭。他在《越缦堂日记》中指出："总目虽纪文达、陆耳山总其成，然经部属之戴东原，史部属之邵南江，子部属之周书仓，皆各集所长。……耳山后入馆而先殁，虽及见四部之成，而《目录》颁行时，已不及待。故今言四库者，尽归功文达。然文达名博览，而于经史之学实疏，集部尤非当家。经史幸得戴、邵之助，经则力尊汉学，识诣既真，别裁自易；史则耳山本精于考订，南江尤为专门，故所失亦尠。子则文达涉略既遍，又取资贷园，弥为详密。集部颇漏略乖错，多滋异议。""《四库》子部提要，多出历城周书仓之手。书仓专精丙部，而纪河间之学，亦长于诸子，故精密在史部、集部之上。"结合其他论述来看，李慈铭对纪昀评价不高，认为"文达敏捷兼人，辨才无碍，其文长于馆阁应制之作，它非所经意，多不自收拾。……盖敏而不能深思，易而不免入俗"，"其谢摺、器铭多不足存，子孙不学之过耳"①。这种带有否定性的评价在纪昀研究史上是不多见的，而且相较于肯定者叙述的粗略，李慈铭之论详细具体。诚如李慈铭评价纪昀时感慨的"人之才力，各有所限，固不可强也"，学者治学各有所长，纪昀也概莫能外。相对于前一时期亲朋好友、门人弟子夸耀式的叙述，李慈铭的说法有客观的一面，但是总体来说，李慈铭此说的时代局限性和主观片面性也是显而易见的②。由于此说迥然有别于主流说法，在后世引起了长时期的关注，有较大的影响。

另外，《辛亥以来藏书纪事诗》对纪昀评诗给予极高评价，对纪昀和《四库全书总目》关系的论述则和李说近似："尝谓文达论诗之识，在清代应首屈，即覃谿不能及，亦在所评彦和、子元二书上。尝欲汇其文集笔记及评《玉台》、《律髓》，王子安、李义山、苏子瞻诗集，题曰《纪河间诗话》，竟有人先我而为之者。阅其书，但辑《阅微草堂笔记》五种及《四库提要》集部中语而成。不知集部提要，不必尽出文达手，笔记偶引诗，亦未尝论诗也。"③ 此书因为内容驳杂，不太受学界重视。

①　李慈铭：《越缦堂读书记》，由云龙辑自《越缦堂日记》，上海书店 2000 年版，第 556—557、1033—1034 页。
②　关于李说的辨析文章，可参看来新夏《清代目录学成就浅述》（《历史研究》1981 年第 2 期）等。
③　伦明等：《辛亥以来藏书纪事诗》，北京燕山出版社 2008 年版，第 6—7 页。

　　和李慈铭的否定之论相比，俞樾的说法可能更符合实际状况。他在《春在堂尺牍》中指出："《提要》虽纪文达手笔，而实是钦定之书。观其《进简明目录表》有曰：'元元本本，总归圣主之权衡；是是非非，尽扫迂儒之胶柱'，则固有以间执后人之口矣。"① 俞樾点破了实际存在而一直未明说的事实，那就是《四库全书总目》虽由纪昀"总其成"，但是归根究底，是对乾隆意愿和观念的贯彻和体现。

　　关于《阅微草堂笔记》，此时受到高度关注，对它的接受和传播上出现两个新特点：一是《阅微草堂笔记》和《聊斋志异》、《新齐谐》三者的对比性研究开始出现；二是评价上出现过毁和过誉两极化的倾向：有为宣扬教化，将其书摘录成册，给予高度评价的现象，也有对纪昀予以严厉斥责和批判的情况。

　　对于《阅微草堂笔记》的艺术性，道光以后出现了具体分析。郑开僖在道光十五年乙未写作的序文中，称纪昀"久在馆阁，鸿文巨制，称一代手笔。或言公喜诙谐，嬉笑怒骂，皆成文章。今观公所著笔记，词意忠厚，体例谨严，而大旨悉归劝惩，殆所谓是非不谬于圣人者与！虽小说，犹正史也"。近代学者周桂笙《新庵笔记》（卷四）结合纪昀他作予以分析："今之文学家，类各有一笔记，而所记往往不足观。近百年来，惟纪氏之《阅微草堂笔记》用笔流畅，剖理透辟，洵称杰构。而其全集所传，转少出奇之文，则其平日载笔，意匠经营，煞费苦衷而不以轻心掉之，概可想见。虽狐鬼蛇神、教忠教孝诸条，过于迂腐，要亦时势限之。夫以河间先生之文章学术、闲情逸致，又尽其毕生之心思才力，而仅成此书，则后人之文才识力不逮先生万一者，笔记殆可不作。"②

　　这一时期出现了将《阅微草堂笔记》与《聊斋志异》、《新齐谐》等进行对比的批评。俞鸿渐《印雪轩随笔》称："《聊斋志异》一书，脍炙人口，而余所醉心者，尤在《阅微草堂五种》。盖蒲留仙才人也，其所藻绘，未脱唐、宋人小说窠臼；若《五种》，专为劝惩起见，叙事简，说理透，垂戒切，初不屑屑于描头画角，而敷宣妙义，舌可粲花，指示群迷，石能点头，非留仙所及也。微嫌其中排击宋儒语过多，然亦自有平情之论，令人首肯。至若《谐铎》、《夜谭随录》等书，皆欲步武留仙者，饭后茶余，尚可资以解闷，降而至于袁随园之《子不语》，则直付之一炬可矣。"俞樾《春在堂随笔》中的评价也常为后世引用：

---

① 俞樾：《春在堂尺牍·与陆存斋观察》，《近代中国史料丛刊》第四十二辑。
② 周桂笙：《新庵笔记》卷四，上海古今图书局 1914 年印行。

"余著《右台仙馆笔记》以《阅微》为法，而不袭《聊斋》笔意，秉先君子之训也。"① 此外，邱炜蒝《菽园赘谈》将清代文言小说分为纪实言理者、谈狐说鬼者、言情道俗者三类，把《阅微草堂笔记》和《聊斋志异》都归为谈狐说鬼者之列，且"自以纪昀《阅微草堂五种》为第一"，认为"叙事说理，何等明净，每有至繁至杂之处，括以十数行字句，其中层累曲折，令人耳得成声，目遇成色，取给雅俗，警起聩聋，彼《新齐谐》者能之否"。邱炜蒝还对袁枚和纪昀笔记中对宋儒的攻击进行了对比："《齐谐》攻宋儒，每每肆意作谑，殊不足服理学家之心；《五种》攻宋儒，处处架空设难，实足以平道学家之气。"虽然对纪昀笔记赞赏有加，但是对于纪昀"儒者只可著书行世，不当聚徒讲学"之类说法予以批评，认为是"摧抑士气之言，其视袁氏风流自赏、佚荡范围，而流弊所暨，遂以放隳人之廉隅者，其罪则诚同等耳"②。这些看法，尤其在《聊斋志异》和《阅微草堂笔记》的对比上，把握到了《阅微草堂笔记》的一些特点，在今天仍有参考借鉴的价值。

为宣扬教化，将其书摘录成册而出现不同的选本，是《阅微草堂笔记》流传中的新情况。此前虽然存在"属草未定，遽为书肆所窃刊"（《如是我闻》序）、"翻刻者众，讹误实繁"（盛时彦序）的情况，但是由于纪昀在世时委托门人盛时彦将笔记五种进行校录刊刻，成为当时流行的主要版本，其他版本在盛氏刊本出现后就逐渐失去了市场。

这一时期出现的不同选本体现了一种忽视其艺术性、只重现实功用的倾向。所谓实际功用，就笔记小说而言，主要在两点，一是道德教化之用，一是明理知世之用。

注重道德教化之用的倾向，以《启悟集》、《阅微草堂笔记择要》为代表。《启悟集》署名"清遗老人"，基本不理会《阅微草堂笔记》的艺术特点，"择其足以发人猛省、启人觉悟者，选辑若干，别录一册，名曰《启悟录》"。此书在弁言中称："河间纪文达公《阅微草堂笔记》以浅显之文，记见闻之事。于因果报应、神仙鬼狐、天堂地狱诸说，皆津津乐道。虽寓言八九，而义取彰瘅，意存劝戒。盖欲使乡里妇孺都能了解，而知感动儆懼。诚有功世道人心之书，未可以稗官小说目之也。"《阅微草堂笔记择要》分为上下两卷，署名"葎园居士"，序中讲述了选择的标准："凡吉凶祸福之所关，因果报应之所系，与夫忠孝节义、奸盗诈伪之

---

① 俞樾：《春在堂随笔》，江苏古籍出版社 2000 年版，第 113 页。
② 邱炜蒝：《菽园赘谈》卷三、卷七，光绪二十三年海澄邱氏香港刻本。

可以法、可以戒者，商榷既定，悉标识而手录之"，所以基本上也是利用《阅微草堂笔记》中民间比较容易接受和流传的内容，来达到劝善惩恶的教化目的。

强调明理知世之用的，以《阅微草堂笔记约选》为代表。《阅微草堂笔记约选》署名"卧云居士"，为上下两册，序中写道："纪晓岚先生博览群书，殚见洽闻，所著《阅微草堂笔记》，多载狐鬼与人交接之事，颇寓劝诫之义，余择其词义尤为正大者二百余则，使士人读之知凡事无论如何诡诈、如何机变，皆有所以处之之道。苟不得其道，鲜不失败，而得其道，亦无不可以自立者。故是书也，谓之小说可，谓之格言亦可，盖小说其书之体裁，而格言其书之精蕴。"

同时，对于纪昀的严厉批评也已出现。嘉道时人翁心存认为纪昀"必欲以恶名归之理学，何公门户之见不化也"①。道咸时人林昌彝《射鹰楼诗话》卷二十："其托狐鬼以劝世可也，而托狐鬼以讥刺宋儒则不可。宋儒虽不无可议，不妨直言其弊，托狐鬼以讥刺之，近于狎侮前人，岂君子所出此乎？"② 李宝嘉也批评纪昀："所可议者，好虚构万一或然之事、鬼魅无稽之言，执为确据，以仇视习常守理之讲学家；讥谤笑侮，不遗余力，似失之偏矣。"③ 同治时人徐时栋批评纪昀："文达恶俗道学一至于此，然亦太轻薄矣！""不知文达何恶宋儒一至于此。宋儒薄事功则有之，而谓其后彝伦则诬也。"④

如果说林昌彝等人的批评还主要是针对《阅微草堂笔记》，康有为批判的矛头就直接指向了纪昀本人。狄葆贤称："纪氏崇尚汉学，对于宋儒颇多微词。数百年风气之衰，纪氏之过也。"⑤ 康有为："近世气节坏，学术芜，大抵纪昀之罪也。"⑥ 有意思的是，康有为的弟子梁启超持不同观点，将纪昀视为乾嘉学术的"护法"："当时学者承流向风各有建树者，不可数计，而纪昀、王昶、毕沅、阮元辈，皆处贵要，倾心宗尚，隐若护法，于是兹派称全盛焉。"⑦ 康有为的说法没有产生什么影

---

① 吴波、尹海江、曾绍皇、张伟丽辑校：《阅微草堂笔记会校会注会评》（下），凤凰出版传媒集团 2012 年版，第 753 页。
② 林昌彝：《射鹰楼诗话》，清咸丰元年刻本。
③ 李宝嘉（骈蘡道人）：《姜露庵杂记》卷一，申报馆丛书本。
④ 吴波、尹海江、曾绍皇、张伟丽辑校：《阅微草堂笔记会校会注会评》（下），凤凰出版传媒集团 2012 年版，第 742、816 页。
⑤ 狄葆贤：《平等阁主加批本》。
⑥ 康有为：《新学伪经考》，古籍出版社 1956 年版，第 49 页。
⑦ 梁启超：《清代学术概论》，上海古籍出版社 1998 年版，第 10 页。

响，梁启超却开启了新时代研究之门，他的论断到今天都还是主流说法之一。

（三）20 世纪 20 年代至新中国成立

这一时期随着社会学术整体的变化，纪昀研究也开始进入现代学术阶段。这一时期的研究虽然相对粗疏概括，但是奠定了后来学术发展的坚实基础，影响至今。其中，比较有代表性的研究者是鲁迅、方孝岳、朱东润等。

鲁迅在纪昀研究史上占有重要地位，不少方面的论述都具有开创意义。关于《阅微草堂笔记》，鲁迅指出其"与《聊斋》之取法传奇者途径自殊，然较以晋宋人书，则《阅微》又过偏于论议"，"纪昀本长文笔，多见秘书，又襟怀夷旷，故凡测鬼神之情状，发人间之幽微，托狐鬼以抒己见者，隽思妙语，时足解颐；间杂考辨，亦有灼见。叙述复雍容淡雅，天趣盎然，故后来无人能夺其席，固非仅借位高望重以传者矣"①。同时在《怎么写》一文中一针见血地指出："纪晓岚攻击蒲留仙的《聊斋志异》……两人密语，决不肯泄，又不为第三人所闻，作者何从知之？所以他的《阅微草堂笔记》，竭力只写事状，而避去心思和密语。但有时又落了自设的陷阱，……他的支绌的原因，是在要使读者信一切所写为事实，靠事实来取得真实性，所以一与事实相左，那真实性也随即灭亡。如果他先意识到这一切是创作，即是他个人的造作，便自然没有一切挂碍了。"

关于纪昀，鲁迅的态度和评价还经历了发展变化的过程：1924 年鲁迅赞扬纪昀"生在乾隆间法纪最严的时代，竟敢借文章以攻击社会上不通的礼法，荒谬的习俗，以当时的眼光看去，真算得很有魄力的一个人"②。到了 1934 年，鲁迅转变了观点，认为："清朝虽然尊崇朱子，但止于'尊崇'，却不许'学样'，因为一学样，就要讲学，于是而有学说，于是而有门徒，于是而有门户，于是而有门户之争，这就足为'太平盛世'之累。……特别攻击道学先生，所以是那时的一种潮流，也就是'圣意'。我们所常见的，是纪昀总纂的《四库全书总目提要》和自著的《阅微草堂笔记》里的时时的排击。这就是迎合着这种潮流的，倘以为他秉性平易近人，所以憎恨了道学先生的谿刻，那是一种误解。"③ 鲁迅之

---

① 鲁迅：《中国小说史略》，上海古籍出版社 1998 年版，第 151 页。
② 鲁迅：《中国小说的历史的变迁·清小说之四派及其末流》。
③ 鲁迅：《且介亭杂文·买〈小学大全〉记》。关于此点，王达敏《姚鼐与乾嘉学派》（学苑出版社 2007 年版）已提及，见该书第 91 页。

于纪昀研究，犹如宋代的苏轼之于陶渊明诗歌，一语中的而入木三分，至今被学界奉为定论。不过，如果将《阅微草堂笔记》中关于道学先生的所有故事结合纪昀思想来看，此说也略显偏颇：纪昀对于道学先生的批评，不排除有迎合时代潮流的因素，但是强调经世致用、反对空谈性理，才是最为根本的原因。由于鲁迅在中国的巨大影响力，他对纪昀的这点"误解"直接影响到了很长时间内对纪昀的理解和接受。

鲁迅之外的研究者，主要有朱东润和方孝岳。1927 年，首部中国人自己撰写的批评史——陈钟凡的《中国文学批评史》在上海中华书局出版后，郭绍虞、方孝岳、罗根泽、朱东润等先后出版了自己的批评史，奠定了中国文学批评史学科的基础。其中，罗根泽的《中国文学批评史》1934 年由北京人文书店出版，内容只限于周秦汉魏南北朝时期；被认为是中国文学批评史学科奠基人的郭绍虞，1947 年出版《中国文学批评史》下卷（南宋至清），以后又多次修订出版，对于纪昀基本都是忽略不计。这一时期从批评史角度对纪昀有所关注和研究的是方孝岳和朱东润。

方孝岳的《中国文学批评》一书于 1934 年由上海世界书局初版，在"《瀛奎律髓》里所说的'高格'"部分，方孝岳对纪昀对方回的指责进行了全面辩护，同时对纪昀大加批评，认为"纪昀的议论，以及他所总裁的《四库总目提要》，都免不了清初一班馆阁之见，喜考据而厌道学；对于稍稍谈道学的人，总要设法吹求他一点末节细行，以文致其过。又动辄自夸其通识，好像最恨门户之见似的。……其实他自己的纰缪也很多"，"到了纪昀自己作这个《刊误》，就大事吹求，简直把他骂得无地自容，处处皆含成见；他所刊误的，自然也有些地方可以补救方回的，但实在远不及方回之精辟独到"。方孝岳偏袒方回、指责纪昀的立场极为明显，甚至于说："纪昀的批评，有些是随笔兴到不暇深思的见解。就《瀛奎律髓》而言，方回的话，都是句句思索过一番的说话，虽然不无偏见，但比较纪昀要警策一点"，"像纪昀这样任意吹求，实在过分得很"①。方孝岳的观点不见得正确，但是这种鲜明的个性和风格，对比当今多属四平八稳的学术史，却独树一帜、自成一家。

①　方孝岳：《中国文学批评 中国散文概论》，生活·读书·新知三联书店 2007 年版，第 176—192 页。对于纪昀《瀛奎律髓刊误》研究，还可参考詹杭伦专著《方回的唐宋律诗学》（中华书局 2002 年版）、论文《纪昀〈瀛奎律髓刊误〉的得与失》（《北京化工大学学报》2004 年第 4 期），对纪昀指责方回选诗和论诗的三大弊端进行了剖析，认为纪昀持论过高，对方回三大弊端的批驳皆不足深信。

这一时期鲁迅之外，纪昀研究最有成就的便属朱东润。其《中国文学批评史大纲》1944 年由开明书店出版，由作者在武汉大学讲授中国文学批评史的讲义稿修改而成。由于当时陈钟凡的批评史仅七万余字，罗根泽和郭绍虞的批评史还不完全，所以朱自清称"这还是第一部简要的中国文学批评全史，我们读来有滋味的"①。就今天的眼光看，朱东润的这部批评史也是很有独到之处的。该书大部分是以单个的批评家标目，而且关注到了通常为学界所忽略的一些文论家，比如说纪昀。他将纪昀安置在沈德潜之前（沈德潜在时间上早于纪昀），且言人所未言，对纪昀给予了极高的评价：

> 晓岚论析诗文源流正伪，语极精，今见于《四库全书提要》，自古论者对于批评用力之勤，盖无过纪氏者。
> 晓岚对于文学批评之贡献，最大者在其对于此科，独具史的概念，故上下千古，累累如贯珠。②

由于朱书本于讲义，如其自序中所言，限于授课时间，"讲授的材料不能完全搁入讲义"，因此该书整体都极为简洁，虽然有所论断，但在具体论证上则相对不足。这种特点影响了学界对论断的接受和传播，以致在朱东润提出如此有新意的见解之后应者无几，长时间内没有得到足够的关注，纪昀也依然为当代众多的批评史忽略。但是，应者稀少、学界忽视，并不能说明观点的正确与否。本书在很大程度上就是回应朱说，对这些观点进行辨析和论证。

除整体研究外，传统关注的问题，如纪昀和《四库全书总目》的关系、纪昀和《阅微草堂笔记》研究等也有一些成果问世。

汪康年《纪文达四库全书提要稿本》（《文艺杂志》1915 年第 11 期），钱穆《四库提要与汉宋门户》（天津《益世报》"读书周刊"1935 年第 24 卷），王钟翰《辨纪文达手书四库简明目录》（《大公报》"史地周刊"1937 年第 133 期），是这一时期纪昀和《四库全书总目》关系研究的主要成果。此外，朱自清关于纪昀的评价被后世屡屡引用："《四库全书总目提要》集部各条，从一方面看，也不失为系统的文学批评，这里

---

① 朱自清：《诗文评的发展》，《朱自清古典文学论文集》（下），上海古籍出版社 2009 年版，第 551 页。

② 朱东润：《中国文学批评史大纲》，上海古籍出版社 2001 年版，第 348 页。

纪昀的意见为多。"① 点明《四库全书总目》集部各条"不失为系统的文学批评",对于批评史研究来说,其意义不言自明;对于纪昀文学思想的研究来说,也是体现其价值的重要方面。

这一时期《阅微草堂笔记》研究成果不多,主要有颙公《〈阅微草堂笔记〉失之偏》(《文艺杂志》1915 年第 7 期),章太炎遗著《题〈阅微草堂笔记〉》(《群雅》1940 年第 1 卷第 5 期)等。

此外,从文化和生平角度对纪昀进行的研究也有一些。主要有王兰荫《纪晓岚先生年谱》(《师大月刊》1933 年第 1 卷第 6 期,北京图书馆藏),王汉章《纪晓岚年谱》稿本(天津市图书馆藏),纪果庵《谈纪文达公》(《古今》1943 年第 22 期),商鸿逵《纪昀与道学》(《艺文杂志》1944 年第 2 卷第 3 期)等。

纪果庵《谈纪文达公》虽是后人对先祖的追忆和概说,却无常见的溢美之词,评价非常客观。其中四点尤有新意:一是指出《四库》之编纂,"与其说是保存文化,毋宁说是摧残文化",乾隆是最能统治文化的帝王,"若删改,便是慢性毒化,使人麻醉而不自知",因此对于纪昀总纂《四库》,"我总是摇头,觉得这事不说也罢";二是对批评和赞同纪昀的两方意见进行简单归纳,肯定余嘉锡的做法,"把得失一一详论,我认为是最好的批评态度";三是从普通读者的角度提出一个很别致的观点,"普通人知道文达公编《四库全书》,可是很少有人买一部《四库提要》作消遣,但《阅微草堂笔记》却与《聊斋志异》为每个人枕畔必备之书,在这一点,我的观察,以为文达公的伟大并不小于作四库总纂";四是对纪昀的诗歌创作进行了评论,"公自谓诗出江西宗派,以苏黄为法。但我的看法,宁谓近苏而无其才气,实非学黄而取其艰涩"。关于诗歌的评价是相当不客气、也不客观的。就纪昀的诗作来看,恭贺之作比较雍容,《南行杂咏》诸诗多以个人情感与经历为内容,文字清丽,晚年《乌鲁木齐杂诗》等和作者一样转为沉稳,没有苏轼的才气是实情,但是艰涩似乎称不上,否则《国朝畿辅诗传》也不会称《南行杂咏》诸诗"不事雕琢而天资超迈"(第四十二卷),洪亮吉《北江诗话》(卷一)对于纪诗也不至有"如泛舟苔雪,风日清华"的赞誉。

纪昀年谱的整理也是这一时期的重要成果。纪昀历来重视年谱,生前便曾续修《景城纪氏家谱》,《阅微草堂笔记》中也对自己的生平经历有

---

① 朱自清:《诗文评的发展》,《朱自清古典文学论文集》(下),上海古籍出版社 2009 年版,第 547 页。

非常细致的记叙，为后人整理纪昀年谱提供了诸多便利。年谱的出现，对系统研究纪昀生平和学术思想是很有帮助的。

（四）新中国成立后至"文化大革命"

20世纪50年代到70年代"文化大革命"结束，这段时间纪昀研究相对低落，相关著述不多，内容还是集中于三个方面：从目录学角度考察纪昀的学术成就；对纪昀其人其事的描述，强调其幽默才智的特点；围绕《阅微草堂笔记》展开研究。

余嘉锡《四库提要辨证》（1958年版），王重民《论〈四库全书总目〉》（《北京大学学报》1964年第2期），是这一阶段主要的研究成果。余嘉锡《四库提要辨证》尤其值得关注。余嘉锡关于《四库全书总目》造诣颇深，提出许多高见，《四库提要辨证》序文指出："今库本所附《提要》，虽不及定本之善，以视《崇文总目》，固已过之。其后奉旨编刻颁行，乃由纪昀一手修改，考据益臻详赡，文体亦复畅达，然以数十万卷之书，二百卷之总目，成之一人，欲其每篇覆检原书，无一字无来历，此势之所不能也。纪氏恃其博洽，往往奋笔直书，而其谬误乃益多，有并不如原作之矜慎者。且自名汉学，深恶性理，遂峻词丑诋，攻击宋儒，而不肯细读其书。……夫其于宋儒如此，则其衡量百家，进退古今作者，必不能悉得其平，盖可知也。"虽然如此，余嘉锡也设身处地从纪昀的角度进行分析，认为"纪氏之为《提要》也难，而余之为辨证也易，……易地以处，纪氏必优于作《辨证》，而余之不能为《提要》决也"①。这种基于事实的判断和换位思考的分析，对于纪昀研究来说是难能可贵的。王重民《论〈四库全书总目〉》详细论述了《四库全书总目》编纂过程、著录原则和主要思想、对后世的影响，虽然带有特定时代强调阶级斗争的特点，但是分析不无道理。文中对于李慈铭对纪昀的批评进行了反驳，认为"经部属之戴东原"等说法"纯是想象的虚构，是不合乎当时的工作组织和分工办法的"。

对纪昀个人而言，学者偏重于从阶级斗争的角度进行评价，基本持贬低、批判的态度，如仓显的《孔孟之道的卫道士——纪晓岚》（《河北日报》1975年2月17日）；中国社会科学院文学研究所编的《中国文学史》认为由于"作者的封建统治阶级的立场"，《阅微草堂笔记》等作品"在

---

① 余嘉锡：《四库提要辨证·序录》。余嘉锡《四库提要辨证》曾在1937年排印史部和子部未完稿十二卷。完稿二十四卷于1958年由科学出版社出版。此处引文出自中华书局1980年版，序文写作时间为1954年余嘉锡72岁时。

思想内容方面则表现得庸俗、落后以至于反动"①；游国恩等主编的《中国文学史》认为纪昀持"保守的文学观念"，《阅微草堂笔记》"或者宣传忠孝节义等封建伦理道德，或者宣传因果报应等迷信思想，充满腐朽反动的内容"②。此外，有少数报刊文章描述纪昀的幽默诙谐，如汉超《褒贬纪晓岚》（《光明日报》1962 年 8 月 9 日）、雷甫《纪晓岚的幽默》（《文汇报》1979 年 7 月 18 日）、陈迩冬《纪晓岚二三事》（《文汇报》1979 年 8 月 5 日）。

港台方面大致也是关注纪昀其人和笔记小说的研究两方面，但是政治和意识形态色彩相对淡化，评价较为客观。学术方面，比较有代表性的是赖芳伶的《阅微草堂笔记中的观念世界》。文章指出："纪昀所设计的鬼神世界，多采以寓言的方式，有别于纯粹宗教性的鬼神观，它往往在影射人世的善恶美丑，于批判之余，更努力规画一出忠孝节义的人生准则来。他的嘲讽和颂赞，交织在多彩多姿的趣味中，其塑造的鬼神，除了不具形体外，处处充满了人的质性。"对于纪昀笔下的鬼趣，以为"对离形去智的泰然和孤独的向往，岂不是纪昀心灵深处的一声声自白？'舍之入冥漠'，不仅不足畏怖，那种舒畅感正如'高官解组，息迹林泉'。正因为纪昀终其一生大多数的时光都周旋在权贵中，即便偶有坎坷，也旋即复官，未能尝到真正息迹林泉的况味，所以他才会有'人且有时不如鬼'的感叹。人是'本住林泉，耕田凿井，恬熙相安'的，从哪里来就回哪个源头去，显然他有意把死后的境域理想化了"。此文写作距今已经几十年，当代一些研究却还不及它细致深刻。当然也有一些观点，比如认为小说中的女鬼女狐影射妓女，男鬼影射人间登徒子，认为"纪昀是极端的男性中心主义者，对男人总是很留有余地"等③，值得商榷。此外，学术研究还有赖芳伶《阅微草堂笔记在文学史上地位》、侯健《阅微草堂笔记的理性主义》（两文均载（《中外文学》1968 年第 6 期）等。

关于纪昀其人的研究，可以仰弥《关于纪文达》为代表。文章大致是关于纪昀传记的概述，编有生平大事年表，纪昀对编纂《四库全书》的贡献及治学主张、趣闻轶事等。此外还有龚伟《纪晓岚的谐趣》（《中国时报》1958 年 12 月 3 日）、姚石如《纪晓岚故事》（《中央日报》1960 年 1 月 17 日）、陈中和《纪晓岚》（《中央日报》1961 年 6 月 20—24

---

① 中国社会科学院文学研究所编：《中国文学史》（三），人民文学出版社 1962 年版，第 1082 页。
② 游国恩等主编：《中国文学史》（四），人民文学出版社 1979 年版，第 232 页。
③ 赖芳伶：《阅微草堂笔记中的观念世界》，《文学评论》第三辑，协林印书馆 1976 年版，第 198、203、218 页。

日）、清波《纪晓岚轶闻》（《台湾新闻报》1971 年 7 月 6 日）、赖芳伶《纪晓岚这个人》（《中外文学》1976 年 12 月）等①。

（五）改革开放至今

改革开放之后，学术研究回归正轨，纪昀研究也在良好的学术环境和氛围中逐渐升温，并有较大发展：相关资料得到较好的收集整理，研究方法趋多，视野更加开阔，探讨的领域得到全面开拓，在涉及问题上都有所进展。

就研究资料而言，陆续出版了一些比较重要的史料，如《纪晓岚年谱》、《纪晓岚文集》、《纪晓岚评文心雕龙》、《阅微草堂笔记会校会注会评》等。

《纪晓岚文集》1991 年由河北教育出版社出版，文集分为三册：第一册诗文包括文十六卷、诗十六卷，纪昀所写赋、雅颂、折子、表等各种文章，御览诗、三十六亭诗、南行杂记等收录在内；第二册为笔记，即《阅微草堂笔记》各部分内容；第三册为集外，收唐人试律说、庚辰集等，附录部分收纪晓岚年谱、谱余等。此纪晓岚年谱和 1993 年书目文献出版社所出年谱有所不同，多了说明、按语和是年出生人物介绍三部分，去掉了后人伪作的家书，更加谨严。谱余则包括了清代笔记小说中有关纪晓岚的资料、生于纪晓岚前和生卒年待考的有关人物、有关纪晓岚的民间传说、征引参考书目等。《纪晓岚文集》虽然没有包括《镜烟堂十种》等，但已经初具规模，是目前使用最为普遍的资料，其意义自不待言。同时，可能因为初次出版此种规模的文集，编辑相对粗糙②。

《纪晓岚年谱》由贺治起、吴庆荣整理，1993 年书目文献出版社出版，详细地罗列了纪昀生平经历，并在后面附了纪氏三代简表、家世、有关人物简介、《关于纪昀的通信》（孙犁），对研究提供了一定便利。遗憾的是，书中占据相当篇幅的所谓纪晓岚家书，大概是经不住考证的伪作。

《纪晓岚评文心雕龙》于 1997 年由江苏广陵古籍刻印社影印，其中各色圈点无法复原再现，个别字迹模糊，但依然是目前纪晓岚研究中广泛使用的资料。

除了这些直接与纪昀有关的资料外，各种汇评本的整理出版，如1986 年李庆甲集评点校的《瀛奎律髓汇评》由上海古籍出版社出版，曾

---

① 此处港台部分所列文章，参考了张维屏《纪昀与乾嘉学术》（国立台湾大学出版委员会 1998
　年版）第一章第二节部分，见第 5 页。

② 《纪晓岚文集》中文字错讹较多，本书在使用中以清嘉庆十七年刻本进行了核校。

枣庄主编的《苏诗汇评》2000 年由四川文艺出版社出版，黄霖编著的《文心雕龙汇评》在 2005 年出版，吴波等人编校的《阅微草堂笔记汇校汇评汇译》在 2012 年出版，对于纪昀研究都提供了很大便利。

就纪昀学术思想的整体研究而言，学术性较强的系统研究专著不多，20 世纪主要有周积明的《纪昀评传》、张维屏的《纪昀与乾嘉学术》。20 世纪至 2012 年为止，则有四部以《阅微草堂笔记》为研究对象的专著问世①。

周积明的《纪昀评传》（南京大学出版社 1994 年版）对纪昀的生平和学术思想做了全面和深入的概括总结，全书就像书中对纪昀的定位"一个古典文化穴结时代的代表型人物"一样，内容宏大，同时在具体问题的论述上有独到之处。该书分为生平篇和思想篇两大部分。生平篇详细叙述了纪昀从出生到终老宦场的生涯；思想篇则对纪昀的经世价值观念、社会思想、理学批判、西学主张、对学术文化的大总结、批评方法与批评态度等方面展开评析，多有创见，堪称当代纪昀研究的权威著作。其将纪昀当作代表一个时代的思想家，学术文化的总结者，可谓言人所未言，关注到了纪昀独特的价值。书中也有些表述值得推敲，比如在纪昀和《四库全书总目提要》的关系上，认为"《全书总目》直可视为纪昀学术文化思想的代表作"，这种说法并无新意，学界这种情况也比较普遍，但是作为专门研究，尤其在历史争议已久的情况下，仍然作此论断是否欠妥？事实上，对此已有研究者提出商榷意见②。此书最大的特点是在 18 世纪这个历史背景下对纪昀各个方面，无论是个人经历还是学术思想，都做了非常宏观兼及细微的评述，其美中不足亦与此有关——纪昀各个方面均显现得过于理想和美好，《四库全书总目》也更强调了其正面的价值，写作于 20 世纪 60 年代的一些表述可做参照，"当纪昀被罚校阅《四库全书》错误的时候，他奏请认勘'明际国初史部、集部、子部及小说杂记等书'，那都是乾隆认为有问题、最不放心的书籍，有机会由纪昀统阅一过，不但改正了其中违碍的地方，还借此修正了这些书的提要。这些，都应该看作《四库全书总目》在政治思想加工工作中最重要的地方"③。论述的明晰是著述的长处，但是过于明晰也可能遮掩事物本身的复杂性。

---

① 此外，还有张国立《纪昀道德思想研究》（中国环境科学出版社 2011 年版），就纪昀伦理思想研究状况、道德思想的社会背景与渊源、官德思想、女性道德思想、德福一致的道德信仰及其启示进行了论述。

② 参见司马朝军《纪昀与四库全书总目》，《图书馆杂志》2007 年第 2 期。

③ 王重民：《论〈四库全书总目〉》，《北京大学学报》1964 年第 2 期。

　　张维屏的《纪昀与乾嘉学术》包括这样几个部分：纪昀生平概述与研究回顾；纪昀与乾嘉考证学的发展；纪昀与《四库全书》的纂修；纪昀的官场生涯与为官心态；乾嘉学风与纪昀论学思想特点；《阅微草堂笔记》的关怀；世变与纪昀思想及著述的评价问题；民间文化中的纪晓岚等。此书面面俱到地论述了与纪昀有关的所有问题，突出了纪昀从政经历与生平及乾嘉考证学术思想对其一生的关键影响。此书一些关键性的结论，如认为纪昀在乾嘉学术风潮中，"扮演着奖助翼赞汉学考证学术研究风气成长的角色"[1]，"乾隆朝中期，18世纪中叶，清代的考证学在纪昀及其友人戴震、钱大昕、王鸣盛、朱筠等人的引领之下，进入全盛发展的时期"[2]，在本质上和梁启超"护法"之说一致，只是论述更加详细；还有的结论如"是纪昀最先将吴学尊汉崇古的治学观念介绍给戴震"[3]，"当时北京提倡考据学最有影响力的领袖是纪昀与朱筠二人"[4]，在材料支持方面略显不足。从各种史料，包括当时学者的评价如江藩《国朝汉学师承记》，以及今人研究乾嘉学术的著作如《乾嘉学派研究》，结合纪昀自己的考证学成就等情况来看，似乎都没有充分证据来证明这些论断。纪昀确实在乾嘉考据学的发展中发挥了重要作用，但是否引领乾嘉考证学，并在其中发挥如戴震、钱大昕那样的重要作用，还难以定论。纪昀和乾嘉学术的关系问题迄今众说纷纭，由此也可见一斑。

　　1982年由国立台湾大学出版委员会出版的《阅微草堂笔记研究》是目前看到的较早的研究专著。作者赖芳玲，从纪昀生平、《阅微草堂笔记》的观念世界、与魏晋南北朝志怪小说的关系及比较、在文学史上的地位评价及影响等几个方面，对《阅微草堂笔记》进行了全面细致的分析。作者指出，《四库提要》里的纪昀，是位道貌岸然的学者；《阅微草堂笔记》中的纪昀，则现出忽而菩萨低眉、忽而金刚怒目的本色来。书中有些观点，如纪昀以实用的精神排击宋学的末流等说法，在学界逐渐成为共识；有些研究，如从篇幅体制、结构技巧、内容取材、思想性质、风格神态、宗旨意趣等方面将《阅微草堂笔记》和魏晋南北朝志怪小说逐一进行对比，这种细致的研究在当代学界还比较少见，值得借鉴。

　　21世纪出现了三部关于《阅微草堂笔记》研究的专著。吴波2005年出版的《阅微草堂笔记研究》探究了家族传统观念对纪昀思想的影响，

①　张维屏：《纪昀与乾嘉学术》，国立台湾大学出版委员会1998年版，第9页。
②　同上书，第15页。
③　同上书，第19页。
④　同上书，第40页。余英时《论戴震与章学诚》亦持此说。

指出家族事迹是其笔记小说素材的重要来源，认为高祖纪坤的诗集《花王阁剩稿》是研究纪昀和笔记小说的重要文献；追溯了纪昀笔记小说对魏晋六朝志人、志怪小说的继承发展，罗列了笔记小说从魏晋六朝志人、志怪小说中撷取的素材等。王颖 2008 年出版的《乾隆文治与纪晓岚志怪创作》，主要包括五个部分：乾隆时期的文治与小说、纪晓岚的生平遭遇与创作基调、纪晓岚的小说文体观念、《阅微草堂笔记》的叙事与思想、《阅微草堂笔记》的刊刻与版本；最后附录了《阅微草堂笔记》记载乾隆年间纪事和乾隆时期小说出版状况。作为一部研究著作来说，它对相关问题的展开是比较充分和细致的，对于不少问题也都提出了新的见解。同时，也由于相关问题的大量展开，核心问题和新意反而有所遮掩。王鹏凯著、文史哲出版社 2009 年出版的《纪昀研究论述——以阅微草堂笔记为中心》，对《阅微草堂笔记》研究上的版本问题、纪昀撰《四库全书总目》说之论析、从《阅微草堂笔记》中的儒者形象看纪昀对程朱理学的态度和治学趋向、纪昀对汉宋之争的持平之见等问题展开论述。此书由六篇论文组成，前后重复的内容较多。作者旗帜鲜明地指出："纪昀于《四库全书总目》确有亲力为之、始终参与、决定去取之功，因此殿本《四库全书总目》的完成，荣耀归之于纪昀岂曰不宜！"在当代研究中也是相对突出的观点。

除整体和专题研究之外，关于纪昀与《四库全书总目》、《阅微草堂笔记》，纪昀对《文心雕龙》、《瀛奎律髓》，对李商隐、苏轼等人诗歌所作的点评，纪昀创作的诗歌《三十六亭诗》、《南行杂咏》、《乌鲁木齐杂诗》等，都有学者从不同角度进行了研究，论文大量涌现。虽然从改革开放至今仅 30 余年，关于纪昀的研究仍然体现出阶段性特点：20 世纪80、90 年代，成果并不是很多，研究也还主要然聚焦在《阅微草堂笔记》、纪昀和《四库全书总目》这两个方面，显示了研究的发展，且多为有根、有物之言。进入 21 世纪之后，学者的队伍迅速壮大，纪昀诗歌批评在内的各个方面都受到关注，成果大量涌现，优秀的研究成果也有不少。鉴于这些论文甚多，内容又繁杂，此处就不再赘述，而将它们放置在具体的问题之中，作为继续研究的基础和借鉴。

总的来说，纪昀研究取得了很大进展，但是学界的认识和研究与纪昀学术的重要性还不相匹配。正如张维屏在《纪昀与乾嘉学术》中总结的："综观数十年来的纪昀（晓岚）研究，可以发现除了一部谈鬼说狐的《阅微草堂笔记》之外，一般说来实在很难与纪氏其他著述有更进一步在文字上的直接接触，自然也不容易对纪昀的生平与学术思想做全面且深入的研究。纪昀在现代声名愈广之际，同时可供研究纪氏的资料却不见相对增加。被誉为'清代第一才子'的纪昀，其真实面貌也因此未获适切的剖析与呈现。故纪昀研究实有进一步发展的空间。"① 事实确实如此。目前研究还主要就纪昀某个方面的学术问题展开，以单篇论文为主，系统研究的学术专著较少；对一些关键问题，如纪昀在乾嘉考据学中的地位与作用，纪昀和《四库全书总目》的关系等，研究还有待深入；对于纪昀自身最为重要、最富价值的诗文评，还需要做更加全面系统的研究等。

二　纪昀的文学思想概说

唐君毅说："吾今之所谓即哲学史以为哲学之态度，要在兼本吾人之仁义礼智之心，以论述昔贤之学。古人往矣，以吾人之心思，遥通古人之心思，而会得其义理，更为之说，以示后人，仁也。必考其遗言，求其诂训，循其本义而评论之，不可无据而妄臆，智也。古人之言，非仅一端，而各有所当，今果能就其所当之义，为之分疏条列，以使之各得其位，义也。义理自在天壤，唯贤者能识其大。尊贤崇圣，不敢以慢易之心，低视其言，礼也。"② 据此种仁义礼智之心，本书试图对纪昀文学思想的真实面貌作"适切的剖析与呈现"。就纪昀的文学思想而言，可以用"老而史"来概括。

所谓"老"，包括多种含义，比较有代表性的观点如明代杨慎认为："绮而有质，艳而有骨，清而不薄，新而不尖，所以为'老成'也"（《升庵诗话》卷九）；清代《御选唐宋诗醇》卷十四评杜甫《病马》："直书见意，无复营构，此为老境"；方东树："七言古之妙，朴、拙、琐、曲、硬、淡，缺一不可，总归于一字，曰老"（《昭昧詹言》卷十一）。这些说法表述不一，但是核心是一样的，那就是对各种规则的掌握和融通，主客双方和谐交融。体现在纪昀处，有两层意思，一是为人的老到，世事洞明、人情练达，接受现实以图完善的安命以立命；一是文学批评，推崇"老"的风格特点，用"老"对杜甫代表的诗歌加以品评。

所谓"史"，即朱东润先生所讲的"史的概念"，是史家意识和历史思维，是考镜源流、辩证通达。在纪昀处主要表现为：以强烈的会通意识，持客观辩证的态度，对于诗歌发展史做贯通的研究，得出理性客观的

---

① 张维屏：《纪昀与乾嘉学术》，国立台湾大学出版委员会 1998 年版，第 7 页。
② 《中国哲学原论·原性篇自序》，《唐君毅全集》卷十三，学生书局 1991 年版，第 9 页。

结论。他是将乾嘉时期考据学的方法运用于诗歌批评领域，对诗歌和批评进行全面考索。

　　简而言之，"老而史"即是对纪昀心态志趣和学术思想的概括。纪昀学术选择和个人志趣上的"俗"，文学观念上的"正"，创作理论上的"老"，批评史论上的"史"，小说创作和理论上的"理"，便是"老而史"在不同方面的具体体现。

　　就个人志趣和学术选择而言，纪昀自道其"俗情"，在学术上随着环境的变化而有所取舍，先后经历了考证—文章—考证三个阶段；同时持安命以立命的观念，安时处顺又积极进取，集官僚、学者、小说家、批评家于一身，通过点评《文心雕龙》等经典、总纂《四库全书总目》、创作《阅微草堂笔记》等，表达他对学术、社会与人生的思考，希图经世致用。纪昀和戴震时常被联系在一起，但却属于不同的类型。乾嘉时期的学者深受传统文化学术浸淫，同时又开始接触西方文明，随着治学与处世价值取向的不同，学者们出现了分化：有积极理性、对不合理的理论和现象予以批判的相对独立的学者，也有在顺承王权、力求维持现有统治秩序的基础上试图有所改善的学者。前者可以戴震为代表，后者的代表正是纪昀。

　　就文学观念而言，纪昀属于正统文论家，坚持儒家诗教传统，同时注重诗歌的审美特性。和其他正统文论家相比，纪昀有自己的理论特点，发展了儒家诗教思想。首先，纪昀认为"发乎情，止乎礼义"是"诗之本旨"，兼括了"诗言志"和"思无邪"，"诗言志"即是"发乎情"，"思无邪"即是"止乎礼义"，以此作为理论的核心，强调性情、人品和学问的统一；用温厚和平对传统的"穷而后工"说进行修正；把儒家诗教的"发乎情，止乎礼义"运用到诗歌发展中，认为"发乎情"和"止乎礼义"的分裂，后人在创作中各执一端，是弊端的根源所在。其次，纪昀提出了"教外别传"说，以此来定性以陶渊明、谢灵运、王维、孟浩然、韦应物、柳宗元等为代表的一脉诗歌，认为这类作品对诗教无益亦无损，在儒家诗教思想主导的诗学体系中予以定位。

　　在诗歌创作方面，纪昀重视兴象和风骨，以"气"论来阐释风骨，认为这是诗歌审美特性的主要体现；提出通过炼气炼神，来达到心灵自运，"我用我法"的理想境界。关于诗歌发展，纪昀认为大致可以归为"拟议"和"变化"两种，是主客观共同影响的结果：诗歌受到外部"气运"和"风尚"的影响，与世俱变；就创作者来说，只有拟议而无变化，或只有变化而无拟议，是诗歌发展出现弊端的主要原因，正确的途径是酌乎其中，既有继承又有发展。关于诗歌风格，纪昀总结发展了"老"这一审美范畴，并广泛运用于诗歌批评之中；强调自然和精工的结合，认为"自然而工，乃真自然"。

在小说创作和观念方面，纪昀以明理为中心，以助教化、广见闻、资考证为小说价值，推崇传统社会肯定的忠孝节义，注重"阴律"，探寻现实社会生活中的物理、事理、情理、势理。以"著书之理"要求笔记小说创作，应以取熔经义、参酌史裁、博涉诸子百家为途径，达到宗旨正、条理明、变化尽。创作上，《阅微草堂笔记》人物相对扁平，其中"老者"类型最为突出，是智和德的化身；反对"夙缘"等直接的虚构手段，注重化虚构为见闻，利用鬼狐具有的异能来探测和表现不可知的领域，通过强调得之于"耳目"来证明故事的真实性。就风格而言，《阅微草堂笔记》以明理为中心，道世态人情之幽微，有"老"之美；《新齐谐》自然粗鄙，泥沙珍珠混杂，有"真"之美；《聊斋志异》既有对现实的无情揭露，更有对远离现实的理想世界与美好生活的尽情描绘，有"清"之美。

关于诗歌史，纪昀认为诗歌尤其是汉代以后的诗歌，在整体上是一个利弊相生、"互相激、互相救"[①] 辩证发展的过程；依据诗歌和诗教的关系，纪昀将诗歌史分为三个阶段：第一个阶段是汉代以前，诗歌发展，诗教振兴，二者统一；第二个阶段是汉代到元代，诗歌发展而与诗教分裂；第三个阶段是明清时期，诗歌复古，诗教重振。其中，汉代到元代又以唐代为界分为前后两个小阶段。

诗歌发展每一阶段的主要问题都有所不同：齐梁时期主要是诗歌艳情和绮靡问题；唐宋时期是诗歌性情和学力问题；明代诗歌则是摹拟和性灵问题。以主要问题为线索，以诗歌流派为脉络，纪昀的诗歌批评便基本上涵盖了整个诗歌史。正因为对诗歌史有系统总结，纪昀前所未有地以文学发展问题作为嘉庆丙辰、壬戌两科会试策问的内容，几乎涉及了所有重要的批评问题。由于这一部分是全书的主要内容，这里再做进一步的展开：

关于齐梁时期诗歌的艳情和绮靡问题，纪昀没有简单定论，而是把齐梁诗放在诗歌发展的历史过程中，肯定它作为诗歌的一种自有其存在的价值，并从诗教与艳情、情韵与词采、自然与格律三个方面进行了分析。纪昀批评其浮靡淫艳、风骨不振，同时从诗教角度予以了一定程度的认可，认为"郑卫之风，圣人不废，苟心知其意，温柔敦厚之旨，亦未尝不见

---

① 《冶亭诗介序》，《纪晓岚文集》第 1 册，河北教育出版社 1991 年版，第 188 页。

于斯"①；指出齐梁诗的特点在"情韵"而不在格调，因此不能用"格"来要求。对齐梁诗清丽自然的特点和初步形成的格律说，纪昀都非常重视，认为这些变化直接影响了后来诗歌的创作。

关于唐宋时期诗歌的性情和学力问题，纪昀主要通过对重要诗人、流派的分析来展现他的看法。对于王、孟诗派，纪昀予以高度评价，认为诗歌兴象玲珑，熔炼之至，是唐诗最富审美韵味的部分之一；这派诗歌不讲美刺，对诗教无益亦无碍，其定位就是"教外别传"。对于李白、杜甫、韩愈、元稹、白居易等诗人，纪昀整体评价他们诗作的同时，着重强调了他们创作中出现的新变化，"至李、杜、昌黎，始以拗句单行，别开门径耳"。指出李白诗歌已经出现散文化的句式，杜甫变化更大，其诗歌创作出现叙事、议论的写实特点，而到了韩愈，诗歌追求雄奇瑰伟的审美境界，以文为诗的情况更加明显；元、白在诗歌上的变化，属于另外一种情况：重视诗歌的社会功用，而对艺术性相对轻视，结果是讽喻诗过于说理，而艳诗又过于俚俗；他们创作中的这种变化，直接对宋诗发展产生影响。对于李商隐和西昆体，纪昀认为李商隐把性情和学力结合起来，诗歌含蓄蕴藉，善于用典，对其予以了高度评价，西昆体则"有意味者原佳，惟一种厚粉浓朱、但砌典故者可厌"。对于苏轼，其诗歌说理、议论的特点较为突出，由于根柢深厚，创作上继承前人的同时也能体现本色，纪昀对此比较赞赏，但对黄庭坚及江西诗派则有所不满，认为"才高者轶为野调，才弱者流为空腔。万弊丛生，皆江西派为之作俑"，对方回的理论也多有贬斥。至于邵庸的《击壤集》到后来金履祥的《濂洛风雅》代表的道学诗，纪昀认为"诗本性情，可以含理趣，而不能作理语"②，而道学诗"以论理为本，以修词为末"③，只重说理而忽视了诗歌的艺术性，因此受到纪昀的严厉批评。

关于明代诗歌的摹拟和性灵问题，纪昀主要从诗歌继承和创新的角度对其分析。纪昀强调诗歌的发展，但对于明诗，他认为"至'嘉隆七子'变无可变，于是转而言复古"④。在纪昀看来，复古运动不仅是正确的，也是必然的。这样，纪昀和七子在根本立场上一致，而和主张创新的公安派对立。另一方面，纪昀强调学习前人但不能因袭，应该体现出自己的本

---

① 《玉台新咏校正·序》，清撷英书屋抄本。
② 纪昀评卢肇：《澄心如水》，《唐人试律说》，《纪晓岚文集》第 3 册，河北教育出版社 1991 年版，第 30 页。
③ 《四库全书总目》别集类六，《击壤集》提要。
④ 《四百三十二峰草堂诗钞序》，《纪晓岚文集》第 1 册，河北教育出版社 1991 年版，第 207 页。

色和个性，所以他赞同七子复古派学习盛唐，但对他们一味摹拟的弊病则非常不满。对于公安和竟陵派，纪昀也主要是从不学古人、只求创新这个角度提出批评，同时对他们求新的特点予以了肯定。从这些来看，纪昀的史家意识和辩证思维也是有其明显的局限的。

纪昀文学思想总体上体现出"老而史"的特点，在分析和批评上能够慧眼独具，发前人所未发；同时也在一定程度上影响了他的理论在后世的影响和接受："史"的脉络是隐含而不易发现的，是以朱东润早就提出纪昀"独具史家意识"而无人回应；"老"则近于"平淡"而不显豁，不像"性灵"、"肌理"那样独树一帜而突出鲜明。但是这"老"和"史"在乾嘉时期纪昀处的结合，却有其历史的必然。乾嘉时期乃是社会文化集大成的时代，《四库全书总目》的编纂本身便是学术集大成之作，而纪昀"总其成"。所以无论是对传统诗教思想的继承和发展，还是其用拟议和变化来阐释诗歌发展，纪昀的文学思想有其代表性，它提供了一种不同于传统立"新说"的新意，一种诗学发展的新思路。将纪昀所作批评加以系统归纳，再对比现代的中国古代文学批评史，就会发现二者在诸多方面存在相似之处。从这个意义上说，古代文学批评史现代转型的萌芽，乾嘉时期已经开始了。

对于纪昀这样一位文学批评史上承前启后的重要学者，一位在学术上有突出成就而长期被忽视的理论家，将他的文学思想置于历史的坐标中予以客观分析和公允评价，对于中国文论的建设有其不可替代的价值。

第一章　俗：纪昀的学术与志趣

纪昀被学界公认为乾嘉学术的代表人物之一，然而对于纪昀和乾嘉学派的关系，一直众说纷纭，没有定论。当代较有代表性的观点，主要有以下三种：

一是纪昀是倡导考据学的学界领袖。余英时称："当时北京提倡考证运动最有影响力的领袖是朱筠和纪昀。……纪晓岚则比朱笥河更为激烈，他可以说是乾、嘉时代反程、朱的第一员猛将。"① 漆永祥认为纪昀主持四库馆，是学界领袖之一，"朱筠倡开四库馆，纪昀主持馆事，钱大昕又持东南学术界之牛耳，他们并为学界领袖，建树良多"②。此前类似的说法也有一些，和纪昀有过交往的朝鲜柳得恭在其《燕台再游录》称："纪公所云迩来风气趋《尔雅》、《说文》一派者，似指时流。而其实汉学、宋学、考古家、讲学家等标目，未必非自晓岚倡之也，见《简明书目》论断可知也。"③ 《朝鲜李朝实录中的中国史料·纯宗实录》也有记载："近来汉人之稍有文学者，各立门户，有所谓考据之学，诋斥宋儒，专主注疏之说。礼部尚书纪昀为首，而阁老刘权之等从之。有所谓尊朱学者，专主朱子之训，太学士彭元瑞为首，而阁老朱珪、尚书王懿修等从之，便成一种党论。"④

二是纪昀是考据学的翼赞者。主要见张维屏《纪昀与乾嘉学术》："清代考证学至乾隆中叶在惠栋、戴震等人的引领之下，进入全盛发展时期。纪昀在这一段巨大的学术风潮里面，扮演着奖助翼赞汉学考证学术研究风气成长的角色。"⑤ 美国学者艾尔曼的观点与此近似，称纪昀为"《四

---

① 余英时：《论戴震与章学诚》，生活·读书·新知三联书店 2000 年版，第 120 页。
② 漆永祥：《乾嘉考据学研究》，中国社会科学出版社 1998 年版，第 61 页。
③ 柳得恭：《燕台再游录》，广文书局 1968 年印行，第 9 页。
④ 吴晗辑：《朝鲜李朝实录中的中国史料》（十二），中华书局 1980 年版，第 5060 页。
⑤ 张维屏：《纪昀与乾嘉学术》，国立台湾大学出版委员会 1998 年版，第 9 页。

库全书》纂修官、汉学支持者"①。

三是纪昀和乾嘉学派有关,但不是领袖。从已有研究看持这种观点的学者是最多的。刘师培曾这样论纪昀:"及四库馆开,而治汉学者踵相接……震经学既为当世冠,第少不自显,亦兼营负贩以济其贫,应试中式,犹以狂生称于京师。会钱大昕荐之,得赏庶吉士,盖出不意,然终身示尝感大昕恩。大昕亦不以此市德也。及震既显,适秦蕙田辑《五礼通考》,纪昀典校秘书,大兴二朱亦臻高位,慨然以振兴儒术自任。"② 当代此类意见在陈祖武《乾嘉学派研究》中表现得比较突出,全书基本上没有提到纪昀和考据学的关系,只是在"《四库全书总目》的编纂"部分用了不到两页的篇幅来介绍纪昀生平及其对《四库全书总目》的贡献,认为"《四库全书总目》之编纂成功,固属集体劳作的业绩,而总纂官纪昀始终其事,用力最勤,实为全书之集大成者","《四库全书总目》之得成善本,纪昀厥功甚伟,最可纪念"③,此外在乾嘉主要学者以及相关问题的论述中,对纪昀基本不予置词④。

学界对于纪昀在乾嘉学派中扮演何种角色、发挥何种作用,显然没有一致意见。这种情况的产生有一定客观原因。在学界历来的认识中,纪昀的学术成就主要是总纂《四库全书总目》,而总纂不同于个人著述,因此称颂者不少,却难以落到实处;纪昀本人也不像一般乾嘉学者著书立说,没有考据学著述流传后世,所以纪昀在乾嘉学术中就陷入了不得不说却又难以说清的尴尬境地。

第一节 考证—文章—考证:纪昀学术分期辨析

在辨析纪昀和乾嘉学派关系之前,先看一看纪昀对自己学术分期和特点的表述。纪昀曾这样总结:"余性耽孤寂,而不能自闲。卷轴笔砚,自束发至今,无数十日相离也。三十以前,讲考证之学,所坐之处,典籍环

---

① [美]艾尔曼:《从理学到朴学——中华帝国晚期思想与社会变化面面观》,赵刚译,江苏人民出版社1995年版,第20页。

② 刘师培:《清儒得失论——刘师培论学杂稿》,中国人民大学出版社2004年版,第264页。

③ 陈祖武、朱彤窗:《乾嘉学派研究》,河北人民出版社2007年版,第36、38页。

④ 王俊义、黄爱平:《清代学术与文化》(辽宁教育出版社1993年版)对乾嘉学派有较为系统的研究,对于纪昀基本上没有提及。周积明《纪昀评传》(南京大学出版社1994年版)基本上没有涉及纪昀和乾嘉学派关系问题,只是在"朴学批判"小节中(第286—288页)简要论述了纪昀对于朴学的态度。

绕如獭祭。三十以后，以文章与天下相驰骤，抽黄对白，恒彻夜构思。五十以后，领修秘籍，复折而讲考证。"①

按照纪昀自己的说法，三十岁之前讲考证之学，三十岁至五十岁为文章，五十岁以后复折而讲考证。那么他三十岁之前做何考证？三十岁至五十岁为何文章？五十岁复折而讲考证结果如何？三十岁与五十岁时又分别发生了怎样的事件，导致了纪昀学术上的这种转向？下面就结合他的实际状况进行印证和辨析。

一 三十岁之前的考证之学

"余自四岁至今，无一日离笔砚。"② 四岁应当是纪昀笔墨生涯的开始。据李宗昉《纪文达公传略》记载，纪昀四岁受书，师从及孺爱，后又跟随李若龙、鲍梓学习。按照中国民间习俗，所谓四岁实为三周岁。由此可见，纪昀幼小之时便开始受教。其后，自雍正十二年纪昀随父亲纪容舒到北京，此后直到乾隆十二年，其间十几年时间里，除有时回乡，如乾隆三年夏天"与从兄懋园、坦居读书于崔庄三层楼上"，乾隆五年回乡应童子试和娶妻外，纪昀大部分时间在京城读书以备科考。

就纪昀的科考经历来看，基本还算顺遂。乾隆五年，纪昀应童子试，成为秀才；乾隆九年在河间应科试；乾隆十二年举顺天乡试，名列第一；乾隆十九年中进士，廷试二甲第四名，赐进士出身，选庶吉士。这一年纪昀三十周岁。

从这些信息来看，接受教育、准备应考，通过科举进入国家统治机构，成为官僚集团的一分子，大概就是纪昀三十岁之前的主要社会经历。那么，纪昀所说的三十岁之前讲考证之学，是从何说起的呢？

从纪昀所处的家庭氛围、社会环境、师友交往等各方面看，纪昀和考证之学有关联，但是关系并不突出。就地域而言，考据学和江南关系密切，而北方相对淡漠③。纪昀成长的地方河北沧州，虽然学风浓厚，但是和戴震、钱大昕所处地域具有浓厚的考证氛围相比还是迥然有异。纪昀先

---

① 《姑妄听之》序。

② 《槐西杂志》一。

③ 清焦循《与孙渊如观察论考据著作书》："近世以来，在吴有惠氏之学，在徽有江氏之学、戴氏之学，精之又精，则程易畴名于歙，段若膺名于金坛，王怀祖父子名于高邮，钱竹汀叔侄名于嘉定。"（《雕菰集》卷十三）此外，可看看［美］艾尔曼《从理学到朴学——中华帝国晚期思想与社会变化面面观》（江苏人民出版社 1995 年版）、许苏民《朴学与长江文化》（湖北教育出版社 2004 年版）等。

后受教的几位先生,除何琇"多考证经史疑义"(《滦阳续录》一)外,对考证之学都没有太多研究:

纪昀的蒙师及愍,字孺爱,直隶交河县(今河北泊头市)人,雍正年间岁贡,曾任隆平县训导,"博古嗜学,世事从未闻问,特己待人,光明坦白,群推士林楷模"①。

鲍梓,字敬亭,南宫人,雍正元年进士,十三年以知县降授邑教谕,"为人古直质讷,通经训,工诗及书,尤精制艺,律法高而不泥于古。时制艺方崇尚骈俪,公力斥之,以瀹发性灵迪后进,一时翕然向往。翰林纪昀、御史戈涛、进士中书纪昭、举人鲍自清、陈之珍、孔传晊、崔方、韩戈济、孙广谱、常绳愆诸人,皆出其门。其他薰陶成佳士者不可胜数也"②。

许南金,雍正元年举人,学养兼优,以胆大著称。《阅微草堂笔记》就记载了许南金不怕鬼的故事。

李若龙,雍正十三年举人,"文词精粹,诗类香山",被纪昀认为"一生得力师"③。李若龙同样喜欢讲鬼狐故事,尤其喜欢借鬼狐故事譬喻人情世故。

董邦达,雍正十一年进士,官至工部尚书、礼部尚书,擅长书画,注重人品,强调"砺人品而建功名,乃真功名;有功名而不失人品,乃真人品"④。《阅微草堂笔记》中有不少故事与董邦达有关。

就同时就学的朋友来看,除等待部试期间文社的一些朋友如钱大昕等后来以考据名世外,其他人大多未专注考证。纪昀和钱大昕等人此时的交往也以诗句唱和、商榷制义为主:"忆自乾隆戊辰至甲戌,清悫公方宦京师,与秦学士涧泉、卢学士绍弓、张编修松坪、周舍人筼溪、陈舍人筼亭、王舍人縠原、左舍人龚塘、丁舍人药圃、钱詹事辛楣及余与从兄懋园,均以应礼部试结为文社。率半月而一会,商榷制义,往往至宵分;中间暇日,又往往彼此过从,或三四人,或五六人,看花命酒,日夕留连,时以诗句相倡和,一时朋友之乐,殆无以加也。"⑤

不过,三十岁之前的纪昀和考证之学也还是有着一定接触,这主要在

---

① 《民国交河县志》卷七《人物志上·文学》,《中国地方志集成》第45辑《河北府县志》,第546页。
② 《民国献县志》卷九《文献志》,《中国地方志集成》第49辑《河北府县志》,第260—261页。
③ 《光绪东光县志》卷八《人物志上·文学》,《中国地方志集成》第45辑《河北府县志》,第208页。
④ 《书陆青来中丞家书后》,《纪晓岚文集》第1册,河北教育出版社1991年版,第260页。
⑤ 《袁清悫公诗集序》,《纪晓岚文集》第1册,河北教育出版社1991年版,第197页。

社会与家庭环境、个人接受教育和参加科举等几个方面。

纪昀出生至入仕前的 18 世纪上半叶，清廷的文化政策已有所变化，清初士人对儒家原典的研究已有不少成果①，尊经、考辨的风气已趋浓厚。对音韵训诂的研究，作为对儒家经典进行考证的重要手段，已比较盛行。和纪昀直接有关的就是朝廷对学院的设置和重视以及对科举程式的改革。乾隆时期，为让更多的通经之士入选而对科举程式加以改革，乾隆二十二年增加律诗罢论、表、判②。

家庭方面，纪昀的父亲纪容舒（1686—1764），康熙癸巳科举人，历任户部四川、山东二司员外郎，刑部江苏司郎中，云南姚安府知府，著有《唐韵考》五卷，《玉台新咏考异》十卷③，《杜律疏》八卷。前二种录入《四库全书》，后者载入《四库全书总目》，都注重条理翔实。纪容舒是纪氏家族中涉足官场职位较高的人，虽无甚宦绩，但有一定学术造诣，从他的著述来看，治学有偏于考据的特点。这种家学渊源对纪昀应当有一定影响，纪昀"于学问，喜汉唐训诂而泛滥于史传百家之言"④。

从纪昀的考证成果来看，主要有：乾隆十九年姜白岩持史雪汀《风雅遗音》相赠，纪昀为之审定⑤；乾隆二十四年重订《张为主客图》，同住于虎坊桥的王鸣盛在诗中有所提及："孝穆新编得少瑜，飞卿酬唱有唐夫。卜邻喜占东西屋，把袂传看《主客图》。"同年撰成《沈氏四声考》二卷，认为陆法言《切韵》是根据沈约《四声谱》而作。

审定《风雅遗音》、重订《张为主客图》与《沈氏四声考》，是纪昀早年考证的主要成果。此后，无论是对《史通》、《文心雕龙》、《瀛奎律髓》等诸多经典的点评删正，主持编纂《四库全书总目》，还是撰写《阅微草堂笔记》，纪昀治学均带有鲜明的注重考证的特点。至于纪昀所说的"三十以前，讲考证之学"，应该主要针对审定《风雅遗音》、重订《张为

---

① 研究对象主要是《周易》、《尚书》、《诗经》等经书。成果主要有：阎若璩《古文尚书疏证》、黄宗羲《易学象数论》、胡渭《易图明辨》、顾炎武《音学五书》等。
② 可参阅《清史稿·选举》部分、戴逸《乾隆帝及其时代》（中国人民大学出版社 1992 年版）、周积明《纪昀评传》（南京大学出版社 1994 年版）。
③ 关于这本书的作者存有争议。《玉台新咏校正》撷英书屋抄本称："是书向以宋陈玉父刻本为最善，自元明以来绝少佳本。馆目《玉台新咏考异》十卷，纪容舒撰。检是编，首题河间纪某校正，末题观弈道人书，均无容舒名。考《知足斋集》载纪文达墓志，则云文达父讳容舒，曾官姚安太守。乃知代其先人所作也。"相关研究参见刘跃进《玉台新咏研究》，中华书局 2000 年版；隽雪艳《〈玉台新咏考异〉为纪昀所作》，《文史》第 26 辑。
④ 《怡轩老人传》，《纪晓岚文集》第 1 册，河北教育出版社 1991 年版，第 324 页。
⑤ "于时匆匆未及观。已卯夏，始卒读之，叹其用心精且密。"（《审定史雪汀风雅遗音序》）

主客图》与《沈氏四声考》等而言。

二　以文章与天下相驰骤

这段时间大致在纪昀三十岁至五十岁之间。乾隆十九年纪昀以二甲第四名赐进士出身，选庶吉士，正式踏入仕途。乾隆三十八年开四库全书馆，因大学士刘统勋推荐，纪昀"于癸巳受诏校秘书"。这一年，纪昀刚好五十岁。

让我们返回纪昀以文章与天下驰骤的最初时刻。纪昀在七十多岁时追忆当年考中进士的场景：

> 是科最号得人，其间老师宿儒，以著述成家者不一；高才博学，以词章名世者不一；经济宏通，才猷隽异，以政事著能者不一；品酒斗茶，留连倡和，以风流相尚者亦不一。故交游欸洽，来往无凤期，宴会无虚日。余少年意气，亦相随驰骋，顾盼自豪。（《前刑部左侍郎松园李公墓志铭》）

这段文字被广为引用，多关注在"是科最号得人"。此科确实名家荟萃，"闱中遍搜，三场所得，如王礼堂、王兰泉、纪晓岚、朱竹君、姜石贞、翟大川辈，皆称汲古之彦"[①]。后人以为"汲古之彦"为注重汉学的学者，其实纪昀根据他们的发展而明确将这些同科进士分为四类：老师宿儒，以著述成家者；高才博学，以词章名世者；经济宏通，才猷隽异，以政事著能者；品酒斗茶，流连唱和，以风流相尚者。

如果对此科人物大致归类，那么王鸣盛、钱大昕可谓著述成家者，王昶则是政事著能者，朱筠情况和纪昀类似，主要在翰林院和四库馆供职，大概可以算作词章名世者；翟灏不如他们知名，但是他著有《通俗编》十分盛行，今日常用的很多俗语如"绿帽子"、"情人眼里出西施"等，都出自此书，以其处世为人，可能与风流相尚者接近。

四类之中，纪昀无疑是将自己归入"以词章名世者"，认为"计甲戌一榜，以文章受知者莫如余"[②]。"词臣只是儒官长"[③]，翰林院的文学儒

---

① 《竹汀居士年谱》，《嘉定钱大昕全集》（壹），江苏古籍出版社1997年版，第12页。

② 《刑部河南司员外郎前江苏按察使司按察使检斋王公墓志铭》，《纪晓岚文集》第1册，河北教育出版社1991年版，第353页。

③ 《南行杂咏·新泰令使馈食品诗以却之》，《纪晓岚文集》第1册，河北教育出版社1991年版，第576页。

臣，可以说是这一时期贴在纪昀身上时间最长的标签。高才博学，自不待言，值得关注的是用以名世的"词章"，即纪昀在这一时期的诗歌创作和大量的点评。为什么在乾隆十九年相聚京师的大家，如戴震、钱大昕，在此后学问精进，奠定自己考据学大家的地位，而纪昀则在这一时期流连于诗歌创作和点评呢？要知道，在这个时期，义理、考据、辞章三者并存，地位却并不相同，考据学日盛，而诗歌创作则日益受到贬低和轻视，对比钱大昕前后对于诗歌的态度便一目了然，且纪昀与钱大昕交往密切，长期共事于翰林院，戴震则直接假馆纪昀家中，纪昀为之出资刊刻《考工记图》并为之作序。为何两人浓厚的考证学兴趣没有影响和感染到纪昀呢？

细究起来，原因大概在纪昀的个人志趣和职责身份两个方面：

就个人志趣而言，诗歌创作和点评更符合纪昀的性情趣味。纪昀在《瀛奎律髓刊误》跋中自称："余少时阅书，好评点"，此外还有不少自道，如"昀于文章，喜词赋；于学问，喜汉唐训诂而泛滥于史传百家之言。先大夫恒病其杂……昀早涉名场，日与海内胜流角逐于诗坛文社间"①，"余自早岁受书，即学歌咏；中间奋其意气，与天下胜流相倡和，颇不欲后人"② 等。从这些材料看，纪昀对于诗歌文章及评点的兴趣始于少时，三十岁未入仕之前，受环境影响，对考证有所研究，集中在学习过程中接触最多的小学方面，而对于经史没有表现出钱大昕、章学诚那样明确的兴趣，也没有致力于此种研究的志愿。

此外，以文章与天下相驰骤和纪昀任职于翰林院的职责、文学侍臣的身份直接相关。翰林院始设于唐开元二十六年（738），为儒臣定职，主要承担掌编国史、进讲经史、草拟文件、记载起居等职责。翰林院各级官员大抵是"文学侍从之臣"。纪昀两入翰林，长期在此供职，对翰林院的历史与功能认识较为全面："伏考《钦定历代职官表》，翰林即古史官。所职初非一事，亦参杂不出于一途，多以他官兼摄；至唐置集贤院，而其秩始尊；至宋以翰林学士掌制诰，而其权始重。至明则士子登进，必出甲科，甲科之中拔其尤者为翰林。翰林仕宦之捷，有偃息林泉，坐待迁转，至九卿而后入朝供职者。惜所讲者仅词赋，名臣硕学，或间出其中；亦气节经纶皆所自具，非从词赋中来。然四民首儒，乡党之风俗，多视儒士趋向。儒士又以翰林为首，名场之声气，尤多视翰林之导引。故其官虽不治

---

① 《怡轩老人传》，《纪晓岚文集》第 1 册，河北教育出版社 1991 年版，第 324、325 页。
② 《鹤街诗稿序》，《纪晓岚文集》第 1 册，河北教育出版社 1991 年版，第 206 页。

政事，而起化之源，则恒在是焉。"① 清代翰林院的主要职责在充经筵日讲、论撰文史，稽查史书、官学功课，入值侍班、扈从，充乡试、会试、殿试主考官、读卷官，考选、教习庶吉士等。乾隆九年翰林院重葺竣工，高宗颁谕:"翰林之职，虽在文章，要贵因文见道尔"②。纪昀对翰林院的历史和职责知之甚详，对于自己的状况也很清楚——"起家词馆，本业文章"③，纪昀进入仕途到总纂《四库全书总目》期间的大事记也基本符合这个特点:

乾隆二十一年（1756），纪昀和钱大昕奉旨任《热河志》总纂。同年秋，乾隆驾幸木兰，纪、钱扈从热河，"途中恭和御制诗进呈，天语嘉奖。由是馆中有南钱北纪之目"（《竹汀居士年谱》）。

乾隆二十四年（1759），纪昀入翰林院五年后，充任山西乡试正考官。

乾隆二十五年（1760），充会试同考官。

乾隆二十七年（1762），充顺天乡试同考官。十月，受命视学福建。

乾隆二十八年（1763），任福建学政，升侍读。

乾隆二十九年（1764），丁忧归里。

乾隆三十二年（1767），服阕赴补。补授翰林院侍读，充日讲起居注官，晋左庶子。受诏续修《通志》。

乾隆三十三年（1768），补授贵州都匀府知府，上以学问优，外任不能尽其所长，命加四品衔，留任左春坊左庶子。同年四月，擢翰林院侍读学士。七月，因卢见曾案徇私漏言，革职戍乌鲁木齐④。

乾隆三十六年（1771），从乌鲁木齐回京。十月迎銮密云，御试土尔扈特全部归顺诗，立成五言三十六韵以进，得旨优奖，复授编修。

乾隆三十八年（1773），开四库全书馆，纪昀得大学士刘统勋推荐，任四库全书馆总纂修。同年，"见其考订分排具有条理，而撰述提要粲然可观，则成于纪昀、陆锡熊之手。二人学问本优，校书亦极勤勉，甚属可嘉。纪昀曾任学士，陆锡熊现任郎中，著加恩均授为翰林院侍读，遇缺即补，以示奖励"⑤。此后纪昀长期效力于四库全书馆。

纪昀一生大事，基本发生或奠定于此一阶段。乾隆对他作为文学侍臣

---

① 《端本导源论》，《纪晓岚文集》第 1 册，河北教育出版社 1991 年版，第 137 页。

② 《清高宗实录》卷二百二十七。

③ 《祝釐茂典记》，《纪晓岚文集》第 1 册，河北教育出版社 1991 年版，第 146 页。

④ "涿郡某，昀至戚也，被籍没，昀私报之，谪戍乌鲁木齐。"（《咸丰献县志》卷四《文学志》）。

⑤ 《清高宗实录》卷九百四十一。

的赏识，对纪昀一生的政治生涯和学术，都有决定性的影响。乾隆三十三年贬戍乌鲁木齐，则是纪昀一生的转折点。

纪昀的诗歌创作基本上集中在这一时期。他的诗歌大致分为三类：一是恭贺诗，最初的恭贺诗写于扈从热河时，并借此得到乾隆赏识；二是日常应酬和随感，如《哭田白岩四首》、《王菊庄艺菊图》，多收入《三十六亭诗》；三是专题诗，如《南行杂咏》、《乌鲁木齐杂诗》。一般认为其专题诗艺术水平和价值最高，它们分别为纪昀任福建学政和贬戍乌鲁木齐时期所作，对于研究地方民俗文化也具有很高的价值。《南行杂咏》与《乌鲁木齐杂诗》一南一北，貌似关系不大，如果仔细比较，却可以看出纪昀诗歌创作态度的变化：

《南行杂咏》是纪昀赴福建的途中创作的组诗，记载了纪昀南行的过程、沿途风物和感受。此时的纪昀虽然还算顺利，但是诗作体现的心情是多样的，心态是复杂的，有意气风发之作，有内心凄惘感慨之作，后人研究多强调前者，其实后者更值得注意。如《舟泊常州闻湖南抚军将至》："薄暮萧然且赋诗，冷官风味本如斯"；《由枫桥移泊盘门》："平生意萧散，逼侧寡所悦"；《又咏钓台示诸友》："丈夫各有意，优劣谁能分。况乃清与浊，出处非所论"。这些诗歌都是纪昀真实情感的抒发和写照。很显然，此时的纪昀还处于注重和追求个性自然舒展的阶段，认为"诙谐一笑原无碍"，"吾宁祖背僵，冻若寒木槁。安能久郁郁，坐受幺么恼。魏博戮牙兵，虽弱亦自好。龌龊罗绍威，追悔何足道"[①]。

《乌鲁木齐杂诗》是纪昀谪戍乌鲁木齐时期的作品，内容涉及乌鲁木齐和伊犁的政治、军事、经济、文化等多个方面。纪昀在自序中称："昔柳宗元有言：'思报国恩，惟有文章'。余虽罪废之余，尝叨预承明之著作，歌咏休明，乃其旧职。今亲履边塞，纂缀见闻，将欲俾寰海外内，咸知圣天子威德郅隆，开辟绝徼，龙沙葱雪，古来声教不及者，今已为耕凿弦诵之乡，歌舞游冶之地。用以昭示无极，实所至愿。不但灯前酒下，供友朋之谈助已也。"这种明确的创作动机和目的，和有感而发创作的《南行杂咏》迥然有异。《南行杂咏》体现了纪昀的真实思想和情感，《乌鲁木齐杂诗》中可以看到景、物、事，却基本看不到纪昀个人的真性情，而此时却又是纪昀人生最低谷的时期。这种差异，固然有随着年龄阅历的增长而有所变化的因素，但是更主要的，可能还是纪昀对社会和自身都有

---

① 诗句分别见《南行杂咏》之《过德州偶谈东方曼倩事》、《蚤虱》，《纪晓岚文集》第 1 册，河北教育出版社 1991 年版，第 574、582 页。

了更为清晰的认识,希望自己更符合社会主流的规范,甚至有通过乌鲁木齐诗作来摆明姿态、取媚朝廷的想法。因此纪昀回京,钱大昕往候,"握手叙契阔外,即出所作《乌鲁木齐杂诗》见示","无郁轖愁苦之音,而有春容浑脱之趣"①。

纪昀对于诗歌的点评也同样集中在这一时期。乾隆二十四年纪昀充任山西乡试正考官,同年,因教授子弟的需要,作《唐人试律说》。枣强李清彦、宁津侯希班、延庆郭埔以及外甥马葆善,跟随纪昀在阅微草堂读书。因为科举增加律诗②,纪昀在授经之余,也常以唐试律教授他们。马葆善等录而藏之,积为一册,成《唐人试律说》。当时"知诗体者皆薄视试律,不肯言",但是纪昀在自序和具体点评中提出了不少精彩之见,如"大抵始于有法,而终于以无法为法","试律虽小技,亦必学有根柢乃工","诗本性情,可以含理趣,而不能作理语"等③。

乾隆二十五年(1760),纪昀对《八唐人集》进行考证,点阅《翰林集》、《香奁集》。对于唐八家诗,纪昀认为:"此八家诗,是小冯手迹,与《才调集》看法正合。著语不多,当是几砚间随笔所就者。"(《书八唐人集后》)对于韩偓诗歌,纪昀结合时代背景,从史的角度对其进行分析,指出他的诗歌和李商隐、杜牧诗歌风格近似;言词虽淫邪,但由于内在的忠义,表达的和婉,所以"风骨内生,声光外溢,足以振其纤靡"。这里纪昀已经将气和风骨联系起来,将作者的内在情感和外在表现联系起来,注重诗歌性情的雅正和兴象、风骨,探求诗之本原,提出了"诗随运会"的观点④,即诗歌随着时代气运的变化而变化。后来纪昀总结影响诗歌发展的外部因素时,归结为"气运"和"风尚"。

乾隆二十六年(1761),纪昀编定《庚辰集》,同样是为了教授子弟,"时科举方增律诗,既点定唐试律说,粗明程式;复即近人选本日取数首,讲授之。阅半岁余,又得诗二三百首。儿辈以作者登科先后排纂成书,适起康熙庚辰至今乾隆庚辰止,因名之曰《庚辰集》"⑤。虽然

---

① 钱大昕:《纪晓岚乌鲁木齐杂诗序》,《嘉定钱大昕全集》(玖),《潜研堂文集》卷二十六,江苏古籍出版社1997年版,第415页。

② "试律始于唐,《文苑英华》所载至四百五十八首,清乾隆间用以考试,尚沿律诗之称,惟普通则称之曰试帖诗。按唐明经科,裁纸为帖掩其两端,中间惟开一行,以试其通否,名曰试帖,进士亦有赎帖诗,帖经被落,许以诗赎,谓之赎帖,试帖诗之得名,殆由于此。"(商衍鎏:《清代科举考试述录》,生活·读书·新知三联书店1958年版,第249页)

③ 分别出自《唐人试律说》自序、《府试观开元皇帝东封图》评语、《澄心如水》评语。

④ 《书韩致尧翰林集后》(二则),《纪晓岚文集》第1册,河北教育出版社1991年版,第251页。

⑤ 《庚辰集序》,《纪晓岚文集》第3册,河北教育出版社1991年版,第62页。

都是为了应试,《唐人试律说》评点的诗歌少而理论性很强,《庚辰集》点评诗歌达二百余首,注至十七万余言,内容较多,点评集中于题意、句法等具体的诗法。如评《清露点荷珠》:"细意刻画,妙造自然,凡摹形写照之题,固以工巧为尚,然巧而纤,巧而不稳,巧而有雕琢之痕,皆非其至也,当以此种为中声。"评《梅花》:"此题久成尘劫,行以禁体,耳目乃清。"①

乾隆二十七年(1762),纪昀对陈师道的《后山集》进行钩辑考证,作《后山集钞》。序言中对陈师道不同诗体进行评价,认为"大抵绝不如古,古不如律,律又七言不如五言",至于文则"似较其诗又过之",其中一些评价如其五言古"生硬枒,则不免江西恶习"等,与后来《瀛奎律髓刊误》一脉相承,观点基本一致。可堪对比的是《四库全书总目》中《后山集》提要:

> 考江西诗派,以山谷、后山、简斋配享工部,谓之一祖三宗。而左袒西昆者,则掊击抉摘,身无完肤,至今呶呶相诟厉。平心而论,其五言古,剗削坚苦,出入于郊、岛之间。意所孤诣,殆不可攀;其生硬权枒,则不免江西恶习。七言古,多效昌黎,而间杂以涪翁之格。语健而不免粗,气劲而不免直;喜以拗折为长,而不免少开合变动之妙。篇什特少,亦自知非所长耶!五言律,苍坚瘦劲,实逼少陵。其间意僻语涩者,亦往往自露本质。然胎息古人,得其神髓,而不自掩其性情,此后山所以善学杜也。七言律,嶔崎磊落,矫矫独行。惟语太率而意太竭者,是其短。五、七言绝,则纯为少陵《遣兴》之体,合格者,十不一二矣。大抵绝不如古,古不如律,律又七言不如五言。弃短取长,要不失为北宋巨手。向来循声附和,誉者务掩其所短,毁者并没其所长,不亦惧耶!其古文之在当日,殊不擅名,然简严密栗,可参置于昌黎、半山之间。虽师子固,友子瞻,而面目精神迥不相袭,似较其诗为过之,顾世不甚传,则为诸巨公盛名所掩也。余雅爱其文,谓不在李翱、孙樵下;又念其诗,珠砾混杂,徒为论者所藉口。因严为删削,录成一编,非曰管窥之见可以进退古人,亦欲论后山者,核其是非长短之实,勿徒以门户诟争,哄然佐斗。是则区区之志焉耳。(《后山集钞序》)

---

① 分别见《纪晓岚文集》第 3 册,河北教育出版社 1991 年版,第 194、205 页。

其五言古诗出入郊、岛之间，意所孤诣，殆不可攀。而生硬之处，则未脱江西之习。七言古诗颇学韩愈，亦间似黄庭坚，而颇伤蹇直。篇什不多，自知非所长也。五言律诗佳处往往逼杜甫，而间失之僻涩。七言律诗风骨磊落，而间失之太快、太尽。五、七言绝句纯为杜甫《遣兴》之格，未合中声。长短句亦自为别调，不甚当行。大抵词不如诗，诗则绝句不如古诗，古诗不如律诗，律诗则七言不如五言。方回论诗，以杜甫为一祖，黄庭坚、陈与义及师道为三宗，推之未免太过。冯班诸人肆意诋排，王士祯至指为钝根。要亦门户之私，非笃论也。其古文在当日殊不擅名，然简严密栗，实不在李翱、孙樵下，殆为欧、苏、曾、王盛名所掩，故世不甚推。弃短取长，固不失为北宋巨手也。（《后山集》提要）①

两相对比，一目了然，《四库全书总目》中《后山集》提要即《后山集钞序》的缩写版，两文均出自纪昀之手，可以视为论证纪昀与《四库全书总目》关系的一条佐证。

乾隆三十年前后，纪昀在福建任学政及丁忧期间，将前几年点评和整理的作品收在一起，以其视学福建时居住的福州使院的镜烟堂命名，总称为《镜烟堂十种》，包括《沈氏四声考》、《重订张为主客图》、《点论陈后山诗集》、《点论李义山诗集》、《删正二冯评阅〈才调集〉》、《删正方虚谷〈瀛奎律髓〉》、《唐人试律说》、《审定〈风雅遗音〉》、《庚辰集》、《馆课存稿》。

乾隆三十一年，纪昀开始点评苏诗，前后近六年时间，五易其稿。"余点论是集始于丙戌之五月，初以墨笔，再阅改用朱笔，三阅又改用紫笔，交互纵横，递相涂乙，殆模糊不可辨识。友朋传录，各以意去取之。续于门人葛编修正华处得初白先生手批本，又补写于罅隙之中，益轇轕难别。今岁六月自乌鲁木齐归，长昼多暇，因缮此净本，以便省览。盖至是五阅矣。"纪昀在乾隆三十六年八月跋苏诗评本时如是说。纪评在苏诗研究史上占有重要地位。他不仅从诗歌史的角度为其定位，分析了苏轼诗歌创作的发展过程，对苏诗各体进行了全面研究，分析其特点，也批评其过直、过露等不足。卢坤《纪评苏诗序》对此的评价是："河间纪文达公于书无所不读，浏览所及，丹黄并下，如汉廷老吏，剖断精核，而适得事理之平。至于苏诗五易本而后定，盖尤审也。余既

---

① 《四库全书总目》卷一五四，别集类七。

刻公所评《文心雕龙》、《史通》二种，复梓是集，为读苏诗者得津梁焉。昔公尝谓生平学力尽于《四库提要》一书，余集可废，然则公不以是集重，读是集者，不能不以公重也。苏诗旧有查初白评本，此则较严，凡涉禅悦语及风议太峭激处，咸乙之。盖子瞻才大，可以无所不有，公为后学正其圭臬，固其宜也。"①

其后，乾隆三十六年（1771），纪昀点评了《文心雕龙》，并对方回的《瀛奎律髓》进行了刊误。纪昀对此两书的点评，在其各自的研究史上都有重要价值。对于《文心雕龙》研究来说，"如此实事求是的学风也确实为纪评的撰写，在研究方法上，留下了深刻的印记，使之更多体现出科学实证的风格，有助于校正以往'龙学'研究中，仅凭兴到，率尔批点的文人习气，体现出与明人评点的不同之处，使对《文心雕龙》理论批评植根于坚实的学术基础，为与现代'龙学'接轨，纪评可谓作出了重要的贡献"。"纪评在《文心雕龙》研究史上，确实具有津梁古今'龙学'的重要意义，对后世例如范文澜《文心雕龙注》以及有关刘勰文学理论批评思想的探讨，有着十分深远的影响。"② 至于《瀛奎律髓刊误》，对于研究宋代诗学、唐宋诗之争等重要问题，都是必不可少的基本资料。20世纪上半叶方孝岳作批评史，专就纪昀对方回的批评进行全面回护，其重要性自不待言。

乾隆三十七年（1772），纪昀作《史通削繁序》。序中称："刘氏之书，诚载笔之圭臬也，顾其自信太勇，而其立言又好尽，故其抉摘精当之处，足使龙门失步、兰台变色，而偏驳太甚、支蔓弗剪者亦往往有之，使后人病其芜杂，罕能卒业；并其微言精义亦不甚传，则不善用长之过也。"《史通》是我国古代系统的史学理论著作，相当于文学界的《文心雕龙》。纪昀和《四库全书总目》对此书的评价都很高，同时也

---

① 当代研究主要有：王友胜《论纪昀的苏诗评点》（《中国韵文学刊》1999年第2期），莫砺锋《论纪批苏诗的特点与得失》（《中国韵文学刊》2006年第4期），赵超《论王文诰对纪批苏诗的继承与驳难》（《文艺理论研究》2010年第3期）等。

② 张少康、汪春泓、陈允锋、陶礼天：《文心雕龙研究史》，北京大学出版社2001年版，第94、105—106页。关于纪昀评点《文心雕龙》的当代研究，主要有：汪春泓《关于纪昀的〈文心雕龙〉批评及其文学思想之研究》（《北京大学学报》2001年第5期），沙先一《论纪昀的〈文心雕龙〉研究》（《徐州师范大学学报》2002年第3期），王宏林《纪昀评点〈文心雕龙·明诗〉之辨析》（《河南教育学院学报》2004年第6期），陶原珂《〈纪晓岚评注文心雕龙〉之文体观》（《中州学刊》2006年第2期），内蒙古师范大学何颖的硕士学位论文《〈文心雕龙〉纪评中的创作论研究》（2004年）等。

有所批评①。纪昀借此点评表达了自己对史学的看法。如刘知几对官修史书非常不满，认为有人浮于事、敷衍塞责、不敢直书、义例不明、缺乏史料等五大弊病，而纪昀自乾隆二十二年受职编修后，职责多与史学有关，且清代主要是官修史书，《明史》即由清廷组织编写，因此纪昀对刘知几的说法并不同意，将《史通·辨职》中一些说法直接删去。此外，对书中《疑古》和《惑经》两篇的删减，也体现了纪昀相对保守的立场。从时间上看，纪昀作《史通削繁》之前对文学类作品多有评点，所以对《史通》的评论有些就和文学批评联系起来，如《史通·叙事》中有："盖饵巨鱼者，垂其千钧，而得之在于一筌；捕高鸟者，张其万罝，而获之由于一目。夫叙事者，或虚益散辞，广加闲说，必取其所要，不过一言一句耳。"纪昀评价："此即陆机'片言居要'，刘勰'寸枢转关、寸辖制轴'之说，（黄叔琳）崑圃先生以一筌一目不可以得鱼鸟讥之，未免吹求。如顾恺之称四体妍媸，无关妙处，岂真不画四体，而但点二目哉？"对于文中的"章句之言，有显有晦。……晦也者，省字约文，事溢于句外"，纪昀认为"显晦云云，即彦和隐秀之旨"。

　　从纪昀开始作《唐人试律说》，到最后作《史通削繁》，这中间的十五年，是纪昀以评点、删正、刊误等形式集中表达自己文学思想和观点的阶段。

---

① 《四库全书总目》："子玄于史学最深，又领史职几三十年，更历书局亦最久。其贯穿今古、洞悉利病，实非后人之所及。而性本过刚，词复有激，诋诃太甚，或悍然不顾其安。《疑古》、《惑经》诸篇，世所共诉，不待言矣。即如《六家》篇讥《尚书》为例不纯，《载言》篇讥左氏不遵古法，《人物》篇讥《尚书》不载八元、八恺、寒浞、飞廉、恶来、闳夭、散宜生，讥《春秋》不载由余、百里奚、范蠡、文种、曹沫、公仪休、宁戚、穰苴，亦殊谬妄。至于史家书法，在褒贬不在名号。昏暴如幽、厉，不能削其王号也。而《称谓》篇谓晋康、穆以下诸帝，皆当削其庙号。朱云之折槛、张纲之埋轮，直节凛然，而《言语》篇斥为小辨，史不当书。蓬瑗位列大夫，未尝栖隐，而《品藻》篇谓《高士传》漏载其名。孔子门人，欲尊有若，事出孟子，定不虚诬，而《鉴识》篇以《史记》载此一事，其鄙陋甚于褚少孙。皆任意抑扬，偏驳殊甚。其他如《杂说》篇指赵盾鱼飧，不为菲食，议《公羊》之诬；并州竹马，非其土产，讥《东观汉记》之谬，亦多琐屑支离。且《周礼》太史掌国之六典，小史掌邦国之志，则史官兼司掌故，古之制也。子玄之意，惟以褒贬为宗，余事皆视为枝赘。故《表历》、《书志》两篇，于班、马以来之旧例，一一排斥，多欲删除，尤乖古法。余如讥《后汉书》之采杂说，而自据《竹书纪年》、《山海经》，讥《汉书·五行志》之舛误，而自以元晖之《科录》为魏济阴王晖业作，以《后汉书·刘虞传》为在《三国志》中。小小疏漏，更所不免。然其缕析条分，如别黑白。一经抉摘，虽马迁、班固几无词以自解免，亦可云载笔之法家，著书之监史矣。"（史部史评类，《史通》提要）

三　五十岁复折而讲考证

　　乾隆三十八年设四库馆，纪昀为总纂。纪昀这一时期以编纂《四库全书总目》为主，以在闲暇时间撰写《阅微草堂笔记》为辅，其他并无著述。至于纪昀在考证风气浓厚的时代为何没有像钱大昕、戴震那样著书立说，流传较广的一种说法是："纪文达平生未尝著书，间为人作序记碑表之属，亦随即弃掷，未尝存稿。或以为言，公曰：'吾自校理秘书，纵观古今著述，知作者固已大备。后之人竭其心思才力，要不出古人之范围。其自谓过之者，皆不知量之甚者也'"①。除此之外，以教化民众的角度进行的阐释为多。如汪德钺指出纪昀之所以做笔记，是"以为中人之下，不可尽与庄语，于是以卮言出之，代木铎之声"②。还有类似说法："此公之深心也。盖考据论辨诸书，至于今而大备。其书非留心学问者多不寓目。而稗官小说搜神志怪、谈狐说鬼之书则无人不乐观之。故文达即于此寓劝戒之意，托之于小说而书易行，出之于谐谈而其言易入，然则《如是我闻》、《槐西杂志》诸书，其觉梦之清钟，迷津之宝筏乎？"③ 与这些说法可相印证的是纪昀在《逊斋易述序》中的感慨："余年近七十，一生鹿鹿典籍间，而徒以杂博窃名誉，曾未能覃研经训，勒一编以传于世，其愧懋园父子何如耶！"纪昀的做法和通达的态度是一致的。也有材料记载纪昀晚年曾跟孙子纪树馨交代自己的著述计划："吾老矣，欲成三书，恐天不假年，今语汝大略，汝其识之。一曰《规杜持平》。刘炫一部书，岂无是处，孔疏意主伸杜，凡刘说尽驳之，此冤狱也。平心持衡，各还其是，则杜之失无损于杜，而孔之驳不足以刘病矣。如杜以晋先縠为彘季，刘规之，按成十八年传，彘季是随会之子士鲂，非先縠，刘说是也；一曰《篆隶异同》，如凤、朋、鹏篆本一字，隶分为三，此篆同而隶异也。如好、敀，篆本二义，隶但作好，无敀字，此篆异而隶同也。初学有入门之阶，其必自此始乎？一曰《蠹简丛钞》……"④。这些材料其实并不矛盾，它们合起来反而体现了纪昀晚年较为真实的想法和学术状况。

---

① 小横香室主人：《清朝野史大观》卷九，中央编译出版社 2009 年版，第 935 页。
② 汪德钺：《纪晓岚八十序》，《四一居士文钞》卷四。
③ 梁恭辰：《北东园笔录初编》卷一载张维屏语，《清代笔记小说》第五十册，河北教育出版社 1994 年版。
④ 李宗昉：《闻妙香室文集》卷十四 "纪文达公传略" 附。其中《规杜持平》提到的杜为杜预，西晋学者兼军事家。刘为刘炫，隋朝河间景城人，为纪昀同乡。孔为唐代孔颖达。

综合这些情况,纪昀说自己五十"复折而讲考证",大概就是把编撰《四库全书总目》视为自己的主要考证工作,同时将考证的精神与特点带入笔记小说的撰写。前者是清廷交代给的任务,纪昀是"总其成"的重要人物,"凡六经传注之得失,诸史记载之异同,子集之支分派别,罔不抉奥提纲,溯源彻委"①。四库全书的整理和总目的编纂工作,和纪昀的仕途直接有关,也因此影响到了纪昀学术的转变。而此前所作研究,个人学术兴趣还是主导因素。至于此时写作笔记的原因,纪昀自称"时拈纸墨,追录旧闻,姑以消遣岁月而已"②,并在开篇"自题诗":"半生心力坐消磨,纸上烟云过眼多。拟筑书仓今老矣,只应说鬼似东坡。"但是本书认为并非如此简单,这部笔记小说不仅是纪昀现实生活的记录和再现,是他的文学思想在小说创作方面的体现;还是其晚年"以寄所欲言"之作,较为全面地反映了纪昀对现实社会的思考;同时,它也是渗透和体现着纪昀的考证思想和功力的作品。这里仅举一则故事为例:

> 杨令公祠在古北口内,祀宋将杨业。顾亭林《昌平山水记》据《宋史》,谓业战死长城北口,当在云中,非古北口也。考王曾《行程录》,已云古北口内有业祠。盖辽人重业之忠勇,为之立庙。辽人亲与业战,曾奉使时,距业仅数十年,岂均不知业殁于何地?《宋史》则元季托克托所修,距业远矣,似未可据后驳前也。(《槐西杂志》二)

这里就中国百姓耳熟能详的杨家将中老令公杨业的祠址进行考证。对此,同治时期徐时栋专门提出批评:"此条全是考校,与全书体例不合!"③ 此评不确。笔记中考证极多,像有的故事直接可以视为"娈童考"、"乌鲁木齐野生物考"、"天主教在中国源流考"等;除了直接的名物、事件的考证外,笔记小说包括鬼狐故事在内,都贯穿着注重实证、考镜源流的特点。

当然就总体而言,对于纪昀来说,总纂《四库全书总目》是其一生中最重要的事。

---

① 阮元:《纪文达公集序》,《研经室三集》卷五。
② 纪昀:《姑妄听之序》。
③ 吴波、尹海江、曾绍皇、张伟丽辑校:《阅微草堂笔记会校会注会评》(下),凤凰出版传媒集团 2012 年版,第 572 页。

　　于仕途而言，因整理四库全书、纂修总目有功，纪昀可以说是由此平步青云：乾隆四十四年（1779），三月擢詹事府詹事，四月擢内阁学士兼礼部侍郎，始出翰林院。此后纪昀一路扶摇直上：乾隆四十七年（1782）授兵部右侍郎；乾隆五十年（1785）授左都御史；乾隆五十二年（1787）授礼部尚书；乾隆五十六年（1791）调左都御史；乾隆五十七年（1792）复为礼部尚书；嘉庆元年（1796）调兵部尚书；嘉庆二年（1797）调礼部尚书；嘉庆八年（1803）调兵部尚书并教习庶吉士；嘉庆十年（1805）正月二十六日，以礼部尚书、协办大学士，加太子少保，管国子监事，二月十四日纪昀离开人世，任协办大学士仅十八天。

　　于学术而言，四库全书的整理和总目的编纂是学术史上一件大事，纪昀能够在学术史上获得一席之地首先是因为总纂《四库全书总目》。关于纪昀在整理和纂修《四库全书总目》中的作用，大致在四库馆人事、《四库全书总目》纂修两个方面：

　　纪昀作为总纂官，对于四库馆人事有所影响，这几乎没有争议。乾隆三十八年七月十一日内阁奉上谕："前据办理四库全书总裁奏，请将进士邵晋涵、周永年、余集，举人戴震、杨昌霖调取来京，同司校勘。业经降旨允行。但念伊等现在尚无职任，自当予以登进之途，以示鼓励。著该总裁等留心试看年余，如果行走勤勉，实于办书有益，其进士出身者，准其与壬辰科庶吉士一体散馆，举人则准其与下科新进士一体殿试，候朕酌量降旨录用。"① 这一条材料经常被用以说明四库馆汇聚了当时的汉学家，对于举人戴震的破格使用更是津津乐道。对此，纪昀称："周书仓、戴东原、余秋室皆以余荐修《四库全书》，入翰林"②。此说出自纪昀之口，理当不诬。周书仓即周永年，余秋室即余集，都是一时名士。至于戴震，其年谱则称"于文襄公以纪文达公、裘文达公之言，荐先生于上，上素知有戴震者，故以举人特召，旷典也"③。纪昀对于戴震、周永年等人进入四库馆有所努力，四库馆也正因为有这些人在内，被认为"四库馆就是汉学家大本营，《四库提要》就是汉学思想的结晶体"④。后世将纪昀和考证学联系在一起，部分原因就在于此。不过，对四库馆是汉

---

① 《清高宗实录》卷九百三十八。
② 《四百三十二峰草堂诗钞序》，《纪晓岚文集》第 1 册，河北教育出版社 1991 年版，第 208 页。
③ 段玉裁：《戴东原先生年谱》，《戴震全集》（六），清华大学出版社 1999 年版，第 3409 页。昭梿《啸亭杂录》卷十"四布衣"对此也有记载。
④ 梁启超：《中国近三百年学术史》，东方出版社 2004 年版，第 23 页。

学大本营的说法，正如有些学者已经指出的，值得进一步商榷，本书也
是持质疑的态度①。

关于纪昀和《四库全书总目》纂修的关系，则众说纷纭。大致有以
下几种：

一是将总目直接等同于纪昀著述。这是最为普遍的情况。纪昀似乎也
是持这种观点，他在给姜白岩《诗序补义》作的序中称："余于癸巳受诏
校秘书，殚十年之力，始勒为《总目》二百卷，进呈乙览。"在《槐西杂
志二》中更直接说："余撰四库全书总目"。在一些序文中，还有更为详
细的表述："余向纂《四库全书》，作经部诗类小序"（《周易义象合纂
序》）；"余校录《四库全书》子部，凡分十四家"（《济众新编序》）；
"诗日变而日新，余校定四库，所见不下数千家"（《四百三十二峰草堂诗
钞序》）。除了自己的说法外，同时代持这种说法的也不少。好友朱珪在
其祭文中写道："生入玉关，总持四库，万卷提纲，一手编注"。他的弟
子、四库协勘官刘权之更加明确："吾师总撰《四库全书总目》，俱经一
手裁定。"（《〈纪文达公遗集〉序》）后世学者也多持此论。郭伯恭："今
之《总目》，则纯属纪氏一家之言矣"。对于原本提要和总目提要不相同
的原因，郭伯恭的解释是："盖纪氏身为总纂，当时似嫌分纂定稿之饾
钉，故不惜统为之删简整齐焉。""《总目提要》之编纂，原为各纂修官于
阅书时分撰之，嗣经纪昀增窜删改，整齐画一而后，多人之意志已不可
见，所可见者纪氏一人之主张而已。""时人之以《提要》所言，为足以
代表纪氏个人之种种见解者，盖有由矣。"②

二是纪昀仅总其成，总目体现全体馆臣的意见。这类意见最有代表性
的是李慈铭，他认为"今言四库者，尽归功文达，然文达名博览，而于
经史之学实疏，集部尤非当家"③。对于李慈铭所言，当代学者已有所探
讨，通过辨析戴震、邵晋涵、姚鼐、余集等人在四库中所作工作等，认为
李慈铭所说不符合当时《四库全书总目》纂修的历史事实④。

三是认为总目为"钦定"，代表了清代官方的思想和标准。俞樾：

---

① 可参看周积明《乾嘉时期的汉宋之"不争"与"相争"——以〈四库全书总目〉为观察中
　心》，《清史研究》2004 年第 4 期。
② 郭伯恭：《四库全书纂修考》，上海书店 1992 年版，第 216、213、214—215 页。
③ 李慈铭：《孟学斋日记·丙集上》，《越缦堂日记》卷五，广陵书社 2004 年版，第 3585—
　3586 页。
④ 除前面已提到的王重民《论〈四库全书总目〉》（《北京大学学报》1964 年第 2 期）外，还
　可参考张传峰《〈四库全书总目〉学术思想研究》（学林出版社 2007 年版）第二章《纪昀与
　〈四库全书总目〉》的编纂部分。

"提要虽纪文达手笔，而实是钦定之书。观其进简明目录表有曰：'元元本本，总归圣主之权衡；是是非非，尽扫迂儒之胶柱。'"① 对《四库全书总目》有精深研究的余嘉锡亦指出："乾、嘉诸儒于《四库总目》不敢置一词，间有不满，微文讥刺而已。"②

在展开评论之前，有必要对四库馆和四库全书纂修过程中纪昀的作用进行简述。

首先，四库馆是一个庞大完备的专门机构。《四库全书总目》卷首列出的成员有：正总裁十六人，副总裁十人，总阅官十五人，总纂官三人，总校官一人，翰林院提调官二十二人，武英殿提调官九人，总目协勘官七人，校勘《永乐大典》纂修兼分校官三十九人，校办各省送到遗书纂修官六人，黄签考证纂修官二人，天文算学纂修兼分校官三人，缮书处总校官四人，缮书处分校官一百七十九人，篆隶分校官二人，绘图分校官一人，督催官三人，翰林院收掌官二十人，缮书处收掌官三人，武英殿收掌官十四人，监造官三人。除其中两人兼职外，共有三百六十人。但是整个过程中，还有不少人因种种原因未能列名其中，实际人数远超于此。在此庞大的专门机构之中，纪昀是三位总纂官之一，另两位是陆锡熊和孙士毅。其他如总裁刘统勋、于敏中、王计华，副总裁王杰、金简，辑校《永乐大典》的编修戴震、邵晋涵等人，他们各有分工，协同合作，都是这个庞大系统的一部分，也都对《四库全书总目》的编纂发挥了重要作用。

其次，纪昀在《四库全书》任总纂官漫长的过程中，也不是一帆风顺的。乾隆一方面对四库馆臣予以优待，另一方面则严格控制，对于其中一些影射政治的著述毫不留情地予以删毁。这些情况总理其事的纪昀感受应该最为深刻，尤其是在经历过贬戍乌鲁木齐之后。《四库全书》成书之后，乾隆翻阅时发现"其中讹谬甚多"，查出一批有"违碍"的书籍。对于复校首先检出的《古文尚书疏证》一书，由于是纪昀办理，乾隆为此专谕诘责纪昀："从前校订时，何以并未删去？"下令不仅要纪昀"删改换篇"，还要"自行赔写"。这种情况下，纪昀惶恐不安，一方面对问题的出现加以解释，一方面专折奏请自行认勘，重校文渊阁明神宗以后各书，"伏查《四库全书》，虽卷帙浩博，其最防违碍者多在明季、国初之书。此诸书中经部违碍较少，惟史部、集部及子部之小说、杂记，

---

① 俞樾：《春在堂尺牍·与陆存斋观察》，《近代中国史料丛刊》第四十二辑。

② 余嘉锡：《四库提要辨证·序录》，中华书局 1980 年版。

易藏违碍"①。纪昀的积极态度乾隆自然是欣赏的,因此下令"所有本日纪昀奏请自行认勘之明季国初史部、集部、子部及小说、杂记等书,现贮热河之文津阁者,亦著陆续寄京,一并发交纪昀一体校勘"②。纪昀在随后的校勘中十分用心,连朱彝尊《曝书亭集》并无违碍,但《谭贞良墓表》所称"贞良百折不回,卒保其发肤首领,从君父于地下"等语,亦指出其"似有语病,应一律抽毁"。尽管如此,四阁全书重新校勘后,乾隆还是因为讹误多而严重大为震怒,办理《四库全书》的各员,包括纪昀在内,都受到了严厉的责罚。"扬子《法言》一书,其卷一首篇有空白二行,因检查是书次卷核对,竟系将晋、唐及宋人注释名氏脱写",对此乾隆认为如此疏漏纪昀难逃其责,"详校官既漫不经心,而纪昀系总司校阅之事,亦全未寓目,可见重加雠校,竟属虚应故事。……今篇内甚至脱去二行,纪昀等实难辞咎,宁不自知惭恶耶?况朕曾有《御制书〈扬雄法言〉》一篇,虽系近年之作,亦应缮录,弁于是书之首。纪昀并未留心补入,更属疏忽",下令"纪昀及详校官庄通敏,俱著交部分别议处","著纪昀亲赴文渊、文源二阁,将《扬子法言》一书检出,缮录御制文冠于简端,并带同详校各官,抽查此书卷首是否亦有空白之处,及此外各书有似此脱误者,一体抽阅填改"③。受到申饬的纪昀即"传齐原赴热河各员",再次校勘文源、文渊、文津三阁全书(文溯阁全书由陆锡熊率员复校,因陆病卒盛京而草草结束)④。

在纪昀和《四库全书总目》的关系问题上,马克思的观点有借鉴意义,《德意志意识形态》明确指出:"统治阶级的思想在每一时代都是占统治地位的思想。这就是说,一个阶级是社会上占统治地位的物质力量,同时也是社会上占统治地位的精神力量。支配着物质生产资料的阶级,同时也支配着精神生产资料,因此,那些没有精神生产资料的人的思想,一般地是隶属于这个阶级的。"⑤ 这一点在中国封建社会,尤其在思想文化控制森严的乾嘉时期尤为明显。据此及上面所说两个方面,本书对于纪昀和《四库全书总目》的关系问题持这样的观点:

---

① 《纂修四库全书档案》(下),乾隆五十二年六月十一日纪昀奏折,上海古籍出版社1997年版,第2024页。
② 《纂修四库全书档案》(下),乾隆五十二年六月十二日军机大臣致纪昀函,上海古籍出版社1997年版,第2028页。
③ 《纂修四库全书档案》(下),乾隆五十六年七月十八日谕,上海古籍出版社1997年版,第2233页。
④ 此部详细情况可参考黄爱平《四库全书纂修研究》,中国人民大学出版社1989年版。
⑤ 《马克思恩格斯选集》第1卷,人民出版社1995年版,第98页。

　　《四库全书总目》就总体而言，体现的是当时清朝官方的学术思想和学术标准；鉴于官方的意见主要体现在政治和倾向性方面，因此在不涉及政治性的作品和具体问题上，可以认为它体现或至少也符合了纪昀的观点。

　　这种论断应该是比较符合实际的。时任四库总裁的于敏中在写给陆锡熊的信中，明确了纪昀的定稿作用："提要稿吾固知其难，非经足下及晓岚学士之手，不得为定稿，诸公即有高自位置者，吾亦未敢深信也。"①日本学者前野直彬称："《提要》是由各方面的专门学者分别执笔，但经总纂官纪昀大加订正之后才定稿的。虽然小说类这部分的原稿究竟是谁写的，纪昀的改笔占多大的分量，都不清楚，但反正这部分的论述无疑是纪昀所完全同意了的，在这意义上，认为《提要》的小说论即为纪昀本人的主张也无不可。"②此外，纪昀著述中有些说法和《四库全书总目》内容基本一致，如《镜烟堂十种》和总目中有关李商隐的说法，《瀛奎律髓刊误》和总目中关于江西诗派的说法，都几乎如出一辙；前面所列《后山集》提要与《后山集钞序》进行的对比，虽然不完全一样，但是意思相同，关键字句一致，都可以说是最好的证明。

　　此外，不能忽视乾隆、纪昀、四库馆臣集体意见本身就存在很多一致性的事实。比如说《总目》凡例第十二条："……说经主于明义理，然不得其文字之训诂，则义理何自而推？论史主于示褒贬，然不得其事迹之本末，则褒贬何据而定？……今所录者，率以考证精核、辨论明确为主。庶几可谢彼虚谈，敦兹实学。"这种观点多被用来说明考据学家对纂修《四库全书总目》的影响，但它又何尝不是一种时代精神的体现？

　　纂修《四库全书总目》对纪昀的影响是巨大的。不仅为他提供了丰厚的政治资本和学术资本，也更加改变了他为人处世的做派与风格，由意气豪放、与天下名流争胜，逐渐转变为谨小慎微、明哲保身。这种心态的转变影响之一就是放下诗歌创作和点评，转而在闲暇之时创作《阅微草堂笔记》。

　　现在回到本章最初的问题即纪昀与乾嘉学派关系上来。对于这个问题，本书以为纪昀和乾嘉学派关系难以确定，根源在于纪昀少专门考证著述，观点又散见于大量点评、序跋之中，收集、整理和研究殊为不易，直

---

① 《于文襄公（敏中）手札》，《近代中国史料丛刊》第二十二辑。
② 《明清时期两种对立的小说论——金圣叹与纪昀》，《古代文学理论研究》第五辑，上海古籍出版社 1984 年版。

接影响到了世人对他的认识和评价。不同于一般考据学家致力于语言文字、名物制度、历史文献等的校勘、考证，纪昀的学术贡献除总纂《四库全书总目》外，集中于文学批评。

论到乾嘉时期的诗学，和考证学关系最为明显的当属翁方纲。翁方纲学术著作丰富，有《经义考补正》、《十三经注疏姓氏》等，在诗学方面著有《石洲诗话》，提出了"肌理说"，认为"为学必以考证为准，为诗必以肌理为准"①。同样是将考据和诗学结合起来，翁方纲是直接将考据和创作结合，要"以考据为诗"，纪昀的做法则大相径庭——将史家意识和求是精神贯彻于批评之中，发展儒家诗教思想，形成自己的诗歌理论。无论是诗歌理论，还是诗歌发展，纪昀都有相对系统、公允的考证论述，充分显现了乾嘉考据学派在文学批评方面取得的进展和成就。

第二节　安命以立命：纪昀的性情志趣

由于对其学术研究有所不足，而民间文化演绎过度，纪昀作为学者的真实面目反而模糊不清了。纪昀本身是很有特点的，尤其和同时代学者相比——乾隆四十年，和纪昀齐名的钱大昕便辞官而专注学术，同样在盛年致仕、寄情山水的还有王鸣盛、袁枚等；章学诚更突出，考中进士选官之后不去；就是同样被视为正统派文论家的沈德潜，也是晚年辞官归里。唯独纪昀，做官到死，倡导乾嘉学术却少有考据学著述，而以当时视为不入流的《阅微草堂笔记》来"寄所欲言"②，这种态度和做法是值得探索的。探索的途径则还是要回到纪昀自身。

纪昀将自己的学术分为三个阶段，他的人生轨迹和学术发展是完全一致的，大致也分为三个阶段。其实不仅纪昀，同时期的钱大昕、袁枚等人，后世对其生平的划分大致也是三个阶段。钱大昕学术上有词章逐渐转为经史义理的变化，人生的三个阶段界限分明：出生至乾隆十六年迎驾献赋，为求学阶段；乾隆十七年至辞官归里，为仕宦阶段；归里至死，为学院执教治学阶段。袁枚的人生，后人也一般将其分为求学应试、出仕从政、归隐随园三个阶段。三位学者的人生都大致划分三个阶段，是否存在共同之处呢？通过对比，可以发现：

① 翁方纲：《复初斋文集》卷四《志言集序》。
② 《阅微草堂笔记·盛时彦序》。

首先，通过科举进入仕途，是这些学者进入主流社会的共同选择。不仅这三位学者，朱筠、章学诚甚至此前的蒲松龄，概莫能外。通过社会设定的渠道进入主流，应该说是一般人的共同选择。

其次，学者们出现分化，集中于人生的第二个阶段，即进入社会之后，经过一定的冲突和磨合后走向一种平衡。这种平衡就是他们在学术和仕途中的选择。纪昀的选择是继续仕宦生涯，钱大昕、袁枚等人的选择则相反，放弃了仕宦而专心于自己的喜好。

再次，学者们的成就集中于人生第三个阶段。这时他们和社会世俗都达成了高度的协调，此前所作的选择和努力，在这个时候充分显现其后果，虽然取向有所不同，但都各得其所。纪昀总纂《四库全书总目》，在青史上留下了厚重的一笔；钱大昕执教东南，桃李遍天下，著述丰富；袁枚纵情于随园，写诗交友，留下大量诗作、诗论。

这种人生三段论的情况不仅适用于乾嘉学者，魏晋时期被誉为"千古隐逸诗人之宗"的陶渊明，后人在对其研究中同样划分为三个阶段。可见，人生三个阶段虽然不能完全一概而论，但是有其内在的规律。这种规律按照社会学的观点，契合的是人生发展的三个阶段：

个人阶段——出生至青少年时期，是学习和成长时期，受到养育和教导。

个性阶段——趋于成熟和定型，同时还在受他人引导；既有意识地要和他人区别开，又往往根据别人意见审视自我。

自主阶段——已充分适应社会关系和生活方式，对自己有较为成熟和实际的评估，行为具有相对的自发性，更为关心知识和智慧以及生活的意义，进入自我导向时期。①

从这些可以看出，在个性阶段钱大昕和袁枚都毅然决然地选择了自己的人生道路，而纪昀则继续留在权力机构，这是不是意味着纪昀的本性便是如此呢？所以，了解纪昀的性情志趣，对于把握其学术思想至关重要。

一　经世与俗情

纪昀早年性好嘲弄，争强好胜，认为"操瑜怀瑾，非有意于示奇；砥行砺名，本无心于动俗。志士握中之璧，别寄深心；醇儒席上之珍，缅

---

① 个人发展的阶段划分和分析部分，参考了韩震《生成的存在——关于人和社会的哲学思考》（北京师范大学出版社 1999 年版）第 57—71 页的内容。

怀高躅。文章之盛,不过学问之沈酣;粹盎之符,不过性情之醇笃。观于光能照夜,自发见其精神,可知学戒求沽,毋相矜以繁缛"①。随着年岁的增加、阅历的丰富,尤其是在中年因漏言获罪、流放乌鲁木齐之后,纪昀也逐渐有所改变。不过正所谓江山易改本性难移,与其说是改变,不如说是经历和坎坷打磨掉了外在的棱角,变得更会掩饰。纪昀在经历贬戍之后,尤其在纂修四库全书时期,因为错讹而屡遭乾隆申饬,晚年愈发谨慎自守,性格也由早年的意气风发,"忆我少年游,意气恒飞动",转变为性耽孤寂,"老来知敛退,塔样参无缝。公余日枯坐,如以锄收汞"②,"嗟我多年事笔砚,自知性僻心愚蠢"③;早年坚持的"砥行砺名,本无心于动俗",也变成了对自己俗情入骨的反复咏叹。

《幽篁独坐图》题诗因带有自传和自省之意,姑且全首录此:

> 我家京国四十年,俗情入骨医难瘥,堂多隙地居无竹,此君未省曾周旋。先生此画竟何意,忽然置我幽篁间。当时稽首问所以,淋漓泼墨笑不言。毋乃怪我趋营猛,讽我宴坐娱林泉。拈花微旨虽默解,拂衣未忍犹留连。人生快意果有失,一蹶万里随戎旃。孤城独上望大漠,泱漭沙气黄无边。慨然念此画中景,有如缥缈三神山。枯鱼书札寄鲂鲔,风波一失何时还。玉门谁料竟生入,鸣珂又许趋仙班。归来展卷如再世,羊公重认黄金环。少年意气已萧索,伤禽宁望高飞翻。但思臣罪当废弃,骖鸾忽蹑蓬莱巅。友朋知己尚必报,况乃圣主恩如天。文章虽愧日荒落,江淹才尽非从前。石渠天禄勤校录,尚冀勉涤平生愆。以此踌躇未能去,故人空寄归来篇。湖州妙迹挂素壁,风枝露叶横苍烟。弹琴长啸悬明月,相从但恐终无缘。画虽似我我非画,对之仍作他人观。盘陀石上者谁子,杳然相望如神仙!④

这首诗写于纪昀刚从乌鲁木齐返京之时,非常真实地反映了纪昀当时的心态:"人生快意果有失,一蹶万里随戎旃",这是对以前快意人生的

① 《石韫玉赋》,《纪晓岚文集》第 1 册,河北教育出版社 1991 年版,第 52—53 页。
② 《冯寔庵侍御绘种竹图赋赠》,《纪晓岚文集》第 1 册,河北教育出版社 1991 年版,第 541 页。
③ 《题田纶霞司农大通秋泛图为冯鹭庭编修》,《纪晓岚文集》第 1 册,河北教育出版社 1991 年版,第 540 页。
④ 《己卯秋钱塘沈生写余照先师董文恪公为补幽篁独坐图今四十年矣偶取展观感怀今昔因题长句》,《纪晓岚文集》第 1 册,第 499 页。

追悔;"少年意气已萧索,伤禽宁望高飞翻",这是对前途莫测的恐惧;"毋乃怪我趋营猛,讽我宴坐娱林泉。拈花微旨虽默解,拂衣未忍犹留连",这是出世与入世的矛盾;"友朋知己尚必报,况乃圣主恩如天",这是彷徨之后决意仕进的选择。当年挥斥方遒的青年,此时已深刻体会了世事无常和人生艰难,不复当年心态。

在纪昀悼念同为总编纂官的陆锡熊的长诗中,还有这样的诗句:"羡君雅调清到骨,笑我俗病医难痊。"这和"俗情入骨医难痊"几乎完全相同。可见,对于自己的"俗情",纪昀是深有感触的。

此外纪昀曾写下这样的诗句:"俯见豺狼蹲,侧闻虎豹怒。立久心茫茫,悄然生恐惧。置身岂不高,时有蹉跌虑。"①"十八年来阅宦途,此心久似水中凫。如何才踏春明路,又看仙人对弈图。局中局外两沉吟,犹是人间胜负心。那似顽仙痴不省,春风蝴蝶睡乡深。"对此,纪昀感叹"今老矣,自迹生平,亦未能践斯言,盖言则易耳"(《槐西杂志》二)。纪昀自称"观弈老人",而此诗明确指出"局中局外两沉吟,犹是人间胜负心"。在给方坳堂撰写的墓志铭中,纪昀也有如此感慨:"刘文正公有言曰:'士大夫必有毅然任事之心,而后可集事;必无所迁就附合,而后能毅然任事;又必一尘不染,一念不私,而后能无所迁就附合。至于仕宦升沉,则有数焉,君子弗论也。'余承师训,恒抱愧心。"② 这些大概都是对自己晚年犹有胜负之心、世俗之意的感慨。赵慎畛《榆巢杂识》(卷上)也曾载纪昀的慨叹:"九列人多修到,但能修到竖着出京城乃佳耳。何皆是横着出去也? 吁!"

纪昀有不少器物铭文传世,这些铭文也是他思想情感的一种体现。无论是总纂《四库全书总目》,还是点评、删正诗歌,创作笔记小说,纪昀都是在做衡量,只是衡量的对象不同。在他的器物中,用来衡量的等子的铭文是很有意味的:"所系虽轻,亦务使平。盖千万之差,生于毫忽之畸零"。衡量应该是很客观的事情,而纪昀在等子的木盒盖上刻了:"未能免俗"。再结合其圆凿铭:"毁方为圆,宛转周旋。盖于势不得不然。"③大概也是纪昀有感而发的肺腑之言。

纪昀自称"俗情",同一时代的李宪暠也以"俗"加以评论,其《定

---

① 《三十六亭诗·又题秋山独眺图》,《纪晓岚文集》第 1 册,第 476 页。
② 《江苏布政使司布政使坳堂方公墓志铭》,《纪晓岚文集》第 1 册,第 354—355 页。
③ 《小等铭》、《圆凿铭》分别见《纪晓岚文集》第 1 册,河北教育出版社 1991 年版,第 306、304 页。等子木盒上所刻"未能免俗"文字,引自纪清远《实说六世祖纪晓岚》(中国侨网 2005 年 12 月 19 日)。

性斋诗话》称："都下谈诗者曰纪晓岚、翁谭溪、钱箨石三人而已。然晓岚博而时俗不可耐"①。

可以肯定的是，纪昀的"俗情"并非鄙俗之情。纪昀所谓的"俗情"，亦即世俗之情，有现实世故的因素，一般人自我保全、为世所用的人之常情，同时还有强烈的经世思想。纪昀主张宗经明道、经世致用，处世务实，强调重视具体的"术"，讲求"体国经野之政，捍灾御变之方"（《姑妄听之》三）②，便是这"俗情"的具体表现。

但是，仅以经世致用是不能解释纪昀学术随仕途迁转、为官到死等行为的。纪昀自称"俗情"，有自谦，也有自嘲。相对于钱大昕，纪昀没有体现出那种对学术和自我的执着。钱大昕在本质上是一个学者，纪昀在和沈德潜对比的时候，学者的特质更鲜明一些，但是和钱大昕相比，他更像一个学术官僚。纪昀身上没有那种理想化和浪漫的气质，同样他也缺少戴震那样执着于义理、直剖真相的硬气。现代一些研究将其人格拔高到令人仰视的地步，是不符合实际情况的。但是，这和纪昀的学术成就值得高度重视和评价，完全是两回事。

处于社会统治高度集中的时代，纪昀本能地趋于自我保全、图谋发展。这种"俗情"决定了纪昀学术研究的转变取决于仕途的变化，一般情况下这种转变对学术发展来说是不利的，但是对于纪昀来说，却可谓塞翁失马焉知非福——正因为他的学术受到了仕途的主导，他才得以成为四库的总纂官，成为清代中叶总结传统思想文化这一大业中的核心人物。纪昀的学术成就首先是从这里获得的。当然，他从四库馆获得的还有加官晋爵、平步青云。

对于"俗情"，还有一点值得注意，那就是纪昀放纵了其世俗本性的发展，使其更富有包容性，对社会人生的细节与变化更加敏感，反而有助于洞察隐微。这一点体现在纪昀处，便是嗜奇。《阅微草堂笔记》的写作

---

①　前面乾嘉时期关于纪昀的研究部分，引用此材料时有所分析。

②　"《西铭》论万物一体，理原如是。然岂徒心知此理，即道济天下乎？父母之于子，可云爱之深矣，子有疾病，何以不能疗？子有患难，何以不能救？无术焉而已。此犹非一身也。人之一身，虑无不深自爱者，己之疾病，何以不能疗？己之患难，何以不能救？亦无术焉而已。今不讲体国经野之政，捍灾御变之方，而曰吾仁爱之心，同于天地之生物。果此心一举，万物即可以生乎？吾不知之矣。至《大学》条目，自格致以至治平，节节相因，而节节各有其功力。……西山作《大学衍义》，列目至齐家而止，谓治国平天下可举而措之。不知虞舜之时，果瞽瞍允若而洪水即平，三苗即格乎？抑犹有治法在乎？又不知周文之世，果太姒徽音而江汉即化，崇侯即服乎？抑别有政典存乎？今一切弃置，而归本于齐家，毋亦如土可生苗，即炊土为饭乎？吾又不知之矣。"

在某种程度上便受益于此。

"缘是知一有偏嗜，必有浸淫而不自已者"①，"文士例有嗜奇癖，心知其妄姑自欺"②。好奇，一般被视为世俗之性。汉代王充《对作》早就说过："世俗之性，好奇怪之语，说虚妄之文。何则？实事不能快意，而华虚惊耳动心也。是故才能之士，好谈论者增益实事，为美盛之语；用笔墨者造生空文，为虚妄之传。"纪昀的偏嗜就是对世俗生活中离奇事件的好奇、关注甚至研究，"前因后果验无差，琐记搜罗鬼一车"，"天地之大，何所不有；幽明之理，莫得而穷。不必曲为之词，亦不必力攻其说"③。

积极地将自身化为传奇的一部分，大概是纪昀这种嗜奇最为突出和独特的表现。除前面乾嘉时期研究引过的朱珪《纪文达公墓志铭》外，梁章钜的《纪文达师》一文较为集中地展现了纪昀的传奇出世和奇特之处：

> 世传名人前因皆星精僧，此说殆不尽虚。相传纪文达师为火精转世，此精女身也，自后五代时即有之。每出见，则火光中一赤身女子，群击铜器逐之。一日复出，则入纪家，家人争逐，则见其径入内室。正哗然间，内报小公子生矣。公生时，耳上有穿痕，至老犹宛然如曾施钳环者。足甚白而尖，又若曾缠帛者，故公不能着皂靴。公常脱袜示人，不之讳也。又言公为猴精，盖以公在家，几案上必罗列榛栗梨枣之属，随手攫食，时不住口。又性喜动，在家无事，不肯坐片时也。又传公为蟒精，以近宅地中有大蟒，自公生后，蟒即不见。说甚不一。少时夜坐暗室，两目如电光，不烛而能见物。比知识渐开，光即敛矣。或谓火光女子，即蟒精也。以公耳足验之，传为女精者，其事或然。惟公平生不谷食，面或偶尔食之，米则未曾上口也。饮时只猪肉一盘，熬茶一壶耳。晏客肴馔亦精洁，主人惟举箸而已。英煦斋先生尝见其仆奉火肉一器，约三斤许，公旋话旋啖，须臾而尽，则饭事毕矣。《听松庐诗话》云："姜西溟不食豕，纪文达不食鸭，自言虽良庖为之，亦觉腥秽不下咽，且赋诗云：'灵均滋芳草，乃不及梅树。海棠倾国姿，杜陵不一赋。'以梅花、海棠为比，虽不食鸭，而鸭之幸固已多矣。"《芝音阁杂记》云："公善吃烟，其烟枪甚巨，

---

① 《如是我闻》序。
② 《三十六亭诗·铜雀瓦砚歌》，《纪晓岚文集》第 1 册，河北教育出版社 1991 年版，第 518 页。
③ 观弈道人自题诗、《如是我闻》一。

烟锅又绝大，能装烟三四两，每装一次，可自家至圆明园吸之不尽也，都中人称为纪大锅。一日，失去烟枪，公曰：'毋虑，但日至东小市觅之，自得矣。'次日果以微值购还。盖此物他人得之无用，又京中无第二枝，易于物色也。"①

这些带有传奇色彩的出生和生活特点，和本书研究关联不大，但是这隐含的纪昀的性格兴趣，则不可不辨。关于朱珪讲的传奇，文中说明是"公自惠言之不讳"；梁章钜讲的传奇，文中也有"公常脱袜示人，不之讳也"。

把《阅微草堂笔记》和文集中的相关记载整理起来，可以发现学者、官员、批评家之外的另一个纪昀，以其中三则材料为例：

> 余两三岁时，尝见四五小儿，彩衣金钏，随余嬉戏，皆呼余为弟，意似甚相爱。稍长时，乃皆不见。（《滦阳消夏录》五）
> 余四五岁时，夜中能见物，与昼无异。七八岁后，渐昏暗。十岁后，遂无全睹；或夜半睡醒，偶然能见，片刻则如故。十六七后以至今，则一两年或一见，如电光石火，弹指即过。（《槐西杂志》四）
> 福建汀州试院，堂前二古柏，唐物也，云有神。余按临日，吏白当诣树拜。余谓木魅不为害，听之可也，非祀典所有，使者不当拜。树柯叶森耸，隔屋数重可见。是夕月明，余步阶上，仰见树杪两红衣人，向余磬折拱揖，冉冉渐没。呼幕友出视，尚见之。余次日诣树，各答以揖。为镌一联于祠门曰："参天黛色常如此，点首朱衣或是君"。此事亦颇异。袁子才尝载此事于《新齐谐》，所记稍异，盖传闻之误也。（《滦阳消夏录》一）

人间事纵然无奇不有，但这些事情显然太过离奇，而离奇也不是问题，问题在于作者何以要如此叙述自己。如果说是时代使然，和纪昀同时代人甚多，流传至今的笔记也很是不少，却很少有人如纪昀这样对自己的神奇能力津津乐道，和纪昀同年出生的章学诚，对此便不屑一顾。至于说当时社会交往盛行以此为谈资，朋友相聚而谈狐说怪，大概也是事实。《阅微草堂笔记》很多故事就是得之于友朋闲谈。但是他人并未如纪昀一般痴迷，更未写作笔记。那么，产生这种状况的原因何在？

---

① 梁章钜：《归田琐记》卷六。关于纪昀出生和奇异处的附会传说，还可参见清人方士淦《蔗余随笔》，张培仁《妙香室丛话》，采蘅子《虫鸣漫录》、孙静庵《栖霞阁野乘》等。

　　关于纪昀对传奇事件的兴趣和对笔记小说的撰述，现有的研究往往强调家庭和周围环境的影响。这确实是很重要的一个原因。纪昀的老师许南金、李若龙偏好说鬼道狐，尤其喜欢借鬼狐故事譬喻人情世事。纪昀居住于河北献县乡村的家人，多持有农村盛行的今天所谓"封建迷信"的思想，而当时社会也流行以此为日常交往、世俗闲话的谈资，"友朋聚集，多以异闻相告"。

　　但是，并不能因此说纪昀从小到大耳闻目睹的都是类似的故事，时代和环境因素是一个方面，更为主要的还是主体有意识的倾向和选择。就纪昀而言，个人天性的好奇和阐发观点的需要，大概才是最为主要的原因。

　　就好奇的天性来说，纪昀曾经自述："余少年意气，亦相随驰骋，顾盼自豪"①；"余少好嘲弄，往往戏侮青来"。陆青来也曾这样评价他："晓岚易喜易怒，其浅处在此，其真处亦在此也"②。除了这些大家熟悉的材料外，朱珪《祭文》中还称纪昀"公少英特，弃武试文"；董曲江《酬纪晓岚同年》有诗句："君方褐裘来，意气凌沧州"；纪昀在获罪赴乌鲁木齐途中作《杂诗三首》，其中两联是："少年事游侠，腰佩双吴钩。平生受人恩，一一何曾酬"。结合这些材料看，青少年时期的纪昀性格相当鲜明：好奇而自炫其异，好嘲弄，为人处世比较浅露。这虽然带有青少年年龄段的特点，但也可视为纪昀天性的流露，任何其他因素，包括家庭、生活环境、所受教育、经历等，大致都是随具体情境的不同而在这个底子上发挥作用。

　　就表达观点的需要来说，这主要体现在晚年对《阅微草堂笔记》的写作上。纪昀任四库馆的总纂官之后，虽然官职逐渐升高，但是焦虑和恐惧一直伴随着他。《四库全书》一再发现讹误，总校官陆费墀因此忧愤病卒，家产没官，同为总纂官的陆锡熊病死东北，他不能不兔死狐悲，心情抑郁。在现实压力下纪昀学会了隐忍顺从，变得谨小慎微。是以题砚铭曰："捧来宫砚拜彤庭，片石堪为座右铭。岁岁容看温室树，惟应自戒口如瓶。"③ 正是出于谨慎自保的心理，纪昀从早年的争强好胜、文酒聚会，转变为性耽孤寂，焚香独坐。那么，怎样消遣漫长的岁月，表达自己的观点而又不触犯时讳，以一直感兴趣的奇异故事创作为笔记小说，便是一种很好的选择。

---

① 《前刑部左侍郎松园李公墓志铭》，《纪晓岚文集》第 1 册，河北教育出版社 1991 年版，第 346 页。

② 《书陆青来中丞家书后》，《纪晓岚文集》第 1 册，河北教育出版社 1991 年版，第 260 页。

③ 《赐砚恭纪八首》之七，《纪晓岚文集》第 1 册，第 470 页。

所以，关于纪昀的种种异事，可能最初是亲近的人有此附会，当然也不排除纪昀确有某种特异功能，但是最关键的还是纪昀本人对这些事情的津津乐道，兼之纪昀的名气声望，周围人的口耳相传，结果是不胫而走。由于传播过程中不可避免的添油加醋、牵强附会，纪昀逐渐成为"箭垛人物"，演变为今天民间流传的传奇人物。

二　安命以立命

"俗情"只是纪昀的一个特点。纪昀还说过："君子之于世也，可随俗者随，不必苟异；不可随俗者不随，亦不苟同。"（《滦阳消夏录》六）他在一方砚台上刻下这样的文字："池中规，砚中矩，智欲圆，而行欲方。我闻古语。"① 意智虑周到圆通，自为端方不苟，如老子所说的："智圆者，无不知也；行方者，有不为也。"

《滦阳消夏录》（二）中纪昀还借冥王之口指出："阴律如《春秋》责备贤者，而与人为善。君子偏执害事，亦录以为过。"所以，对于世俗，纪昀除了认同和接受，反对偏执，还有积极进取、为世所用的一面，"天地生才，原期于世事有补"。"俗情"和经世思想、进取精神的结合，便是"安命以立命"——"有安命之学，有立命之学，是二者若相反，然安命即立命也。夫徼幸于所不可知，是谓不安命；颓然而不为所当为，是谓不立命。不徼幸所不可知，而务为所当为，久之未有无获者，是谓安命以立命，其理昭昭然也"②。

安命首先要知命。命有多重含义，安命的命应该指命运。人生在世，会受到各种有形的和无形的限制，所谓命运就是指这种有限性。"莫之致而至者，命也"（《孟子·万章上》），人各有命，个人的命就是他独特的规定性。自古以来，对待命的态度是多样的。孔子"知天命"、"畏天命"，墨子主张"非命"，荀子讲"制天命而用之"，庄子则讲究"安命"，"安其性命之情"（《在宥》），"知其不可奈何而安之若命，德之至也"（《人间世》）。纪昀显然更接近庄子，无论顺逆都能保持平和的心态，避开是非、矛盾而努力地保身全生、养亲尽年。但是，纪昀不同于庄子强调无为的"安命"，还深受程朱理学的影响。

程朱理学推崇义命观。命与义很早就是关联的。庄子将"命"与"义"视为天下之大戒，孟子讲："孔子进以礼，退以义，得之不得曰有

① 《圆池砚铭》，《纪晓岚文集》第 1 册，第 284 页。
② 《梁天池封翁八十序》，《纪晓岚文集》第 1 册，河北教育出版社 1991 年版，第 222 页。

命"(《孟子·万章上》)。义训宜,就是合适的意思。程颐讲:"在物为理,处物为义","理义体用也";朱熹讲:"义者,天理之所宜",都是强调义、理的一致性。命,在程颐看来是"天之付与之谓命",在命和义的关系上提出"命者所以辅义","贤者惟知义而已,命在其中","君子以义安命"(《二程遗书》),"贤不肖之在人,治乱之在国,不可归之命"(《二程粹言·论政篇》),"仁义礼智,天道在人,赋于命有厚薄,是命也。然有性焉,可以学,故君子不谓命",强调"命在义中",要"安于义命","惟看义当为与不当为,便是命在其中也",反复强调后天的努力。王阳明则把"立命"当作知行合一的实践过程:

> 一友自叹:"私意萌时,分明自心知得,只是不能使他即去。"先生曰:"你萌时,这一知处便是你的命根,当下即去消磨,便是立命工夫。"(《传习录》)

纪昀接受了前人的思想,又进行了调和,形成了自己"安命以立命"的观念。所谓"安命以立命",就是纪昀所说的"不徼幸所不可知,而务为所当为,久之未有无获者"。对此他还进行了详细论述:"一身之穷达当安命,不安命则奔竞排轧,无所不至。……至国计民生之利害,则不可言命。天地之生才,朝廷之设官,所以补救气数也。身握事权,束手而委命,天地何必生此才,朝廷何必设此官乎?晨门曰:是知其不可而为之。诸葛武侯曰:鞠躬尽瘁,死而后已。成败利钝非所逆睹。此圣贤立命之学"(《滦阳消夏录》一);"儒为生民立命,而操其本于身"(《滦阳消夏录》四)。纪昀所讲的立命,比起传统中的"夭寿不贰,修身以俟之,所以立命也"(《孟子·尽心上》),境界要更为高远。

《滦阳消夏录》(二)一则故事中,纪昀借助冥王之口表达了对于出世、入世的态度与看法:"贤臣亦三等:畏法度者为下;爱名节者为次;乃心王室,但知国计民生,不知祸福毁誉者为上。……然不甚重隐逸,谓天地生才,原期于世事有补。人人为巢、许,则至今洪水横流,并挂瓢饮犊之地,亦不可得矣。"虽然是假借他人之口,却表现了纪昀的态度与看法,其评判的根由正是"安命以立命"的价值观。

"安命以立命"体现了纪昀对于命运以及处世的态度。首先,他是相信命运的。"祸福有命,死生有数,虽圣贤不能与造物争"(《滦阳消夏录》四)。笔记中不少故事都可视为这段话的具体化。令人印象深刻的如牵扯到纪昀未来命运的几次测字故事。同时,纪昀又不是命定论者,认为

"大善则移，大恶则移"，大善大恶会对人的命运加以改变，肯定人的后天努力，对人对事要尽力而为，"乃知数虽前定，苟能尽人力，亦必有一二之挽回。又知人命至重，鬼神虽前知其当死，苟一线可救，亦必转借人力以救之"（《滦阳消夏录》四）；"福以德基，非可祈也；祸以恶积，非可禳也。苟能为善，虽不祭，神亦助之；败理乱常，而渎祀以冀神佑，神受赇乎"（《槐西杂志》三）；"精诚之至，哀感三灵，虽有命数，亦不能不为之挽回。人定胜天，此亦其一"（《姑妄听之》四）；"然足知人定胜天，确有是理矣"（《姑妄听之》三）。

纪昀"安命以立命"的观念和同期的袁枚形成对比。袁枚在《牍外余言》中讲到："居易以俟命，故不信风水、阴阳；听其所止而休焉，故不屑求仙礼佛"，并批评"今之士大夫，好星相、阴阳，求神佞佛者，人人皆然"。"居易以俟命"出自《中庸》，指居心平正坦荡等待上天的使命。两相对比，袁枚更强调自我和个性，纪昀则突出了个人之于社会的责任与努力。形成两人观念差异的因素很多，核心一点大概在于对生死的不同看法。纪昀虽然认为"自古无不死之人"，但同时强调"轮回"的存在，"轮回之说，凿然有之"，"善根在者转生矣"，也就是说，行善的人是可能通过转世而再生的。袁枚则不然。他对于生死更为达观，也因此更加自由率意，曾效仿陶潜自作挽歌："人生如客耳，有来必有去。其来既无端，其去亦无故。……勿再入轮回，依旧诗人作"，病愈后又作《告存诗》广寄亲朋，八十岁自称"此翁事事安排定，生冢营成傍草庐"，大有潇洒一生、静候归天之意。

对于道德来说，不死的观念是极为重要的，假如死后一切不复存在，现在所为对死后毫无意义，那么很容易导向对现世快乐的追求，甚至置道德于不顾。袁枚放荡恣肆的言行就充分体现了这一点。

因为"俗情"，纪昀学术的兴趣点会随着仕宦生涯的变化而转化；因为"俗情"，纪昀花费了大量时间和精力写作恭贺诗，而未能留下丰厚著述；但也因为"俗情"，纪昀"老不能闲"、"余性耽孤寂，而不能自闲"，在晚年创作《阅微草堂笔记》——《阅微》五种数量大致在逐渐减少：《滦阳消夏录》297则，《如是我闻》256则，《槐西杂志》285则，《姑妄听之》215则，《滦阳续录》143则，前后持续十年之久。作者虽精力日衰，但始终对社会人生诸多问题进行思考和探索。因此，"俗情"不足以揭示完整的纪昀，世俗而安命以立命，才是纪昀为人处世和治学的内核，是他立足于现实并在取舍中有所作为的根源。

纪昀安命以立命，除嗜奇好胜的天性外，成长过程和家庭环境也起到了重要作用。概括来说，主要表现在：

河间地域文化的影响。纪昀《日华书院碑记》这样形容自己的家乡："献县，于河间为大邑，土地沃衍，而人多敦本重农。故其民无甚富亦无甚贫，皆力足以自给。又风气质朴，小民多谨愿畏法，富贵之家尤不敢逾尺寸。"这种地域文化特色鲜明，甚至持续至今。前人论述纪昀特点时，常常将其和河间献王联系起来，河间献县即以汉代河间献王得名，司马光称其"厉节治身，爱古博雅，专以圣人法度遗落为忧"（《河间献王赞》）。纪昀之前，纪家迁至河间景城已达十四世，深受当地文化习俗浸淫，所以将纪昀和河间献王联系起来固然是正确的，但是河北质实、谨慎、实用的传统文化和行为方式，也是应该注意的，纪昀所说的"谨愿畏法"、"不敢逾尺寸"，基本上也是他行为的写照。

家族积极入世精神的影响。纪家在献县虽然称得上是大家，纪昀的曾祖和祖父也都体现出了强烈的经世报国的热忱，但是真正进入官场并有所表现则始于父亲纪容舒，他做到了云南知府。此前高祖纪坤为明廪膳生，曾祖纪钰为附监生，考授州同，祖父纪天申为监生，考职县丞。这样算起来，纪昀是纪家积极入世的第五代，却是纪家真正在官场有所作为的第二代，还保持着对仕进的热望。事实表明，纪昀的确不负众望，达到了纪氏家族进入官场的巅峰，此后便衰落了。这种家族影响，因家族不同而影响各异，比如惠栋生长于经学世家，嘉定钱大昕的父祖都是乡村塾师，同乡王鸣盛亦深受家族影响，"近三十年来，东南士大夫言古学多推嘉定，而嘉定之好古学自王氏始"[1]。还有家族零落、父亲在外为小幕宾的袁枚。具体的家族背景和生活环境对于他们后来仕途和学术选择，影响都是比较明显的。

家庭的严格管教。纪昀的曾祖纪钰曾任刑部江苏司郎中，祖父纪天申同样曾任刑部江苏司郎中，父亲纪容舒在任云南姚安府知府之前，任职也是刑部江苏司郎中。祖辈在刑部任职的经历，应该对家族教育和观念有所影响。给予纪昀教育最久、影响也最大的，是他的父亲纪容舒，"性严峻，门无杂宾"[2]，对纪昀管教很严，同治时人徐时栋认为纪容舒"大约精明而能出之以浑厚者，宜其克生文达之子"[3]。纪昀远赴福建任学政，纪容舒还千里教子，从做人、治学、处世、为官、交友等各个方

---

① 《虚亭先生墓志铭》，《潜研堂文集》卷四十三。
② 《滦阳消夏录》二。
③ 吴波、尹海江、曾绍皇、张伟丽辑校：《阅微草堂笔记会校会注会评》下，凤凰出版传媒集团 2012 年版，第 614 页。

面加以教导。纪昀自己也称:"每忆庭训,辄悚然如侍左右也"。家庭的严格管教还体现在其他方面,比如老仆施详因少年纪昀贪玩而进言,祖母对其加以管束等①。纪容舒不仅为纪昀精心选择教师,并时时以自己的经验学识予以教导,概括起来就是治学以实、为人以善、处世以达三点。

治学以实。纪家原居江苏泰县,永乐二年(1404)迁江南大姓充实畿辅,其先祖椒坡公迁至献县景城,逐渐成为书香门第。纪昀高祖纪坤,反对不切实际的学问,写诗嘲笑不懂世事的书呆子,"兀坐秋树根,块然无与伍。不知读何书,但见须眉古。只愁手所持,或是井田谱",有诗集《花王阁剩稿》传世。父亲纪容舒著有《唐韵考》、《玉台新咏考异》、《杜律疏》,都注重条理翔实。

为人以善。纪家为直隶河间府世家,在数次灾荒之年,纪家都有捐粮赈灾的善举:其祖纪天申为监生,富而好义,年过六旬尚亲自跋涉百里去赈灾;父亲纪容舒曾任姚安府知府,清平有政声。民国《献县志》记载:"邑人好施予者,以纪氏为最多,收效亦以纪氏为最大。"

处世以达。纪家曾有两位先人,不通世事,兵荒马乱之时和邻人辩争门神身份,逃命不及而被杀。纪容舒深以为戒,认为"死生呼吸,间不容发之时,尚考证古书之真伪,岂非惟知读书,不预外事之故哉",以此教导纪昀,"子弟读书之余,亦当使略知家事、略知世事,而后可以治家,可以涉世"。对于世间流行的佛道,纪容舒告诫纪昀:"士大夫好奇,往往为此辈(僧人)所累。即真仙真佛,吾宁交臂失之。"② 老师阿文勤公也曾教导纪昀:"满腹皆书能害事,腹中竟无一卷书,亦能害事。国弈不废旧谱,而不执旧谱;国医不泥古方,而不离古方。故曰:'神而明之,存乎其人。'又曰:'能与人规矩,不能使人巧。'"③

家庭的影响之外,纪昀成长和发展过程中现实的教育也是一个重要方面。一个人成长和发展的过程,也是社会化的过程,在这个过程中,尤其是早期阶段,人的自然本能与天性和社会习俗礼法的不断冲突最为集中,直至社会把人自然的一面逐渐打磨到符合社会要求为止。这两者的冲突和较量几乎是贯穿人的一生的,只是有隐有显、程度不同罢了。在这过程中,鼓励奖赏等发挥正面作用,贬低惩罚等则从反面同样发挥作用。具体

———————————

① 详见《滦阳续录》四。

② 《滦阳消夏录》三。

③ 同上。

到纪昀，纵观其平生，有史料记载的大的挫折有三次：

第一次是乾隆九年（1744），纪昀21岁时成为府学里一名廪膳生员，而在其后的例行院试中，纪昀却成绩低下，民国《献县志》载："文不入格，列四等"。爱新觉罗·舒坤的《批本〈随园诗话〉》也提到此事，称纪昀"少年纨绔，无恶不作，尝考四等，为乃父所逐出"。

第二次是乾隆十二年（1747），纪昀顺利通过顺天乡试，且高居榜首，却又在次年礼部主持的会试名落孙山。

第三次就是乾隆三十三年（1768），纪昀因姻亲卢见曾案漏言获罪，贬戍乌鲁木齐。

此外，有史可查的还有：

乾隆三十九年（1774），纪昀因次子汝传诘遘负罣，降三级留任。

乾隆四十二年（1777），发现《四库全书》讹误后乾隆对纪昀有所申饬，并交部议处，但因纪昀态度积极，以特旨免。

乾隆五十年（1785），因员外郎海升杀妻案，时为左都御史的纪昀等查案有误，乾隆下谕："……其派出之纪昀，本系无用腐儒，原不足具数，况伊于刑名事件素非谙悉，且目系短视，于检验时未能详悉阅看，即以刑部堂官所言随同附和，其咎尚有可原，著交部严加议处"①。

由结果看，后来三次对纪昀来说可谓小有惩戒，对他的影响远没有前三次巨大。再者，名列四等时纪昀处于21岁，名落孙山时25岁，发配新疆则是45岁。而实际生活中，纪昀16岁已经娶妻，名列四等之年长子汝佶也已两岁。也就是说，纪昀已完全成年进入社会。至于名列四等，存在青睐纪昀的直隶学政赵大鲸离任、吕炽接任的特殊情况，所以这一次是否真的是"少年纨绔，无恶不作"、"文不入格"，难以断明。至于漏言获罪，涉及众多，纪昀当时也是见到女婿提及小菜银，通风报信的则主要是和卢家交好的王昶。关于纪昀回京，根据乌鲁木齐都统索诺木策凌修纂的《乌鲁木齐政略·废员》记载，纪昀是捐赎回籍的。

这三次不符合社会主流的要求和法度而遭受的挫折，以及遇到挫折后进行的调整和改变，和纪昀为人处世及性格特点，是一致的。除了世人熟知的睿智滑稽的一面外，循规蹈矩、遵守时俗的一面不仅存在，而且逐渐显现为纪昀为人处世的主要方面。

乾隆对待理学态度的转变，以及大兴文字狱，也是纪昀学术和风格做

---

① 《清高宗实录》卷一千二百二十九。

派转变的一个重要原因①。乾隆五年，高宗倡研理学:

　　……道统学术，无所不该，亦无往不贯。而两年来，诸臣条举
经史，各就所见为说，而未有将宋儒性理诸书切实敷陈，与儒先相
表里者。盖近来留意词章之学者尚不乏人，而究心理学者盖鲜。即
诸臣亦有于讲章中系以箴铭者。古人鉴盘几杖，有箴有铭，其文
也，即其道也。今则以词藻相尚，不过为应制之具，是歧道与文而
二之矣。……夫治统原于道统，学不正则道不明。有宋周、程、
张、朱子，于天人性命大本大原之所在，与夫用功节目之详，得孔
孟之心传，而于理欲、公私、义利之界，辨之至明。循之则为君
子，悖之则为小人。为国家者，由之则治，失之则乱，实有裨于化
民成俗、修己治人之要，所谓入圣之阶梯，求道之途辙也。学者精
察而力行之，则蕴之为德行，学皆实学;行之为事业，治皆实功。
此宋儒之书所以有功后学，不可不讲明而切究之也。今之说经者，
间或援引汉唐笺疏之说。夫典章制度，汉唐诸儒有所传述考据，固
不可废，而经术之精微，必得宋儒参考而阐发之，然后圣人之微言
大义，如揭日月而行也。……②

　　乾隆六年，高宗又称:"朕自幼读书，研究义理，至今《朱子全书》
未尝释手。"③
　　乾隆二十一年，针对朱子对《中庸》所说的:"'自诚明谓之性'，此
性字便是性之也。'自明诚谓之教'，此教字是学之也。此二字却是转一

----

① 戴逸《乾隆帝及其时代》对乾隆的变化有很好的解释;陈祖武等著《乾嘉学术研究》则对
乾隆对待程朱理学变化的过程和表现阐释的很清楚。在禁锢思想、大兴文字狱方面，以纪昀
出生（1724）到进入四库馆（1773）之间的五十年来看，就有:1725 年，与年羹尧有联系
的汪景祺以讪谤罪处斩;1728 年大兴文字狱，株连浙江理学家吕留良及门人;1729 年，宣
布免曾静徒死刑，用其讲解《大义觉迷录》;1730 年，因曾静、吕留良案，发生几起文字
狱，有徐骏诗文案，上杭范世杰呈词案，屈大均诗文案;1732 年，吕留良案结，吕留良等被
戮尸，沈在宽立斩;1734 年，沈伦《大樵山人诗集》案发;1741 年，谢世济著书案;1753
年，丁文彬逆词案，刘震宇《治平新策》案;1755 年，胡中藻《坚磨生诗钞》案，刘裕后
大江滂书案;杨淮震投献霹雳神策案;1756 年，朱思藻吊时案;1757 年，指责彭家屏等诽
谤而兴大狱，有陈兆安著书案;1761 年，文字狱叠兴，有林志功捏造诸葛碑文案，阎大镛
《俣俣集》案，余腾蛟诗词案，李雍和潜递呈词案;1768 年，柴世进投递词帖案;1769 年，
安能敬试卷诗案。接连不断的残酷的文字狱，对于纪昀来说不能毫无影响。
② 《清高宗实录》卷一百二十八。
③ 《清高宗实录》卷一百四十六。

转说，与首章'天命之谓性，修道之谓教'二字义不同"，高宗提出质疑："朱子谓与天命谓性、修道谓教二字不同，予以为政无不同耳。"（《清高宗实录》卷五百六）

此后高宗多次对朱子之说提出异议乃至讥讽，比如对朱子解夫子学《韶》三月不知肉味，"三月，大约只是言其久，不是真个足头九十日，至九十一日便知肉味"①，高宗讥讽曰："盖三月为一季，第言其久耳。而朱子且申之以九十一日知味之说，反复论辨不已。吁，其去之益远矣"②。

乾隆末嘉庆初，朱子之乡出现"自命通经服古之流，不薄朱子则不得为通人"的风气③，应该就是上有乾隆表态，下有考据学大兴的结果。当时严苛的统治政策、屡兴的文字狱对纪昀也有一定的影响。1774年即乾隆三十九年，盐山县回民王珣派其兄王琦进京投递字帖给户部右侍郎金简，其中有"纪翰林与王珣俱是圣门子弟，纪昀是子贡转世，王珣是颜回转世"④ 等语，直接将纪昀牵扯其中。虽然结案时纪昀并未受到处罚，但是这些接连不断的残酷的文字狱，对于纪昀还是有较大的触动，写于晚年的"立久心茫茫，悄然生恐惧。置身岂不高，时有蹉跌叹。徒倚将何依，凄切悲霜露" 等诗句⑤，大概就是这种境况的真实体现。

上有所好，下必甚焉。乾隆对程朱理学态度的转变，势必会影响到士人乃至社会对程朱理学的看法。纪昀长期任职翰林，为天子近臣，对于这种态度的转变更为清楚。不仅如此，作为四库馆的总纂修，纪昀还需要细细体会乾隆的态度和意见，将之运用到四库全书的整理、删改和总目提要的写作之中，较之他人只怕更为深刻。

鲁迅先生注意到这一点，极为精审地说道："特别攻击道学先生，所以是那时的一种潮流，也就是'圣意'。我们所常见的，是纪昀总纂的《四库全书总目提要》和自著的《阅微草堂笔记》里的时时的排击。这就是迎合着这种潮流的，倘以为他秉性平易近人，所以憎恨了道学先生的谿刻，那是一种误解。"⑥ 乾隆讲"帝王之学与儒者终异"⑦，同样，官员之

①　《朱子语类》卷三十四。

②　《清高宗实录》卷一千三百二十二。

③　章学诚：《文史通义》内篇二，《朱陆》附《书朱陆篇后》。

④　原北平故宫博物馆文献馆编：《清代文字狱档》（下），上海书店1986年版，第676页。

⑤　《三十六亭诗·又题秋山独眺图》，《纪晓岚文集》第1册，第476页。

⑥　鲁迅：《且介亭杂文·买〈小学大全〉记》。

⑦　《清高宗实录》卷一千一百六。

学也与儒者终异,是以纪昀终异于戴震和钱大昕。

此外,在纪昀和乾隆关系上,有一点必被提及,即乾隆将纪昀俳优、无用腐儒视之,将之作为分析和评价纪昀的一个方面①。(乾隆)"尝叱协办大学士纪昀曰:'朕以汝文学尚优,故使领四库书,实不过以倡优蓄之,汝何敢妄谈国事!'"② 这种情况对于纪昀来说,确实是他谨慎小心的一个重要原因。但也需要说明两点。

其一,中国古代知识分子与俳优素有关联。司马迁《报任安书》就明确说:"仆之先人非有剖符丹书之功,文史星历近乎卜祝之间,固主上所戏弄,倡优畜之,流俗之所轻也。"历史上有名的与俳优有关的知识分子如淳于髡、东方朔,纪昀不仅在自己的诗作中有提及和认可,而且也具有他们"谈言微中,亦可以解纷"的特点。

其二,乾隆牢牢控制权力,认为"我朝纲纪肃清,皇祖、皇考至朕躬百余年来,皆亲揽庶务,大权在握,威福之柄,皆不下移,实无大臣敢于操窃","朕为天下主,一切庆赏刑威,皆自朕出。即臣工有所建白而采而用之,仍在于朕,即朕之恩泽也"③。天嘏《清代外史》记载:"弘历席累朝富庶之业,既北讨南征,耀兵塞外,又挟其威权,叱辱群臣如奴隶。故六十年间,能不受侮弄者,惟刘统勋一人耳,余则鲜有能免者。"④ 对汉臣心怀轻视,甚至对于张廷玉——雍正朝极为重用、被雍正遗诏配享太庙的唯一汉人,乾隆虽然颇为礼敬优容,但是依然认为:"张廷玉在皇考时仅以缮写谕旨为职,此娴于文墨者所优为。自朕御极十五年来,伊则不过旅进旅退,毫无建白,毫无赞襄。朕之姑容,不过因其历任有年,如鼎彝古器,陈设座右而已"⑤。这是奚落之言,鄙视之情却也溢于言表。

---

① 2007年文怀沙主持编纂的《四部文明》丛书首发会上,文怀沙称赞岳飞为民族英雄,而批判纪昀为满清统治者的"帮闲奴才",在当时引起较大争议,具体可看当时传媒报道。就本书看来,文怀沙所说无理无据,纪昀作为封建社会的官员奴才的特点大概多少会有一些,帮闲则称不上,不能因为部分恭和诗就掩没总纂《四库全书总目》等的历史贡献;至于贬低《四库全书总目》的言辞,可以一家之言视之。关于传统社会的君臣关系与官僚心态,可参考张分田《亦官亦奴——中国古代官僚的社会人格》(浙江人民出版社2000年版),此书对封建社会的官僚人格有比较细致的分析;日本学者尾形勇《中国古代的"家"与国家》(张鹤泉译,中华书局2010年版),扯下了中国传统社会中家国关系的温情面纱,对君臣关系也有诸多新见。此外,还可参考余英时《士与中国文化》第三部分"中国知识分子的古代传统——兼论'作优'与'修身'",上海人民出版社2003年版。
② 天嘏:《清代外史》,《清代野史》第一辑,巴蜀书社1987年版,第130页。
③ 《清高宗实录》卷一千五十一,卷七十一。
④ 天嘏:《清代外史》,《清代野史》第一辑,巴蜀书社1987年版,第130页。
⑤ 《清高宗实录》卷三百六十三。

至于方苞，乾隆评价更低："朕嗣位之初，念其稍有文名，谕令侍直南书房，且升授礼部侍郎之职。……乃伊在九卿班内，假公济私，党同伐异，其不安静之痼习，到老不改，众所共知。"① 也就是说，贬损和侮辱大臣的情况并不只发生在纪昀身上，而是乾隆朝比较普遍的现象，对此没有必要夸大其意义。

前面从几个方面分析了纪昀学术生涯的三个阶段，以及他具有的俗情和安命以立命的表现及根由。

正因为俗情，才可以理解纪昀为何做官做到死，八十几岁的老翁仍然要竭力沿着仕途一路攀升，不要说没有像袁枚、钱大昕等人那样在盛壮之年选择辞官归隐，就连年迈致仕也不曾有过。但是纪昀和主流社会及其意识形态没有大的冲突，并不意味着学术理性和自我个性的丧失。若只有世俗之情，纪昀最终大抵也只是一俗吏腐儒，在学术和创作上难有大的成就。事实上，纪昀学术虽直接受到仕宦的影响，但是学问渊博，辩证理性，且保持了一定人格和学术的独立性。

纪昀晚年言行谨慎，也还一直保有自己的个性。他和朱珪相交多年，内心却并不服气对方的才学，直到嘉庆六年（1801），两人都进入耄耋之年，纪昀去探望病情，看到朱珪一些文章，才深感自己对朱珪了解不深，表示叹服。纪昀和当时权倾一时的和珅的交往，虽不像民间传说的和和珅作对，但也注意保持自身清白。朝鲜书状官徐有闻《闻见别单》中称："和珅专权数十年，内外诸臣，无不趋走，惟王杰、刘墉、董诰、朱珪、纪昀、铁保、玉保等诸人，终不依附。"

由这些事例可见，北方乡村质朴的求真务实的品质，好强气盛的个性，始终都在纪昀身上保留着，只不过和其他人相比更为圆滑变通，随着环境的不同而有所掩饰罢了。在晚年位高名重，且天威难测、和珅权倾一时的情况之下，谨慎圆通的纪昀自称"天性孤峭，雅不喜文社诗坛互相标榜"②，以及被弟子认为"天性孤峭，不甚喜交游，退食之余，焚香扫地，杜门著述而已"，是非常容易理解的。

经世、随俗而安命以立命，是纪昀能够在当时的政治中自我保全、在学术上有所作为的内在根源。"浮沉宦海如鸥鸟，生死书丛似蠹鱼"，是纪昀自作的挽联，亦是对其一生经历的真实写照。

---

① 《清高宗实录》卷九十二。
② 《耳溪诗集序》，《纪晓岚文集》第 1 册，河北教育出版社 1991 年版，第 213 页。

第二章　正:纪昀的诗学观

纪昀和乾嘉学派的关系众说纷纭，其在中国文学批评史的地位亦是评价不一，概括起来大致也是三种意见:

一是"我朝纪文达公最善评诗"[①];"独具史的概念"。这两种极高评价分别出自许印芳和朱东润。许印芳认为:"乾隆以来，论诗最公允者首推纪晓岚先生"[②]。许印芳将纪昀推至清人诗歌批评的高峰，朱东润则更进一步，认为"自古论者对于批评用力之勤，盖无过纪氏者"，"晓岚对于文学批评之贡献，最大者在其对于此科，独具史的概念"[③]。

二是代表清代官方立场的诗学。邬国平、王镇远《清代文学批评史》认为:"其时身为《四库全书》总纂的纪昀，其诗论主张务在折中，不仅反映了他个人对文学的认识，而且作为官方的文艺标准表现在《四库全书总目提要》的论述之中，其基本的主张与沈德潜较为接近，故归入沈氏一派。"[④] 张健《清代诗学研究》的评价类似但有所不同:"人们说沈德潜的诗学是官方的诗学，其实纪昀才真正代表了官方立场的诗学观点。沈德潜的几部诗选只是一家之言，而纪昀纂定的《四库全书总目》则不能仅看作一家之言，而是应该看作代表朝廷立场的观点。"[⑤]

三是不重要而不予论述或一笔带过。这是当代批评史著述普遍采取的态度和做法。这里就不一一列举。

本书赞同许印芳、朱东润之说。纪昀本身并无专门论著，且未像同时代袁枚、翁方纲那样提出鲜明的诗学主张，许印芳、朱东润对纪昀的评价虽然一语中的，但语焉不详，学界虽有所注意但难以落到实处。但是，这并不能取消纪昀对于文学批评史的独特贡献:以正统文论思想为立论之

---

① 许印芳:《诗法萃编》卷十五，云南丛书本。
② 许印芳:《诗法萃编》卷十一，云南丛书本。
③ 朱东润:《中国文学批评史大纲》，上海古籍出版社 2001 年版，第 348 页。
④ 邬国平、王镇远:《清代文学批评史》，上海古籍出版社 1995 年版，第 429—430 页。
⑤ 张健:《清代诗学研究》，北京大学出版社 1999 年版，第 592 页。

基，以史家意识予以发展和推进，并据此对中国古代诗歌进行系统梳理；形成自己相对系统的思想评价体系的同时，亦体现了清代继承和发展诗教思想的最高水平。落实到诗学上，便是：对"发乎情，止乎礼义"理论进行新的阐释；提出"教外别传"说，作为"发乎情，止乎礼义"理论的必要补充。

第一节　"发乎情，止乎礼义"：儒家诗教的重新诠释

论述纪昀文学思想，第一个关键词便是诗教。诗教出自《礼记·经解》："孔子曰：'入其国，其教可知也。其为人也，温柔敦厚，《诗》教也。疏通知远，《书》教也。广博易良，《乐》教也。洁静精微，《易》教也。恭俭庄敬，《礼》教也。属辞比事，《春秋》教也。'"中国古代学术是在对经典的阐释中发展起来的。对《诗》的阐释以及阐释的批评，本身便是中国古代文学批评史最为主要的一条脉络。所谓"温柔敦厚，《诗》教也"，体现的就是汉儒对诗教和孔子诗学的认识和阐释。后人继续沿循此路发展，本身便包括了对《诗》及汉人阐释的批评。反对汉人"温柔敦厚"之说、主张废序的突出言论出现于宋代，代表人物之一是朱熹。"《诗序》实不足信。向见郑渔仲有《诗辨妄》，力诋《诗序》，其间言语太甚，以为皆是村野妄人所作。始亦疑之，后来仔细看一两篇，因质之《史记》、《国语》，然后知《诗序》之果不足信。……古人作诗与今人作诗一般，其间亦自有感物道情，吟咏情性，几时尽是讥刺他人？只缘《序》者立例，篇篇要作美刺说，将诗人意思尽穿凿坏了。"朱熹贬低"温柔敦厚"，弘扬"诗无邪"："只是'思无邪'一句好，不是一部《诗》皆思无邪。"[1] "彼虽以有邪之思作之，而我以无邪之思读之。"[2] 关于诗教众说纷纭，以至出现"诗教广大，宜无所不有"[3] 的情况。袁黄综合前人之说："诗以性情为源，以礼义为则，以无邪为宗，以温柔敦厚为体，以兴观群怨为法"[4]。清代刘毓崧又将"诗言志"视为"千古诗

---

① 《朱子语类》卷八十。
② 朱熹：《读吕氏诗记桑中高》，《晦庵先生朱文公集》卷七十。
③ 《四库全书总目》别集类二十一，《咏物诗》提要。
④ 袁黄：《骚坛漫语》，转录自黄强《袁黄诗话〈骚坛漫语〉考录》，《中国诗学》第十四辑，人民文学出版社 2010 年版。

教之源"①。这种莫衷一是的状况持续到了当代。虽然朱自清《诗言志辨》广为人知，接受其以"诗言志"为"开山的纲领"的说法，但是在诗教研究中，依然是将相关理论涵盖其中，混为一谈、各持己见的情况最为普遍②。2001 年出版的《二十世纪诗经研究文献目录》"诗教"部分将相关理论一概收录在内，就是这种情况的反映。

　　具体到乾嘉时期，诗学出现回归儒家诗教传统的特点，纪昀和沈德潜便是主要的代表人物。长期以来，提及这一时期的正统文论家，一般都是指沈德潜。关于诗教，沈德潜的特点在于重视社会功用，强调"温柔敦厚"。《说诗晬语》开宗明义就是："诗之为道，可以理性情，善伦物，感鬼神，设教邦国，应对诸侯，用如此其重也。"这是贯穿沈德潜诗论的纲领。和此直接相关的就是"温柔敦厚"："温柔敦厚，斯为极则"（《说诗晬语》卷上）；"诗之为道，不外孔子教小子教伯鱼数言，而其立言，一归于温柔敦厚，无古今一也"（《清诗别裁集·凡例》）。沈德潜在诗论上以格调说著称，"作诗之先审宗指，继论体裁，继论音节，继论神韵，而一归于中正和平"（《重订唐诗别裁集·序》），和明代相比，沈德潜的格调说糅合了神韵说，强调正统和规范。

　　无论作诗，还是批评，长期以来纪昀均无沈德潜的声望。纪昀虽然没有提出鲜明的观点，但是也有自己的理论。对于诗教，纪昀的核心观点是："'发乎情，止乎礼义'二语，实探《风》、《雅》之大原"，"《书》称'诗言志'，《论语》称'思无邪'，子夏《诗序》兼括其旨曰'发乎情，止乎礼义'，诗之本旨尽是矣③。在《文心雕龙·明诗》的批评中，纪昀又进一步予以分析："大舜"九句（大舜云："诗言志，歌永言。"圣

①　刘毓崧：《杜观察古谣谚序》，《通义堂文集》卷十四，民国求恕斋丛书本。

②　关于诗教研究，代表性文章如：韩经太《中国古典诗学新探四题》（《中国社会科学》1987 年第 6 期）提出儒家诗论并不等同于肇自孔子《诗》教的儒家诗教；仅以"温柔敦厚"来概括儒家诗论的精神不尽合理，因为它只是诗教的精神，全面而准确的概括应该是"和而不同"。许总《沈德潜"温柔敦厚"说辨》（《文史哲》1985 年第 1 期）对"兴观群怨"与"温柔敦厚"的关系进行论述，认为"兴观群怨"是孔子对文艺社会功用的总结，"温柔敦厚"则是他对如何表现这一功能所作出的具体要求，是"中庸之为德，其至矣乎"的"中庸"思想在文艺上的反映。寇养厚《孔子关于文艺社会作用的思想发微》（《山西师大学报》1992 年第 2 期）认为现有研究忽略了"温柔敦厚，诗教也"前面的"其为人也"，"温柔敦厚"是诗的教育作用在人身上所产生的结果。刘炳范、赵歌东《论儒家诗教原则的确立》（《孔子研究》2005 年第 3 期）认为"诗言志"是"思无邪"的基础，在后世的诗歌创作与理论发展中，两者相互结合演变为"文以载道"的思想，成为实现"诗教"原则的理论。

③　分别见《云林诗钞序》、《挹绿轩诗集序》，《纪晓岚文集》第 1 册，河北教育出版社 1991 年版，第 199、204 页。

谟所析，义已明矣。是以"在心为志，发言为诗"，舒文载实，其在兹乎）是发乎情，"诗者"七句（诗者，持也，持人情性；三百之蔽，义归"无邪"，持之为训，有符焉尔）是止乎礼义①。

此说一向不受重视，实际却是中国文学批评史上一段要紧的文字。它明确表达了一个极为重要的观点："发乎情"即"诗言志"，"止乎礼义"即"思无邪"。因此，"发乎情，止乎礼义"便兼括了"诗言志"和"思无邪"。这种说法放在争议颇多的诗教研究史上，其涵盖性和意义不言自明。

一 "诗言志"与"发乎情"

明清时期，文人、学者对性情的关注具有普遍性，围绕情志关系出现了两种主张：一种是情压倒了志，尊重人的自然情感与欲望，不加束缚，理论上前有公安派，后有袁枚，主张"性灵"之说；一种则是主张情志合一，对情感严加区分和限定。这是主流的说法，支持者甚多。虽然学者普遍注重情志统一，具体论述则有所不同。

以钱谦益和纪昀对比来看，两人都重视"诗言志"，强调性情，但侧重点有所不同。钱谦益："《书》不云乎：'诗言志，歌永言。'诗不本于言志，非诗也。歌不足以永言，非歌也。"② "夫诗者，言其志之所之也。志之所之，盈于情，奋于气，而击发于境。……古之为诗者，学溯九流，书破万卷，要归于言志永言，有物有则，宣导情性，陶写物变。"③ 钱谦益的重心还是倾向于"志"，纪昀则没有那么突出，认为"诗言志"即"发乎情"，并带有自己一贯注重人品和乾嘉普遍注重学力的特点，认为"盖志者，性情之所之，亦即人品、学问之所见"④。

纪昀对陆机"诗缘情而绮靡"的批评，也能体现纪昀对情、志关系的看法。纪昀曾在《云林诗钞序》中对陆机"缘情"说有所贬斥："自陆平原'缘情'一语引入歧途，其究乃至于绘画横陈，不诚已甚与！"此论被广为引证，作为纪昀迂腐正统的论据。实际此种论断有断章取义之嫌。首先，纪昀是在一定的语境之下发出的言论，这语境便是强调"发乎情"和"止乎礼义"兼具，反对"知'发乎情'而不必其'止乎礼义'"；纪昀对陆机提出批评，针对的是一味言情乃至低俗艳情的

---

① 黄霖编著：《文心雕龙汇评》，上海古籍出版社2005年版，第27页。
② 钱谦益：《徐元叹诗序》，《牧斋初学集》卷三十二。
③ 钱谦益：《爱琴馆评选诗慰序》，《牧斋有学集》卷十五。
④ 《郭茗山诗集序》，《纪晓岚文集》第1册，河北教育出版社1991年版，第192页。

诗歌写作，目的还是要在情和礼义之间寻找出平衡。其次，情、志、礼义都有丰富的内涵，带着鲜明的时代色彩和作者个性，本身是很难一概而论的。在虚伪的礼义压抑人性、束缚性灵的时代，强调情感的抒发，带有革命和解放的意味，但是如果没有一定的束缚，人人随意抒发性情，可能会因缺乏共性而失去言说的意义。以适宜的礼义作为情感表达的约束，对于今天的文学创作依然有其必然性。

对于纪昀对"缘情"的批评，学界已注意到应更为客观和全面地看待和分析。有学者指出，纪昀对于"缘情绮靡"并不排斥:"如《咏物诗提要》论历代咏物之作云:'宋代谢蝴蝶等遂一题衍至百首，但以得句相夸，不必缘情而作。于是别岐为诗家小品，而咏物之变极矣。'《燕堂诗钞提要》云:'是集为径所自编，自康熙丙寅至己卯凡十四年之诗，缘情绮靡，颇有格韵。'《秋江诗集提要》说黄任的诗:'其诗源出温、李，往往刻露清新，别深怀抱。如《杨花绝句》云:"到底不知离恨苦，身后还去作浮萍。"《春日杂思》云:"夕阳大是无情物，又送墙东一日春。"所为缘情绮靡，殆于近之，而低徊宛转亦或阑入小词。'这里凡用'缘情'或'缘情绮靡'者都作褒义，可见纪昀并不排斥诗歌'缘情'的特点。他对陆机的批评只是反映了当时正统的论诗见解。故我们在考察纪昀的文学思想时，不能单凭其《云林诗钞序》而认为他否定文学作品中情感的地位。"① 此文以《四库全书总目》内容为根据所作的辩解自然是对片面言论的矫枉，但是"不能单凭其《云林诗钞序》而认为他否定文学作品中情感的地位"的论点值得商榷。如果就整体来看，《云林诗钞序》哪里体现了纪昀对作品中情感的地位的否定呢? 他始终强调的只是"酌乎其中"罢了。

纪昀岂止不否定性情，在他看来，文学的根源在性情:

诗本性情者也。人生而有志，志发而为言，言出而成歌咏，协乎声律。其大者，和其声以鸣国家之盛;次亦足抒愤写怀。举日星河岳、草秀珍舒、鸟啼花放，有触乎情，即可以宕其性灵。是诗本乎性情者然也，而究非性情之至也。夫在天为道，在人为性，性动为情。情之至，由于性之至;至性至情，不过本天而动。而天下之凡有性情者，相与感发于不自知，咏叹于不容已。于此见性情之所通者大，而

---

① 王镇远:《纪昀文学思想初探》，《古代文学理论研究》第 11 辑，上海古籍出版社 1986 年版，第 265—266 页。

其机自有真也。彼至性至情，充塞于两间蟠际不可澌灭者，孰有过于忠孝节义哉！……至诗之分葩竞艳，异曲同工，要皆发乎情思，抒乎性灵。读者自得于讽诵间，无俟予之哓哓也夫。（《冰瓯草序》）

这段话比较重要，纪昀指出了性、情与天、道的关系，"在天为道，在人为性，性动为情。情之至，由于性之至；至性至情，不过本天而动"，这样，性、情、天、道就是一体的存在，不同于李翱的"性善情恶"和"复性黜情"，更不同于宋明理学的存性灭情，也不同于袁枚所说的"须知性无可求，总求之于情耳"①。袁枚重情，标举性灵，钱泳直接将二者等同，"性灵者，即性情也"（《履园丛话》卷八）。纪昀这里则将情和性灵进行了区分，从"触乎情"和"宕其性灵"，"发乎情思，抒乎性灵"来看，接近于《中国历代文论选》中所说的，"把真实的感受生动活泼的表现出来，这就是性灵之说的真谛之所在"②。

如果再结合《鹤街诗稿序》中纪昀的论述，大致就论述了创作的基本过程：

在心为志，发言为诗，古之风人特自写其悲愉，旁抒其美刺而已。心灵百变，物色万端，逢所感触，遂生寄托；寄托既远，兴象弥深，于是缘情之什，渐化为文章③。

《四库全书总目》中有些表述与此近似，如"诗本性情，义存比兴"④；"考三百篇以至诗余，大都抒写性灵，缘情绮靡"⑤。当然，重视性情也是贯穿《四库全书总目》的评判准则，如称宋人王之道"韵语虽非所长，而抒写性情，具有真朴之致"⑥；宋人郑清之的诗作"大都直抒性情，于白居易为近"⑦ 等。

注重诗歌抒发性情，主张为情造文在中国文学批评史上是普遍现象，纪昀关于性情论述的特点在于：

---

① 袁枚：《牍外余言》，《清代诗文集汇编》第 340 册，第 837 页。
② 郭绍虞等：《中国历代文论选》第 3 册，上海古籍出版社 2001 年版，第 472 页。
③ 《鹤街诗稿序》，《纪晓岚文集》第 1 册，河北教育出版社 1991 年版，第 206 页。
④ 《四库全书总目》别集类九，《横塘集》提要。
⑤ 《四库全书总目》词曲类二，《钦定曲谱》提要。
⑥ 《四库全书总目》别集类九，《相山集》提要。
⑦ 《四库全书总目》别集类一五，《安晚堂诗集》提要。

其一,反对为文造情,赞同"诗中有人"。

主张为情造文,反对为文造情,本是老生常谈,历来多有论述。众所周知,白居易称:"文章合为时而著,歌诗合为事而作"(《与元九书》);苏轼:"诗须要有为而作"(《题柳子厚诗》);叶燮:"作诗有性情必有面目"(《原诗》)等。纪昀亦持此见。在《月山诗集序》中对"为文造情"提出批评:"夫通声气者骛标榜,居富贵者多酬应。其间为文造情,殆亦不少;自不及闲居恬适,能翛然自抒其胸臆,亦势使然矣。"

为情造文,文中自然有情,具体到创作上还是有些不同。将有关情文关系的论述放在诗歌发展中,脉络清晰可见。司空图提出"不著一字,尽得风流";严羽《沧浪诗话》标"妙悟"为正宗,"如空中音,如相中色,如镜中花,如水中月,如羚羊挂角无迹可寻";王士禛标举神韵,欣赏"不著一字,尽得风流",追求蕴藉含蓄,意在言外,"诗如神龙,见其首不见其尾,或云中露一爪一鳞而已"。另外一派,虞山二冯对严羽大加贬低,赵执信又非常尊崇常熟冯班和昆山吴乔,激赏吴乔"诗之中须有人在"之言,而批评王士禛"诗中无人",强调"诗中有人",对王士禛的神龙说提出辩驳,"神龙者,屈伸变化,固无定体;恍惚望见者,第指其一鳞一爪,而龙之首尾完好,故宛然在也。若拘于所见,以为龙具在是,雕绘者反有辞矣"①。

王士禛和赵执信观点有所不同,关系也较为复杂②。诗歌当具真性情,在乾隆时期成为比较突出的问题。崔迈《尚友堂说诗》对此有所论述:"诗以道性情一语,今人视为老生常谈矣。余谓作诗必本于性情,犹为国必以仁义也。虽是极平常道理,然当邪说误人之际,此即为对症要药。……诗道自王阮亭之后,人不复知有性情矣。故今日必以诗以道性情一语为标的。"

对于这个问题,当时学者多认为诗歌当具真性情,反对王渔洋,只是在批评点和程度方面有所不同。如翁方纲《苏斋笔记》:"渔洋于诗教,总汇众流,独归雅正矣,而乃不得不析言其失。其失何也?曰不切也。诗必切人,切时,切地,然后性情出焉,事境合焉。渔洋之诗所以未能餍惬于人心者,实在于此。"边连宝的批评更为严厉:"阮亭所取总不离'神

① 赵执信:《谈龙录》,《谈龙录 石洲诗话》,人民文学出版社 1981 年版,第 5 页。
② 《四库全书总目》卷一七三《因园集》提要:"执信娶王士禛之甥女,初相契重。相传以求作《观海集》序,士禛屡失其期,遂渐相诟厉,仇隙终身。"卢见曾《赵秋谷先生诗序》:"新城王渔洋司寇执骚坛牛耳,提衡海内,凡数十年,后起而持同异之论者为益都赵秋谷先生。"赵执信在《谈龙录》自序中也介绍了他和王士禛相识、相厚、疏离的过程。

韵'二字宗旨,余所取者乃在'大风卷水,林木为摧'耳。坐清宴之堂,发从容之论,叹老不得,嗟卑尤不得,了无感慨,绝少激昂,非遁入神韵之中,无所庸其伎俩。此'神韵'二字为达官贵人藏身之固也。"(《病余长语》卷一) 袁枚的批评还有所不同。他论诗看重个性,提出要"著我",但是他认为王、赵两人观点差异不大,"相传(赵执信)所著《谈龙录》痛诋阮亭,余索观之,亦无甚牴牾",同时对王士禛诗歌也提出了"主修饰,不主性情"的批评①。

纪昀也非常看重"诗中有人"的问题,在集中体现诗歌观点的三十几篇序中,多次强调王士禛和赵执信的差异:

> 渔洋山人以谈诗奔走天下,士莫不攀附门墙,借齿牙余论;惟益都赵饴山先生龃龉相争,至今"不著一字"之说与"诗中有人"之说,断断然不相下也。
>
> 阮亭先生论诗绝句有曰:"风怀澄澹推韦、柳,佳处多从五字求。解识无声弦指妙,柳州那得并苏州。"岂非柳州犹役役功名,苏州则扫地焚香、泊然高寄乎?饴山老人持"诗中有人"之说,亦是意焉耳。
>
> 渔洋拈"不著一字,尽得风流"之旨,以妙悟医钝根;而饴山老人顾执"诗中有人"之说,以抵瑕而蹈隙。左右佩剑,彼此互讥。论者谓合二家,相济乃适相成,是亦扫除门户之见也。
>
> 饴山老人坚执冯说,而渔洋山人独笃信而不移。
>
> 饴山老人作《谈龙录》,力主"诗中有人"之说,固不为无见,要其冥心妙悟,兴象玲珑,情景交融,有余不尽之致,超然于畦封之外者。沧浪所论与风人之旨,固未尝相背驰也②。

纪昀评诗时也多强调"诗中有人"。如评苏轼《独游富阳普照寺》:"此种诗,寺寺可题,何必普照?人人可题,何必东坡?秋谷'诗中有人'之说,真笃论也。"评苏轼《南华寺》:"此方是东坡游南华寺诗,不可移掇他人;是此时东坡游南华寺诗,不可移掇他时。此为诗中有人。"③

即使在《阅微草堂笔记》中,纪昀也提到了王、赵之争:

---

① 《随园诗话》卷五、卷三。
② 《镂冰诗钞序》、《郭茗山诗集序》、《袁清愨公诗集序》、《田侯松岩诗序》、《挹绿轩诗集序》,《纪晓岚文集》第 1 册,河北教育出版社 1991 年版,第 205、192、198、201、204 页。
③ 曾枣庄主编:《苏诗汇评》,四川文艺出版社 2000 年版,分别见第 321、1605 页。

……秋谷与魅语时，有客窃听。魅谓渔洋山人诗如名山胜水，奇树幽花，而无寸土艺五谷；如雕栏曲榭，池馆宜人，而无寝室庇风雨；如彝鼎罍洗，斑斓满几，而无釜甑供炊爨；如纂组锦绣，巧出仙机，而无裘葛御寒暑；如舞衣歌扇，十二金钗，而无主妇司中馈；如梁园金谷，雅客满堂，而无良友进规谏。秋谷极为击节。又谓明季诗庸音杂奏，故渔洋救之以清新；近人诗浮响日增，故先生救之以刻露。势本相因，理无偏胜。窃意二家宗派，当调停相济，合则双美，离则两伤。秋谷颇不平之云。(《滦阳消夏录》三)

在王、赵两种观点中，纪昀貌似中立，实际赞同赵说①。《谈龙录》仅三十六条，除"诗中有人"、"诗人贵知学，尤贵知道"外，其中两条尤其和纪昀观点相似：

诗之为道也，非徒以风流相尚而已，《记》曰："温柔敦厚，诗教也。"冯先生恒以规人。《小序》曰："发乎情，止乎礼义。"余谓斯言也，真今日之针砭矣夫。

或曰："礼义之说，近乎方严，是与温柔敦厚相妨也。"余曰："诗固自有其礼义也。今夫喜者不可为泣涕，悲者不可为欢笑，此礼义也。富贵者不可语寒陋，贫贱者不可语侈大，推而论之，无非礼义也。其细焉者，文字必相从顺，意兴必相附属，亦礼义也。"

重视诗教，并无新意，问题在于将它具体化。在这一点上，纪昀和赵执信有相同处。两人都强调"温柔敦厚"和"发乎情，止乎礼义"相合而不相妨，对"诗言志"从情志合一角度强调情真无伪；就是在具体的表述上，纪昀也有"风流相尚"，"富贵之场，不能为幽冷之语；躁竞之士，不能为恬淡之词"，和赵执信有近似之处，或者有可能就是纪昀受到了赵执信的影响。

《四库全书总目》说法近似，认为（王士祯诗作）"律以杜甫之忠厚

---

① 王镇远《纪昀文学思想初探》（《古代文学理论研究》第 11 辑）也认为："纪昀对王士祯和赵执信的争论表面取折中调和的态度，……但究其实在，他对王士祯的神韵说常有微辞而服膺赵执信的'诗中有人'之说。"严复《以渔洋精华录寄琥唐山春榆侍郎有诗见述率赋奉答》："渔洋崛起应新运，如麐独角推一个。譬彼射者得正鹄，稍嫌力薄税官笱。文人相轻自古然，又被赵纪加切磋。"诗中的"赵纪"分别指赵执信和纪昀。从此诗来看，纪昀和赵执信观点相似，都反对王士祯，学者对此早有认识。

缠绵、沉郁顿挫，则有浮声切响之异矣"（《精华录》提要），"（陈）廷敬论诗宗杜甫，不为流连光景之词，颇不与王士禛相合"（《午亭文编》提要）。就王、赵两家言，"平心而论，王以神韵缥缈为宗，赵以思路劖刻为主。王之规模阔于赵，而流弊伤于肤廓；赵之才力锐于王，而末派病于纤小。使两家互救其短，乃可以各见所长，正不必论甘而忌辛，好丹而非素也"（《因园集》提要），这和纪昀"论者谓合二家，相济乃适相成，是亦扫门户之见也"之说，话语不同而意思一致。

其二，个性风格不同，书写性情则一。

纪昀强调诗本性情，人有不同的风格，但抒发性情则是一样的：

> 人心之灵秀发为文章，犹地脉之灵秀融结而为山水。燕赵秦陇之山水，浑厚雄深；吴越之山水，清柔秀削；巴蜀之山水，峭拔险巇；湖湘之山水，幽深明静；闽粤之山水，嵌崎缭曲；滇黔之山水，莽苍郁律。千态万状，无一相同，而其为名胜则一也。苏、李之诗天成，曹、刘之诗闳博，嵇、阮之诗妙远，陶、谢之诗高逸，沈、范之诗工丽，陈、张之诗高秀，沈、宋之诗宏整，李、杜之诗高深，王、孟之诗淡静，高、岑之诗悲壮，钱、郎之诗婉秀，元、白之诗朴实，温、李之诗绮缛。千变万化，不名一体，而其抒写性情则一也。①

这段文字涉及作者的个性和作品风格。对于不同个性的创作在风格上的差异，历史上论述较多，如刘勰《体性》"各师成心，其异如面"，纪昀亦指出："富贵之场，不能为幽冷之句；躁竞之士，不能为恬淡之词。强而为之，必不工；即工，亦终有毫厘差。"② 对于个性的抒发，元末明初的杨维桢在《李仲虞诗序》中指出："诗者，人之情性也，人各有情性，则人各有诗也；得于师者，其得为吾自家之诗哉？"吴雷发也有精彩之论："诗以道性情，人各有性情，则亦人各有诗耳。俗人党同伐异，是欲使人之性情，无一不同而后可也。"③ 纪昀和这些说法的差异，在于反过来论述：虽然诗歌史上不同时代不同诗人诗作有着各种的风格种类，但它们作为优秀的作品，都有着共同的特征：发乎性情。

---

① 《清艳堂诗序》，《纪晓岚文集》第 1 册，河北教育出版社 1991 年版，第 202 页。
② 《郭茗山诗集序》，《纪晓岚文集》第 1 册，河北教育出版社 1991 年版，第 192 页。
③ 吴雷发：《说诗菅蒯》，丁福保辑《清诗话》，明伦出版社 1971 年版，第 897 页。

纪昀这样倒过来强调不同风格的作品都发乎性情，可能跟他的见识阅历有关。纪昀本身"两掌春官，职典属国，所见不能缕数也"，"实司四方之职贡，每御筵燕飨，引导外藩"①，甚至为朝鲜诗人的诗集、文集写序，所以和传统的性情理论相比，纪昀的论述出现了一些新意，用今天的话来说，就是有一种国际视野在里面。纪昀在《耳溪诗集序》中还指出："殊方绝域有不同之文字，而无不同之性情，亦无不同之义理。故凡宣畅性情，辨别义理者，虽宛转重译而意皆可明"，"因为书数行，弁于简首，俾四瀛以外，知'诗也者，发乎情，止乎礼义'。此心此理，含识皆同，非声音、文字之殊所能障碍"。从写作序言的动机看，纪昀还有着向海外宣传中国传统文化观念的意识和努力。纪昀体现出的对本国文化的自信，"中外一体，文士谈艺，亦应无中外之歧"的开明态度，今天看来也是值得称道的。

其三，注重人品、学问，推崇忠孝节义的至性至情。

"盖志者，性情之所之，亦即人品、学问之所见"②，这是纪昀情志说的主要观点。强调学问，是宋以来的传统，清代尤其突出，学界对此已有不少研究。纪昀对学问的强调，主要体现在具体的创作中，既包括诗歌创作，也有笔记小说的创作。关于人品，纪昀又强调心术，"诗之名始见《虞书》，'诗言志'之旨亦即见《虞书》。孔子删诗，传诸子夏。子夏之小序，诚不免汉儒之附益；其大序一篇，出自圣门之授受，反复申明，仍不出'言志'之意，则诗之本义可知矣。故后来沿作，千变万化，而终以人品、心术为根柢。人品高，则诗格高；心术正，则诗体正"③。人品、心术推到极致，便是至性至情，在纪昀便是忠孝节义。

纪昀认为："彼至性至情，充塞于两间蟠际不可澌灭者，孰有过于忠孝节义哉！"《四库全书总目》和此一致，如评价明人邹智"诗文多发于至性，不假修饰之功。虽间伤朴遫，而真气流溢，其感人者固在文字外矣"④。纪昀的这种观点和他的喜好有关，"予尝慕古人三管之纪，每遇事有关于忠孝节义者，辄流连不置"⑤。乾隆在给沈德潜《清诗别裁集》作序时曾这样说："诗者何？忠孝而已耳"，这可能对注重和主流一致的

---

① 《耳溪诗集序》、《李参奉诗钞序》，《纪晓岚文集》第 1 册，河北教育出版社 1991 年版，第 213、211 页。

② 《郭茗山诗集序》，《纪晓岚文集》第 1 册，河北教育出版社 1991 年版，第 192 页。

③ 《诗教堂诗集序》，《纪晓岚文集》第 1 册，河北教育出版社 1991 年版，第 209 页。

④ 《四库全书总目》别集类二四，《立斋遗文》提要。

⑤ 《冰瓯草序》，《纪晓岚文集》第 1 册，第 187 页。

纪昀也有影响。

纪昀对忠孝节义的至性至情的重视，是贯穿其整个文学思想的。而且，这种带有封建色彩的情感在诗文中的表现远不如在笔记中突出。《阅微草堂笔记》中，纪昀反复通过各种貌似真实的小故事来宣扬这一点，有时甚至到了令人反感的地步。与此可作对比的是以性情而为真情的主张。皎然《诗式》所谓"真于情性，尚于作用"，李贽所谓"童心者，绝假纯真，最初一念之本心也。若失却童心，便失却真心"（《焚书·童心说》），黄宗羲所谓"凡情之至者，其文未有不至者"（《明文案序》）。更有甚者，颜元以为"男女者，人之大欲也，亦人之真情至性也"（《存人编》卷一）。真情也好，欲望也好，和纪昀推崇的忠孝节义相比，都更有追求个性解放的进步意义。

对比袁枚的情志之说，纪昀情志观的特点和局限性就更为明显：

纪昀重视性情，更强调道德理性对人的自然生命的约束、教化和提升，意图实现审美原则和道德原则的统一，"夫诗有贞淫奢俭，可以观天下之政教；有兴观群怨，可以正天下之性情。于言志之中，寓无邪之旨。在上者以是事君，即为纯臣，以是莅民，即为循吏；在下者有所观感，则易为善，有所惩创，则惮为恶：推而广之，即陶冶万类无难也"[①]。袁枚追求和体现的是真实情感，重视人的自然天性，包括诗人对外在现象的感受和情绪，而且尤重男女之情，认为"情所最先，莫如男女"[②]；情志关系上，一方面以情来释志，"千古善言诗者，莫如虞舜，教夔典乐曰：'诗言志。'言诗之必本乎性情也"（《随园诗话》卷三），一方面又对"志"提出了非常独到的见解，"诗人有终身之志，有一日之志，有诗外之志，有事外之志，有偶然兴到、流连光景、即事成诗之志。'志'字不可看杀也！"（《再答李少鹤》）。袁枚此处对于"志"的阐释，可谓道前人所未言，可是当"志"什么都可以是的时候，他实际上也就消解了"志"，"诗言志"也就成了"诗缘情"，情完全取代了志。

纪昀重性情，将之视为创造"兴象"等的本源，主要从艺术形式和创作角度着眼；袁枚不仅如此，他还以之为诗歌的内容和题材。两相对比，纪昀之说更为保守，其说有合理的因素，但也容易失去生命特有的鲜活和本真；袁枚之说更加自由包容，更有解放的意味。两人在境界和追求上的差异是显而易见的。

---

① 《端本导源论》，《纪晓岚文集》第 1 册，河北教育出版社 1991 年版，第 137 页。
② 袁枚：《答蕺园论诗书》，《小仓山房文集》卷三十。

二 "思无邪"与"止乎礼义"

如果说"发乎情"和"诗言志"的核心是情志关系,"止乎礼义"和"思无邪"的核心问题便是文道关系。

纪昀在《文心雕龙·明诗》批评中指出:"诗者"七句(诗者,持也,持人情性;三百之蔽,义归"无邪",持之为训,有符焉尔)是止乎礼义。这就将"止乎礼义"与"思无邪"等同起来。众所周知,"思无邪"出自孔子:"《诗三百》,一言以蔽之,曰思无邪"。"止乎礼义"则出自《毛诗序》,为汉儒言论。两者在时间上有前后之分,在含义上都归属儒家诗论,有关联但并不相同。那么纪昀将此二者等同的意义在哪里呢?

最直接的意义,便是突出了"发乎情,止乎礼义"的涵盖性。纪昀以"发乎情,止乎礼义"为"诗之本旨",认为"发乎情"即是"诗言志","止乎礼义"即为"思无邪",那么显而易见,以"发乎情,止乎礼义"为"诗之本旨"便兼有了"诗言志"和"思无邪"之义,在诗教思想史上可谓是道前人所未言,前人单独标举的"诗言志"、"思无邪"、"温柔敦厚"等,在内涵的丰富性上都无法与之相比。

纪昀认为"止乎礼义"同于"思无邪",即是将二者放在了同一条发展脉络之中。虽然纪昀并未作更多阐释,但是依据此说,上下求索,即可发现其说隐藏的内涵及意义。简而言之,就是在以"诗言志"为源头的诗教思想主线之外,还存在着以"节性"为源头,连接"思无邪"、"止乎礼义"的另外一条线索。

"思无邪"在"止乎礼义"之前,一直被视为诗教的核心理论之一,而这一思想也是有其源头的。

"诗言志"被普遍视为中国诗学"开山的纲领",跟文学有关,但是和人性无关;"思无邪"的源头则跟文学无关,属于人性史的范围,追根溯源,那就是周朝出现的"节性"说。

《尚书》是研究中国早期社会的重要古籍,被认为是"中国自有史以来的第一部信史"[1]。在《周书·召诰》中,明确提出:"节性,惟日其迈",意"节制、改造他们的习性,使他们天天进步"[2]。"节性"可能就

---

[1] 金景芳:《〈尚书·虞夏书〉新解·序》,辽宁古籍出版社1996年版。

[2] 李民、王健:《尚书译注》,上海古籍出版社2004年版,第291页。下面关于《尚书》文字的解释文字均取于此书,不再详注。

是"思无邪"、"止乎礼义"一脉思想最初的萌芽①。对于后来备受关注的"性",《尚书》中还有几处提及:《西伯戡黎》有"不虞天性",《汤诰》有"若有恒性,克绥厥猷惟后",《太甲上》中伊尹批评太甲则有"兹乃不义,习与性成"。由此可见,在《尚书》中,"性"来自上天,天性有常,却也不是先天固定,因此才有"节性"之说。结合《尚书》相关内容,"节性"说的内涵大致包括两点:

其一,从心和礼的关系角度,要"以义制事,以礼制心"(《仲虺之诰》)。

《尚书》肯定欲望存在的合理性,"惟天生民有欲"(《仲虺之诰》),但是紧接着指出:"无主乃乱,惟天生聪明时乂",意上帝生下民众就有七情六欲,如果没有君主就会混乱,因此上帝又生出聪明人来治理。治理民众的主要手段之一是礼,"天秩有礼,自我五礼有庸哉"(《皋陶谟》),即上帝规定了天下人的尊卑等级之礼,因此才有天下君臣、父子、兄弟、夫妇、朋友这五礼的实行。

如果放纵欲望,就会和礼发生冲突,导致自身罪过,"欲败度,纵败礼,以速戾于厥躬"(《太甲中》)。《尚书》批判的丹朱就是这样的典型人物:"无若丹朱傲,惟慢游是好,傲虐是作。罔昼夜頟頟,罔水行舟。朋淫于家",结果就是"用殄厥世,予创若时"(《益稷》),即受到惩罚理所当然,丹朱被剥夺了帝位继承权。

《尚书》也已经注意到了礼存在的一些弊病,指出"礼烦则乱"(《说命中》)。

其二,从私欲和公利的关系角度,提出"罔咈百姓以从己之欲"(《大禹谟》),反对因个人私欲损害公利。

对于个人的七情六欲,《尚书》承认其存在的合理性,对于民众共同欲望体现的公利则积极肯定和维护,"天矜于民,民之所欲,天必从之"(《秦誓上》)。因此,《尚书》肯定的人物如尧、舜、禹,贬斥的人物如鲧、夏桀、太康,评判标准基本在于对私欲和公利的不同选择。如称颂商汤是"不迩声色,不殖货利;德懋懋官,功懋懋赏;用人惟己,改过不吝;克宽克仁,彰信兆民"《仲虺之诰》;贬低鲧则是"方命圮族"(《尧典》),太康"以逸豫灭厥德,黎民咸贰"(《五子之歌》),夏桀"灭德作威,以敷虐于尔万方百姓"(《汤诰》)。

---

① 《尚书·多士》还有"我闻曰:'上帝引逸。'""上帝引逸"为古成语,意上帝制止放纵。其出现的具体时间不详。

以《尚书》"节性"说为"思无邪"、"止乎礼义"一脉思想的萌芽，必然牵扯到《尚书》的真伪问题。关于《尚书》的真伪，清代学者阎若璩等已经做了大量辨伪的工作，明确《皋陶谟》等篇为后人添加。现代学者顾颉刚也指出："我们何以感到一班圣君贤相竟会好到这般地步？只为现在承认的古史，在它凝结的时候恰是德化观念最有力的当儿。"①《尚书》曾被按照儒家评价标准进行整理、编次和删减，是学界共识，因此符合和体现儒家思想的内容被保留和凸显，包括出现"思无邪"、"止乎礼义"思想的萌芽"节性"，也就不足为奇了。

但是，《尚书》的真伪问题并不影响"节性"作为"思无邪"思想的萌芽。从社会发展的历史来说，自形成人类社会，形成群体意识，即使在茹毛饮血的早期阶段，群体在价值取向上也会逐渐显现明确的取舍倾向，即先公后私，将群体利益置于个人利益之上，反对个人欲望的不加节制。用恩格斯的话来说，就是人类"为了在发展过程中脱离动物状态，实现自然界中的最伟大的进步，还需要一种因素：以群的联合力量和集体行动来弥补个体自卫能力的不足"②。用弗洛伊德的理论，则是"图腾文化就是建立在种种限制之上的，儿子们之间必须互相迫使对方遵守这些限制，才能保持上述者的群居生活的存在。遵守禁忌的惯例是最初的'权利或法律'('right' or 'law')"③。

在原始社会，人们共同劳动，没有私有财产，"除了舆论以外，它没有任何强制手段"，即可达到"没有任何内部对立"。这种状况在进入阶级社会后发生了根本的变化，"鄙俗的贪欲是文明时代从它存在的第一日起直至今日的起推动作用的灵魂；财富，财富，第三还是财富，——不是社会的财富，而是这个微不足道的单个的个人的财富，这就是文明时代唯一的、具有决定意义的目的"④。从此，个人利益与群体利益、人性自由与社会规范、人的道德理性与感性欲望，三者之间的矛盾对立关系便成为社会的基本问题。因此，限制和节制欲望，才能确保群体的存在和发展。这种状况普遍存在于世界各地出现的人类早期文明之中。此种倾向也必然地体现于早期的文献。因此不独《尚书》如此，早期的其他史料也都体现了这一点。如《国语·周语下》："昔共工弃此道也，虞于

---

① 顾颉刚：《古史辨》第一册《自序》。此处还可参见李民、王健《尚书译注》前言部分。
② 恩格斯：《家庭、私有制和国家的起源》，人民出版社1999年版，第33页。
③ 弗洛伊德：《文明及其缺憾》，傅雅芳、郝冬瑾译，苏晓离校，安徽文艺出版社1987年版，第44页。
④ 恩格斯：《家庭、私有制和国家的起源》，人民出版社1999年版，第184页。

湛乐，淫失其身，欲壅防百川，堕高埋庳，以害天下。皇天弗福，庶民弗助，祸乱并兴，共工用灭。其在有虞，有崇伯鲧，播其淫心，称遂共工之过，尧用殛之于羽山。"《国语·晋语九》："夏书有之曰：'一人三失，怨岂在明？不见是图'"等。"节性"思想的出现是必然的，只不过在中国文化发展史中，《尚书》取得了迄今最为古老的书籍的地位，并在其中出现了与"思无邪"、"止乎礼义"思想关联更为明晰的"节性"文字而已。

在社会发展的初期阶段，德和礼是统一的。郭沫若指出："礼是由德的客观方面的节文所蜕化下来的，古代有德者的一切正当行为的方式汇集了下来便成为后代的礼"①。礼就是德的汇集，是社会共识性的，和情感心性是统一的关系。

从夏、商、周直到春秋、战国之前，礼是沿革损益的。"殷因于夏礼，所损益可知也；周因于殷礼，所损益可知也。其或继周者，虽百世亦可知。"（《论语·为政》）但是从春秋时期，尤其是战国时期，礼乐关系质变——礼坏乐崩，道术将为天下裂，礼乐逐渐流为虚伪的形式，各家对礼的态度也出现变化。顾炎武："如春秋时，犹尊礼重信，而七国则绝不言礼与信矣。"② 余英时则认为，中国古代的"突破"起于"礼坏乐崩"之时，"突破"之后，各派思想家都对"礼"的传统进行了改造③。

情与礼义的关系于此时出现了根本的分歧，产生了明显的分化。这分化成为后世思想发展的根基，由此延展出不同的发展线索。其中最为主要的一脉，是孔子代表的儒家思想。孔子以仁为礼的内在根据，提出"克己复礼"、"思无邪"。

《论语·颜渊》："克己复礼为仁。一日克己复礼，天下归仁焉。为仁由己，而由人乎哉？颜渊曰：请问其目。子曰：非礼勿视，非礼勿听，非礼勿言，非礼勿动。"《论语·八佾》："人而不仁，如礼何？人而不仁，如乐何？"孔子以仁来解释礼，以仁为礼之内在精神，以礼为仁之外在形式。孔子的"克己"，就是要对欲望有所节制。"富与贵，是人之所欲也"（《论语·里仁》），"吾未见好德如好色者也"（《论语·子罕》），"少之时，血气未定，戒之在色；及其壮也，血气方刚，戒之在斗；及其老也，血气既衰，戒之在得"（《论语·季氏》）。这些都意味着他对人在不同时

① 《郭沫若全集：历史编》第一卷，人民出版社1982年版，第336页。
② 顾炎武：《日知录》卷十三。
③ 余英时：《士与中国文化》，上海人民出版社1987年版，第92—97页。

期的欲望特点有深刻的认识,并承认人的感性欲望有自身的合理性,对待欲望的态度也是节制而不是去除和扼杀。《论语·为政》"《诗三百》,一言以蔽之,曰思无邪",就是这种思想在诗歌领域的明确体现。

从"节性"到"克己复礼"、"思无邪",再到"止乎礼义",甚至可以继续向后推到"存天理,灭人欲",这是一条一直存在的中国人性发展的脉络,只是在不同的历史时期表现有所不同。纪昀未必知晓这一发展,但是他敏锐地察觉到了"思无邪"和"止乎礼义"之间的内在联系,为我们发现整条线索提供了契机。

就文学批评而言,将"思无邪"和"止乎礼义"等同起来,主要涉及文道关系问题。作为正统文论家,纪昀坚持宗经明道,在对刘勰《文心雕龙·原道》篇的评点中指出:"文以载道,明其当然;文原于道,明其本然,识其本乃不逐其末。"① 此外,纪昀对于宗经明道也多有论述:

> 盖经者常也,万世不易之常道也;道者理也,事之制也。理明,则天下之是非不淆,百为之进退有准,千变万化,不离其宗。以应世,则操纵咸宜;以立言,则了了于心者,自了了于口,投之所向,无不如志。②
>
> 必深明乎理之是非,而后制事有所措;必折衷于圣贤之训,而后能明理之是非。……岂非以明经为致用之本欤?③
>
> 圣人之志,藉经以存;儒者之学,研经为本。④

纪昀对于宗经的说法并无特别之处,但是在明道方面,纪昀显然受到宋学影响,以理为道,认为"道者理也,事之制也",理就取代"道"成为其追求和论述的主要对象。这种情况在乾嘉时期具有普遍性,看钱大昕、戴震等学者的文集皆是如此。在纪昀看来,"《六经》所论皆人事"⑤,宗经明理和经世致用密不可分,其宗经明道思想的基本主张便是强调经世致用,依据儒学"切于人事"的特点,将儒学与空谈性理的道学进行区分:

"圣贤依乎中庸,以实心励实行,以实学求实用。道学则务语精微,

---

① 《纪晓岚评文心雕龙》,江苏广陵古籍刻印社 1997 年版,第 21—22 页。
② 《耳溪文集序》,《纪晓岚文集》第 1 册,河北教育出版社 1991 年版,第 214—215 页。
③ 《壬戌会试录序》,《纪晓岚文集》第 1 册,河北教育出版社 1991 年版,第 150 页。
④ 《诗序补义序》,《纪晓岚文集》第 1 册,河北教育出版社 1991 年版,第 156 页。
⑤ 《槐西杂志》(二)。

先理气，后彝伦，尊性命，薄事功，其用意已稍别。圣贤之于人，有是非心，无彼我心；有诱导心，无苛刻心。道学则各立门户，不能不争；既已相争，不能不巧诋以求胜。"①

纪昀主张宗经明道、经世致用，讲究务实，反对宋儒对修齐治平的简单化理解，认为"节节相因，而节节各有其功力"，强调要重视具体的"术"，讲求"体国经野之政，捍灾御变之方"（《姑妄听之》三）。把容易流为空洞说教的道理具体化，使其和社会活动紧密联系起来，是纪昀学术的一大特点，这在《阅微草堂笔记》中表现尤为突出。

具体到文道关系，纪昀也提出了自己的见解。文和道在宋之前主要有两种情况：文道合一，文道分离。所谓"文质彬彬"，即是前者；所谓"诗缘情而绮靡"，即是后者。此后又出现了第三种情况：文以载道，文学失去独立性沦为道学的附庸。这种情况的出现也有一个发展的过程。理学的先驱——石介、孙复等虽都是古文的提倡者，但已经表现出对文学的轻视，研究重心转移到对儒学义理的讨论；其后到周敦颐、邵雍和二程，文学已经沦落到载道的工具。周敦颐在《周子通书》中的《文辞》篇中提出了有名的"文以载道"说：

> 文所以载道也，轮辕饰而人弗庸，徒饰也，况虚车乎？文辞，艺也；道德，实也。笃其实而艺者书之；美则爱，爱则传焉，贤者得以学而至之，是为教。故曰："言之无文，行之不远。"然不贤者，虽父兄临之，师保勉之，不学也；强之，不从也。不知务道德而第以文辞为能者，艺焉而已。噫！弊也久矣。

邵雍的观点和周敦颐近似，"他在自己的诗集序中虽然引用了《毛诗大序》有关诗歌抒情言志的论述，但又从理学观点作了许多引申发挥，其结果是否定了《毛诗大序》主张诗歌是'吟咏情性'的思想，而强调诗歌应是'天理'、'人性'的体现"②。二程进一步发展了理学对文学的抑制和否定作用，提出了"为文害道"、"学诗妨事"等更为片面、偏激的说法：

---

① 《姑妄听之》（二）。《四库全书总目》有类似说法："谈心性者谓之真儒，讲事功者谓之杂霸。人情所竞，在彼而不在此。"（别集类九《宗忠简集》提要）
② 张少康、刘三富：《中国文学理论批评发展史》（下），北京大学出版社1995年版，第34页。

问：作文害道否？

曰：害也。凡为文不专意则不工，若专意则志局于此，又安能与天地同其大也。书云："玩物丧志"，为文亦玩物也。吕与叔有诗云："学如元凯方成癖，文似相如始类俳。独立孔门无一事，只输颜氏得心斋。"此诗甚好。古之学者，惟务养性情，其他则不学。今为文者，专务章句，悦人耳目；既务悦人，非俳优而何？①

程颐还称："退之晚年为文，所得处甚多。学本是修德，有德然后有言，退之却倒学了，因学文日求所未至，遂有所得。"朱熹还有所不同，认为："文便是道"，"皆是从道中流出"②。

对于宋明理学空谈务虚以及对于文学带有轻视的言论，纪昀予以了反驳。这种反驳体现在四个层面：

一是将文道问题置于历史发展中予以分析。纪昀指出："三代以前，文皆载道。三代以后，流派渐分。犹之衣资布帛，不能废五采之华。食主菽粟，不能废八珍之味。必欲一扫而空之，于理甚正，而于事必不能行"③；"夫文以载道，不易之论也。然自战国以下，即已歧为二途：或以义理传，或以词藻见，如珍错之于菽粟，锦绣之于布帛，势不能偏废其一"④。

既然战国以后，文皆载道失去了它的现实基础，歧为二途，那么现实情况已不可能再要求二者合一，文和道的分离不可避免。至于分离之后，"势不能偏废其一"，实际就是文道并重，把"文"独立了出来。

二是明确独立的"文"自有其特点。

风会所趋，质文递变，如食本疗饥，而陆海穷究其滋味；衣本御寒，而纂组渐斗其工巧。（《挹绿轩诗集序》）
缘情之什，渐化为文章。如食本以养生，而八珍五鼎缘以讲滋味；衣本以御寒，而纂组锦绣缘以讲工巧。相沿而至，莫知其然，而亦遂相沿不可废。（《鹤街诗稿序》）

诗歌的这种特点，纪昀一方面说"莫知其然"，不可名状，但同时又

---

① 《二程遗书》卷十八。
② 《朱子语类》卷一百三十九。
③ 《四库全书总目》总集类存目四，《斯文正统》提要。
④ 《四库全书总目》别集类存目二，《蔡文庄集》提要。

指向了其"滋味"和"工巧",亦即文学的审美特性。

三是厘清文道的内在关系。

> "文以载道",非濂溪之创论也。"理扶质以立干,文垂条以结繁",陆平原实先发之。要皆孔子所谓"言有物"也。顾真西山《文章正宗》,黜《逐客书》,斥《横汾词》,刘后村以"深衣雅乐"譬之,谓非绮罗筝笛所能比,而卒不能与《昭明文选》争后先。唐荆川宗法韩、欧,足以左挹遵岩,右拍熙甫,而论者终有"晚年著作挽入语录"之疑,是岂理之不足乎?毋乃"言之不文,行之不远",又如孔子之所云乎?夫事必有理。推阐其理,融合贯通,分析别白,使是非得失厘然具见其端绪,是谓之文。文而不根于理,虽鲸铿春丽,终为浮词;理而不宣以文,虽词严义正,亦终病其不雅训。譬诸礼乐,礼主于敬,理也,然祖裼而拜君父,则不足以为敬;乐主于和,理也,然喧呶歌舞,快然肆意,则不足以为和。唐以前文,论事者多,论理者少,固已。宋以后,讲学之家发明圣道,其理不为不精,而置诸词苑,究如《王氏中说》、《太公家训》,为李习之所不满。其故不可深长思乎?(《明皋文集序》)

这段文字逻辑严密,论述透彻,集中地表现了纪昀对文道关系的看法。"推阐其理,融合贯通,分析别白,使是非得失厘然具见其端绪,是谓之文",这里所说的"文"就是文学。文和理的关系就是:文根于理,"理扶质以立干,文垂条以结繁",而不能只重说理而忽视诗歌的艺术性,否则就是孔子所说的"言之不文,行之不远"。为了充分证明自己的观点,纪昀还举例进行说明,指出《文章正宗》终究无法和《昭明文选》相提并论,"讲学之家发明圣道,其理不为不精,而置诸词苑,究如《王氏中说》、《太公家训》,为李习之所不满"。

四是运用到具体的诗歌批评。纪昀坚持"诗法、道统截然二事,不必援引借以为重"[①],"此于儒者为格言,而于诗家为厉禁"[②],在具体的诗歌批评中多有表现。以纪昀对朱熹及道学诗的批评为例:

---

① 纪昀评朱熹《登定王台》,《瀛奎律髓汇评》,方回选评,李庆甲集评校点,上海古籍出版社1986年版,第19页。

② 纪昀评吕祖谦《贺车驾幸秘书省》之二,《瀛奎律髓汇评》,第229页。

文公火候，不及后山之深，而涵养和平，亦无后山硬语盘空之力。盖兼习之与专门，固自有别。（纪昀评朱熹《观梅花开尽不及吟赏感叹成诗聊贻同好二首》）

作意翻案，但觉迂阔不情，语亦多杂腐气，不必以文公之故为之词。（纪昀评朱熹《择之诵所赋拟进吕子晋元宵诗因用元韵二首》之一）①

不仅如此，纪昀还在《删正瀛奎律髓》中，将方回原来选定的二十八首朱熹诗删得仅剩一首。对道学诗，纪昀同样大加批判，毫不客气："《文章正宗》作于前，《濂洛风雅》起于后，借咏歌以谈道学，固不失无邪之宗旨，然不言人事而言天性，与理固无所碍，而于'兴观群怨'、'发乎情，止乎礼义'者，则又大相径庭矣。"②

《四库全书总目》所持文道观与此是一致的。《四库全书总目》区别了"文人之文"和"道学之文"："文士之文以词胜，而防其害理。词胜而不至害理，则其词可传。道学之文以理胜，而病其不文。理胜而不至不文，则其理亦可传。"③指出真德秀《文章正宗》"大意主于论理而不论文"，"道学之儒与文章之士各明一义，固不可得而强同也"④。在《濂洛风雅》提要中更直接指出："道学之诗与诗人之诗千秋楚越矣，夫德行、文章，孔门即分为二科。儒林、道学、文苑，《宋史》且别为三传，言岂一端，各有当也。以濂洛之理责李、杜，李、杜不能争，天下亦不敢代为李、杜争。然而天下学为诗者，终宗李、杜，不宗濂洛也，此其故可深长思矣。"

结合这些材料可知，纪昀所说的"文以载道，明其当然。文原于道，明其本然"，确实如学者指出的："前者'文以载道'乃道学家或理学家的话语，'明其当然'只是文章功能之一端，而非全部；而后者'文原于道'才是文论家的意思，结合《原道》篇来讲，此'道'就远比'文以载道'之'道'宽泛，它包括了自然界的动植万物甚至一切有声色者，文原于如此无所不包之'道'，几乎就尊之以虚位了，就显然不以'载道'为惟一之担当，使文章或文学进入了一个更加宽广的

---

① 《瀛奎律髓汇评》，第765、585页。
② 《诗教堂诗集序》，《纪晓岚文集》第1册，河北教育出版社1991年版，第210页。
③ 《四库全书总目》别集类二一，《环谷集》提要。
④ 《四库全书总目》总集类二，《文章正宗》提要。

世界。"①

三 "发乎情"与"止乎礼义"

基于"发乎情"同于"诗言志"、"止乎礼义"同于"思无邪",纪昀对情志和文道关系问题进行了阐发。但是,纪昀对"发乎情,止乎礼义"的认识与运用并不限于此。他还将其用来阐释诗歌的发展过程,对"不平则鸣"等予以批评。

(一)"发乎情"和"止乎礼义"的分裂

纪昀认为诗歌发展过程出现的弊端,其根源就在于"发乎情,止乎礼义"的分裂,是将"发乎情"和"止乎礼义"各执一端、片面发展的结果:

> 余谓西河卜子传诗于尼山者也,《大序》一篇,确有授受,不比诸篇小序,为经师递有加增。其中"发乎情,止乎礼义"二语,实探《风》、《雅》之大原。后人各明一义,渐失其宗。一则知"止乎礼义"而不必其"发乎情",流而为金仁山"濂洛风雅"一派,使严沧浪辈激而为"不涉理路,不落言诠"之论;一则知"发乎情"而不必其"止乎礼义",自陆平原"缘情"一语引入歧途,其究乃至于绘画横陈,不诚已甚与!夫陶渊明诗时有庄论,然不至如明人道学诗之迂拙也。李、杜、韩、苏诸集岂无艳体?然不至如晚唐人诗之纤且亵也。酌乎其中,知必有道焉。(《云林诗钞序》)

从他的说法来看,只知"止乎礼义"而不"发乎情"的一类以《濂洛风雅》为代表。纪昀多处提到此书,如嘉庆丙辰会试策问中"《击壤》流为《濂洛风雅》,是不入诗格者也,然据理而谈亦无以难之",联系到引文所说"陶渊明诗时有庄论,然不至如明人道学诗之迂拙也",可见《濂洛风雅》代表的乃是只重礼义道德而忽视审美特性的一类诗歌,也就是道学诗。只重视"发乎情"的一类,则主要是指艳体诗。

在诗歌创作中,审美原则和道德原则是并存的,但是很容易失衡。偏重于审美的作品,无非有两种情况:一类归为"发乎情"甚而"缘情而绮靡",走向和道德的背离,等而下者如艳体诗;一类则是景物诗,和道

---

① 汪春泓:《关于纪昀的〈文心雕龙〉批评及其文学思想之研究》,《北京大学学报》2001 年第 5 期。

德无关，如山水诗。偏重于道德的诗歌，则容易枯燥乏味，沦为载道的工具。这是诗歌史上两种比较突出的不良倾向，诗歌创作的弊病由此而来，诗歌发展的动力亦由此而来：

> 有一变，必有一弊，弊极而变又生焉。互相激，互相救也。唐以前毋论矣。唐末，诗猥琐。宋，杨、刘变而典丽，其弊也靡；欧、梅再变而平畅，其弊也率；苏、黄三变而恣逸，其弊也肆；范、陆四变而工稳，其弊也袭；四灵五变，理贾岛、姚合之绪余，刻画纤微；至江湖末派流为鄙野，而弊极焉。元人变为幽艳，昌谷、飞卿遂为一代之圭臬，诗如词矣。铁崖矫枉过直，变为奇诡，无复中声。（纪昀《冶亭诗介序》）

以"发乎情"和"止乎礼义"的分裂来阐释诗歌史上两种不良倾向的产生，以二者在分裂中的交互作用来阐释诗歌的发展，体现了纪昀自觉的批评意识和历史思维。这对于纪昀理论的建立也是重要的：通过对"发乎情，止乎礼义"的阐发，确定了立论根基，建立了自己的理论框架；通过二者的分裂以及相互作用来阐释诗歌发展，则静态的框架转变为动态的系统，重要诗歌与理论便被涵盖其中了。

关于"发乎情"和"止乎礼义"的关系，纪昀突出了历史发展中礼义和情感之间的矛盾和相互作用，李贽则提出了相反的意见，"自然发于情性，则自然止乎礼义，非情性之外复有礼义可止也。惟矫强乃失之"（《焚书·读律肤说》）。这一说法历来受到肯定，和纪昀相比确实更有解放的意义。但是，情和礼义从来都是具体的，在不同的历史时期其特点内涵也在不断变化。李贽情性和礼义统一的观点，也有其脱离社会时代、强调抽象的情和礼义的一面。

（二）"发乎情，止乎礼义"的反面

对于"发乎情，止乎礼义"相反的诗学主张，纪昀也有所批评。前面已涉及纪昀对"缘情绮靡"说的态度，这里主要论述纪昀对"穷而后工"说的看法。

"穷而后工"是"发愤"说的一种变体。这种观点早在《诗经》中就已经露出端倪，屈原在《楚辞·惜诵》中第一次明确提出了"发愤以抒情"的主张，司马迁进而提出了"发愤著书"的观点，使得"发愤"说更为发扬光大。这一学说在韩愈那里发展成"不平则鸣"，"和平之音淡薄，而愁思之声要妙；欢愉之辞难工，而穷苦之言易好"；在欧阳修则是"非诗之能穷人，殆穷者而后工也"；在苏轼是"身穷诗乃亨"；在李贽是"夺他人之酒杯，浇自己之垒块，诉心中之不平，感数奇于千载"……从这些可以看出，"发愤"说是与儒家"发乎情，止乎礼义"、"哀而不伤，怨而不怒"的诗学主张相对立的一种观点。

较之以往，清代学者对"发愤"说的看法更为综合和客观。纪昀对"不平则鸣"是批评的，"昌黎《送孟东野序》称：'不得其平则鸣'，乃一时有激之言，非笃论也"（《月山诗集序》）。具体来说，其内容有三：

一是承认"穷而后工者，亦自有说"，但"文章如面，各肖其人"，并非所有的名作都是"穷而后工"的结果，"诗必穷而后工，殆不然乎。上下二千年间，宏篇巨制，岂皆出山泽之癯耶"？

二是因人而异，在于胸襟。即便同样的经历在不同的人那里会有不同的结果，"同一坎坷不偶，其心狭隘而刺促，则其词亦幽郁而愤激。'东野穷愁死不休，高天厚地一诗囚'。遗山所论，未尝不中其失也。其心淡泊而宁静，则其词脱洒轶俗，自成山水之清音。""夫欢愉之辞难工，愁苦之音易好，论诗家成习语矣。然以龌龊之胸，贮穷愁之气，上者不过寒瘦之词，下而至于琐屑寒乞，无所不至，其为好也亦仅。甚至激忿牢骚，怼及君父，裂名教之防者有矣。"

三是不累于穷，不失雅正。"不以酸恻激烈为工"，"要当以不涉怨尤之怀，不伤忠孝之旨，为诗之正轨"，"困顿偃蹇，感激豪宕，而不乖乎温柔敦厚之正"[①]。

关于第一点所说的并非所有佳作都是"穷而后工"的产物，此是客观事实，无可争议。第三点则体现了纪昀作为正统文论家一贯的论调，亦无须展开。值得深究的乃是其说的第二点。这里面含了两层意思：一是强调因人而异，作者若"心狭隘而刺促"，作品则会相应地呈现"幽郁而愤激"的特点。此处纪昀没明确表示，但意在胸襟。叶燮在《原诗·内篇》对此有更详细的阐发："我谓作诗者，亦必先有诗之基焉。诗之基，其人之胸襟是也。有胸襟，然后能载其性情智慧聪明才辨以出，随遇发生，随生即盛。千古诗人推杜甫，其诗随所遇之人之境之事之物，无处不发其思君王、忧祸乱、悲时日、念友朋、吊古人、怀远道。凡欢愉幽愁离合今昔之感，一一触类而起，因遇得题，因题达情，因情敷句，皆因甫有其胸襟以为基。……由是言之，有是胸襟以为基，而后可以为诗文。"二是对比

---

① "不平则鸣"部分的引文皆出自《月山诗集序》、《俭重堂诗序》，《纪晓岚文集》第 1 册，河北教育出版社 1991 年版，第 195、186 页。

了山水清音一类作品，指出即便同处于困厄穷迫的境遇，也有一类人是其心淡泊而宁静，自成山水清音。这亦属客观事实。田园诗的奠基者陶渊明、山水诗的奠基者谢灵运，其后的王维、孟浩然、柳宗元等人，多有贬迁的经历，但是他们却创作了大量优秀的景物诗。纪昀提出此类，直接与他的"教外别传"说有关。在他看来，还存有对诗教无所增益亦无所损害的一类诗歌，以陶、谢、王、孟等人代表。对此会在下节专论，这里不再赘述。

此外，要指出的是，纪昀对于"穷而后工"说的态度和看法在乾嘉时期有一定普遍性。钱大昕同样要求"发乎情，止乎礼义"，强调温柔敦厚，"调正格高"，反对不平则鸣、穷而后工，"吾谓鸣者，出于天性之自然，金、石、丝、竹、匏、土、革、木，鸣之善者，非有所不平也。鸟何不平于春，虫何不平于秋，世之悻悻然怒，戚戚然忧者，未必其能鸣也。……吾谓诗之最工者，周文公、召康公、尹吉甫、卫武公，皆未尝穷；晋之陶渊明，穷矣，而诗不常自言其穷，乃其所以愈工也。若乃前导八骏而称放废，家累巨万而叹窭贫，舍己之富贵不言，翻托于穷者之词，无论不工，虽工奚益"①！翁方纲在《石洲诗话》（卷三）也指出："诗人虽云穷而益工，然未有穷工而达转不工者。"这些观点都可以视为对"发愤"说、"穷而后工"说的丰富和发展。

要指出的是纪昀持"发乎情，止乎礼义"之说，《四库全书总目》亦以此立论，作为评判的基本标准。如批评谢榛"但为流连山水，摹写风月，闲适小诗言耳。不知'发乎情，止乎礼义'，感天地而动鬼神，固以言志为本也"②。由于这在清代是比较普遍的情况，这里就不再展开。

第二节 "教外别传":传统诗学的重要补充

纪昀以"发乎情"、"止乎礼义"来批评诗歌，但是有一类诗歌与此是不相关的。这类诗歌就是景物诗。纪昀对这类诗歌有很深刻的认识，在嘉庆丙辰会试策问中，纪昀史无前例地以系列重要诗歌批评入题，其中之一便是："王、孟清音，惟求妙悟，于美刺无关，而论者谓之上乘"。其实，纪昀在《诗教堂诗集序》中提出的"教外别传"说便是此题的答案:

———————————

① 《李南涧诗集序》，《潜研堂文集》卷二十六。
② 《四库全书总目》诗文评类存目，《诗家直说》提要。

夫两汉以后，百氏争鸣，多不知诗之有教，亦多不知诗可立教。故晋、宋歧而元（玄）谈，歧而山水，此教外别传者也，大抵与教无裨，亦无所损。

纪昀所谓的"教外别传"是从佛教借用过来的①。据载世尊在灵山会上，拈花示众，是时众皆默然，唯迦叶尊者破颜微笑。世尊曰："吾有正法眼藏，涅槃妙心，实相无相，微妙法门，不立文字，教外别传，付嘱摩诃迦叶。"② 契嵩《传法正宗论》对此的解释是："所谓教外别传者，非果别于佛教也，正其教迹所不到者。"所谓教外，和教内相对，《说法明眼论》："南天祖师，分佛法为二，谓教内教外是也。即如来正法，望口为教，望心名禅。"

纪昀所说"教外别传者"是指晋宋时期出现的山水诗，即刘勰所谓"庄老告退，而山水方滋"。联系纪昀《挹绿轩诗集序》所说：

其间，触目起兴，借物寓怀，如杨柳雨雪之类，为后人所长吟而远想者，情景之相生，天然凑泊，非"六义"之根柢也。然风会所趋，质文递变，如食本疗饥，而海陆穷究其滋味；衣本御寒，而纂组渐斗其工巧。于是乎咏物之作，起于建安；游览之篇，沿于典午。至陶、谢而标其宗，至王、孟、韦、柳而参其妙，至苏、黄而极其变。自唐至今，遂传为诗学之正脉，不复能全宗《三百篇》矣。

可见，纪昀并非孤立地看待王、孟诗歌，而是考镜源流，将其放置在咏物诗发展的脉络之中，认为中国田园诗、山水诗的奠基者陶渊明、谢灵运"标其宗"，王、孟、韦、柳"参其妙"，苏、黄"极其变"。在定位上进一步指明，自唐至清，这种诗歌传为"诗学之正脉"，并从创作和诗歌审美特点等方面予以总结。此外，还指出：

---

① "教外别传"从佛教用语到纪昀运用于诗学，中间有一个发展过程，下面两则材料就体现了这一点。黄绾《明道编》卷一："良知既足，而学与思皆可废矣！而不知圣门所谓志道、据德、依仁、游艺为何事，又文其说，以为良知之旨，乃夫子教外别传，惟颜子之资，能上悟而得之，颜子死而无传；其在《论语》所载，皆下学之事，乃曾子所传，而非夫子上悟之旨。以此鼓舞后生，固可喜而信之，然实失圣人之旨，必将为害，不可不辩。"李光地《榕村语录》卷十九："朱子尊崇邵子，只是重先天图。此图自是有传授，至他所说《易》却是教外别传，故明道说他学全不识。"

② 释普济：《五灯会元》卷一。

司空图分为二十四品，乃辨别蹊径，判若鸿沟。虽无美不收，而大旨所归则在清微妙远之一派，自陶、谢以下，逮乎王、孟、韦、柳者是也。至严羽《沧浪诗话》始独标"妙悟"为正宗，所谓"如空中音，如相中色，如镜中花，如水中月，如羚羊挂角无迹可寻"，即司空图所谓"不著一字，尽得风流"也。沿及有明，惟徐昌谷、高叔嗣传其衣钵。王敬美谓"数百年后，李、何或有废兴，高、徐必无绝响"，斯言当矣。虞山二冯顾诋沧浪为呓语，虽防微杜渐，欲戒浮声，未免排之过当。（《田侯松岩诗序》）

这便是从理论批评角度对"陶、谢以下逮乎王、孟、韦、柳"一派作品予以归纳和定位，指出其特点在"清微妙远"，为司空图《二十四诗品》之旨归，点明严羽《沧浪诗话》与此一脉相承的关系，以及对二冯批评严羽的评析。

从这些材料可知，纪昀提出的"教外别传"说，是对文学史上以陶、谢、王、孟、韦、柳为主要代表的一系列咏物诗，以司空图、严羽为代表的一系列诗歌理论进行的归纳和定位。对比同一时期正统文论家沈德潜的说法："陶诗胸次浩然，其中有一段渊深朴茂不可到处。唐人祖述者，王右丞有其清腴，孟山人有其闲远，储太祝有其朴实，韦左司有其冲和，柳仪曹有其峻洁，皆学焉而得其性之所近"，认为（渊明）"倘幸列孔门，何必不在季次、原宪下"（《说诗晬语》卷上），关注到了陶渊明、王维、孟浩然等诗歌一脉的关联，但是沈德潜还是将陶渊明归为儒家。两相对比，纪昀此说的价值更为突出。

对于纪昀的"教外别传"说，目前仅见张健《清代诗学研究》有所涉及，其主要观点为：此说"等于承认《诗经》的传统并不是单一的诗教、六义，在此之外还有一个非主流的传统，这就是触目兴怀、情景相融的传统"，"到当代已经成为诗学的正脉，已经成为在诗教之外的另一诗歌传统"；此说从理论上解决了陶、谢、王、孟一派在儒家的诗学价值系统中的地位问题，体现了儒家诗学价值系统对道佛精神影响下的诗歌传统的接纳。下面就几个方面具体展开分析。

一　"咏物之作"

在中国各类诗歌中，陶、谢、王、孟、韦、柳等人的诗歌深具艺术之美。关于此类诗歌的批评也是诗学史上非常重要的部分。

当代关于陶、谢、王、孟、韦、柳等人诗歌的研究著述甚多，相对全面客观的权威之作，葛晓音《山水田园诗派研究》当为其一。对比纪昀与葛晓音的论述，可以发现，虽命名不同，葛晓音以之为山水田园诗派，纪昀视为景物诗；详略有异，葛书长篇大论，纪昀寥寥数语，但也存在一些相似之处：都主要以陶、谢、王、孟、韦、柳等人诗歌为对象，认为他们在总体上属于一种流派和风格；都注重追根溯源，从山水田园诗的滥觞启端，辨析源流，论述发展。他们的差异的最大不同在于纪昀论述最后归集于"教外别传"者，此为点睛之论，由此此类诗歌及诗学在整个诗歌体系中有了自己恰如其分的位置，明确了和其他诗歌、诗学的关系。葛晓音因为聚焦于"诗派"，研究有所不同。在陶、谢、王、孟、韦、柳等人诗歌的批评史上，纪昀之说尤为突出。

谢灵运开创山水诗一派，陶渊明则首创田园诗，其后王、孟、韦、柳，以及苏、黄，他们的共同之处便是学陶拟陶，在诗歌内容和风格上与陶渊明有诸多相似之处。因此，此类诗歌批评之中，陶始终居于核心位置，得到的评价也基本最高：

"渊明在中国诗人中的地位是很崇高的。可以和他比拟的，前只有屈原，后只有杜甫。屈原比他更沉郁，杜甫比他更阔大多变化，但是都没有他那么醇，那么炼。屈原低徊往复，想安顿而终没有得到安顿，他的情绪、想象和风格都带着浪漫艺术的崎岖突兀的气象；渊明则如秋潭月影，澈底澄莹，具有古典艺术的和谐静穆。杜甫还不免有意雕绘声色，锻炼字句，时有斧凿痕迹，甚至有笨拙到不很妥贴的句子；渊明则全是自然本色，天衣无缝，到艺术极境而使人忘其为艺术。后来诗人苏东坡最爱陶，在性情与风趣上两人确有许多类似，但是苏爱逞巧智，缺乏洗炼，在陶公面前终是小巫见大巫。"[1]

关于陶、谢、王、孟、韦、柳等人诗歌的批评众多，这里仅论述此类诗歌批评的大致脉络而不详细展开。

就此类诗歌批评而言，始于魏晋：谢诗评价甚高，钟嵘列其为上品，称为"元嘉之雄"，鲍照称其诗歌"如初发芙蓉，自然可爱"；陶诗评价有所不及，被钟嵘列入中品。此后，谢诗评价有所下降，而陶诗则声誉日隆，至宋而极。关于此类诗歌的批评主要还是从唐代兴起。

唐人注意到了陶、谢诗歌的共性，开始将两人并称，如杜甫"焉得思如陶谢手，令渠述作与同游"，白居易"篇咏陶谢辈，风流稽阮徒"，黄滔"定应云雨内，陶谢是前身"，皎然"只将陶与谢，终日可忘情"，

---

[1]　朱光潜：《诗论》，生活·读书·新知三联书店1984年版，第277页。

李群玉"新诗山水思,静入陶谢格"等。杜甫在《夜听许十诵诗爱而有作》中则以"陶谢不枝梧,风骚共推激"来赞誉许诗,同时认为陶诗"枯槁"。这些都说明唐人对陶、谢诗歌尤其陶诗尚未有深刻的认识。

"渊明诗,唐人绝无知其奥者"(《蔡宽夫诗话》),而"渊明文名,至宋而极"①。宋人以"淡"为美,对此类深具平淡自然之美的诗歌论述精辟:"柳子厚诗在陶渊明下,韦苏州上。退之豪放奇险则过之,而温丽精深不及也。所贵乎枯澹者,谓其外枯而中膏,似澹而实美,渊明、子厚之流是也。若中边皆枯澹,亦何足道!"(《评韩柳诗》)苏轼此说,可为不刊之论。其他宋人也各抒己见:

"彭泽千载人,东坡百世士。出处虽不同,风味乃相似。"(黄庭坚)

"渊明诗所以为高,正在不待安排,胸中自然流出。东坡乃篇篇句句依韵而和之,虽其高才,似不费力,然已失其自然之趣矣。"(朱熹)

"韦、苏得陶之运度,而未得其雅澹浑然之处,王右丞得陶之闲适,而未得其浑涵自然之工,柳子厚工处或伤于巧,又未免有意于求其好:此陶之所以难及也。"(陈模)

"谢所以不及陶者,康乐之诗精工,渊明之诗质而自然耳。"(严羽》

宋人关于此类诗歌在艺术风格和特点上的论述深刻高妙,金元之论无出其范围,明清的论述有承继宋人的一面,同时也出现了一些新意。

明人注意到了陶诗的丰富性,分析更为细致。许学夷认为:"靖节与灵运诗,本不当并称";指出陶诗有三种类型,后人学陶亦分三类:"靖节诗有三种:……等篇,皆快心自得而有奇趣,乃次山、白、苏之所自出也;……等篇,皆萧散冲淡而有远韵,乃韦、柳之所自出也;……等篇,则声韵浑成,气格兼胜,实与子美无异矣。"② 这种细致的分类归纳在陶诗源流与比较上比较少见。类似的还有李东阳《怀麓堂诗话》:"陶诗质厚近古,愈读而愈见其妙。韦应物稍失之平易,柳子厚则过于精刻。世称陶、韦,又称韦、柳,特概言之,惟谓学陶者,须自韦、柳而入,乃为正耳。"刘仲修还注意到了此类诗人"不得志"的共性,《刘子高诗集序》:"若晋陶渊明,唐李白、杜甫、孟浩然、韦应物,是皆魁磊奇杰之士,不得志于时,而其胸中超然无穷达之累,故能发其豪迈隽伟之才,高古冲淡之趣,以成一家之言,名世而垂后。"(《刘仲修先生诗文集》卷七)

就明人论陶的新意而言,钟惺尤为突出。"坡公谓陶诗外枯中腴,似

---

① 钱钟书:《谈艺录》,中华书局1984年版,第88页。

② 许学夷:《诗源辩体》卷六。

未读储光义、王昌龄古诗耳。储、王古诗极深厚处，方能彷佛陶诗，知此，则枯腴二字，俱说不着矣。古人论诗文，曰朴茂，曰清深，曰雄浑，曰积厚流光；不朴不茂，不深不清，不浑不雄，不厚不光，了此可读陶诗"；"幽厚之气，有似乐府，储、王田园诗妙处出此；浩然非不近陶，而似不能为此一派，曰清而微逊其朴"；"幽生于朴，清出于老，高本于厚，逸原于细，此陶诗也"①。这里"幽生于朴"、"高本于厚"、"逸原于细"强调的都是立足根本后由此体现出来的不同风格，"清出于老"是完全不同的。由于"清"、"老"在中国文化中都具有极为丰富的内涵，当此二者结合起来，就已经超越了范畴而上升为一种观点、一种理论。

关于"清"、"老"，学界近年已有一些研究，尤其是"清"，进入21世纪后每年都有一些研究文章问世。虽然说法很多，但是归结起来，其核心特征大概就是胡应麟《诗薮》外编卷四所说的："清者，超凡绝俗之谓。"② 至于"老"，也包括多种含义，核心就是对各种规则的掌握和融通，主客双方的和谐交融。

陶渊明其人其诗是一个发展变化的过程，当代学者李辰冬认为陶渊明思想境界经历了四个阶段："从'猛志逸四海'开始，经过'冰炭满怀抱'、'复得返自然'而达到'不觉知有我'的地步"③。从这个意义上讲，陶渊明的诗歌是"清出于老"的，逐渐在诗歌创作中摆脱格律的束缚，达到至法无法、不工自工的最高境界；陶渊明本人也是"清出于老"的——入得其中，饱尝人间百味，对现实人生有深刻的理解和体会后，又能出乎其外，摆脱时代和物质的局限，追求人生的诗意和心灵的自由，从而体现出超越性。由此来看，无论是诗歌还是诗人，"清"只能出于"老"，不出于"老"的"清"绝非真正的"清"。清人方宗诚说："陶公高于老、庄，在不废人事、人理，不离人情，只是志趣高远，能超然于境遇、形骸之上耳。"（《陶诗真诠》）这大概可以视为对陶渊明"清出于老"的阐释。钟惺"清出于老"之说，令人耳目一新，在陶渊明研究史上具有重要意义。可惜的是，学界对此还未有任何关注。

———————————

① 钟惺：《古诗归》，《陶渊明研究资料汇编》，中华书局1962年版，第169、170、171页。
② 宋人开始明确地将"清"和陶渊明联系起来。王安石："陶令清身托酒徒"（《狄梁公陶渊明俱为彭泽令至今有庙在焉刁景纯作诗见示继以一篇》），用"清"来指陶渊明；南宋吴沆则用"清"来论陶渊明诗歌，在《环溪诗话》提出"渊明得之清而失之澹"的观点。此外，蔡絛《西清诗话》："渊明意趣真古，清淡之宗，诗家视渊明，犹孔门视伯夷也。"
③ 李辰冬：《陶渊明评论·初版自序》，东大图书有限公司1985年版。

清人论陶诗更为深入和全面,在创作风格、源流比较和思想诸方面均出现了系统总结和理论突破。沈德潜:"陶诗合下自然,不可及处,在真在厚。谢诗经营,而反于自然,不可及处,在新在俊。陶诗胜人不在排,谢诗胜人正在排。"贺贻孙《诗筏》谈论对此类"平远一派"诗歌的看法,分析其差异:"论者为五言诗平远一派,自苏、李、《十九首》后,当推陶彭泽为传灯之祖,而以储光义、王维、刘眘虚、孟浩然、韦应物、柳宗元诸家为法嗣。但吾观彭泽诗自有妙悟,非得法于苏、李、《十九首》也。其诗似《十九首》者,政以气韵相近耳。储、王诸人,学苏、李、《十九首》,亦学彭泽,彼皆有意为诗、有意学古诗者,名士之根尚在,诗人之意未忘。若彭泽悠然有会,率尔成篇,取适己怀而已,何尝以古诗某篇最佳而斤斤焉学之,以吾诗某篇必可传而勤勤焉为之?名士与诗人,两不入其胸中,其视人之爱憎,与身后所传之久暂,如吹剑首,一吷而已。……大抵彭泽乃见道者,其诗则无意于传而自然不朽者。"马星翼《东泉诗话》(卷一):"陶诗以自然为贵,谢公以雕镂为工,二家遂为后世诗人分途。王、孟、储、韦多近于陶,至香山极矣;贾岛、李贺皆源于谢,至韩、孟联句极矣。世之为高论者,欲合陶、谢而一之,若深入其中,自不相混耳。陶诗固多自然,亦有炼句,如……,但非如谢公之炼,读者当自得其趣耳。"

和这些论述相比,纪昀关于此类诗歌观点的独特性和意义便显而易见了:

其一,进行了史的概括。这些诗人彼此有关联亦有差异,前面论述已经充分体现了这一点,但是纪昀没有拘泥于细节,而是放在诗歌发展史中考量,指出此类诗歌源头在魏晋时期的"咏物之作";"陶、谢而标其宗",便是明确其对田园诗、山水诗的创立之功;其后王、孟、韦、柳的诗歌,纪昀则统归之为"参其妙",这个论断极其精妙,几位诗人在艺术上各有特色,历来批评多关注其差异,却未能道出这诸多特色和差异可以归结为咏物诗之"妙";至于苏、黄,纪昀显然是将现在文学史分置的田园山水诗派和江西诗派两大派别联系起来,注意到其中的关联和承接。他人对此也并非毫无认识,清人张泰来亦将陶渊明和江西诗派联系起来,认为:"江西之派,实祖渊明。山谷云:渊明于诗直寄焉耳。绛云在霄,舒卷自如,宁复有派?夫无派即渊明之派也。"(《江西诗社宗派图录》)纪昀此处重点还在于苏、黄二人的"极其变",苏、黄二人如何"极其变"这里不再展开论述,学界对于以苏、黄为主要代表人物的"江西诗派"已进行了充分的研究。但是纪昀对待苏、黄和江西诗派的态度还有所不同,细究他对方回的诸多批评以及对《瀛奎律髓》的刊误便可清楚。因此，纪昀此说论述不多，但是对以山水、田园诗为主要代表的咏物诗，进行了史的归纳和总结，是一部具体而微的咏物诗史。

其二，持正存变，区别对待陶、谢诗歌与王、孟诗歌。纪昀认为"自唐至今，遂传为诗学之正脉，不复能全宗《三百篇》矣"，将这些诗人分为两类：陶、谢一类；王、孟、韦、柳等人一类，"诗学之正脉"即是针对王、孟等人的诗歌来说的。

陶、谢受到"庄老告退，而山水方滋"这一时代因素的影响，诗歌有注重自然的一面。白居易："往往即事中，未能忘兴谕。因知康乐作，不独在章句"（《读谢灵运诗》）。王夫之："谢灵运一意回旋往复，以尽思理"（《姜斋诗话》）。王世懋："谢灵运出而易辞、庄语，无所不为用矣"（《艺圃撷余》）。沈德潜《古诗源》：（谢诗）"山水闲适，时遇理趣。"古人关于谢灵运的批评多只言片语，点到为止。今人萧涤非比较深刻地予以了剖析："康乐之诗，信富艳精工矣，而言志者，则绝无仅有，此实为其一大缺点。综观全诗，其所言者，不过情而已，意而已，景物而已，名理而已，求其所言之志，盖渺不可得，良以康乐于性理之根本功夫，缺乏修养，故不免逐物推迁，无终始靡他之志，昧穷达兼独之义，于功名富贵，犹不能忘怀，是故山水不足以娱其情，名理不足以解其忧，学足以知之，才足以言之，而力终不足以行之也。"[1] 古今关于谢灵运的研究之中，此段论述可谓定评。

陶渊明的情况复杂一些，有批评家将其诗歌归入儒家，也有相当多的批评家持不同看法。

一是将陶诗归入儒家。此说首推萧统，认为陶诗"岂止仁义可蹈，爵禄可辞！不劳复傍游太华，远求柱史，此亦有助于风教尔"[2]；宋人推崇陶渊明，将其诗也提到空前高度，朱熹："故尝妄欲抄取经史诸书所载韵语，下及《文选》汉魏古词，以尽乎郭景纯、陶渊明之所作，自为一编，而附于《三百篇》、《楚辞》之后，以为诗之根本准则"（《朱文公文集》卷六四）；张戒以"思无邪"论陶诗："自建安七子、六朝、有唐及近世诸人，'思无邪'者，惟陶渊明、杜子美耳，余皆不免落邪思也"（《岁寒堂诗话》）；明代宋濂认为陶诗"不求甚异于俗，而动合于道，盖和而节，质而文，风雅之亚也"（《题张渤和陶诗》）；王挺斡《靖节先生

---

[1]　萧涤非：《读谢康乐诗札记》，《谢灵运研究论集》，葛晓音编选，广西师范大学出版社2001年版，第20页。

[2]　萧统《陶渊明集序》："尝谓有能读渊明之文者，驰竞之情遣，鄙吝之意祛，贪夫可以廉，懦夫可以立，岂止仁义可蹈，爵禄可辞！不劳复傍游太华，远求柱史，此亦有助于风教尔。"

集跋》称陶诗"儒者之高品,词林之独步";清代亦有多家持此观点:吴淞:"渊明非隐逸流也,其忠君爱国,忧愁感愤,不能自已,间发于诗,而词句温厚和平,不激不随,深得《三百篇》遗意。"沈德潜:"晋人诗旷达者征引老、庄,繁缛者征引班、扬,而陶公专用《论语》。汉人以下,宋儒以前,可推圣门弟子者,渊明也。"吴乔《围炉诗话》:"诗如陶渊明之涵冶性情,杜子美之忧君爱国者,契于《三百篇》上也。"

二是将陶诗归入庄老隐逸一类。此说起于钟嵘,《诗品》称陶渊明"古今隐逸诗人之宗"。方东树《昭昧詹言》:"渊明似庄兼似道","陶公所以不得与于传道之统者,堕庄、老也。其失在纵浪大化,有放肆意,非圣人独立不惧,君子不忧不惑不惧之道。圣人是尽性至命,此是放肆也"。乔亿《剑溪说诗》:"仆尝欲萃宋、元、明三朝儒者诗为一册,曰《道学诗钞》;……又取幽人愤士之诗,自陶靖节、王文中、陈希夷、林和靖、魏仲先、郑所南、真山民以及元、明之志洁行芳、绝尘不返者为一册,曰《逸民诗钞》。"

此外,还有不少批评家注意到陶诗思想的丰富性,提出其他说法。其一是认为不可一概而论,反对归入儒家或隐逸之类。明人刘朝箴便称:"靖节非儒非俗,非狂非狷,非风流非抗执,平淡自得,无事修饰,皆有天然自得之趣"。许学夷:"晋人贵玄虚,尚黄、老,故其言皆放诞无实。陶靖节见趣虽亦有类老子,而其诗无玄虚放诞之语,中如……等句,皆达人超世,见理安分之言,非玄虚放诞者比也。"(《诗源辩体》卷六)其二是将儒家与隐逸结合。明屠隆:"以禅喻诗,《三百篇》是如来祖师,《十九首》是大乘菩萨,曹、刘、三谢是大阿罗汉,颜、鲍、沈、宋、高、岑是有道高僧,陶、韦、王、孟是深山野衲,杜少陵是如来总持弟子,李太白是散圣……。"(《鸿苞集》)清人钟秀提出"儒隐"之说,认为:"人只要心有主宰,若假托之辞,何必庄、老,何必不庄、老;何必仙释,何必不仙释。放浪形骸之外,谨守规矩之中,古今来元亮一人而已","三代而后,可称儒隐者,舍陶公其谁与归"。

就纪昀来说,他属于将儒家与隐逸结合的一类。屠隆已经将此类诗歌纳入儒家系统,将此类诗歌比作"深山野衲",只是以禅喻诗,没有明言,意思和纪昀已经很接近。纪昀的贡献在于以"教外别传"将陶诗和后来的王、孟诗歌联系起来,有很强的理论性。

关于王、孟、韦、柳等人的诗歌,纪昀认为在唐代这类诗歌已经成为"诗学之正脉",和陶、谢的诗歌还有所不同。这种区别和不同时期山水田园诗的特点和社会地位有关。

在纪昀看来，虽然"陶、谢之诗高逸"（《清艳堂诗序》），还是带有当时玄言诗辨名析理的一些特点，像陶渊明的《形影》。魏晋玄言诗和玄学是分不开的，玄学却是对汉代儒家礼教统治思想的反动而出现的。所以，纪昀认为陶、谢诗歌的意义主要在"标其宗"，并指出"陶渊明诗时有庄论，然不至如明人道学诗之迂拙也"（《云林诗钞序》）。王、孟等人的诗歌显然不同。这些诗人虽然风格也不尽相同，但是基本上都持儒家正统立场，诗歌精妙自然，由他们为主要代表形成的山水田园诗派在盛唐时期影响广大，是盛唐气象诗坛的两大主要流派之一。

二 "诗学之正脉"与"风人之旨"

纪昀以"教外别传"之说，认定王、孟、韦、柳等为代表的一类诗歌对于诗教既无益亦无损，将山水田园诗定性为"教外别传"，那么他如何看待阐发此类诗歌的诸多理论与批评？

对这类诗歌在理论上予以总结也有一个发展的过程，较有代表性的是司空图、苏轼、严羽、王渔洋、王国维等人的理论。司空图提出"韵外之致"，《与李生论诗书》云："王右丞、韦苏州，澄淡精致，格在其中"，"近而不浮，远而不尽，然后可以言韵外之致"。苏轼以"质而实绮，癯而实腴"论陶诗，指出"所贵乎枯澹者，谓其外枯而中膏，似澹而实美，渊明、子厚之流是也。若中边皆枯澹，亦何足道"（《评韩柳诗》）。严羽倡导"妙悟"之说："孟襄阳学力下韩退之远甚，而其诗独出退之之上者，一味妙悟而已"，"诗者，吟咏情性也。盛唐诸人惟在兴趣，羚羊挂角，无迹可求。故其妙处透彻玲珑，不可凑泊，如空中之音，相中之色，水中之月，镜中之象，言有尽而意无穷"[1]。王渔洋提出神韵说[2]，把以往更为宽泛的"韵"具体化，突出"须以清远为尚"的一面，强调诗人和外界契合而感到的那种宁静、淡远，因此于司空图二十四诗品中推崇"冲淡"、"自然"和"清奇"，认为"是三者品之最上"。王夫之《姜斋诗活》："'池塘生春草'，'胡蝶飞南园'，'明月照积雪'，皆心中目中与

---

① 严羽：《沧浪诗话·诗辨》。

② 以"韵"论诗，北宋范温最早，在《潜溪诗眼》中指出："有余意之谓韵"，"行于简易闲淡之中，而有深远无穷之味"。他所说的韵，实际上和钟嵘重视的兴比较接近，"文已尽而意有余，兴也"。这些实际上可以视为王士祯神韵说的理论渊源，王士祯自己也在《渔洋诗话》说："余于古人论诗，最喜钟嵘《诗品》、严羽《诗话》、徐祯卿《谈艺录》。"对此，翁方纲在《神韵论》（下）中总结："诗以神韵为心得之秘，此义非自渔洋始言之也，是乃自古诗家之要眇处，古人不言而渔洋始明著之也。"

相融洽，一出语时，即得珠圆玉润，要亦各视其所怀来，而与景相迎者也。'日暮天无云，春风散微和'，想见陶令当时胸次，岂夹杂铅汞人能作此语？"王国维《人间词话》："有有我之境，有无我之境。……'采菊东篱下，悠然见南山'，'寒波澹澹起，白鸟悠悠下'，无我之境也。有我之境，以我观物，故物皆著我之色彩；无我之境，以物观物，故不知何者为我，何者为物。"

王国维之外的诸多说法对纪昀可能都有所影响。纪昀："饴山老人作《谈龙录》，力主'诗中有人'之说，固不为无见，要其冥心妙悟，兴象玲珑，情景交融，有余不尽之致，超然于畦封之外者，沧浪所论与风人之旨固未尝相背驰也。"（《挹绿轩诗集序》）这段文字融妙悟、兴象、情景、不尽之致为一体来批评王、孟等诗歌，便是对严羽、王渔洋等理论的接受和继承；以"教外别传"定性王、孟等诗歌，认为这些诗歌在唐代以后代表"诗学之正脉"，而"非'六义'之根柢"，"不复全宗《三百篇》"，这种说法和肯定"沧浪所论与风人之旨，固未尝相背驰也"是完全一致的，都是从诗教传统方面对这类诗歌和诗学进行的总结。

值得注意的是，纪昀所称的"教外别传"一类，以王、孟诗歌为主要代表，明清则以徐昌谷、高叔嗣和王士禛为代表。对比当代的山水田园诗研究，可以更好地展现纪昀此说的意义。别外，"教外别传"也并不局限于此类诗人诗作。如《四库全书总目》称：（沈周）"以画名一代，诗非其所留意。又晚年画境弥高，颓然天放，方圆自造，惟意所如。诗亦挥洒淋漓，自写天趣。盖不以字句取工，徒以栖心丘壑，名利两忘，风月往还，烟云供养，其胸次本无尘累。故所作亦不雕不琢，自然拔俗，寄兴于町畦之外，可以意会而不可加之以绳削。其于诗也，亦可谓教外别传矣。"[①] 这表明，纪昀所谓的"教外别传"，主要是指以自然为主要表现对象，与儒家诗教没有明显关联的一类作品，不一定是受老庄思想和佛道思想影响下产生的诗歌。

同时，纪昀也并未因以王、孟、韦、柳为代表的诗歌为"诗学之正宗"而轻视其他诗歌。

庄老告退，山水方滋，晋宋以还，清音遂畅。揆以风雅之本旨，正如六经而外，别出玄谈，亦自一种不可磨灭文字。后人转相神圣，遂欲截断众流，专标此种为正法眼藏。然则《三百》以下，汉魏以

---

① 《四库全书总目》别集类二三，《石田诗选》提要。

前，作者岂尽俗格哉？①

　　言各有当，勿以王、孟一派概尽天下古今之诗。②

　　这些评点说明，纪昀认为王、孟等人诗歌"自一种不可磨灭文字"，但终究为诗歌之一种，而不能以此为标准来衡量其他。这体现了纪昀一贯自觉的批评意识和客观辩证的态度。

---

① 纪昀评苏轼《梵天寺见僧守诠小诗清婉可爱次韵》，曾枣庄主编《苏诗汇评》，四川文艺出版社 2000 年版，第 280 页。

② 纪昀评苏轼《送参寥师》，曾枣庄主编《苏诗汇评》，第 734 页。

第三章　老:纪昀的诗歌创作理论

"纪文达公为昭代名儒,记问赅博。初未尝以诗鸣。然公生平无书不读,而于有韵之语则尤道人所不能道。论者以为公之诗得于天分者为多,而不知非也。公校书天禄,于古今诗学之源流、举凡、体裁、标格,无不一一熟于目而了于心。故发而为诗能融会古人成法,而自抒其性情,绝无依傍摹拟之迹。公之言曰'诗言志','诗本性情',又曰'余所见诗不下数千家,不过拟议、变化两途。然必心灵自运,而后能不立一法,不离一法'。诗之宗旨尽之矣。"①

清人邵承照对纪昀诗学的认识和概括是比较准确的。清代文论家面临众多的诗学问题,不仅有诗歌创新的问题,还面临着如何看待以往诗歌发展的问题,譬如唐宋诗之争、明代诗歌复古运动等。这些都需要他们在自己的理论中予以回答。作为有自觉批评意识的文论家,纪昀对这些问题也提出了自己的看法:就诗歌创作而言,强调兴象和风骨的创造;诗人应该学法而不拘于法,炼气炼神,我用我法;切忌偷语、偷势和偷意,在继承前人的基础上进行有自我本色的创新;就诗歌发展而言,主要有拟议、变化两种,应该酌乎其中;就作品风格而言,推崇典雅和浑老。

第一节　"兴象深微"与"风骨遒劲":纪昀 对诗歌审美特性的认识

"纪昀从儒家'温柔敦厚'的诗教出发,在艺术上重视委婉深曲的表现手法,提倡比兴的运用,要求作品具有兴象。同时,接受了刘勰以来主张明朗刚健的艺术风格的传统,标举风骨。'兴象深远'、'风骨遒劲'

---

① 邵承照:《〈纪河间诗话〉序》,《纪河间诗话》,光绪辛丑安乐延年室刊本。

可以说是纪昀评论文学作品的艺术标准。"① 纪昀重视对兴象、风骨的创造，认为这是诗歌审美特性的主要体现。

一　论"兴象"

纪昀经常用兴象来赞赏那些他高度评价的诗作，如评常建《题破山寺》"兴象深微，笔笔超妙，此为神来之候。'自然'二字尚不足以尽之"②；评苏轼的名诗《定惠院海棠》"纯以海棠自寓，风姿高秀，兴象深微。后半尤烟波跌宕。此种真非东坡不能，东坡非一时兴到亦不能"；《南堂五首》之五"兴象自然"；《惠崇春江晚景二首》之一"此为名篇，兴象实为深妙"③；评元好问的作品"兴象深邃，风格遒上"④ 等。纪昀看重兴象，反映了他对诗歌审美特性的认识。对此的研究，最好的参照就是和纪昀同为乾隆时期正统文论家的沈德潜。

在文学理论批评史上，沈德潜和纪昀往往被相提并论，以为清代正统文论的代言人，如"陆机的话往往被视为专事辞藻华丽和主张抒写情感的代表，如沈德潜和纪昀的批评都曾将陆机'缘情绮靡'一言视为理论上有碍诗教的始作俑者，表现了他们维护封建政治秩序、提倡诗歌之社会功用的论诗宗旨"⑤。沈德潜和纪昀确实有很多相似处：两人都是词臣身份，由于诗文出色得到乾隆的优待。沈德潜早年科举不利，六十多岁才中进士，由编修历官至礼部侍郎，因诗得到乾隆皇帝的赏识，称之为诗友，沈德潜曾请乾隆为自己的诗集写序。晚于沈德潜的纪昀同样以文词见长，一路受到乾隆的提拔。两人文学思想也有很多相似处：都坚持经世致用的思想，维护诗教；重视温柔敦厚，反对直露粗野；对诗歌的审美特性都有深刻认识，推崇盛唐，重视情感、人品和学问对于诗歌的作用；对诗歌发展有比较辩证而又不彻底的认识等。

正因为两人地位、身份以及文学思想比较接近，在对比中才更能见

---

① 王镇远：《纪昀文学思想初探》，《古代文学理论研究》第 11 辑，上海古籍出版社 1986 年版，第 268 页。

② 方回选评，李庆甲集评校点：《瀛奎律髓汇评》，上海古籍出版社 1986 年版，第 1666 页。

③ 曾枣庄主编：《苏诗汇评》，四川文艺出版社 2000 年版，第 855—856、967、1156 页。纪昀评苏诗更多强调其气胜，能以"兴象"称赞的作品并不多，除上述几首外，还有评《再和杨公济梅花十绝》之二的三四句"兴象深微，说来浓至"（第 1386 页）。在点评《徐元用使君与其子端常邀仆与小儿过同游东山浮金堂戏作此诗》时，批评它"平直少兴象"（第 1876 页）。

④ 《四库全书总目》别集类一九，《遗山集》提要。

⑤ 邬国平、王镇远：《清代文学批评史》，上海古籍出版社 1995 年版，第 435 页。

出纪昀论诗的特点。两人的区别主要在于:沈德潜结合了性情、格调和神韵说,注重格调和古淡;纪昀诗学整合的特点更甚于沈德潜,重视兴象和风骨。

无论是格调还是兴象,要阐释清楚最好追溯到盛唐气象。历史上第一位对盛唐诗进行全面研究的学者,大概是唐代殷璠。他的《河岳英灵集》在盛唐诗研究史上极为重要。"兴象"就是殷璠最早提出的。他批评南朝以来诗作"理则不足,言常有余,都无比兴,但贵轻艳";评孟浩然诗"至如'众山遥对酒,孤屿共题诗',无论兴象,兼复故实";评陶翰诗:"历代词人,诗笔双美者鲜矣,今陶生实谓兼之:既多兴象,复备风骨。"后人将兴象作为唐诗的主要特征,如翁方纲:"盛唐诸公之妙,自在气体醇厚,兴象超远"(《石洲诗话》卷一),就是发源于此。

所谓兴象,普遍认为兴象的"兴"乃是"比兴"的"兴",即钟嵘《诗品·序》所说的"文已尽而意有余,兴也";"象"就是通常所说的形象。兴象往往指"既有形象又具寓意,情境交融,兴寄深远的艺术境界①"。

此后,对"兴"和"象"的不同侧重,在诗学中出现了两种近乎对立的观点:一种是由象到意,由意到理。宋诗是这类观点的主要体现;一种是由兴到味,由味到韵。王、孟诗派是这类观点的主要体现。两类纠合在一起,此起彼伏,相生相长。

中唐皎然《诗式》发展"诗境"说,强调作者要运意精思②。这种对运意精思的重视,显然和盛唐"兴会"的创作方式已有所不同。皎然主张的"假象见意",也表明在"兴象"说之后向质实一面发展的方向。

"与'诗境'说的步趋质实相反,'兴象'在后来的演变中,还走上了一条逐渐虚化的道路,就是舍'象'而言'兴',终至以'韵味'来代替了'兴象'。"③ 这一路的发展比较清楚:戴叔伦提出"诗家之景,如蓝田日暖,良玉生烟,可望而不可置于眉睫之前";晚唐司空图提出"韵味"说,追求"韵外之致"、"味外之旨",开后来神韵说之先河。

在后来的发展中,宋诗以理趣为主,以文为诗,以议论为诗,属于比

---

① 王镇远:《纪昀文学思想初探》,《古代文学理论研究》第 11 辑,上海古籍出版社 1986 年版,第 268 页。

② "诗人之思初发,取境偏高,则一首举体便高;取境偏逸,则一首举体便逸。"(《辩体有一十九字》)在《诗议》中皎然还指出:"或曰:诗不要苦思,苦思则丧于天真。此甚不然。固须绎虑于险中,采奇于象外,状飞动之句,写冥奥之思。夫希世之珠,必出骊龙之颔,况通幽含变之文哉?"

③ 陈伯海:《唐诗学引论》,知识出版社 1988 年版,第 31 页。

较质实的一路。严羽大力批判宋诗的同时，也强调"妙悟"，宣扬"盛唐诸人惟在兴趣，羚羊挂角，无迹可求"①，"诗有词理意兴。南朝人尚词而病于理，本朝人尚理而病于意兴，唐人尚意兴而理在其中"②，发展了司空图的韵味说，宣扬的是空灵的一路。

到了明代，前后七子掀起复古大潮，要求学习盛唐，倡导格调说③。七子复古的弊端，后人多有批评。纠其弊者在理论上最为突出的，一是王夫之、叶燮，主要表现为对意境理论的发展；一是王士祯，提出了神韵说。王夫之和叶燮被认为是明清时期做出了创造性贡献的两位诗论家，王士祯则是康熙时期文坛的领袖，乾隆时期的沈德潜和纪昀无不深受其影响。但沈、纪对前人的理论，包括七子格调说和王士祯的神韵说，都已经有了比较全面的认识，不会盲目随从哪一派。沈德潜调和了格调、性情和神韵说，形成了他自己的格调说；比较通达、现实的纪昀则调和了性情、神韵等多种理论，重视兴象，强调浑老。在近乎一样的时代背景下，两人对诗歌的看法和他们本人的身份有关。在本质上，沈德潜是位诗人，纪昀则是位学者。

沈德潜在理论上显现了诗人浪漫和理想的特点，他一心找回失落的诗教精神，"今虽不能竟越三唐之格，然必优柔渐渍，仰溯风雅，诗道始尊"④。沈德潜对《别裁》的编辑，就体现了这种"仰溯风雅"的意图。诗歌上他宗唐，看不起宋、元，认为"宋诗近腐，元诗近纤，明诗其复古也"⑤，分别为唐、明、清编辑《别裁》而置宋、元于不理。他之所以贬低宋、元，而赞颂明代，也是出于"仰溯风雅"的意图，认为前后七子力追古音、古风未坠。所以沈德潜对于研究对象的选择主要是出于振兴诗教的目的。在他看来，诗歌是和社会理想联系在一起的，他对诗歌的要求也带上了理想化的因素。比如说他追求高昂的气势和风骨，而他的格调说，就倡导一种浑厚雄大的诗风；他维护诗教，其格调说就含有正诗之意。但沈德潜也对诗歌的审美特性有深刻的认识。他选辑的《古诗源》和《唐诗别裁集》至今畅销不衰，就是最好的证明。所以在理论上他并

---

① 严羽：《沧浪诗话·诗辨》。

② 严羽：《沧浪诗话·诗评》。

③ 格调说萌芽于宋末元初之方回《瀛奎律髓》，初步形成于明代高棅《唐诗品汇》。七子复古派重在学习唐人的格调，遵循古人的法式，李梦阳所谓的"高古者格，宛亮者调"（《驳何氏论文书》），"文必有法式，然后中谐音度，如方圆之于规矩，古人用之，非自作之，实天生之也。今人法式古人，非法式古人也，实物之自则也。"（《答周子书》）

④ 沈德潜：《说诗晬语》卷上。

⑤ 沈德潜：《明诗别裁集·序》。

非简单地追求雄大气势，还兼合了神韵说。"宗旨者，原乎性情者也；风格者，本乎气骨者也；神韵者，流于才思之余、虚与委蛇而莫寻其迹者也。"① 和王士祯倾向于王、孟诗风的特点不同的是，沈德潜更倾向于李、杜所体现的那种"鲸鱼碧海"、"巨刃摩天"的诗境。在明代格调说和神韵说之间存有冲突，沈德潜则把矛盾的两个方面统一起来，视神韵为音节等形式之上的一个层面，消解了二者的对立。这样，沈德潜补正了王士祯只重清远古淡的片面，自己的理论也更加丰厚完满。

纪昀则不然，作为学者型的文论家，他的理论建立在客观事实的基础上。前面已经指出，他虽然也认为文道关系密切，但认识到战国之后，文以载道就失去了存在的现实基础，二者统一实际已经不可能。对沈德潜提出的格调说，纪昀也认识到了它的弊端："渔洋倡为神韵之说，其流弊乃有有声无字之诮。故归愚救以朴实，然朴实亦有流弊。在善学者斟酌之。"② 所以纪昀突出了对文学独特性——兴象的研究。纪昀曾对方回的《瀛奎律髓》作过删正和刊误，接受了他的不少说法，格调就是其中之一。纪昀不排斥神韵，在自己的点评中屡有涉及。不过，纪昀最看重的还是兴象。

"虚谷主响之说，未尝不是，然究是末路工夫。酝酿深厚，而性情真至，兴象玲珑，则自然涌出，有不求响而自响者"③；"诗未有不用工者，功深则兴象超妙，痕迹自融耳。酝酿不及古人，则剽其空调以自托，犹禅家所谓顽空也"④。由此可知，纪昀追求的"兴象深远"，一方面要有兴寄，一方面要语言含蓄，意味无穷。作者只有通过学习古人，涵咏性情，突出自己的个性，尽量地以有限的形式去表现无限的意蕴，才能创作出"一唱三叹"的佳作，否则必然是兴象不远，言意并尽。纪昀对兴象的看法可以通过他对两首诗歌不同的点评展现出来。

林和靖《小隐自题》："竹树绕吾庐，清深趣有余。鹤闲临水久，蜂懒得花疏。酒病妨开卷，春阴入荷锄。尝怜古图画，多半写樵渔。"对这首诗，方回的评价是："有工有味，句句佳。"纪评："可云静远。三、四句景中有人。拆读之句句精妙，连读之一气涌出。兴象深微，毫无凑泊之

---

① 沈德潜：《七子诗选·序》。
② 纪昀：《点论李义山诗集》（中），《隋师东》评语，镜烟堂十种本。
③ 纪昀评李虚己《次韵和汝南秀才游净土见寄》，《瀛奎律髓汇评》，上海古籍出版社 1986 年版，第 1512 页。
④ 同上书，第 344 页。

迹。此天机所到，偶然得之，非苦吟所可就也。"①

再看李先之的《乞巧》："处处香筵拂绮罗，为传神女渡天河。休嫌天上佳期少，已恨人间巧态多。龂舌自应工妩媚，方心谁更苦镌磨。独收至拙为吾事，笑指双针一缕过。"方回评曰："李朴，字先之，章贡人。早从程伊川游，坐为陈莹中所荐，流落三十年。靖康初除给事中，不及拜。七夕无好律诗，以此备数。其人能践言，不愧此诗。"纪评："亦有意翻案，而太直、太激，非风人之旨。五、六堆垛而成，乏兴象玲珑之妙。"②

两诗对比，差别明显。前一首是工整而清淡有味的佳作。竹树绕茅庐，水边有闲鹤，花外有懒蜂，醉酒的诗人不能读书，索性扛起锄头走进田园。在闲散静适的气氛中，回忆起自己尝感慨古人多写樵渔为画，照映目前之景，悄然作结。清新自然，韵味无穷。所以纪昀对它非常赞赏。后一首则较拙直，难于和前者相比。从题目上来看，描写的是女性在七夕牛郎织女相会之际可以乞巧的风俗。由于此类题材过多过滥，作者故意以"乞拙"来出新，并借此发挥，讥讽世间巧态。言语直白，兼有说理、议论，有理气而无诗意。所以纪昀批评它"太直太激"，"堆垛而成"。仅从这两首的对比还可以看出，纪昀等多要求温柔敦厚，也有其审美方面的理由，它更能体现诗歌含蓄、雅致的美，而这种诗情是直白的表现方式，譬如说理和议论无法做到的。

二 "气即风骨"

风骨主要是指刚健有力、慷慨磊落的气势、风格。"建安风骨"这一说法已成公论，纪昀不仅在点评中广泛运用，如评左思《娇女诗》："太冲在晋人之内风骨特高"，并在《文心雕龙·风骨》篇中指出"气即风骨"："气是风骨之本。气即风骨，更无本末。"③

《风骨》是一篇很重要的文章。稍迟于刘勰的梁代谢赫《古画品录》讲六法，其中有："一，气韵生动是也；二，骨法用笔是也。"周振甫对此的解释是："有气韵，就是风；用笔遒劲，就是骨。"④ 从刘勰对风骨的

---

① 《瀛奎律髓汇评》，上海古籍出版社 1986 年版，第 975 页。
② 同上书，第 632—633 页。
③ 《纪晓岚评文心雕龙》，江苏广陵古籍刻印社 1997 年版，第 262 页。关于"气韵生动"，学界说法不一。可参看邓乔彬《论气韵生动》（《文艺理论研究》1996 年第 5 期），施荣华《论谢赫"气韵生动"的美学思想》（《云南师范大学学报》2005 年第 2 期）等。
④ 周振甫：《文心雕龙今译》，中华书局 1986 年版，第 262 页。

说法来看，"辞之待骨，如体之树骸，情之含风，犹形之包气"：风骨之间，以骨为主，风依附之。刘勰说的风骨中确实含有气的成分："结言端直，则文骨成焉；意气骏爽，则文风清焉"。显然，骨是强调措辞的，是对构辞端直的要求。风和气直接有关，"端直"也可以理解为一种气，可是它的载体"结言"呢？

如果说"风"是在文字组合中形成的一种活力和气韵，那么"骨"就是支撑起内在世界的力量和气势。"端直"这种"气"正是由"结言"即言辞这种载体构成的无形的"形式"。以陈子昂《登幽州台歌》为例，"前不见古人，后不见来者，念天地之悠悠，独怆然而涕下。"诗歌非常简短，寥寥数语，却展现了一幅比较完整的画面：诗人独上高台，眺望天地之苍茫，念人生之短暂，个人之孤寂，油然而生怅惘之意，高台多悲风，诗人衣衫飘飘，情不自禁地流下了眼泪。这幅图画就是诗人借助于语言文字构成的隐在世界，然后通过读者的阅读，将个人的情感、志趣等投射其中，得到完整的认识和感受。刘勰提出的风骨就是对文学中的活力和隐秘世界的理解和阐释：在这首诗中，"风"主要体现为苍茫之意、怅惘之情，令人感慨却又难以言表的那种情致、韵味；"骨"则是寥寥数语形成的支撑诗歌隐在世界的那种深沉激越、超越时空的非凡力度和宏大气势。

之所以将文学作品中隐在世界的框架结构比作骨，一则跟中国人善于将自身投射到自然中进行形象化的手法有关，一则也跟对骨气的重视和推崇的民族性有关。从古至今，中国的知识分子都非常注重骨气。富贵不能淫，贫贱不能移，威武不能屈，是骨气的表现；司马迁"发愤著书"，韩愈"不平则鸣"，欧阳修"穷而后工"等，也是士人有骨气的表现。风骨和社会问题紧密联系在一起。所以自刘勰提出风骨说，后人屡倡此说，以图振兴文风，都不能仅当作文学中的问题来看待。纪昀提出风骨就是气，也是在六朝、晚唐诗歌低靡，西昆盛行等诸多变化之后，有所指而言，并非单纯就文论文。

刘勰的说法中实际已暗含了将气和风骨等同的意思，"缀虑裁篇，务盈守气，刚健既实，辉光乃新，其为文用，譬征鸟之使翼也"，鸟之飞翔凭借的就是气。所以，纪昀的说法也可以看作对刘勰"风骨"说的进一步明确，这也是一种进步和发展。风骨是气，但气并不简单地等同于风骨。纪昀论苏诗多强调其气胜，就和风骨毫无关系。

纪昀指出风骨就是气，还有一个重要的价值，就是将风骨和孟子、韩愈等人的养气说联系起来，也就是将创作者的气和作品中的气——风骨联系起来。纪昀看重人品，讲究炼气，都可以从中得到解释。

从纪昀的点评来看，他主要将风骨与宋诗联系在一起。如评陈与义："简斋风骨高秀，实胜宋代诸公"，"简斋风骨自不同"；评杜甫《送陵州路使君赴任》"风骨老重，语亦沉着"，《送张二十参军赴蜀州因呈杨五侍御》"通体风骨遒健"；评曾几《家酿红酒美甚戏作》"风骨矫矫，却无犷态"；陆游《大雪》"风骨峻嶒，意节悲壮，放翁所难"；评宋祁《尹学士自壕梁移倅秦州》"风骨既遒，意境亦阔"，《真定述事》"体近香山而风骨胜之，盖子京读书多，根柢厚耳"①。在论苏轼时，以"风骨未成"作为判定他创作不成熟的主要依据，如评《渚宫》："乏深湛之思，亦乏老健之气。盖七言本难于五言，故此时尚风骨未成。"②

这些诗人除了杜甫之外，全都是宋人，且主要是江西诗派中人，而杜甫恰恰是宋诗学习的典范。纪昀对江西诗派有所肯定，原因之一就在于他们的作品具有"风骨"。

《四库全书总目》也很看重风骨，如评杜牧"平心而论，牧诗冶荡甚于元白，其风骨则实出元白上"；评韩偓"性情既挚，风骨自遒，慷慨激昂，迥异当时靡靡之响"；评吴师道"其诗则风骨遒上，意境亦深"；评陈后山"五言律诗佳处往往逼杜甫，而间失之僻涩，七言律诗风骨磊落，而间失之太快太尽"；评元代刘鹗"体裁高秀，风骨清遒"③ 等。

第二节 "我用我法"：纪昀的诗歌创作理论

如何在继承和借鉴前人的基础上有所创新，这是唐代以后诗歌创作面临的最主要的问题。在纪昀看来，解决的办法就是学习古人，炼气炼神，以达到心灵自运、"我用我法"的理想境界；在具体的运用中对于创作主体的影响，主要有学问和人品，以及时代、家学、交游、个人际遇等多种因素。

"我用我法"是纪昀在总结苏轼诗歌的时候提出的。"五绝分章，模山范水，如画家之有尺幅小景，其格倡自辋川。尔后辗转相摹，渐成窠

---

① 《瀛奎律髓汇评》，上海古籍出版社 1986 年版，第 738、1091、1027、1026、739、900、1328、263 页。
② 《苏诗汇评》，四川文艺出版社 2000 年版，第 43—44 页。
③ 《四库全书总目》别集类四《樊川文集》提要，别集类四《韩内翰别集》提要，别集类二十《礼部集》提要，别集类七《后山集》提要，别集类二十《惟实集》提要。

臼,流连光景,作似尽不尽之词,似解不解之语,千人可共一诗,一诗可题千处。桃花作饭,转归尘劫,此非创始者之过,而依草附木者过也。东坡此廿一首,虽非佳作,要是我用我法。固知豪杰之士,必不依托门户以炫俗也。"① 纪昀还在多处提及,如《庚辰集》(序二):"我用我法,自成令狐、元氏之书尔";《爱鼎堂遗集序》:(汝阳傅庄毅)"案牍之余,不废著作,莫不吐言天拔,蝉蜕尘嚣,非所谓我用我法、不随风尚为转移者欤?"

纪昀所说的"我用我法"主要包括两层意思:本色和创新。纪昀认为一切发展和创新,都必须学习前人,在此基础上,出以自己的真实感情,诗歌具有自我本色,超出窠臼却又合乎法度,"摹古须见几分本色,方不是双钩填廓";"摹写古调,然不如自运本色"②。下面从反对摹拟、学习并创新两个方面展开分析。

一 "偷势偷意亦归窠臼"

创作重视本色和创新,反对摹拟、因袭,这是诗学界的共识。皎然很早就提出了偷语、偷意、偷势之说。纪昀继承此说,提出"偷势偷意亦归窠臼"的说法,并就如何创新提出自己的意见。柴宿《海上生明月》一诗的前四句是:"皎皎中秋月,团团海上生。影开金镜满,轮抱玉壶清。"纪昀的理论就是从对此的点评生发开去:

> "金镜"、"玉壶"今已为咏月恶套,然自后来用滥,不得归咎创始之人。"金镜"、"玉壶"之类,本非古人佳处,而初学剽窃专在此等,昔人所谓偷语钝贼也。况诗之为道,非惟语不可偷,即偷势偷意亦归窠臼。夫悟生于相引,有触则通;力迫于相持,势穷则奋。善为诗者,当先取古人佳处涵泳之,使意境活泼如在目前,拟议之中,自生变化。如"萧萧马鸣,悠悠旆旌",王籍化为"蝉噪林愈静";"光风转蕙,泛崇兰些",荆公化为"扶舆度阳焰,窈窕一川花",皆得其句外意也。水部《咏梅》有"横枝却月观"句,和靖化为"水边篱落忽横枝","疏影横斜水清浅",东坡化为"竹外一枝斜更好",皆得其句中味也。"春水满四泽",变为"野水多于地";"夏云多奇

---

① 纪昀评苏轼《次韵子由岐下诗》,《苏诗汇评》,四川文艺出版社 2000 年版,第 69—70 页。

② 纪评《僧清顺新作垂云亭》、《送刘攽倅海陵》,《苏诗汇评》,四川文艺出版社 2000 年版,第 345、186 页。

峰",变为"山杂夏云多",就一句点化也。"千峰共夕阳",变为"夕阳山外山";"日华川上动",变为"夕阳明灭乱流中",就一字引伸也。"到江吴地尽,隔岸越山多",变为"吴越到江分",缩之而妙也。"曲径通幽处,禅房花木深",变为"微雨晴复滴,小窗幽且妍。盆山不见日,草木自苍然",衍之而妙也。如是有得,乃立古人于前,竭吾力而与之角。如双鹄并翔,各极所至;如两鼠斗穴,不胜不止。思路断绝之处,必有精神坌涌,忽然遇之者,正不必持撏玉溪,随人作计也。①

这段文字,集中概括了纪昀对创新的看法。拟议之中的变化,在纪昀看来,对于前人的语、意、势,都不可以直接摹拟,但可以加以点化,或从"句外意"引发开去,由此及彼;或得其"句中味",然后以自己的方式表现出来;还可根据一句话进行引申和扩展;反之则是加以提炼和浓缩。至于达到这种变化的过程,纪昀用了非常形象的比方,"如双鹄并翔,各极所至;如两鼠斗穴,不胜不止",创作出新的过程,也是和前人作战的过程,当功夫用到时,自然文思泉涌,新意迭出,"于古人不必求肖,亦不必求不肖;于今人不必求不同,亦不必求同"②,"不求苟同于古人,而自无不同;不求苟异于古人,而自然能异"③。《四库全书总目》也有不少类似说法:"虽有善悟之人,亦无自而生其智"④,也就是后人必须在前人的基础上继续发展,而"前人智力之所穷,正后人心思之所起"⑤。

纪昀的这种看法还是有一定价值的。盛唐诗歌已经发展到顶峰,宋诗迫于唐诗的巨大压力,出新求变,以文为诗,把学问和说理加了进来。黄庭坚提出"夺胎换骨"、"点铁成金",都是出于创新的目的。但是他的说法近似于高级的"文字游戏",带有明显的"抄袭"痕迹。而纪昀提出的几条方法,则有所改进,为诗歌的创新提供了新的思路。尤其是他所说的和古人角力,务必胜过前人,还是很有积极意义的。

---

① 《唐人试律说》,《纪晓岚文集》第 3 册,河北教育出版社 1991 年版,第 21—22 页。
② 《香亭文稿序》,《纪晓岚文集》第 1 册,河北教育出版社 1991 年版,第 194 页。
③ 《清艳堂诗序》,《纪晓岚文集》第 1 册,河北教育出版社 1991 年版,第 202—203 页。
④ 《四库全书总目》,子部天文算法类一,《勿菴历算书记》提要。
⑤ 《四库全书总目》,子部天文算法类一,《古今律历考》提要。

二　"炼气炼神"

具体诗法和自我为法之中，前者是基础，后者是发挥，中间的桥梁是"炼气炼神"。"人必五官四体俱足而后论妍媸，工必规矩准绳不失而后论工拙。佳句层出而语脉横隔，反不如文从字顺，平易无奇。"①

对内容和形式的注重及相关理论，一直是诗学的重要内容。从诗歌的发展来看，从唐代诗格，宋代诗话，到元代诗法，对形式的关注逐渐加强。清代前期，文学批评已经出现了这样的倾向，即"注重诗歌、散文、词形式的建设，注意对构成诗文词艺术形式因素的声调格律、章法结构、词体规则的总结"②。纪昀论诗法的特点是：把诗歌和试帖联系起来，在掌握基本方法和规范的基础上强调创新。

纪昀早年和朋友们交往，商榷制义就是很重要的内容。试帖也属于诗歌，但和一般诗歌又有所不同，"试律虽源于近体，但近体与试律实不相同。古近体义在于我，试帖义在于题；古近体诗不可无我，试帖诗不可无题，此其所以异者"③。纪昀对此的看法是：

> 诗至试律而体卑。虽极工，论者弗尚也。然同源别派，其法实与诗通④。

> 试律固诗之流也，然亦别试律于诗之外，而后合体裁；又必范试律于诗之中，而后有法度格意。顾知诗体者皆薄视试律，不肯言；言试律者又往往不知诗体，众说瞀乱，职是故也。然使人人不屑言之，将唐贤轨度尽汩没于坊贾之手，于含吐性情，鼓吹休明之本旨，不大相左乎？⑤

纪昀认识到了试帖和诗歌写作的不同，强调用诗歌的写法来改造试帖，前面已经说过这一点。试帖的写作有严格的限制：

"格律更有一定之法，限于应试与应制，故言必庄雅，无取纤佻，虽

---

① 纪昀评蒋防《秋月悬清辉》，《唐人试律说》，《纪晓岚文集》第 3 册，河北教育出版社 1991 年版，第 23 页。

② 邬国平、王镇远：《清代文学批评史》，上海古籍出版社 1995 年版，第 8 页。

③ 商衍鎏：《清代科举考试述录》，生活·读书·新知三联书店 1958 年版，第 249 页。

④ 《唐人试律说序》，《纪晓岚文集》第 1 册，河北教育出版社 1991 年版，第 181 页。

⑤ 《唐人试律说》马葆善跋引纪昀语，《纪晓岚文集》第 3 册，河北教育出版社 1991 年版，第 61 页。

源本风雅，而闺房情好之词，里巷忧愁之作，不容一字阑入，体兼赋颂而少比兴。是以作试律者，须先辨体，次审题，次命意，次布格，次琢句，次炼气，次炼神。"①

纪昀在《唐人试律说序》中，将试帖写作分为六个步骤：

"为试律者，先辨体。题有题意，诗以发之。不但如应制诸诗惟求华美，则饾饤之病可免矣。次贵审题，批窾导会，务中理解，则涂饰之病可免矣。次命意，次布格，次琢句，而终之以炼气炼神。气不炼，则雕镂工丽，仅为土偶之衣冠；神不炼，则意言并尽，兴象不远，虽不失尺寸，犹凡笔也。"②

由于和科考直接有关，纪昀对试帖的看法在当时应该带有普遍性。值得注意的是，纪昀的这些要求并不限于试帖诗，他还广泛运用到诗歌点评中去。纪昀对试帖写作的讲授主要针对初学者，比较符合他诗歌创作要先学法的主张。根据这种情况，纪昀对诗歌具体创作的看法可依试帖写作过程展开。纪昀将创作过程分为六个阶段：

（一）辨体

纪昀非常看重辨体。这是他评价诗文、小说的第一条要求。"夫体者，例之谓也。声调有例，不可易也。格局有例，已随人变化矣。"③纪昀这里所说的"体"，含义较广，既有体裁，也有体格，不同时代的风格特征也包括在内。像初体、晚体、宋体等是从时代来论的，古体、近体等是从诗歌发展来论的，长庆体、义山体、昆体、江西体、后山体、武功体、邵尧夫体等则是以人而论的。

以长庆体为例。长庆体又叫乐天体、白体、香山体，主要指白居易的诗体风格，长处在于自然、圆熟、工整，短处则是拗而不健，真而太直，失之于野俚率易④。再如王维和孟浩然，他们的诗体风格比较接近，纪昀也从辨体角度进行了区分："王、孟诗大段相近，而体格又自微别。王清

---

① 商衍鎏：《清代科举考试述录》，生活·读书·新知三联书店 1958 年版，第 251—252 页。

② 《唐人试律说序》，《纪晓岚文集》第 1 册，河北教育出版社 1991 年版，第 182 页。

③ 纪昀评高适《送王李二少府贬潭峡》，《瀛奎律髓汇评》，上海古籍出版社 1986 年版，第 1551 页。

④ 纪昀评白居易《闻杨十二新拜省郎遥以诗贺》："乐天律诗亦自有一种佳处，而学之易入浅滑，初学不可从此入手。根柢既深之后，胸有主裁，能别白其野俚率易，而独取其真朴天然，亦不为无益。"评《自咏》："拗而不健，真而太直，此香山本色语，却非得手之作。"评《彭蠡湖晚归》："大抵白诗有四病：曰滑，曰俗，曰衍，曰尽。其无此四者，未尝不佳。"（《瀛奎律髓汇评》，第 64、240、538 页）

而远，孟清而切。学王不成，流为空腔。学孟不成，流为浅语"①。

初体、晚唐体等主要和时代风格特征有关。如初体，纪昀评唐明皇《早渡蒲关》"字句犹带初体，气格已纯是盛唐，此风气初成之体也"。评杜审言《和康五望月有怀》"起调最高，犹是初体"②。

纪昀注重辨体，和他的文学观点有关。纪昀认为不同的文体都有它自身的特点和价值，因此也会有不同的要求，不能将甲的要求强加到乙上。这是非常重要的一个观点，因为在诗歌史上，不同时期的诗歌受到的评价很不相同，比如对盛唐诗和齐梁诗的褒贬就相差甚远。纪昀虽然也推崇盛唐诗，但并不认为可以用盛唐诗来衡量齐梁诗。他在评岑参《夜过盘石隔河望永乐寄闺中效齐梁体》时指出："中四句本为小巧，然题自明言'效齐、梁体'，则竟以齐、梁体论，不以盛唐法论矣。文各有体，言各有当，不以一例拘也。"③ 再如杜甫《涪城县香积寺官阁》，方回评："老杜七言律，晚唐人无之。凡学诗，五言律可晚唐；只如七言律，不可不老杜也。"方回身为江西派人，是以推崇杜甫。纪昀对此不以为然："盛唐、晚唐各有佳处，各有其不佳处。必谓五律当学某，七律当学某，说定板法，便是英雄欺人。"

除了认为不同诗体有不同特点外，纪昀还认为应该灵活对待诗体，不可一格拘。如对岑参《和贾至舍人早朝大明宫》一诗的评价，方回认为："京师喋血之后，疮痍未复，四人虽夸美朝仪，不已泰乎！"纪昀则认为："文章各有体裁，即丧乱之余，亦无不论是何题目，首首皆新亭对泣之理。"④

以上几种评论基本可以视为纪昀辨体的原则，体现了前面所说的纪昀要求学习诗法但不拘于法的特点，也体现了他达观的文学思想和公允的批评态度。

（二）审题

"题不解，则不能定诗之工拙"；"诗亦因题而作，诗亦贵择题"⑤。

---

① 纪昀评孟浩然《过故人庄》，《瀛奎律髓汇评》，第935页。
② 同上书，第501、906页。
③ 岑参《夜过盘石隔河望永乐寄闺中效齐梁体》："盈盈一水隔，寂寂二更初。波上思罗袜，鱼边忆素书。月如眉已画，云似鬓新梳。春物知人意，桃花笑索居。"（《瀛奎律髓汇评》，上海古籍出版社1986年版，第278页）
④ 岑参《和贾至舍人早朝大明宫》："鸡鸣紫陌曙光寒，莺啭皇州春色阑。金阙晓钟开万户，玉阶仙仗拥千官。花迎剑佩星初落，柳拂旌旗露未干。独有凤凰池上客，《阳春》一曲和皆难。"（《瀛奎律髓汇评》，上海古籍出版社1986年版，第61页）
⑤ 《瀛奎律髓汇评》，上海古籍出版社1986年版，第1236、319页。

纪昀对题目非常重视，要求也很严格。具体说来，主要有这样几种：

题目要合格。纪昀评苏轼《妒佳月》（狂云妒佳月，怒飞千里黑）："题目非法，若竟摘首句为题，却是古例。"①

题目和内容要相应。题目能涵盖内容，内容要体现出题目。"虽有佳句，于题无涉，即不佳。"②以纪昀评李商隐《令狐舍人说昨夜西掖玩月因戏赠》为例。

> 昨夜玉轮明，传闻近太清。凉波卫碧瓦，晓晕落金茎。
> 露索秦宫井，风弦汉殿筝。几时绵竹颂，拟荐子虚名。

> 纪评：首句点"昨夜"字、"月"字。次句"传闻"点"说"字，"太清"点"西掖"字，此句是一篇诗眼。三四畅写"玩"字，五六拓开烘染，仍是"西掖"本位，而"筝"高"井"下，映合于有意无意之间。"几时"二字，暗缴"昨夜"、"绵竹颂"事，又以直宿郎典故切"西掖玩月"作妆点，明"戏赠"，运法最密，措语亦颇秀整，但结句直露，未免意言并尽耳③。

这首诗的题目较长，如何在短诗中表现出题目所含的众多内容，是件困难的事。李商隐诗写得很好，纪昀点评得也很好，将这首诗题目和内容之间相互映衬的关系，一点点展开，分析得极为清楚。

宋代以文为诗，理语入诗，在题目上也有所体现。对于这种带有说理、议论色彩的"宋题"，纪昀也提出了自己的看法。评苏轼《秦少游梦发殡而葬之者云是刘发之枢是岁发首荐秦以诗贺之刘泾亦作因次其韵》："纯入论宗矣。然此种题不入论宗，如何下语？既入论宗，不透快发泄，如何能畅达其旨？此皆势之不得不然，不能复以含蓄不露绳之者。"④评苏轼《无言亭》："气机一片，此宋格而不嫌宋格者。《无言亭》先是宋题，不得不作宋诗矣。"⑤对宋题的看法，也表明纪昀对待宋诗，对待以理入诗类诗歌，并不单纯因为宋诗或理诗而贬低，只是强调说理也有说理的要求。如纪昀评苏轼《和子由记园中草木十首》之三："纯乎正面说

---

① 《苏诗汇评》，四川文艺出版社 2000 年版，第 143 页。
② 纪昀评梅圣俞《夏日陪提刑彭学士登周襄王故城》，《瀛奎律髓汇评》，第 96 页。
③ 纪昀：《点论李义山诗集》（上），镜烟堂十种本。
④ 《苏诗汇评》，四川文艺出版社 2000 年版，第 1060 页。
⑤ 同上书，第 546 页。

理，而不入肤廓，以仍是诗人意境，非道学意境也。夫理，喻之米，诗则酿之而为酒，道学之文则炊之而为饭"。①

题目和内容对应固然好，但也不可一概而论。"古人题目多在即离之间，无句句刻画之法"，"诗固不必句句抱题"②。苏轼《和子由记园中草木十首》之九："自我来关辅，南山得再游。山中亦何有，草木媚深幽。菖蒲人不识，生此乱石沟。山高霜雪苦，苗叶不得抽。下有千岁根，蹙缩如蟠纠。长为鬼神守，德薄安敢偷。"纪昀评："此首索性一字不着题，而意中句外，却隐然是园中草木。运意至此，真有神无迹矣。"③

题目和内容要相称。苏轼《八月十五日看潮五绝》，纪昀认为"题目既大，非大篇不足以写之。只作五绝，未免草草"④。对苏轼的《章质夫寄惠崔徽真》则认为"小题以轻浅还之，最合，一大做，便不合格"⑤。评岑参《咏郡斋壁画片云得归字》"小题目写来尚细腻，但非高格耳"⑥。不同类型的题目也有相应的写法，比如"凡缥缈传神之题，空中设色者上也，点缀渲染眉目厘然，抑亦其次。然必于一二语中，举一毛而全牛见，若杂陈物色，挂一漏万，则拙矣"；"凡摹形写照之题，固以工巧为尚，然巧而纤，巧而不稳，巧而有雕琢之痕，皆非其至者"；"典重之题，不得着一妩媚字，衣冠剑佩之中，间以粉黛则妖矣；浓丽之题，不得着一方板字，赏花邀月之饮，宾主百拜则迂矣"⑦。

题目不能过小、过纤、过俗。"题目太纤，诗自不能有格"；"题既鄙俚，诗尤琐屑"⑧。纪昀评宋之问《奉和圣制春日剪彩花胜应制》："题本细巧，诗不得不以刻画点缀为工，虽初唐巨手亦不能行其浑朴。"吴融有《还俗尼》，纪昀以为"此种题目，愈细切愈猥鄙"。对"哭开孙"这样的题目，纪昀认为"此种题目无处见工，悲亦窠臼，旷亦窠臼"；（"过昭君故宅"）"此种题真是尘劫，惟以不做为高耳"⑨。

对题目和内容之间的复杂关系，纪昀体会较深。"诗家借物写怀，题

---

① 《苏诗汇评》，四川文艺出版社 2000 年版，第 147 页。
② 《瀛奎律髓汇评》，上海古籍出版社 1986 年版，第 502、698 页。
③ 《苏诗汇评》，四川文艺出版社 2000 年版，第 151 页。
④ 同上书，第 371 页。
⑤ 同上书，第 1222 页。
⑥ 《瀛奎律髓汇评》，上海古籍出版社 1986 年版，第 1438 页。
⑦ 纪昀评豆卢荣《春风扇微和》，《唐人试律说》；评郑虎文《清露点荷珠》，《庚辰集》四；评张濯《迎春东郊》，《唐人试律说》。
⑧ 纪昀点评《判春》、《肠》，《点论李义山诗集》（上），镜烟堂十种本。
⑨ 《瀛奎律髓汇评》，上海古籍出版社 1986 年版，第 319、1745、1480、87 页。

目在即离间者，往往有之"①；"无可著语之题，只可笔端簸弄。若泛写山光树色，则一首诗可题遍天下名胜矣。盛谈王孟高浑者，往往成马首之络。偶见之，似可喜；数见之，便有多少不满人意处"②。评苏轼《观张师正所蓄辰砂》时，纪昀也指出："意境开拓，不嫌小题大做。魏叔子谓小题大做，俗人得意之笔，自是洞见肺腑语。亦有不可一概论者，此类是也。"③ 这些说法貌似琐碎，实际都体现了纪昀对诗歌的看法，是其文学思想在创作中的具体体现。

（三）命意

"无论诗歌与长行文字，俱以意为主。意犹帅也。无帅之兵，谓之乌合。"④ 中国古代历来重视立意，但就如何命意，说法不一。有反对文前先立意者，如宋代李耆卿，他在《文章精义》中说："今人时文，动辄先立主意，如诗赋论策，不知私意偏见，不足以包尽天下之道，以及主意有所不通，则又勉强迁就，求以自伸其说。若是者，时文之陋态也，可不戒哉。"明代谢榛也主张随意，不必拘泥，"诗有不立意造句，以兴为主，漫然成篇，此诗之入化也"，"作诗不必执于一个意思，或此或彼，无适不可，待语意两工乃定"⑤。

在这个问题上，纪昀认为命意并无一定准则，"若诗意则惟人自运，岂有例可拘哉？"他在评论《盘中诗》时还指出："此种皆性情所至，偶尔成文。如元气所凝，忽生芝兰，莫知其然而然。非文士所能代拟，而其人亦不复能为第二篇。如《焦仲卿妻诗》、《木兰诗》、《陇上壮士歌》、《西洲曲》，皆此类也。"⑥

不过，纪昀还是为初学者提出了一些关于命意的要求，认为要深曲、正大、巧妙，反对晦涩等。如王安国《金明池》："霓旌远远拂楼船，满地春风锦绣筵。三岛路深浮阆苑，九霞觞满奏钧天。仗归金阙浮云外，人望池台落日边。最引平生江海趣，波澜一段草如烟。"纪昀认为："金明池繁华之景，只用轻点。后四句全于空处著笔，善于避实击虚，此运意之妙。"再如刘禹锡《题招隐寺》："隐士遗尘在，高僧精舍开。地形临渚断，江势触山回。楚野花多思，南禽声例哀。殷勤最高顶，闲即望乡

---

① 纪昀点评《杏花》，《点论李义山诗集》（上），镜烟堂十种本。

② 《苏诗汇评》，四川文艺出版社 2000 年版，第 1600 页。

③ 同上书，第 878 页。

④ 王夫之：《姜斋诗话》卷二。

⑤ 谢榛：《四溟诗话》卷一、卷三。

⑥ 纪昀：《玉台新咏校正》卷九。

来。"此首主写寺院，前四句是实写，后面拓开，写景传情但并未脱离主题。所以纪昀评价："后半首好在自说自话，不规规于'寺'字，而七句又不脱'寺'，运意绝佳。"①

此外，纪昀还谈到诗歌的换意。杜甫《送韦郎司直归成都》："窜身来蜀地，同病得韦郎。天下兵戈满，江边岁月长。别筵花欲暮，春日鬓俱苍。为问南溪竹，抽梢合过墙。"方回以为："一直说将去，自然工密。起句如晚唐而亦作对。尾句必换意，乃诗法也。"纪昀不同意，认为"换意与否，视乎文势。古人名篇一意到底者多矣，'必'字有病"②。

对于影响运意的因素，纪昀认为主要是学问、根柢等，如评项斯《日东病僧》"意切而边幅窘狭，根柢薄也"。方回一再受到纪昀批评，也是认为他在运意上有问题，"'闲适'一类，虚谷最所加意，而所选至不佳。由其意取矫激以为高，句取纤琐以为巧。根柢既错，故愈加意愈背驰耳"③。

（四）布格

意是诗文之脉，格是诗文之骨。运意和布格紧密相联，纪昀有时直接将二者并称。如评柳恽《捣衣诗》："题是捣衣，而第一首先叙离怀，第二首乃落到'衣'，第三首乃落到'捣'，第四首正写'捣衣'只二句，余六句皆烘染之文。第五首纯作捣后寄远之词，归缴第一首意。古人文字必不句句抱题，而旁击侧映未尝一处脱题。此可观布局运意之法。"④

运意主要通过布格体现出来。如纪昀评苏轼《欧阳少师令赋所蓄石屏》："借事生波，忽成奇弄。妙在纯以意运，不是纤巧字句关合，故不失大方。"⑤ 运意和布格的密切关系还体现在，立意不是太好的话，布格还可以补救，所以有的作品"无深意而自然高爽，此由气格不同"；反之，如果布局不好，也会影响命意。如杨万里《过扬子江》"用意颇深，但出手稍率，乍看似不接续"；陆游《梦蜀》"梦起觉收，布格太平，遂令豪语俱为减色"⑥。

纪昀在布局上追求生动和变化，要"善于布势，工于设色"；"凡古

---

① 《瀛奎律髓汇评》，上海古籍出版社 1986 年版，第 223、1641 页。
② 同上书，第 1025—1026 页。
③ 同上书，第 1447、1016 页。
④ 纪昀：《玉台新咏校正》卷五。
⑤ 《苏诗汇评》，四川文艺出版社 2000 年版，第 205 页。
⑥ 《瀛奎律髓汇评》，上海古籍出版社 1986 年版，第 946、44、1607 页。

诗长篇，第一要知顿挫之法"①；"短章可摆脱蹊径，长篇却离不得起承转合，所谓变化飞动者，正从起承转合处做出"。富于变化，也是不落窠臼的重要手段，"诗最忌自落窠臼，故变化不可少"②；"于无顿挫处生顿挫，不必真有其事"。对于纪昀喜欢顿挫和波澜的特点，香岩评价："纪公好言'生波'，犹是八股试帖家当。"③ 此论确当。纪昀论诗确有将试帖和诗歌写作联系起来的特点，这在前面已有所论述。至于生波，它的好处是意境开阔："蹙起波澜，文境乃阔"④。

除注重结构生动、富有变化外，纪昀还强调前后呼应，起承转合，整体上巧妙安排："凡大篇须有结束，凡细碎之文，亦须有结束"；"凡连章诗，须篇法井然，不可增减移置"；"凡长篇如千里来龙，非层层水抱山回，不能结穴"⑤。纪昀评苏轼《和文与可洋川园池三十首》："三十首各自为意。然《湖桥》一首确是总起，（《北园》）此首确是总结，而又各自还本位，不著痕迹，此布局之妙。"⑥ 再以纪昀对《古诗为焦仲卿妻作》的部分评点为例：

> 此盖当日里巷所歌。首尾千七百余言，散散碎碎，却整整齐齐，一气浑沦，如化工肖物，原不以文字为意，而极文字之工者莫能及。义门病其太野，似未知言，谓颜延年《秋胡诗》胜此，尤非确论。
>
> （"孔雀东南飞，五里一徘徊"）起十字总挈一篇，与"十三"、"十四"数句若接若不接，妙绝言说。
>
> "阿母得闻之"四句情事如画。
>
> "鸡鸣"工于设色，精妙，有景有情，皆府吏目中看出，使临别之时又添一重情障，非泛写女子容饰也。
>
> 与姑别一段，波澜萦绕，更为生动有情。
>
> 一路散散碎碎，着"青雀白鹄舫"一段，秾姿丽采之文，方觉波澜生动。乐府多用此间处设色之法。

---

① 纪昀评《白水山佛迹岩》、《行琼儋间肩舆坐睡梦中得句云千山动鳞甲万谷酣笙钟觉而遇清风急雨戏作此数句》，《苏诗汇评》，四川文艺出版社 2000 年版，第 1622、1756 页。

② 纪昀：《删正二冯评阅才调集》（上），《东南行一百韵》评语，镜烟堂十种本。

③ 纪昀评《病中大雪数日未尝起观号令赵荐以诗相属戏用其韵答之》，《苏诗汇评》，四川文艺出版社 2000 年版，第 92—93 页。

④ 纪昀评《书王定国所藏烟江叠嶂图》，《苏诗汇评》，四川文艺出版社 2000 年版，第 1293 页。

⑤ 纪昀评《甘露寺》、《孙莘老寄墨四首》、《兴龙节侍宴前一日微雪与子由同访王定国小饮清虚堂》，《苏诗汇评》，四川文艺出版社 2000 年版，第 225、1089、1298 页。

⑥ 《苏诗汇评》，四川文艺出版社 2000 年版，第 554 页。

"其日马牛嘶"八句，淡淡叙事，而至今有磷火阴风之气，此为象外传神。

末一段借水生波，凭空布景。不如此十分圆足，结不住尔许大篇。如以为真有此异，则痴人说梦矣①。

除整体布局之外，起收也是结构安排的重要部分。"凡归宿处最吃紧"②。大致上，起，要醒目、有神；结，则以含蓄蕴藉、总括前面内容为妙；牵强无味、不醒豁、太直太尽、轻薄、有偈颂气则不好。以纪评苏诗为例。评《和蔡准郎中见邀游西湖三首》（之一）"（起处'夏潦涨湖深更幽，西风落木芙蓉秋。飞雪暗天云拂地，新蒲出水柳映洲'）平排四句奇崛，前不装头，更奇崛"；评《游径山》"（前四句'众峰来自天目山，势若骏马奔平川。中途勒破千里足，金鞭玉蹬相回旋'）入手便以喻起，耳目一新，东坡惯用此法"；评《次韵张安道读杜诗》"（'恨我无佳句，时蒙致白醪。殷勤理黄菊，未遣没蓬蒿'）结意蕴藉，此为诗人之笔"；评《和刘道原咏史》"收得生动，着此七字（'窗前山雨夜浪浪'），便有远神"③。

关于起收和整体布局，可将纪昀对两首诗的点评对比来看：

不饮胡为醉兀兀，此心已逐归鞍发。归人犹自念庭闱，今我何以慰寂寞。登高回首坡垅隔，但见乌帽出复没。苦寒念尔衣裘薄，独骑瘦马踏残月。路人行歌居人乐，僮仆怪我苦凄恻。亦知人生要有别，但恐岁月去飘忽。寒灯相对记畴昔，夜雨何时听萧瑟。君知此意不可忘，慎勿苦爱高官职。（苏轼《辛丑十一月十九日既与子由别于郑州西门之外马上赋诗一篇寄之》）

纪评：起得飘忽。（"归人犹自念庭闱"二句）加一倍法。（"登高回首坡垅隔"二句）写难状之景。（"亦知人生要有别"二句）作一顿挫，便不直泻，直泻是七古第一病。收处又绕一波，高手总不使一直笔。④

暂趋先垄弥旌旄，因恤吾民穑事劳。谷实已伤嗟岁廪，麦根虽立

---

① 纪昀：《玉台新咏校正》卷一。
② 纪昀点评《酬别令狐补阙》，《点论李义山诗集》（中）。
③ 《苏诗汇评》，四川文艺出版社 2000 年版，第 249、256、197、244 页。
④ 同上书，第 63 页。

望春膏。林疏山骨清弥瘦，天阔诗魂病亦豪。田舍罕逢车骑过，聚门村妇拥儿曹。(韩琦《秋风赴先茔马上》)

纪评：前四句是一段说话，五、六二句又是一段说话，末二句又是一段说话，杂凑成篇，既无诗情，并无诗法。①

两相对照，工拙立显。前者是苏轼写兄弟离别，情景交融，"登高回首坡垅隔，但见乌帽出复没"两句，写尽手足情深之意。整首诗以情化之，以意运之，浑然一体而感人至深；运意布局和字句安排也都很高明，有诗法亦有诗情。后者写得比较实，亦太平，泛泛写来无深意，亦乏真情，没有做到气脉连贯，诗法诗情俱无。纪昀对它们的评点，主要是从诗法角度，虽然在评后首诗歌的时候也指出其"无诗情"，但评上首诗则仅从诗法方面予以分析，不尽如人意。这也体现了纪昀点评的一个缺点，就是过分注重诗歌的形式而忽视其中的情感内蕴。对苏轼的这首诗如此，对李商隐一些诗歌的点评也是如此。非常优秀的诗歌，仅仅指出其结构布局，显然还是不够的。

(五) 琢句

"意为主将，法为号令，字句为部曲兵卒。"② 意为脉，格为骨，字句则为眼。命意和布局，最终还是要通过字句来落实。意好而句笨、意工而语拙等，说的就是字句破坏整体创作的情况。

关于字句的运用，纪昀的看法集中在两个方面：一是字句对整体风貌形成有重要作用。这是不言而喻的，语言粗野直白，诗歌便难有含蓄蕴藉的美感；二是对字句自身的要求，大致有自然、工稳、醒豁、典雅、含蓄、浑老、有味等。其实这也是纪昀对诗歌整体的要求和评判标准。它们的反面，则是俗、野、直、鄙俚、陈腐、小样等。这样的例子在纪昀的点评中可谓举不胜举。

比较典型的是纪昀在删正《二冯评阅〈才调集〉》中对贾岛的《述剑》一诗的点评："十年磨一剑，霜刃未曾试。今日把示君，谁为不平事"。其中的"为"，有版本为"有"字。对此，纪昀的看法是"'为'字意深，'有'字意浅。'为'字是英雄壮怀，'有'字是豪侠客气"。

再如评苏轼《雪后书北台壁二首》之二"但觉衾裯如泼水，不知庭院已堆盐"，纪昀认为"'泼水'、'堆盐'，字皆不雅"。这些都体现了纪

① 《瀛奎律髓汇评》，上海古籍出版社 1986 年版，第 1244 页。
② 吴乔：《围炉诗话》卷二。

昀用字细心、讲究的一面,和他对清真雅正诗风的追求和维护是一致的。

关于字句的运用,纪昀还指出一系列的方法。大致有:

(1) 长庆法:因白居易常用同时代人名,作对偶入诗,所以就称之为长庆法。纪昀在评苏轼《夷陵县欧阳永叔至喜堂》中指出其中的"追思犹咎吕,感叹亦怜朱":"用同时人作对偶入诗,此长庆法也。"①

(2) 加一倍法:又叫对面写法、对面烘托法,后面一句往往从另一个角度烘托前句,如"酒阑烛尽语不尽,倦仆立寐僵屏风","酒阑病客惟思睡,蜜熟黄蜂亦懒飞"等。纪昀对李商隐《筹笔驿》分析得非常清楚,可以此为例②。

(3) 一掀一落之法:这种方法主要运用于单行写法中,以显顿挫、节奏和变化。苏轼《维摩像唐杨惠之塑在天柱寺》,完全是单行写作,一顿一挫一气呵成,所以纪昀认为"纯用一掀一落之法,故单行而不直不板"③。

(4) 以松为紧法:就是通常所说的以退为进和欲擒故纵,在上句缓一缓,然后更突出下一句。如苏轼《马融石室》第五句"岂害依梁冀"放活一笔,正是"以松为紧,以逼下句",来突出"何须困李侯"。

(5) 背面烘托法:反面衬托的写法。如苏轼《次韵章传道喜雨》"(起处八句)只说旱蝗相资之苦,而雨之可喜自见,此背面烘托之法"④;李商隐《听鼓》:"('城头叠鼓声'),次句着'城下暮江清'五字,倍觉萧瑟空旷,动人远想,此烘染之法。"⑤

(6) 用比法:评苏轼《寄刘孝叔》"妙于用比,便不露激讦之痕。

---

① 《苏诗汇评》,四川文艺出版社 2000 年版,第 36 页。

② 李商隐《筹笔驿》:"鱼鸟犹疑畏简书,风云长为护储胥。徒令上将挥神笔,终见降王走传车。管乐有才真不忝,关张无命欲何如? 他年锦里经祠庙,《梁甫吟》成恨有余。"纪评:"起二句斗然抬起,三、四句斗然抹倒,然后以五句解首联,六句解次联,此真杀活在手之本领,笔笔有龙跳虎卧之势。'他年'乃当年之谓,言他时经其祠庙,恨尚有余,况今日亲见行兵之地乎? 亦加一倍法。通篇无一钝置语。"(《瀛奎律髓汇评》,上海古籍出版社 1986 年版,第 106 页)再如李商隐诗歌《悼伤后赴东蜀辟至散关遇雪》"散关三尺雪,回梦旧鸳机",纪昀认为后一句"犹作有家观也。缩退一步,正是加一倍法"(《玉溪生诗说》)。

③ 苏轼《维摩像唐杨惠之塑在天柱寺》:"昔者子舆病且死,其友子祀往问之。跰𨇩鉴井自叹息,造物将安以我为。今观古塑维摩像,病骨磊嵬如枯龟。乃知至人外生死,此身变化浮云随。世人岂不硕且好,身虽未病心已疲。此叟神完中有恃,谈笑可却千熊罴。当其在时或问法,俯首无言心自知。至今遗像兀不语,与昔未死无增亏。田翁里妇那肯顾,时有野鼠衔其髭。见之使人每自失,谁能与诘无言师。"《苏诗汇评》,四川文艺出版社 2000 年版,第 121—122 页。

④ 《苏诗汇评》,四川文艺出版社 2000 年版,第 510 页。

⑤ 纪昀点评《听鼓》,《点论李义山诗集》(上),镜烟堂十种本。

前人立比体，原为一种难着语处开法门"。评《过庐山下》："（'可怜荟蔚中，时出紫翠岚。雁没失东岭，龙腾见西崦。一时供坐笑，百态变立谈'）语意虽显而不露，用比故也"①。

（7）逆挽法②：苏轼《过淮三首赠景山兼寄子由》之一"今日风怜客，平时浪作堆"五六句，《和王胗二首》之一"闻道骑鲸游汗漫，忆尝扪虱话悲辛"③ 等，纪昀称为逆挽法。

（8）隔句对法：苏轼《用前韵再和许朝奉》"邂逅陪车马，寻芳谢朓洲。凄凉望乡国，得句仲宣楼"四句中，明显的是隔句相对，如"邂逅"对"凄凉"，"寻芳"对"得句"等。纪昀指出此为隔句对法，唐人已有此格④。

（六）炼气炼神

炼气炼神是创作的最后一步，也是纪昀创作理论的核心。经过了前面几个步骤的作品犹如一个成形的木偶，五官毕具，衣着齐备，但只有有了灵魂，有了生气，整个人才灵动起来。炼气炼神就是给予作品生命与灵魂的关键一步，炼气炼神的关键在"炼"字。

以苏轼为例。纪昀点评苏诗的一个特点就是重视苏轼创作的发展，指出有些作品创作于尚未成熟之时。如评《过宜宾见夷牢乱山》："清而未厚，峭而未坚。火候未足时，虽东坡天才，不能强造也。"评《次韵答荆门张都官维见和惠泉诗》："颇参理语，遂入论宗。由其明而未融，故未能纵横无碍。"⑤ 在评《次韵刘京兆石林亭之作石本唐苑中物散流民间刘购得之》则说："意境开拓，而理趣亦极融彻。"⑥ 纪昀认为："东坡七律，往往一笔写出，不甚绳削。其高处在气机生动，才力富健。其不及古人者，在少熔炼之功，与浑厚之致。"⑦

从这些可以看出，"炼"包括炼气炼神和熔炼诗材两个方面。前者是对作者创作能力、水平的提高，后者是对诗歌表现对象的熔炼。这二者是同一个过程的两个方面，作者自我修炼的过程同时也就是熔炼诗材

---

① 《苏诗汇评》，四川文艺出版社 2000 年版，第 520、1588 页。
② 加一倍法、逆挽法和背面烘托法，比较接近，很难区分，都是为了更好地突出表现对象而采用的方法。不同之处在采取的方式略有不同。逆挽法主要是对比，背面烘托是从反面突出，加一倍法则换一个角度，通过描写刻画别的事物加以衬托。
③ 《苏诗汇评》，四川文艺出版社 2000 年版，第 774、1073 页。
④ 同上书，第 1913 页。
⑤ 同上书，第 4、45 页。
⑥ 同上书，第 67 页。
⑦ 《瀛奎律髓汇评》，上海古籍出版社 1986 年版，第 372 页。

的过程。

　　气，最初被视为人体生命之本原。曹丕《典论·论文》"文以气为主"，第一次将气引入文论。对于诗文和气的关系，方东树说得很清楚："观于人身及万物动植，皆全是气所鼓荡。气才绝，即腐败臭恶不可近。诗文亦然。"① 孟子最早提出"养气"说，"我善养吾浩然之气"，"其为气也，至大至刚，以直养而无害，则塞于天地之间。其为气也，配义与道；无是，馁也"②。此后，刘勰、韩愈、苏轼、谢榛、沈德潜、章学诚等对养气说都发表过见解。如韩愈《答李翊书》："气，水也；言，浮物也。水大而物之浮者大小毕浮。气之于言犹是也，气盛则言之短长与声之高下者皆宜。"清代朱庭珍对气的看法也值得注意③。

　　前面已经说过，纪昀认为"风骨即气"。他说的气，首先是有自我真性情的生气、真气，不仅如此，还要经过积蓄、涵泳和修炼，就是"炼气"，让它深厚、雅正，符合社会的要求。

　　有了"气"，诗歌变得生动，但仅有生动还是不够的，还要炼神。"神不炼，则意言并尽，兴象不远，虽不失尺寸，犹凡笔也。"在神和气之间，气为粗，神为精；气是基础，神是气的提升。"善作者炼气归神，浑然无迹；次亦词气相辅，机法相生。"④

　　神，最早见于《易经·系辞》："精义入神，以致用也"，"阴阳不测之谓神"。庄子对神的运用和发展影响很大，"用志不分，乃凝于神"，"以神遇而不以目视，官知止而神欲行"等说法，直接影响了后世的美学理论。汉代扬雄开始将"神"引入文学批评："长卿赋不似从人间来，其神化所至耶！"（《扬子云集》卷四）刘勰则在《文心雕龙》中专门设立《神思》篇，提出了系统的理论："古人云：形在江海之上，心存魏阙之下，神思之谓也。文之思也，其神远矣。故寂然凝虑，思接千载；悄焉动容，视通万里；吟咏之间，吐纳珠玉之声；眉睫之前，卷舒风云之色；其思理之致乎。故思理为妙，神与物游。神居胸臆，而志气统其关

---

① 方东树：《昭昧詹言》卷一。

② 《孟子·公孙丑上》。

③ "养之云者，斋吾心，息吾虑，游之以道德之途，润之以诗书之泽，植之在性情之天，培之以理趣之府，优游而休息焉，蕴酿而含蓄焉，使方寸中怡然涣然，常有郁勃欲吐畅不可遏之势，此之谓养气。及其用之之际，则又镇之以理，主之以意，行之以才，达之以笔，辅之以理趣，范之以法度，使畅流于神骨之间，潜贯于筋节之内，随诗之抑扬断续，曲折纵横，奔放充满于中，而首尾蓬勃如一。敛之欲其深且醇，纵之欲其雄而肆，扬之则高浑，抑之则厚重，变化神明，存乎一心，此之谓炼气。"（朱庭珍：《筱园诗话》卷一）。

④ 纪昀评陈至《芙蓉出水》，《唐人试律说》。

键；物沿耳目，而辞令管其枢机。"这里的神主要是指创作主体的内心。在后来的发展中，神逐渐成为艺术审美的最高境界。杜甫诗歌中多处提到"神"，如"读书破万卷，下笔如有神"①。严羽的"入神"说也是一个重要理论②。

具体到纪昀，他关于"神"的说法很多："初唐诸作多骨有余而气不足，肉有余而神不足"③；评李白《送友人入蜀》"一片神骨，而锋芒不露"；评杜甫《旅夜书怀》"通首神完气足，气象万千，可当雄浑之品"；评朱熹《九日登天湖以菊花须插满头归分韵赋诗得归字》"一气涌出，神来兴来"；评柳宗元《登柳州城楼寄漳汀封连四州》"一起意境阔远，倒摄四州，有神无迹"；评梅尧臣《春社》"诗亦圆稳。然读延清作后读此，真觉气象索然。此自神力不同，不在题目之冷热、字句之浓淡也"④；张乔《华州试月中桂》"刻画精警，而自然超妙，纯以神行"⑤。方回指出，诗歌太偶而不活，太工则形胜于神，对此纪昀深表赞同，以为确论。

从这些评点和说法来看，纪昀说的"神"含义比较宽泛，包括了创作主体和诗歌两方面。对主体来说，就是内心，通过"炼神"，达到自我为法，神明变化；体现在作品中，就是要神完气足，兴象深微，笔笔超妙⑥。

至于如何炼气炼神，纪昀也说得很清楚："大抵始于有法，而终于以无法为法；始于用巧，而终于以不巧为巧。此当寝食古人，培养其根柢，陶熔其意境，而后得其神明变化、自在流行之妙，不但求之试律间也。"⑦

从纪昀对作家的具体评论可以看出，作者的性情、才能、学问和人品是影响创作的主要因素，此外，时代、际遇、家庭、交游等也有不同程度的作用。

---

① 杜甫：《奉赠韦左丞丈》。

② "诗之品有九：曰高，曰古，曰深，曰远，曰长，曰雄浑，曰飘逸，曰悲壮，曰凄婉。其用工有三：曰起结，曰句法，曰字眼。其大概有二：曰优游不迫，曰沉着痛快。诗之极致有一：曰入神。诗而入神，至矣，尽矣，蔑以加矣！惟李杜得之。他人得之盖寡也。"（严羽：《沧浪诗话·诗辨》）

③ 纪昀评沈佺期《酬苏味道夏晚寓直省中》，《瀛奎律髓汇评》，上海古籍出版社 1986 年版，第 47 页。

④ 《瀛奎律髓汇评》，上海古籍出版社 1986 年版，第 1023、534、638、185、588 页。

⑤ 纪昀：《唐人试律说序》。

⑥ 纪昀评钱可复《莺出谷》："凡摹形绘相，在于曲取其神"（《唐人试律说》）；评赵大鲸《精卫衔石填海》："叠用故实，不觉堆排，笔有炉冶故也。"（《庚辰集》一）在炼气部分也谈到对诗材的冶炼。炼气、炼神也是一体，并非截然分这是炼气，那是炼神。

⑦ 纪昀：《唐人试律说序》。

学识和才气对主体气神的修炼发挥比较稳定的作用。如苏轼才富力健，学识渊博，所以纪昀认为，（《病中闻子由得告不赴商州三首》）"此等诗虽非坡公著意之作，然自然凑泊，触手生春，亦见其学之富而笔之灵也"①。但是并非有学问就能作出好诗，还要经过熔炼。许多道学家也很有学问，如朱熹，但他在熔炼上远不如苏轼，"语亦多杂腐气，不必以文公之故为之词"②。《四库全书总目》类似的例子很多③。

个人性情和人品、交游、际遇等也很重要。"大抵元、白为人皆浅，小小悲喜必见于诗。"为人较浅，势必不能涵泳深厚，所以元、白二人的诗歌以流畅、平易见长，深刻则谈不上。至于韦应物，则"气韵不俗，胸次本高故也"④。

《四库全书总目》也很重视这些因素对作家创作的影响。如宋代"（虞）俦慕白居易之为人，以尊白名堂，并以名集。其读白乐天诗云：'大节更思公出处，寥寥千载是吾师。'生平志趣，可以想见。故所作韵语，类皆明白显畅，不事藻饰。其真朴之处，颇近居易。而粗率流易之处，亦颇近居易。盖心摹手追，与之俱化，长与短均似之也"⑤。宋代李昂英"具干济之才，而又能介然自守者"，其文"质实简劲，如其为人。诗间有粗俗之语，不离宋格，而骨力遒健，亦非靡靡之音。盖言者心声，其刚直之气，有自然不掩者矣"⑥。元代"（邵）亨贞终于儒官，足迹又不出乡里，故无雄篇巨制以发其奇气，而文章大致清快，步伐井然，尤能守先民之遗矩者"⑦。

上面围绕"炼气炼神"，概述了纪昀对具体创作的看法。总的来说，炼气、炼神都是达到"我用我法"的途径和手段。纪昀创作理论的旨归，还是要神明变化，"我用我法"，最终达到不工自工、不立一法而不离一法的理想境界。

---

① 《苏诗汇评》，四川文艺出版社 2000 年版，第 89 页。

② 《瀛奎律髓汇评》，上海古籍出版社 1986 年版，第 585 页。

③ 才高者中如丁复，"复诗不事雕琢，而意趣超忽，自然俊逸。其才气横溢，魏文帝所谓笔墨之性殆不可胜者，几乎近之"（别集类二十《桧亭集》提要）；才弱者如黄镇成，其诗"边幅稍狭，气味稍薄，盖限于才弱之故"（别集类二十《秋声集》提要）。明代杨慎"以博洽冠一时，其诗含吐六朝，于明代独立门户。文虽不及其诗，然犹存古法，贤于何、李诸家，窒塞艰涩、不可句读者。盖多见古书，熏蒸沉浸，吐属自无鄙语，譬诸世禄之家，天然无寒俭之气矣。"（别集类二五《升庵集》题要）

④ 《瀛奎律髓汇评》，上海古籍出版社 1986 年版，第 191、255 页。

⑤ 《四库全书总目》别集类十二，《尊白堂集》提要。

⑥ 《四库全书总目》别集类十七，《文溪存稿》提要。

⑦ 《四库全书总目》别集类二十，《野处集》提要。

第三节　"拟议与变化酌其中":纪昀对诗歌发展的看法

就诗歌如何发展的问题，清人看法各异。他们都接受诗歌的发展变化，但在价值层面说法不一，大致上可以分为肯定和否定两派。前者的代表是钱谦益，承继明代公安一派，主张不同的时代有不同的性情，对诗歌的变化持肯定态度；后者可以沈德潜为代表，以风雅为本，以古诗为源，认为汉魏六朝至明清之诗，都从古诗源头发展而来。在沈德潜看来，唐诗还是承继风雅本原，宋诗和元诗则脱离了古诗的源头，到了明诗又回到正轨。

纪昀对诗歌发展的看法，比较复杂。他和钱谦益一样，注重性情；但他推崇汉魏、盛唐，对明代七子肯定而批评公安，这样他又和沈德潜态度一致。具体而言，纪昀对诗歌发展的态度主要包括两个方面。

一　"文章格律与世俱变"

纪昀和钱谦益都主张诗本性情，但在对性情的看法上，两人存有差异：钱谦益也注重雅正，但他对性情的宽容度要远远大于纪昀，更强调性情的真实性，所以他赞同公安派；纪昀看重性情，以学问和人品为根柢，更突出性情符合儒家规范的一面，认为"诗言志"是诗歌本义，"后来沿作，千变万化，而终以人品、心术为根柢。人品高，则诗格高；心术正，则诗体正"①。在纪昀这里，诗歌也会因个人性情的不同、时代的发展而出现变化，"缘情之什，渐化为文章……故体格日新，宗派日别，作者各以其才力、学问智角贤争，诗之变态遂至于隶首不能算"②；"神奇朽腐，转变何常，诗所以贵变化也"③。但是，他所说的性情是由人品和心术制约的，是深受儒家正统思想影响的，所以又不完全同意钱谦益，对公安派比较反感。而且，纪昀认为诗歌发展到明代，就已经没有办法继续了，"至'嘉隆七子'变无可变，于是转而言复古"④。所以纪昀对七子复古派总体肯定，和沈德潜态度一致。

在《田侯松岩诗序》中，纪昀表达了这样的观点："同一书也，而晋法与唐法分；同一画也，而南宋与北宋分，其源一而其流别也。流别既

①　《诗教堂诗集序》，《纪晓岚文集》第 1 册，河北教育出版社 1991 年版，第 209 页。

②　《鹤街诗稿序》，《纪晓岚文集》第 1 册，河北教育出版社 1991 年版，第 206 页。

③　纪昀评宋庠《马上见梅花初发》，《瀛奎律髓汇评》，上海古籍出版社 1986 年版，第 757 页。

④　《四百三十二峰草堂诗钞序》，《纪晓岚文集》第 1 册，河北教育出版社 1991 年版，第 207 页。

分，则一派之中自有一派之诣极，不相摄亦不相胜也。惟诗亦然。两汉之诗，缘事抒情而已，至魏而宴游之篇作，至晋、宋而游览之什盛。故刘彦和谓'庄老告退，山水方滋'也。然其时门户未分，但一时自为一风气，一人自出一机轴耳。"它表明这样一种立场和态度：那就是尊重客观事实，而不是按照自己的观点来给客观事实定高低。这是和上面从性情出发尊重诗歌发展一致的。也就是说，诗歌只要分流派和种类，就有各自的要求和特点，自己的好坏标准，不能用别的流派的标准来要求。举例来说，"武功一派体物于纤微"，而"西昆一派镂心于组织"，特点不同，就不能以武功的特点要求西昆，亦不能以西昆的特点要求武功。就连众人推崇的盛唐诗歌，前面也已经指出，纪昀认为盛唐诗、晚唐诗各有佳处，各有其不佳处；诸体各有所长，各有所短，概毁概誉，皆门户之见。

这样诗歌是不是就没有统一的标准了呢？当然不是。纪昀强调的只是不可用甲来衡量乙，并不等于甲乙不能分出高低好坏。决定诗歌好坏的标准前面也已经说过，是以人品和心术为根柢，性情是否雅正和作品是否具有兴象、风骨为品评标准。以此判断，自然汉魏、盛唐高于其他。因此，纪昀之所以推崇汉魏并非因为它们是源头；推崇盛唐诗歌也并非是它们距源头最近，而是因为它们体现了诗歌的最高水平。他贬低宋元诗歌，但他也贬低晚唐诗歌。这样他和沈德潜在诗歌发展问题上的态度就区别开了。

由纪昀对明代及以前诗歌的评价来看，他基本上是通达、客观的，虽然带有正统的色彩。纪昀的诗歌发展观可能受到刘勰通变思想的影响。纪昀对《文心雕龙》认识深刻，以"重在复古"为《通变》篇重要内容的观点，最早就是他提出来的。在点评刘勰《通变》篇的时候，纪昀指出："齐梁间风气绮靡，转相神圣。文士所作，如出一手。故彦和以通变立论，然求新于俗尚之中，则小智师心，转成纤仄。明之竟陵、公安是其明征，故挽其返而求之古。盖当代之新声，既无非滥调，则古人之旧式转属新声，复古而名以通变，盖以此尔。"[1] 这一说法得到后来学者的赞同。黄侃在《文心雕龙札记》中也认为《通变》的主旨是"示人勿为循俗之文，宜反之于古"；范文澜在《文心雕龙注》中认为："纪氏之说是也。"也有学者持反对意见，如马茂元《说通变》认为纪昀联系齐梁间的文风，说刘勰以"通变"来"挽其返而求之古"，虽深得刘勰的用心，但复古和通变并不是一回事。究竟《通变》篇的宗旨是什么，本书无意在这些问

---

① 《纪晓岚评文心雕龙》，江苏广陵古籍刻印社 1997 年版，第 265 页。

题上纠缠，但复古确实是《通变》篇的重要内容，和刘勰的宗经思想紧密联系，也是符合刘勰的本旨的。纪昀和刘勰相差上千年，对这些问题的看法和内在的精神却是息息相通的。

纪昀对明代以前的诗歌发展认识比较客观，但认为明诗只能复古，表明他的通变思想又是不彻底的。所以，后人称纪昀"他的循环论的文学史观是半截子，只适宜于论古，不合乎开今"①。

二 拟议、变化与气运、风尚

上面分析了纪昀诗学发展观的成因和特点，落实到具体的诗歌发展，纪昀的认识可以归纳为三点：第一，文章格律与世俱变，由变生弊，由弊生变，辩证发展；第二，诗歌发展的弊病，在于变化、拟议只重一端，应该酌乎其中；第三，"气运"和"风尚"是影响诗歌发展的重要外部因素。这三点侧重在不同的方面，共同构成了纪昀的诗歌发展理论。

> 夫文章格律与世俱变者也。有一变，必有一弊；弊极而变又生焉。互相激，互相救也。唐以前毋论矣。唐末，诗猥琐。宋，杨、刘变而典丽，其弊也靡；欧、梅再变而平畅，其弊也率；苏、黄三变而恣逸，其弊也肆；范、陆四变而工稳，其弊也袭；四灵五变，理贾岛、姚合之绪余，刻画纤微；至江湖末派流为鄙野，而弊极焉。元人变为幽艳，昌谷、飞卿遂为一代之圭臬，诗如词矣。铁崖矫枉过直，变为奇诡，无复中声。（纪昀《冶亭诗介序》）

这就是纪昀对唐末到元代诗歌发展的具体认识，体现了他所说的文章日变，变则有弊，弊极生变，变弊互生这样的过程。在他看来，这个过程发展变化虽多，但总的来说只有拟议和变化两种途径：

> 自汉、魏以至今日，其源流正变、胜负得失，虽相竞者非一日，而撮其大概，不过拟议、变化之两途。从拟议之说最著者无过青丘。仿汉魏似汉魏，仿六朝似六朝，仿唐似唐，仿宋似宋，而问青丘之体裁如何？则莫能举也。从变化之说最著者无过铁崖。怪怪奇奇，不能方物，而卒不能解文妖之目，其亦劳而鲜功乎？（《鹤街诗稿序》）

---

① 陈伯海主编：《近四百年中国文学思潮》，东方出版中心 2007 年版，第 179 页。

　　明代高启和元代杨维桢被当作了拟议和变化的代表。高启"诗才富健，工于摹古"①，杨维桢则"才务驰骋，意务新异"②，在文学史上非常典型。在纪昀看来，弊端的产生，主要在于拟议和变化各执一端，或只重摹拟复古，或只求创新而不学前人，"夫为文不根柢古人，是偭规矩也；为文而刻画古人，是手执规矩不能自为方圆也。孟子有言：'梓匠轮舆，能与人规矩，不能使人巧。'是虽非为论文设，而千古论文之奥，具是言矣"③。

　　这在理论上说当然是完全正确的，后人的发展离不开前人的基础。但是拟议和变化二者之间的关系比较复杂，怎样才是拟议而无变化、只变化而无拟议，也很难具体定性，所以清人张次仲在《周易玩辞困学记》中发出这样的疑问："变化无端，拟议有迹，拟议之于变化，相去远矣。而曰'拟议以成其变化'，何也？"④ 大致来说，学习前人典籍，获得知识，在自我修炼中提升自己的水平和境界，是学习古人的正确途径；学古而侧重于具体的规则，并在实践中固守规则不敢逾越，不是发自内心的创作冲

---

① 《四库全书总目》别集类二二，《凫藻集》提要。"（高）启天才高逸，实据明一代诗人之上。其于诗，拟汉魏似汉魏，拟六朝似六朝，拟唐似唐，拟宋似宋。凡古人之所长，无不兼之。振元末纤秾缛丽之习而返之于古，启实为有力。然行世太早，殒折太速，未能熔铸变化，自为一家。故备有古人之格，而反不能名启为何格。此则天实限之，非启过也。特其摹仿古调之中，自有精神意象存乎其间。"（《四库全书总目》别集类二二，《大全集》提要）

② 《四库全书总目》别集类二一，《铁崖古乐府》提要。

③ 《香亭文稿序》，《纪晓岚文集》第 1 册，河北教育出版社 1991 年版，第 193 页。

④ 拟议与变化出自《周易·系辞》："拟之而后言，议之而后动，拟议以成其变化。"后世对此的阐释很多，说法不一。比较有代表性的说法有：周敦颐以《中庸》思想阐释，认为"至诚则动，动则变，变则化，故曰拟之而后言，议之而后动，拟议以成其变化"；石𡗠编、朱熹删订的《中庸集略》卷下引吕大临的话，认为："拟议者，豫之谓也，致用也，能应也，成变化也，此所以无跲困疚穷之患也"；张载《横渠易说》："《易》曰'拟之而后言，议之而后动'，只是要求是也"；吕柟《周子抄释》卷一："拟议，所以求学至诚。故朱子曰：'诚之之事也。'"在明代，因为复古运动，"拟议以成其变化"这一思想影响空前。何景明《与李空同论诗书》："故曹、刘、阮、陆，下及李、杜，异曲同工，各擅其时，并称能言，何也？词有高下，皆能拟议以成其变化也。"李攀龙也以"拟议以成其变化"论诗文复古，主张"善用其拟"，最终达到"无用拟"的境界。由于复古运动的影响，此后"拟议"基本上等同于师法于古，为摹拟之意。纪昀这里使用的"拟议"，包括《四库全书总目》中多处出现的"拟议"，都是此意。如《四库全书总目》卷一七〇《青城山人集》提要说："今观其（王璲）诗，音节色泽皆合古格，诚有拟议而不能变化者。然当元季诗格靡丽之余，能毅然以六代三唐为楷模，亦卓然特立之士，又不得以王、李流弊预绳明初人矣。"卷一七二《考功集》提要："（薛蕙）古体上挹晋宋，近体旁涉钱郎，核其遗编，虽亦拟议多而变化少，然当其自得，觉笔墨之外，别有微情，非生吞汉魏、活剥盛唐者比。"卷一七七《师畹哀言》提要：（吴桂芳）"诗力摹唐调，亦颇宏敞，而有学步太甚者……非所谓拟议、变化之道也。"卷一八一《宝纶堂集》提要：（许缵曾）"古诗多学初唐四杰之体，皆拟议而未能变化"等。

动，也没有自我的个性和变化，那么这种学习就过于教条、呆板，只是摹拟而无发展，是应当批判的。创新也是一样。前人的文化遗产和作者的性情通过创作紧密结合在一起，才是真正的创新。完全出自个人的创作，实际是不可能的。这种所谓的没有拟议的变化，只是不太重视前人的规则和要求而已。具体来说，中间又有很多问题，比如前人文化遗产中什么是应该吸取的，前人规则假如是不合理的，是否还要遵循，哪些要求是不可逾越、必须遵守的，又有哪些性情是可以表现的等等，这些问题见仁见智，有主流的看法但没有统一的规定。诗歌发展中拟议和变化的问题也主要出现在这里。就纪昀来说，他认为应当学古不拘泥，拟议变化酌乎其中，学古和创新并重。这种说法当然是正确的。但他实际倾向的主要是儒家的思想文化，要求作者在诗歌创作中符合诗教，符合儒家的审美观点，这又带有片面性。这在他对具体诗歌史中问题加以评判的时候，表现得非常充分。后文会对此详细分析。

纪昀关于文学发展，还提出了"气运"和"风尚"两个外界因素。刘勰在《时序》篇中说："时运交移，质文代变"，"歌谣文理，与世推移"，"文变染乎世情，兴废系乎时序"，已经认识到了影响文学发展的外部因素。纪昀继承了刘勰的说法，同时又有所发展：

> 三古以来，文章日变。其间，有气运焉，有风尚焉。史莫善于班、马，而班、马不能为《尚书》、《春秋》；诗莫善于李、杜，而李、杜不能为《三百篇》。此关乎气运者也。至风尚所趋，则人心为之矣。其间异同得失，缕数难穷。大抵趋风尚者三途：其一，厌故喜新。其一，巧投时好。其一，循声附和，随波而浮沉。变风尚者二途：其一，乘将变之势，斗巧争长。其一，则于积坏之余，挽狂澜而反之正。若夫不沿颓敝之习，亦不欲党同伐异，启门户之争，孑然独立，自为一家，以待后人之论定，则又于风尚之外，自为一途焉。（《爱鼎堂遗集序》）

在纪昀看来，"气运"决定了不同时代诗歌的不可比性，世人对待"风尚"的几种态度则决定了诗歌的多样性。诗歌发展中虽然流派众多，门户各异，总的来说都受到"气运"和"风尚"的影响。

正由于不同的时代有不同的诗歌，唐代的李、杜写不出《三百篇》，也不能用《三百篇》来衡量和要求李、杜。所以"必一切绳以'开宝'之格，则由是以上将执汉魏以绳'开宝'，执《诗》、《骚》以绳汉魏，而《三百》以下，且无诗矣，岂通论哉"①？这种说法和前面纪昀对文体的价值判断和诗歌发展的理论是一致的，它们都表明了纪昀相对公允、客观的态度。

至于具体的时代之内，纪昀又根据对"风尚"的态度将创作分为三种："趋风尚者"，"变风尚者"和"自为一家者"。其中，纪昀对"自为一家者"尤其欣赏。《爱鼎堂遗集》的主人汝阳傅庄毅公，天性耿介，"学有根柢，深知文章正变之源流"，而"其人不谐时趋，其文亦不谐时趋，固其所矣"。纪昀推重傅庄毅，称其"岂非毅然自为、不随流俗为俯仰、刚正之气足以自传欤？又何必规规然趋风尚，规规然变风尚哉"。这是和纪昀对明代门户众多、流派迭起的批评相对应的。但是，在变风尚者之中，"于积坏之余，挽狂澜而反之正"一类也是受到纪昀重视和肯定的。他们在诗歌史上的价值，未必在"自为一家者"之下，陈子昂、韩愈等，都对诗歌的发展起到了重要的纠弊和推动作用。

联系"气运"和"风尚"对作家、流派进行分析和评价，也是《四库全书总目》一贯的特点。"趋风尚者"如杨公远，"其诗不出宋末江湖之格，盖一时风尚使然"②，如翁卷，"其所取者，大抵尖新刻画之词。盖一时风气所趋，四灵如出一手也"③；"变风尚者"如元结、独孤及，"唐自贞观以后，文士皆沿六朝之体。经开元、天宝，诗格大变，而文格犹袭旧规。元结与及始奋起滌除，萧颖士、李华左右之。其后韩、柳继起，唐之古文，遂蔚然极盛"④；如杨维桢，"元之季年，多效温庭筠体，柔媚旖旎，全类小词。维桢以横绝一世之才，乘其弊而力矫之。根柢于青莲、昌谷，纵横排奡，自辟町畦"⑤。至于"气运"不同，时代风格各异，不同的创作呈现不同的风貌，这样的例子也很多，就不再赘举。

强调不同时代诗歌的不可比性，围绕不同时代的特点制定诗人和流派的分类标准，这体现了纪昀自觉的文学批评意识和史的概念。通过这种分类和界定，诗歌史上所有的诗人和流派，都可以按照这个框架来予以定位，具有很强的操作性。纪昀对诗歌发展和流派问题的评判和分析，实际就是这种理论的具体化。这样，不仅注意到了诗歌发展的内在因素，也注意到了影响诗歌发展的外部客观因素，就比较全面和深入地

---

① 《书韩致尧翰林集后》（二则），《纪晓岚文集》第 1 册，河北教育出版社 1991 年版，第 251 页。
② 《四库全书总目》别集类一九，《野趣有声画》提要。
③ 《四库全书总目》别集类一五，《西严集》提要。
④ 《四库全书总目》别集类三，《毘陵集》提要。
⑤ 《四库全书总目》别集类二一，《铁崖古乐府》提要。

把握了诗歌发展变化的规律，为纪昀辨别源流、分析诗歌具体问题提供了坚实的理论基础。

第四节　"真自然"与"老"：纪昀对诗歌风格的认识

纪昀对诗歌、创作以及发展诸多问题的看法，都是紧密联系在一起的。它们犹如同一棵树上的枝叶，彼此关联。纪昀认为诗歌本于性情，兴象和风骨是审美特性的主要表现，而学问等则应内化为作者的根柢而并非诗歌的内容，所以纪昀的创作理论强调"炼气炼神"、"我用我法"，要求拟议和变化酌其中。相应的，在诗歌风格中，纪昀欣赏自然和浑老，提出了"真自然"说，并对"老"这一审美范畴有很大发展。这和主张格调说的沈德潜看重古淡，主张肌理说的翁方纲推崇细密，道理都是一样的。

一　"自然而工，乃真自然"

纪昀强调诗歌中兴象和风骨的创造，那么如何处理自然和精工的关系，用典和诗歌的关系等，就是他的创作理论必须解决的问题。

对于中国古代美学两大风格——"清水芙蓉"式的自然的美和"错彩镂金"式的雕琢的美，多数文论家都对前者情有独钟。"自然"很早便被推尊为文学的最高品格之一，专门论风格的司空图也把它列入二十四诗品。对于自然天成之文的形成，历史上主要有两种见解：其一，天然而成。就是"文章本天成，妙手偶得之"①；"无所用意，猝然与景相遇，借以成章，不假绳削，故非常情所能到"②；其二，锻炼而成。"善为诗者，由至工而入于不工"③。

主张诗歌天然而成、作家偶得的，往往将自然和雕琢、精工置于对立境地。如"谢所以不及陶者，康乐之诗精工，渊明之诗质而自然耳"④；"自然妙者为上，精工者次之，此着力不着力之分，学之者不必专一而逼真也"⑤。

纪昀对自然的看法属于后一类。在《原道》篇中，刘勰提出了"夫

---

① 陆游：《文章》，《剑南诗稿》卷八十三。
② 叶梦得：《石林诗话》卷中。
③ 方回：《程斗山吟稿序》，《桐江集》卷一。
④ 严羽：《沧浪诗话·诗评》。
⑤ 谢榛：《四溟诗话》卷四。

岂外饰,盖自然耳"的说法,认为文学的"文"——文学的审美特性,是自然而然形成的,过多不合适的雕饰有可能破坏作品的自然之美。刘勰针对当时齐梁时期浮靡的文风,试图改变这种对文学发展不利的情况,因而倡导朴实自然的风气。纪昀认识到了这一说法的重要性,给予了高度评价:"齐梁文藻日竞雕华,标自然以为宗,是彦和吃紧为人处。"① 纪昀对刘勰的这段评论很受后人重视,认为他指出了刘勰文学思想的重要特点。

"说经至辅嗣而妙,然义理胜而训诂荒。炼句至玄晖而工,然雕琢起而浑朴散。"② 在纪昀看来,诗歌在音韵格律出现后,对形式的要求日益严密、规范,创作不可能超越这种制约,唯一的途径就是把自然和精工结合,以求不工自工。纪昀还指出,过于强调形式的工整,会影响诗歌的生气和浑朴;过分注重情感的抒发,则容易导致粗野、鄙俚,"华而情伪,非也;情真而语鄙,亦非也"。他多次批评西昆、武功、四灵、江湖等诗派,很大程度上就因为他们在自然和精工的关系上处理失当,如"'昆体'有意味者原佳,惟一种厚粉浓朱但砌典故者可厌"③。

对于自然与精工的关系,纪昀提出了"自然而工,乃真自然"的观点:"自然者,天机所到,非信手趁韵之谓。如以浅易为自然,失之远矣";"盖贪自然者,多涉率易粗俚。自然而工,乃真自然矣"④。他提出的"自然而工,乃真自然",就是自然、本色和雕琢、苦思结合的结果,是作品呈现出的自然和精工的统一。

这一点可与方回作比较。从《瀛奎律髓》来看,方回认识到诗歌创作中有求工和求自然两种,也认识到水平高的作者可以做到二者的完美结合,但他没有上升到理论的高度,想到要把二者结合起来,基本上还是把自然和精工分开,认为二者对立。譬如他比较许浑和刘沧,"许浑太工而贪对偶,刘却自然顿挫耳"⑤。此外,方回还指出,"诗忌太工,工而无味";"太工则形胜于神";"太工则拘,拘则狭"⑥。相较之下,纪昀的观点高出方回一层。纪昀也认为"太工太偶,自是病",不过并未停留在现象层次,而是从理论上予以分析和提升。

对于自然和精工的矛盾,纪昀认为主要在于作者的能力需要进一步提

---

① 《纪晓岚评文心雕龙》,江苏广陵古籍刻印社1997年版,第22页。
② 纪昀评赵师秀《秋夜偶书》,《瀛奎律髓汇评》,上海古籍出版社1986年版,第563页。
③ 《瀛奎律髓汇评》,上海古籍出版社1986年版,第1477、692页。
④ 同上书,第519、1281页。
⑤ 方回评刘沧《长洲怀古》,《瀛奎律髓汇评》,第115页。
⑥ 《瀛奎律髓汇评》,上海古籍出版社1986年版,第11、1658、1414页。

高和修炼。"堆砌之与点化，相去远矣"；"诗之工拙，全在根柢之浅深，诣力之高下"①。

下面以纪昀对王维诗歌的评价和分析为例。

王维《归嵩山作》："清川带长薄，车马去闲闲。流水如有意，暮禽相与还。荒城临古渡，落日满秋山。迢递嵩高下，归来且闭关。"方回评："闲适之趣，淡泊之味，不求工而未尝不工者，此诗是也。"纪昀评："非不求工，乃已雕已琢后还于朴，斧凿之痕俱化尔。学诗者当以此为进境，不当以此为始境。须从切实处入手，方不走作。"在王维《终南别业》一诗评语中，纪昀又说："此种皆熔炼之至，渣滓俱融，涵养之熟，矜躁尽化，而后天机所到，自在流出，非可以摹拟而得者。无其熔炼涵养之功，而以貌袭之，即为窠臼之陈言，敷衍之空调。矫语盛唐者，多犯是病。此亦如禅家者流，有真空、顽空之别，论诗者不可不辨。"②

再如纪昀评李商隐《安定城楼》"永忆江湖归白发，欲回天地入扁舟"两句，认为"千锤百炼，出以自然，杜亦不过如此"；评司空图《早春》"刻画之至，不失自然。固是苦吟有悟，亦由骨韵本清"；评贾岛《题李凝幽居》"鸟宿池边树，僧敲月下门"，"十字正以自然，故入妙"；评僧保暹《宿宇昭师房》"草际沉萤影，杉西露月光"，"刻意做出，而妙极自然"；评王维《晚春严少尹诸公见过》"句句清新而气韵天成，不见刻画之迹"；评陈后山《早春》"自然闲雅，良由气韵不同"③。

从这些可以看出，纪昀所说的"自然者，天机所到"④，不仅是对创作灵感突现的概括，也已包含了作者经过熔炼达到一定水平这一前提条件。具体创作中，雕琢是手段，自然是目的，二者并不冲突。作家在学问、经历、交游等因素作用下，培植根柢，在本色基础上发自性情，精雕细刻，自如地运用艺术技巧，创作的作品精工却又出以自然。这种"真自然"说显然更符合诗歌创作的实际情况，也更有现实指导意义。

纪昀的"真自然"说，还含有将自然和典雅结合的意思。纪昀看重典雅，认为诗歌的一大毛病，就是用事用典不恰当，不雅致，不能出以自然，"凡用事不切，不如不用；切而不雅，亦不如不用"⑤；还有的诗歌野

---

① 《瀛奎律髓汇评》，上海古籍出版社1986年版，第1167、1256页。
② 同上书，第931、930—931页。
③ 同上书，第1461、334、941、1717、322、352页。
④ "天机"，纪昀在文集和点评中多次提到，应该是对创作过程中灵感突现情况的概括。如评林和靖《小隐自题》"兴象深微，毫无凑泊之迹。此天机所到，偶然得之，非苦吟所可就也"。
⑤ 纪昀评陆游《七言》，《瀛奎律髓汇评》，第1605页。

鄙、粗俗，很大程度上是因为生造，字句无出处，无典因而不雅。纪昀对自然和典雅的结合，有维护诗歌尊严的意味。因为典雅不仅意味着对诗歌从形式到情感的要求，而且意味着这种要求的固定化。如果说纪昀和其他的文论家一再强调的温柔敦厚，侧重于对作品中蕴藏的情感的要求，那么典雅，就更倾向于对诗歌形式的具体规定。

纪昀在要求典雅上，主要有两个原则：一是反对太现成，入习径；二是用典、用事要自然。纪昀坚决反对窠臼和习调，这是值得肯定的。如纪昀批评的"笑杀"二字虽诗家常用，就是俚词，有失典雅。对于纪昀的求雅也须一分为二地看待。有些字句确实不雅，像"莫嗟草色如垂死"，"惊易燥"，"睡魔"；还有些是出于正统观念的影响，体现了纪昀的局限性，像苏轼"东风知我欲山行，吹断檐间积雨声。岭上晴云披絮帽，树头初日挂铜钲"，其中的"絮帽"、"铜钲"对于表现雨后的山野景色何其形象！但是纪昀认为这究非雅字，这和他对李商隐无题诗的评价一样，都表露了他迂腐的一面。

纪昀将"真自然"作为品评诗歌的重要标准和尺度。纪昀重视自然，主要是用它来反对将自然和精工分离的创作弊端，以维护诗歌的审美特性。

二　"盛唐极则，作家老境"

"真自然"说之外，纪昀还总结、发展了"老"概念。"老"，最早见于殷代卜辞，本为老年，和"孝"、"长"、"考"有着极为密切的关系①。由于"孝"是中国第一位的伦理道德观念，从周代甚至更早时期就开始强调对长辈的尊重，"老"很早就进入伦理层面，并具有了哲学意义，由《诗经》中的"执子之手，与子偕老"发展到了"上老老而民兴孝"（《礼记·大学》）及"老吾老以及人之老"（《孟子·梁惠王上》）。老人历事多，经验足，因而"老"又引申为做事成熟老练。中国古代文论受传统文化天人合一、心物合一特点的影响，"把文章通盘的人化或生命化（animism）。《易·系辞》云：'近取诸身，远取诸物，

---

① 《说文解字》："老，考也，七十曰老，从人毛匕，言须发变白也，凡老之属皆从老"。"孝，善事父母者。从老省，从子，子承老也。""考，老也，从老省"。"长，久远也。从兀，从匕"。在甲骨文和金文中，老、考本为一字，后分为二，孝字为老人扶子或子以头承老人之手而行走状，"长"像老人披长发拄杖而行状。考字后来引申为父考之意，长字引申出长官等意，孝字引申出孝顺父母，成为美德的通称，发展为孝道的观念。《礼记·乡饮酒义》："民知尊长养老而后乃能入孝弟"，很好地概括了它们的关系。

于是始作八卦，以通神明之德，以类万物之情'，可以移作解释：我们把文章看成我们自己同类的活人"①。古代文论这种人、文合一的特点从理论上为"老"进入批评领域提供了依据，文学自身的发展则使这种可能变为现实。

（一）"老"作为审美范畴的发展

"老"作为文论范畴在批评史上的正式出现，始于杜甫。他在《戏为六绝句》中称："庾信文章老更成，凌云健笔意纵横。"在《苏端薛复筵简薛华醉歌》中指出："座中薛华善醉歌，歌辞自作风格老"；《敬赠郑谏议十韵》："毫发无遗恨，波澜独老成"；《奉汉中王手札》："枚乘文章老，河间礼乐存"。显然，"老"是杜甫对文学某一特点的理论概括。这里首先探讨的问题是，"老"作为文论范畴为什么始于唐，在这个时期出现具有何种意义。

由质趋文，是隋唐以前诗歌发展的基本轨迹。汉诗浑然天成，文中有质，质中有文。魏晋南北朝时期思想解放，自我与审美意识觉醒，原本混沌一体的心物关系发生变化，自然与内心作为审美对象被发现，文学的独立性与价值得以确立，抒情性得到加强。建安文学"雅好慷慨"，"梗概而多气"，有意识地追求辞藻之美。虽赡而不俳，华而不弱，然文与质已经相离。曹丕提出"文以气为主"、"诗赋欲丽"，就是对这一时期文学特点的总结。建安之后，诗歌历经玄言诗、田园诗、山水诗、永明新体诗和宫体诗等诸多变化，逐渐摆脱政治、道德观念束缚，抒发情感自由无忌，追求辞藻声色之美。这一发展趋势至晋宋，诗歌已文盛质衰，至齐梁则达到极致，文盛质灭，"性情渐隐，声色大开"（沈德潜《说诗晬语》）。仅就齐梁诗歌而言，它纠正晋宋诗酷不入情的弊病，强调吟咏性情，创新艺术形式与技巧，是诗歌发展的重要阶段，但由于宫体诗轻艳浮靡，被视为亡国之音，使它长期得不到公允的评价。杜甫以"老"作评的庾信，就是在这种情况下黜雕尚朴，"所作皆华实相扶，情文兼至"（《四库全书总目·庾开府集笺注提要》）。

庾信骈偶之文"集六朝之大成，而导四杰之先路"（同上），在文学发展中起着承上启下的作用。他才高学博，少年得志，与其父庾肩吾俱为

---

① 钱钟书：《中国固有的文学批评的一个特点》，《文学杂志》1937年第1卷第4期。《谈艺录》中提到此处："余尝作文论中国文评特色，谓其能近取诸身，以文拟人；以文拟人，斯形神一贯，文质相宣矣。"（中华书局1984年版，第40页）

萧纲文学团体的核心成员，参与和改变了当时的文学风尚①。侯景之乱打破了梁朝的太平景象，出使被羁、转为仕周、国破家亡的痛苦经历，使庾信由"结客少年场，春风满路香"（《结客少年场行》）沦为"骯脏之马，无复千金之价"（《拟连珠》二十二）。变故让庾信失去的不仅是亲人，还有玄学信仰和高门世族的文化优越感。他从变故中得到的也不仅是痛苦、尴尬与失落，还有反思求索、融贯南北文化、超越自我的机会。庾信最终超越了个人的不幸，以博大宽厚的胸怀，运用萧梁时期积累的艺术技巧，继承魏晋言志抒怀的传统，接受北周素朴务实文化的影响，"穷南北之胜"（倪璠《庾子山集注·注释庾集题辞》），熔议论、叙事、抒情于一体，以丽语写悲哀，创作出了情感深沉诚挚、境界辽阔悲远的作品。和曹植相比，同是文质兼被，曹诗爽健明朗，感情强烈，气势与辞采双胜，是意气风发者的奔放之词，庾信作品则苍凉雄丽，深沉内敛，情性与声色合一，是饱经沧桑者"无穷孤愤，倾吐而出，工拙都忘"（沈德潜《古诗源》卷十四）的心声写照。对于庾信后期作品这种苍远浑厚、波澜纵横的特点，杜甫一言以蔽之曰"老成"。

　　"老"体现的是庾信晚期作品对齐梁绮靡诗风的纠正与突破，具有进步意义。不过在杜甫之前，评者对庾信是毁多誉少。隋末大儒王通《中说·事君篇》认为庾信"古之夸人也，其文诞"。初唐几部关涉庾信传记的史书，如魏征《隋书·文学传序》、李延寿《北史·文苑传序》、令狐德棻《周书·王褒庾信传论》都对庾信持否定态度。《周书·王褒庾信传论》甚至直斥庾信为"词赋之罪人"。对于这种现象，明代张溥认为："夫唐人文章，去徐、庾最近，穷形写态，模范是出，而敢于毁侮，殆将讳所自来，先纵寻斧斨?"（《汉魏六朝百三家集·庾信集题词》）这种说法不能成立。南朝浮艳文风积弊过深，深受其影响的隋与初唐诗歌要健康发展，批判不能不矫枉过正。隋文帝力主"屏黜轻浮，遏止华伪"（《隋书·李谔传》)，唐太宗反对"无益劝诫"的"浮华"文体（吴兢《贞观政要》卷七），陈子昂高标风骨、兴寄，都出于纠偏救弊的目的。庾信历来被目为六朝诗歌的代表，受到批判在所难免。只有到了盛唐，诗歌完全摆脱绮靡诗风的不良影响，在扬弃以往创作经验的基础上达到前所未有的繁盛，形成兴象玲珑、风神超迈的特点之后，六朝诗歌才可能得到客观评

---

① 《周书·庾信传》："时肩吾为梁太子中庶子，掌管记；东海徐摛为左卫率；摛、子陵及信，并为抄撰学士。父子在东宫，出入禁闼，恩礼莫与比隆。既有盛才，文并绮艳，故世号为'徐庾体'焉。当时后进，竞相模范。每有一文，京都莫不传诵。"

价，庾信的价值也才可能受到重视。

杜甫能够突出庾信在文学发展中的重要地位，敏锐地捕捉到其作品"老"的特点，绝非偶然。杜甫具有自觉的理论意识和兴趣，"最善评诗"（魏泰《临汉隐居诗话》）。而且，在六朝众多诗人中，无论是国破家亡的经历，饱受战乱之苦与生活艰辛的身世，还是以丽语写悲哀等创作特点，庾信都与之最为接近。杜甫创作还直接受到庾信影响。黄庭坚："杜之诗法出审言，句法出庾信，但过之尔。"（陈师道《后山诗话》引）冯班亦云："庾子山诗，太白得其清新，杜公得其纵横。"（方东树《昭昧詹言》续卷八引）

虽然如此，"老"作为文论范畴在唐代还处在萌芽阶段，文献中只有零星提及。如王仲舒《崔处士集序》："帝唐绥珮之士，年未壮，其文老成者，曰博陵崔秀文。峻亮而坚，刚贞而和，止立而毅，其行也不逐声利，其文也文质相制，才气相发，于古人立意中，往往振起风雅。"（《全唐文》卷五四五）"老"苍凉悲远，虽有内在的气势与内敛的激情，与盛唐热烈奔放、超凡脱俗的时代精神还是不相适宜的。盛唐诗歌奇情新拔，天然壮丽，"有雄浑如大海奔涛，秀拔如孤峰峭壁，壮丽如层楼叠阁，古雅如瑶瑟朱弦，老健如朔漠横雕，清逸如九皋鸣鹤，明净如乱山积雪，高远如长空片云，芳润如露蕙春兰，奇绝如鲸波蜃气：此见诸家所养之不同也。"（谢榛《四溟诗话》卷三）"老健"仅是众体之一种。盛唐之后社会转衰，诗人心绪彷徨，"贞元之风尚荡，元和之风尚怪"（李肇《唐国史补》卷下），韩愈、孟郊、李贺、白居易、李商隐等诗人在盛极难继的情况下，张扬创作个性，把诗歌的触角伸向包括心灵在内的各个方面，但诗歌总的趋势是"稍厌精华，渐趋淡净"（胡应麟《诗薮》内编卷四），工于形似，平淡内敛、清雅婉丽。其间虽也出现了"老"的作品，但不成气候，不是主流。

"老"作为文论范畴在宋代得到很大发展。表现之一是广泛运用于诗歌批评，有力地总结了当时的创作活动①。表现之二是作为生命力很强的范畴，在发展中不断与其他字组合，构成新的词汇。如"老笔"、"格老"、"老健"、"老苍"、"老洁"、"老辣"、"老重"、"清老"、"老淡"、

---

① "老"在宋代以及以后还广泛运用于书法、绘画等艺术批评领域。书法方面如米芾《书史》："濮州李丞相家多书画，其孙直祕阁李孝广收右军黄麻纸十余帖，一样连成卷，字老而逸，暮年书也"；王世贞指出"坡笔以老取妍，谷笔以妍取老，虽侧卧小异，其品格固已相当"。（《弇州四部稿》卷一三六）绘画方面如韩拙《山水纯全集》："苟从巧密而缠缚，诈伪老笔，本非自然，此谓论笔墨格法气韵之病"。

"坚老"、"稳老"等，扩大了外延和内涵。"老"在宋代的发展也有其必然性。它和宋诗对理趣与平淡美的追求、陶渊明在宋代文名达到极盛等现象同步出现，是共同的时代精神和文学风尚在不同方面的表现。

宋代社会动荡，诗人趋于淡泊自守，文化上沿袭中晚唐，思想观念复杂多元。就诗歌自身而言，经过汉魏六朝长期的发展和唐代的鼎盛，发展进入新的阶段，由主情转向主意，由重写境转向重写心，由浪漫理想转为贴近日常生活，由崇尚风骨、兴寄转而追求理趣、平淡。在这种追求与创作中，宋诗逐渐形成了以筋骨思理见长的特点，"淡"受到空前地崇尚。诗作开千古平淡之宗的陶渊明在唐代还颇受非议，李白有"渊明不足群"（《九日登巴陵置酒望洞庭水军》）之句，杜甫有"陶潜避俗翁，未必能达道"（《遣兴五首》之三）之讥，在宋代则受到梅尧臣、苏轼等人的极力推崇，文名盛极。"老"和"淡"有颇多关联与相似之处，如苏轼《与二郎侄书》："凡文字，少小时须令气象峥嵘，采色绚烂，渐老渐熟，乃造平淡。"此时"老"也受到宋人的关注和自觉追求。如僧人惠洪："句法欲老健，有英气，当间用方俗言为妙"（《冷斋夜话》卷四）；徐绩："子美骨格老，太白文采奇"（《节孝先生文集》卷十）；张戒《岁寒堂诗话》："王右丞诗，格老而味长"。

宋诗"至东坡、山谷始自出己意以为诗，唐人之风变矣"（《沧浪诗话·诗辨》），后人多以苏、黄为宋诗代表。苏诗灵动，恣逸富健，有老健之气而少熔炼之工、浑厚之致，在"老"的发展中不如黄庭坚突出。黄庭坚在诗文中屡屡提及"老"：

> 诗到随州更老成，江山为助笔纵横。（《忆邢惇夫》）
> 儿中兀老苍，趣造甚奇异。（《次韵答邢惇夫》）
> 谁能与作赤挽板，老笔犹堪寿百年。《题刘氏所藏展子虔感应观音二首》（之二）
> 二三子舍幼志，然后能近老成人，力学然后切问，问学之功有加，然后乐闻过，乐闻过然后执书册而见古人。（《洪氏四甥字序》）
> 寄诗语意老重，数过读不能去手。（《答洪驹父书》）

对于黄诗，宋人也已开始以"老"作评。如普闻《诗论》："鲁直长于律诗，老健超迈"。不过和"淡"在宋代已有成熟理论相比，"老"此时仍处于发展阶段。这主要体现在它基本还停留于对作家作品的批评，细碎表面，没有成型稳定的理论。

　　金代社会动荡，历时也短，"老"在此期间的发展不甚明显，元代相对突出一些。这主要体现在方回的批评之中。以"老"评诗，尤其是以"老"评黄庭坚与江西诗派，是方回《瀛奎律髓》的一个特点。如卷十二评陈师道《秋怀示黄预》"冥冥尘外趣，稍稍眼中稀"两句"非老笔不能"①；评黄庭坚《自巴陵略平江临湘入通城无日不雨至黄龙谒清禅师继而晚晴》"野水自添田水满，晴鸠更唤雨鸠归"句，"后学却合点检，必老成而后用此例可也"。当然方回也并未局限于江西诗派，如评刘禹锡"诗老辣，不可以妆点并观"②。对于方回的批评，后人尤其是清人持有异议，此处从略，留于后面详解。

　　"老"作为文论范畴在明代进入了成熟时期，出现了理论性的概括和总结。表现之一是杨慎从风格理论对杜甫"老成"说进行阐释。他在《升庵诗话》卷九中指出："庾信之诗，为梁之冠绝，启唐之先鞭。史评其诗曰'绮艳'，杜子美称之曰'清新'，又曰'老成'。'绮艳'、'清新'，人皆知之，而其'老成'，独子美能发其妙。余尝合而衍之曰：绮多伤质，艳多无骨，清易近薄，新易近尖。子山之诗，绮而有质，艳而有骨，清而不薄，新而不尖，所以为'老成'也。"在此之前，对"老成"也有研究，如《九家集注杜诗》卷二二认为："老成者，以年则老，以德则成也。文章而老更成，则练历之多，为无敌矣。故公诗又曰'波澜独老成'也。"相较而言，杨慎之说更有代表性，对后世影响也更大。表现之二是出现了内涵丰富的"老境"概念。王世贞《艺苑卮言》："卢骆王杨号称四杰，词旨华靡，固沿陈隋之遗，骨气翩翩，意象老境超然胜之。"（《弇州四部稿》卷一四七）虽然在此之前它已在历代诗歌中多次出现，但直到明代才有了理论上的提升。

　　在清代"老"得到进一步系统和深化。以往有些含糊不清的概念得到了理论阐释，变得具体、明晰、稳定。如《御选唐宋诗醇》卷十四评杜甫《病马》："直书见意，无复营构，此为老境"。纪昀亦加以阐释："浅语，却极自然。熟语，却不陈腐。此为老境"③。此外，薛雪《一瓢诗话》指出："诗文要通体稳称，乃为老到"，"作诗能不隶事而浑厚老到，方是实学"。方东树《昭昧詹言》续录卷一："七言古之妙，朴、拙、琐、曲、硬、淡，缺一不可，总归于一字，曰老。"纪昀："似平易而极深稳，

---

① 《瀛奎律髓汇评》，上海古籍出版社1986年版，第445页。
② 同上书，第696、1641页。
③ 纪昀评曾茶山《雪作》，《瀛奎律髓汇评》，上海古籍出版社1986年版，第893页。

斯为老笔。"① 同时，这个时期还出现了新的非常具有概括力的概念，如"浑老"。此概念在清代运用较广，如纪昀评张籍《西楼望月》"意境甚别，而未能浑老深厚"② 等。

（二）纪昀对"老"范畴的发展

有意识地从"老"这个角度来分析文学现象，评价唐宋诗之差异，是"老"在清代最大的发展。这一富有价值的工作是由纪昀来完成的。这主要涉及两个问题。

一是"老"与作者年龄的关系问题。这个问题出现最早，可以说杜甫提出"老成"说就已经涉及了。一种观点认为是老而更成，年龄越大经验越丰富，积累越多作品也就越成熟。如宋孙奕《示儿编》卷十有"老而诗工"一条③；刘克庄《赵孟俟诗题跋》："诗必穷始工，必老始就，必思索始高深，必锻炼始精粹。"清张谦宜《絸斋诗谈》卷一也认为："诗要老成，却须以年纪涵养为浑次，必不得做作妆点，似小儿之学老人。"同时也有一些相反的意见。如清王闿运《湘绮楼说诗》卷六："观余少时所作及今年诸诗，少时专力致工，今不及也。凡所谓文章老成者，格局或老，才思定减。杜子美则不然，子美本无才思故也。学问则老定胜少，少时可笑处殊多。"王说是结合自己的创作经历而言，纪昀则是从客观来讲，"'愈变愈进'，自是一定之理，然老手亦有变而颓唐者"④，认为"老"与年龄没有必然联系，作品不一定越老越佳。

这个问题突出表现在对杜甫不同时期作品的评价上。将作品特点和杜甫的年龄阅历联系起来的做法始于黄庭坚。他在《与王复观》第一书中指出："观杜子美到夔州后诗，韩退之自潮州还朝后文章，皆不烦绳削而自合矣。"（《豫章黄先生文集》卷十九）方回发扬了这一观点，《瀛奎律髓》卷十评价杜甫《春远》："大抵老杜集，成都时诗胜似关、辅时，夔州时诗胜成都时，而湖南时诗，又胜似夔州时，一节高一节，愈老愈剥落也"。在卷十一《陪郑广文游何将军山林》中又指出："天宝未乱之前，老杜在长安，犹是中年，其诗大概富丽，至晚年则尤高古奇瘦也。"这种

① 纪昀评晁叔用《感梅忆王立之》，《瀛奎律髓汇评》，上海古籍出版社1986年版，第761页。
② 同上书，第916页。
③ "老而诗工"："客有曰：诗人之工于诗，初不必以少壮、老成较优劣。余曰：殆不然也。醉翁在夷陵后诗，涪翁到黔南后诗，比兴益明，用事益精，短章雅而伟，大篇豪而古。如少陵到夔州后诗，昌黎在潮阳后诗，愈见光焰也。不然少游何以谓元和圣德诗于韩文为下，与《淮西碑》如出两手，盖其少作也。"
④ 纪昀评杜甫《晚出左掖》，《瀛奎律髓汇评》，上海古籍出版社1986年版，第53页。

观点在杜甫研究中很有代表性，但也有学者如朱熹、胡应麟、田雯、袁枚等持有异议，认为杜甫晚年诗并不一定好。朱熹："人多说杜子美夔州诗好，此不可晓。夔州诗却说得郑重烦絮，不如他中、前有一节诗好。鲁直一时固自有所见，今人只见鲁直说好，便却说好，如矮人看戏耳。"① 胡应麟则认为："老杜夔峡以后，过于奔放"（《诗薮》续编二）。纪昀对杜甫中年时期的创作最为肯定和赞赏。在评《登兖州城楼》时认为，"此工部少年之作，句句谨严。中年以后，神明变化，不可方物矣"。针对方回"愈老愈剥落"和晚年诗"高古奇瘦"的说法，纪昀指出："杜诗佳处卷卷有之，若综其大凡，则晚岁语多颓唐，精华自在中年耳"；"中年不止富丽，晚年亦不以奇瘦为高，此论皆似高而不确"②。对于反对晚年诗更佳的理由，纪昀在《多病执热怀李尚书》的点评中解释："此杜公颓唐之尤者，以为老境，则失之"；评《立春》："（方回）所选少陵七言六首，多颓唐之作。盖宋人以此种为老境耳"③。在这个问题上纪昀没有具体展开，还值得进一步研究。但是纪昀从"老境"与颓唐的关系等入手，突破将"老"和年龄联系的局限，是有一定价值的。

　　二是"老"与黄庭坚代表的宋诗的关系问题。这个问题表面上看起来简单。一方面以黄庭坚为代表的宋诗体现出了对"老"自觉的追求，文献中亦不乏称宋诗"老"的记载，一方面当代一些学者也不约而同地就宋诗对老境美的追求予以彰显，言之凿凿。实际上这是个复杂的问题。一则理论与创作实际之间存在差距，宋人追求"老"与是否具有"老"是两回事；二则随着诗歌认识的逐渐深入，后世可能发展出相左意见。仅以一个时期的文献定论而忽视其他，必然易致粗疏片面之失。

　　宋诗的代表江西诗派以杜甫为宗。杜诗体调正而正中有变，规模大且大而能化，"变则标奇越险，不主故常；化则神动天随，从心所欲"（胡应麟《诗薮》内编卷五），是以"尽得古今之体势，而兼人人之所独专"（元稹《唐故工部员外郎杜君墓系铭并序》）。宋人另辟蹊径，"以文字为诗，以才学为诗，以议论为诗，……多务使事不问兴致，用字必有来历，押韵必有出处"（《沧浪诗话·诗辨》）。这样在创作中就必然面临着法度与自由关系的处理问题。苏轼主张"出新意于法度之中"（《书吴道子画后》），黄庭坚持同样态度，但在取向与做法上两人存在不同。"拾遗句中

---

① 《朱子语类》卷一四〇。
② 《瀛奎律髓汇评》，上海古籍出版社1986年版，第8、325、394页。
③ 同上书，第408、357页。

有眼,彭泽意在无弦"(黄庭坚《赠高子勉四首》),陶诗古朴天然难以力致,杜诗却有规矩可循。苏轼喜陶而黄庭坚宗杜,在如何由法度达到自由之境的问题上,苏轼还比较空泛,黄庭坚考虑得就比较具体。"夺胎换骨"、"点铁成金"、"以俗为雅,以故为新","宁律不谐,不使句弱;用字不工,不使语俗"等,就是黄庭坚对布局、句法、用典等提出的要求,是他"领略古法生新奇"(《次韵子瞻和子由观韩干马因论伯时画天马》)理论的具体化。黄庭坚的诗歌也形成了非常独特的风格,如"心犹未死杯中物,春不能朱镜里颜"、"蜂房各自开户牖,蚁穴或梦封侯王",打破常规,出以拗峭,读之铿锵有力,有兀傲奇恣之美。遗憾的是,江西后人学黄多注意具体法度而忽略了其诗学中重"活"的一面。黄庭坚诗歌因太著意,欲道古今人所未道语,雄健太过而生涩险怪,其末流后学生硬板刻的弊端更为突出。吕本中讲"活法",注重流美圆转的风格,试图救弊。但从他"左规右矩,庶几至于变化不测"等观点来看,还是侧重在法度方面。方回为宋之遗老,江西诗派后殿,他为江西诗派开出的药方还是法度,意图通过句眼、响字等创作手段,达到"格高、律熟、意奇、句妥,若造化生成"的效果。后者是他总结出的杜诗的特点,认为"为此等诗者,非真积力久不能到也。学诗者以此为准"①。

"石韫玉而山辉,水怀珠而川媚"(陆机《文赋》)。唐诗怀珠玉而辉媚,宋诗则舍辉媚而求珠玉。后者长处在剥落皮毛见精髓,短处则在变而不正、大而不化,珠玉不得转成粗野死寂。而粗野就是失去法度的老健,死寂即平淡丧失生气与活力。

对此,明人已经提出批评。何景明《与李空同论诗书》指出:"宋人似苍老而疏卤"(《大复集》卷三二)。清人的研究更为深入。像纪昀就一方面肯定江西诗派一些作品具有"老"的特点,如评吕居仁《夜坐》"瘦硬而浑老,'江西'诗之最佳者"②;同时又对宋诗整体是否具有"老"的特点提出了反对意见。《瀛奎律髓刊误序》:"虚谷乃以生硬为高格,以枯槁为老境,以鄙俚粗率为雅音";评梅圣俞《闲居》:"以枯寂为平淡,以琐屑为清新,以楂牙为老健,此虚谷一生病根"③。这与《四库全书总目》对方回《瀛奎律髓》的评价——"其说以生硬为健笔,以粗豪为老境,以炼字为句眼,颇不谐于中声"相为呼应。对于方回看重的响字、

---

① 方回评杜甫《狂夫》,《瀛奎律髓汇评》,上海古籍出版社1986年版,第993页。
② 《瀛奎律髓汇评》,上海古籍出版社1986年版,第561页。
③ 同上书,第970页。

句眼，纪昀在《瀛奎律髓刊误》中指出："虚谷主响之说，未尝不是，然究是末路工夫，酝酿深厚，而性情真至，兴象玲珑，则自然涌出，有不求响而自响者。"（李虚己《次韵和汝南秀才游净土见寄》评语）方回的观点对纠正江西诗派末流的弊病虽不无益处，但失于细碎皮相，无法从根本上解决问题。纪昀此说可谓击中要害。

方回处于宋末元初，要解决的是江西诗派如何发展的问题。纪昀则是在清乾嘉时期，对诗歌的发展认识更为全面，视角更为开阔，所受的局限性也更小，对于宋诗的批评较之方回更为公允客观。同时还必须指出的是，纪昀以宗唐存宋为立场，在评苏轼《答任师中次韵》一诗时指出："语亦清健，或以为盛唐极则，作家老境，则非也"①，直接将代表了最高水准的"盛唐极则"和"作家老境"相提并论，因此在评论宋诗时有以唐诗为准绳的倾向。

此外，前面内容已清楚地表明，任何朝代都有具备"老"的特点的作品，并非宋代一朝的专利。诚如钱钟书《谈艺录》所说："曰唐曰宋，特举大概而言，为称谓之便。非曰唐诗必出唐人，宋诗必出宋人"，因此在理解其"一生之中，少年才气发扬，遂为唐体，晚节思虑深沉，乃染宋调"时，不可局限于表面之意。

（三）"老"的基本内涵

在简述了"老"作为文论范畴的发生与发展之后，结合各个时代的创作与观点，大概可以总结出"老"的基本内涵。

"老"是一种平和自然、气势纵横的风格。杨慎以"绮而有质，艳而有骨，清而不薄，新而不尖"阐释"老成"，方东树以"朴、拙、琐、曲、硬、淡，缺一不可"释老，都抓住了"老"中和多种风格的特点，但也都忽视了"凌云健笔意纵横"，没有认识到气势与活力是"老"成其为"老"的关键。苍凉悲远是"老"，雄浑冲淡是"老"，平易自然也是"老"。"老"并无定式，关键在于平和中有气势，有力度。"观于人身及万物动植，皆全是气所鼓荡。气才绝，即腐败臭恶不可近，诗文亦然"（方东树《昭昧詹言》）。老和死的区别，就在于有没有生气。没有了奔放的气势，"老"就是死寂，就是枯槁。气势纵横而不出以平和自然，是雄健，是粗豪，但不会是"老"。所以"老"又可以看作是平和自然与气势奔放之间的平衡状态。就像"清"易"薄"、"艳"易"俗"，"老"一旦在"平和"与"气势"之间失去平衡，就转为"颓唐"、"老气横秋"，

---

① 《苏诗汇评》，四川文艺出版社 2000 年版，第 262 页。

容易"浊"、"鄙"、"浅"、"率"①。当然这些并非"老"自身应有之义。

"老"是一种直抒见意、不加雕琢而深稳妥帖的创作特点。纪昀评杜甫《中夜》："一气写出，不雕不琢，而自然老辣。"②《昭昧詹言》卷五："前面正面后面，按部就班，无一乱者，所以为老成深重。"具体来说，就是创作中要行乎其所不得不行，用乎其所不得不用，止乎其所不得不止，做到恰到好处。虽然仅就结构布局而言，诗歌创作的其他方面如字词使用、命意选题等，无不如此。作为创作特点的"老"，不仅要保持法度与自由的平衡关系，还要注意构成诗歌整体的各个部分之间的和谐，做到"起伏照应，承接转换，自神明变化于其中"（沈德潜《说诗晬语》卷上）。字词句粗疏浅易不是"老"，佳句层出而语脉横隔不是"老"，太费安排不是"老"，"波澜富而句律疏"（刘克庄《后村集》卷一七四）自然也不是"老"。

"老"还是作家作品体现出的不工自工、至法无法的水平和境界。创作"大抵始于有法，而终于以无法为法；始于用巧，而终于以不巧为巧"（纪昀《唐人试律说序》）。作家在熟练掌握规则、技巧之后，在创作上就有可能做到随心所欲不逾矩，作品不烦绳削而自合，无用法之迹，而法自行乎其中。这种情况普遍存在，并非只存在于诗歌批评领域。石涛就说过："无法而法，乃为至法"（《画谱》）；"看似寻常最奇崛，成如容易却艰辛"（王安石《题张司业诗》）。要达到"老"的水平和境界，作家必须苦修"熔炼"之功。一方面作者自身要炼气炼神，另一方面就是创作中要炼字、炼句、炼意。"世俗所谓乐天《金针集》殊鄙浅，然其中有可取者：'炼句不如炼意'，非老于文学，不能道此"（《苕溪渔隐丛话》前集卷八引《诗眼》）。表面上看起来表述有所不同，但追求的结果都是要得神明变化、自在流行之妙。

界定了基本内涵，"老"与其他范畴自然也就区别开了。以联系较为密切的"淡"为例。"淡"与"老"有交叉之处，都平和不张扬，都需要一定锻炼方能具备。但是二者又不同，"淡"强调的是平和下有厚度，有隽永的韵味，"老"强调的则是平和下有活力，有奔放的气势和强大的力量。"淡"有一种理想和清高的色彩在内，可能会被视为审美理想来追求，"老"则直接融入在现实与创作之中，是自然而然形成的目标，其涵

---

① 许印芳："凡天地间事物，有一美在前，即有一病随之于后。惟诗亦然：雄有粗病，奇有怪病，高有肤廓病，老有草率病。"《瀛奎律髓汇评》，上海古籍出版社1986年版，第992页。

② 同上书，第533页。

盖面和包容性都远远大于前者。

　　"老"对于纪昀是有特殊意味的。纪昀不仅普遍使用"老"来批评诗歌，他自身的为人处世、小说创作等各方面也在实践和体现着"老"。简而言之，纪昀是清代研究和发展"老"这一范畴的文论家，也是最具有"老"之特点的文论家。

第四章 通:纪昀的诗歌史论

朱东润先生称纪昀独具史的意识,结合纪昀所处的时代,大概可以称之为实证的史学观,即运用乾嘉时期考史的方法,对诗歌发展进行全面的考证。纪昀史的意识,主要表现为:以强烈的会通意识,客观辩证的态度,运用归纳、演绎、比较等手段,逐步揭示诗歌发展的内在规律。

朱东润认为纪昀具有史的意识,依据之一就是纪昀在嘉庆丙辰、壬戌两科会试策问中提出的一系列文学发展的问题:

> 齐、梁绮靡,去李、杜远甚,而杜甫以阴铿比李白,又自称颇学阴、何,其故何也?苏、黄为元祐大宗,元好问《论诗绝句》指为"沧海横流",其故又何也?王、孟清音,惟求妙悟,于美刺无关,而论者谓之上乘;元、白讽喻,源出变雅,有益劝惩,而论者谓之落言诠、涉理路。然欤?否欤?《击壤》流为《濂洛风雅》,是不入诗格者也,然据理而谈亦无以难之;《昌谷集》流为《铁崖乐府》,是破坏诗律者也,然嗜奇者众,亦不废之。何以救其弊欤?北地、信阳以摹拟汉、唐流为肤滥,然因此禁学汉、唐,是尽偭古人之规矩也;公安、竟陵以莩甲新意,流为纤佻,然因此恶生新意,是锢天下之性灵也。又何以酌其中欤?(嘉庆丙辰会试策问)

> 屈、宋以前,无以文章名世者。枚、马以后,词赋始多;《典论》以后,论文始盛;至唐、宋而门户分、异同竞矣。齐、梁、陈、隋,韩愈以为"众作等蝉噪";杜甫则云"颇学阴、何苦用心"。李白触忤权倖,杜甫忧国忠君,而朱子谓李杜只是酒人。韩愈《平淮西碑》,李商隐推之甚力,而姚铉撰《唐文粹》乃黜韩而仍录段文昌作。元稹多绮罗脂粉之词,固矣;白居易诗如十首《秦吟》,近正声者原自不乏,杜牧乃一例诋之。苏、黄为宋代巨擘,而魏泰《东轩笔录》诋黄为"当其拾玑羽,往往失鹏鲸"。元好问《论诗绝句》亦

曰:"只知诗到苏、黄尽,沧海横流却是谁?"凡此作者、论者皆非浅学,其牴牾必有故焉。多士潜心文艺久矣,其持平以对。(嘉庆壬戌会试策问)

从策问内容来看,诗学史上很多重要的理论问题都涉及了。纪昀没有明确对诗歌发展分期,但从他的表述来看,大概可以汉、明为界,分为三个阶段。"夫伪书始汉,百两篇托名而已;割裂古书始汉,《诗序》散篇首,《易传》入卦中而已;窜易古书亦始汉,《周礼》奇字而已。传刻古人之书,而连篇累牍删窜之,明以前未之闻也。故士莫妄于明,而明季所刊之古书,类不足据。"① 在纪昀看来,汉代和明代,在学术发展过程中带有分界的性质。就诗歌而言,"两汉以后,百氏争鸣,多不知诗之有教,亦多不知诗可立教"②。到了明代,诗歌则已无法继续演进,只能走复古的道路。这样在汉代之后和明代以前,基本上属于诗教不振但诗歌发展的时期;汉代以前是诗教振兴的阶段;明代之后则是复古阶段。至于汉之后明之前的漫长时期,又可以盛唐为界。唐末到明代之间的诗歌发展,纪昀认为是利弊相生,辩证发展;他对汉诗和齐梁诗歌的看法,则构成盛唐之前诗论的主要内容。

把上述诗学问题和纪昀对诗歌发展的分期结合起来,可能更符合纪昀的本意。根据这种情况,下面主要围绕齐梁诗歌的评价、唐宋诗之争和明代诗歌复古运动三个大问题具体展开,策问中涉及的问题则会在不同阶段予以分析。

第一节　艳情与绮靡:纪昀对齐梁诗的评价

"扬雄有言:'诗人之赋,丽以则;辞人之赋,丽以淫'。为赋言也,其义则该乎诗矣。风人骚人,邈哉邈矣,非后人所能拟议也。而流别所自,正变递乘,分支于《三百篇》者,为两汉遗音;沿波于屈、宋者,为六朝绮语。上下二千余年,刻骨镂心,千汇万状,大约皆此两派之变相耳。末流所至,一则标新领异,尽态于'江西';一则抽秘骋妍,弊极于

---

① 《删正帝京景物略后序》,《纪晓岚文集》第 1 册,河北教育出版社 1991 年版,第 165 页。
② 《诗教堂诗集序》,《纪晓岚文集》第 1 册,河北教育出版社 1991 年版,第 209 页。

《玉台》、《香奁》诸集。"① 纪昀认为汉代诗歌和六朝诗歌,分别承继《诗经》和《离骚》传统,审美特点有所不同。两派的末流,一为江西诗派,一为《玉台》、《香奁》代表的艳情诗。就诗歌发展来说,齐梁诗大概是最早显现出来的、极具争议的文学现象,纪昀对它也非常关注,策问中的第一个问题就是围绕齐梁诗歌的认识和评价展开的。

"齐即所谓永明体,梁即所谓宫体。后人总谓之齐梁体。玉溪诗有《齐梁晴云》是也。其体于对偶之中,时有拗字,乃五言律之变而未成者。喜俪新字而乏性情,喜作艳词而乏风旨。运思甚浅,用事甚拙,乃诗道之极弊,无用知之。"② 这是纪昀对齐、梁诗歌的总体认识和评价。从这段评价来看,纪昀认为齐梁诗是格律发展过程中的一个阶段:注重词采而欠缺性情,喜作艳词而风骨不振;内容空虚,思想贫乏。有批评,但也并非简单、绝对地否定,从诗教、诗歌发展的角度认为齐梁诗歌也有存在的价值。

一　诗教与艳情

从诗教角度衡量诗歌作品,是纪昀一贯的宗旨。对待古朴浑融的汉诗如此,对待华艳轻靡的齐梁诗歌也是如此。在对待艳情诗的态度上,纪昀和乾隆的态度基本一致。《东华续录》载乾隆圣谕:"夫诗以温柔敦厚为教,孔子不删郑、卫,所以示刺、示戒也。故三百篇之旨,一言蔽以无邪,即美人、香草以喻君子,亦当原本风雅,归诸丽则。所谓托兴遥深,语在此而意在彼也。自《玉台新咏》以后,唐人韩偓辈,务作绮丽之词,号为香奁体,渐入浮靡。"乾隆的这段话,已经为如何对待艳情诗定了基调。纪昀对《玉台新咏》的点评就是这种态度,《诗教堂诗集序》称:"齐、梁以下,变而绮丽,遂多绮罗脂粉之篇,滥觞于《玉台新咏》,而弊极于《香奁集》。风流相尚,诗教之决裂久矣。"评《文心雕龙·明诗》中指出:"齐、梁以后,此风又变,惟以涂饰相尚,侧艳相矜,而诗弊极焉。"

但是纪昀也并非完全赞同乾隆。正是在一些细节的处理上,体现出了乾隆和纪昀分别作为封建帝王和学者的差异。

作为学者的纪昀是能够认识到这类诗歌的历史渊源、艺术特点以及存在的意义的。因此,他指出这类诗歌源自屈、宋一派,并非毫无祖述;在

---

① 《云林诗钞序》,《纪晓岚文集》第 1 册,河北教育出版社 1991 年版,第 198 页。
② 纪昀:《删正二冯评阅〈才调集〉》(上),《边筠曲》评语,镜烟堂十种本。

评论汉诗和齐梁诗的时候，也注意到不同时期诗歌的不同特点，并分别予以肯定，提出不同的要求。

如评乐府《相逢狭路间》："乐府此种皆无风旨之可取，然吟讽会咀，得其气味，则吐属自然古雅，如人久处廊庙，自有富贵气象，不知其然而然。"评《陇西行》："此种如古铜玉器，残缺剥蚀不可名论。而古色斑斓，自是法物。然不容依式雕劖而为之。读古乐府宜知此意。"① 这些作品，诚挚的感情和古朴的形式相得益彰，反而胜于后来的工丽之作。

对于有些诗歌，纪昀把诗教和诗歌艺术性结合起来进行评价。如评陈琳《饮马长城窟行》："绝不铺叙边塞情形，亦不另作断语，但述夫妇决绝之词，而征役之苦毕见。笔墨高绝"；评《冉冉孤生竹》："'轩车'句不作怨词，但作疑词。'伤彼'四句不怨己弃，但惧过时，已为忠厚。（'一心抱区区，惧君不识察'）末二句折入一层，并自咎疑惧之惧，风人之旨如斯。"

也有些诗歌，纪昀只重诗教而忽视了审美性。如评《上山采蘼芜》："盛称新不如故，以动其念旧之情，立意非不忠厚，而措语似嘲似讥，反掩其缠绵悱恻、冀倖后收之意。"评《穆穆清风至》："此首措语稍质，而仍作冀望之词，不失温厚之旨。"显然，和钟嵘等人相比，纪昀太在意诗歌的情感是否温柔敦厚，诗歌形式是否浑融没有痕迹，而对其中情感的诚挚和悲远的意境重视得不够。可以说，对诗教的注重，无形中限制了纪昀对诗歌认识的深度。像《皑如山上雪》一诗，写得也是非常有特色，爽朗明快，戛然而止，却韵味长存，体现了女性的平等意识。对这样的一首诗，纪昀也称"此古人传诵之作"，不过看法却非常简单，认为它"决绝"，并反问"忠厚之旨安在也？"

对秦嘉、徐淑夫妻赠答诗和刘勋妻王氏的《杂诗》评价的对比，也很能体现纪昀的这一特点。秦嘉《赠妇诗三首》，纪昀评价甚高②，对徐淑的《答诗一首》，认为"此诗实无佳处。以夫妇赠答连类存之耳。过相推许，未免英雄欺人"。对刘勋妻王氏的《杂诗》二首，纪昀则以为"次首尤怨恻感人。《白头吟》有愧色矣。（'千里不唾井，况乃昔所奉'）'况乃'句大义凛然，非惟情至，亦有礼焉。看古人当看此等处"。前后都是叙夫妻之情，何以纪昀评价如此不同？原来徐淑和秦嘉夫妻感情深厚，徐淑因为生病而不能跟随丈夫外任，只好借助诗歌传达相思之情，诗

---

① 纪昀：《玉台新咏校正》卷一。

② "三诗词气真朴，犹是汉氏之余。语意清婉，已开晋人之渐。以此上视西京，如大历之于开宝。三首次序井然，连章诗须如此作。（之二：'浮云起高山，悲风激深谷'）二句已开烘染之法。"（纪昀：《玉台新咏校正》）

写得缠绵悱恻，十分感人。王氏乃是一位弃妇，因婚后无子而被抛弃。她的诗歌毫无抱怨和愤怒，反而极力追想当年恩爱之情，直言"谁言去妇薄，去妇情更重"。客观上讲，王诗无法与徐诗相比，但王诗更符合纪昀温柔敦厚、怨而不怒的论诗标准，所以得出了相反的评价。恰恰是这些评价，暴露了纪昀文学思想中有时过于偏重政教而忽视情感和审美的局限。

如果说对诗教的过分注重使得纪昀对汉诗的艺术性认识上欠缺深度，那么，纪昀评价齐梁诗的时候，却又因此而避免了因内容的肤浅、形式的绮靡而采取一概否定的态度。在对其批评的同时也有所保留，从诗教角度予以了一定程度的认可。

后人对齐梁诗的态度和评价，基本上是批判为主。持儒家观念的诗人、文论家，多认为齐梁诗淫艳、绮靡，有碍诗教，对之贬低、批判，只是程度有所不同。有些否定得比较彻底，如陈子昂称："齐、梁间诗，彩丽竞繁，而兴寄都绝"①、李白："自从建安来，绮丽不足珍"②。还有些批评之中杂有肯定，如魏征指斥齐梁诗"词尚轻险，情多哀思"的同时，也指出"若能掇彼清音，简兹累句，各去所短，合其两长，则文质斌斌，尽善尽美矣"③。

纪昀对齐梁诗歌的态度是批评兼有所肯定。纪昀也认识到了齐梁诗在诗歌发展中的作用，但他首先从诗教的角度予以认可。这是和长期以来从诗教角度进行批评截然不同的一种态度。在《玉台新咏》校正的序中，纪昀指出，"耗日力于绮罗脂粉之词，殊为可惜，然郑、卫之风，圣人不废，苟心知其意，温柔敦厚之旨，亦未尝不见于斯焉"。《四库全书总目》说法相近，其中指出："虽皆取绮罗脂粉之词，而去古未远，犹有讲于温柔敦厚之遗，未可概以淫艳斥之"④。从诗教出发，注重诗歌的温厚和平，是纪昀评价齐梁及汉代诗歌的主要准则。这体现了纪昀对艳情诗的看法，也就是说，即使内容浅薄，语言华艳轻靡，文胜于质，但只要作者有忠君爱国之意，敦厚诚挚之情，语言婉转含蓄，不违背诗教的原则，也是可以接受的。

可以补充说明纪昀对诗教和艳情关系看法的是他对韩偓诗歌的评价：

致尧诗格，不能出五代诸人上。有所寄托，亦多浅露。然而，当

---

① 陈子昂：《与东方左史虬修竹篇》。

② 李白：《古风》。

③ 魏征：《隋书》卷七十六。

④ 《四库全书总目》总集类一，《玉台新咏》提要。此《玉台新咏十卷》为纪昀家藏本。

其合处，遂欲上躐玉溪、樊川，而下与江东相倚轧。则以忠义之气，发乎情而见乎词，遂能风骨内生，声光外溢，足以振其纤靡耳。然则诗之原本不从可识哉①！

　　《香奁》之词，亦云亵矣。然但有悱恻眷恋之语，而无一决绝怨怼之言，是亦可以观心术焉。②

　　《四库全书总目》对韩偓的评价可为上述说法作注："偓为学士时，内预秘谋，外争国是，屡触逆臣之锋。死生患难，百折不渝。晚节亦管宁之流亚，实为唐末完人。其诗虽局于风气，浑厚不及前人。而忠愤之气，时时溢于语外。性情既挚，风骨自遒。慷慨激昂，迥异当时靡靡之响。其在晚唐，亦可谓文笔之鸣凤矣。变风变雅，圣人不废，又何必定以一格绳之乎？"③

　　纪昀对韩偓的评价，完全遵从了乾隆对待艳情诗的旨意，肯定温柔敦厚，批评诗歌浅露浮靡。纪昀对待齐梁诗，也是如此。如评吴均《与柳恽相赠答六首》之三："只'离君苦无乐'一句，微露新故之疑，以下仍不说破，犹古人忠厚之遗。"虽然从诗教角度有所肯定，但纪昀对靡靡之音也多有批评。《皇太子圣制乌栖曲四首》之三："青牛丹毂七香车，可怜今夜宿倡家。倡家高树乌欲栖，罗帷翠帐向君低。"纪评："末二句妖曼动魄，所谓靡靡之音。"关于齐梁诗人，纪昀没有直接的评价，但参考历史记载，简文帝、刘孝仪、庾肩吾等人都算不上荒淫放荡，并非如有些文学史，如刘大杰《中国文学发展史》评价的那样，认为宫体诗是当日宫廷现象的反映和上层阶级淫侈颓废的生活的表现。

二　情韵与词采

　　《倡楼怨节一首》："朝日斜来照户，春鸟争飞出林。片光片影皆丽，一声一啭煎心。上林纷纷花落，淇水漠漠苔浮。年驰节流易尽，何为忍忆含羞。"纪评："情韵殊为妩媚。齐梁小诗不以格论。所谓言各有当也。"在对《咏七宝扇》一诗的点评中，纪昀还提出了这样的看法："艳词自以情韵为宗，有词无情，有情无韵，雕缋满眼，弗贵也。"

---

① 《书韩致尧翰林集后》（第一则），《纪晓岚文集》第1册，河北教育出版社1991年版，第251页。
② 《书韩致尧香奁集后》（第三则），《纪晓岚文集》第1册，河北教育出版社1991年版，第252页。
③ 《四库全书总目》别集类四，《韩内翰别集》提要。

这里体现了纪昀对齐梁体的看法，实际也就是对艳诗这种文体的要求，简言之就是情韵和词采。在这个问题上，纪昀的说法中有两点值得注意：一是齐梁诗歌华艳的特点并非突然出现，毫无根源；二是齐梁诗的弊端主要在于"词障"。

在纪昀看来，齐梁诗歌的出现有其必然性。纪评《文心雕龙·辨骚》指出："词赋之源出于《骚》，浮艳之根亦滥觞于《骚》"①，这和前面指出古诗源出《三百篇》，而六朝绮语出自骚人的说法是一致的。具体到诗歌发展，纪昀认为齐梁诗歌是从汉代逐渐发展而来的。汉代诗歌文质并重，情感真挚，形式古朴浑成，后人难以比拟。此后由建安、正始到太康，诗歌逐渐转向形式的华美，并在齐、梁时期达到绮靡的程度，"文胜而质亡"②。

纪昀注重诗歌的发展和源流正变，评秦嘉诗时，就指出"已开晋人之渐"。在对张衡《同声歌》的评价中，纪昀指出："渐趋浓艳而气脉仍自浑然。故是天人姿泽，陈思一派从此导源，非六朝雕缋所可拟。"③ 在谈到曹植《美女篇》的时候，纪昀指出："杂诗犹带汉风，《美女》等篇纯乎建安格矣。由其才情本富，风骨本高，故排而不冗，华而不靡。然平叙之笔较多，士衡一派已于此滥觞。"评《陆云为顾彦先赠妇往反四首》："建安以后，文格日新，词人多借新事制题，寓其藻采。"纪昀在繁钦《定情诗》的评语中，还指出："华而不靡，是为古浑；排而不滞，是为真气。精神意格似脱胎于楚词招魂。此如长史草书得之公孙大娘舞剑器，其故不在行迹间。"④ 由汉诗的"直而不野"，到建安时期诗歌的"华而不靡"，再到齐梁时期的"绮靡"，出现"词障"，这是纪昀对这一阶段诗歌发展情

① 黄霖编著：《文心雕龙汇评》，上海古籍出版社2005年版，第24页。
② 同上书，第108页。
③ 关于曹植的诗歌渊源，钟嵘《诗品》认为"其源出于《国风》"。胡应麟《诗薮·内编》认为"子建《杂诗》，全法《十九首》"。大家观点类似。此外，还有徐幹《情诗》，纪昀认为"中六句叠用俪偶，已开潘、陆之先"。而钟嵘《诗品》认为陆机"源出于陈思"，潘岳"源出于仲宣"。对这些源出某某，很难具体断定。纪昀认为曹植一派导源于张衡时期的诗歌等观点，也可备为一说，为后人研究提供一个参照。
④ "直而不野"和"华而不靡"，分别代表了纪昀对汉代和魏晋时期诗歌的看法。它们都符合纪昀文质并重的要求，所以基本持赞赏态度。纪昀对汉诗多有称赞，在点评《文心雕龙·明诗》中认为："'直而不野'，括尽汉人佳处。"纪昀对汉代诗歌的古朴和不可摹拟性有充分认识。对魏晋诗歌，纪昀认为已经趋向华艳。如评《周夫人赠车骑一首》："起八句浑然无意，晋人难得此质语。"对于这一时期陶渊明的诗歌，纪昀也是放在这样的时代背景下评价的。如对其《拟古一首》，认为："（日暮天无云，春风扇微和）起二句兴象深微，有此二句，三四句（'佳人美清夜，达曙酣且歌'）乃有情致。前四句引出五六句（'歌竟长叹息，持此感人多'），乐往哀来，乃有神理。若但以欢娱难久质言出之，则白香山亦多旷语矣。"

况的整体看法。

纪昀在《玉台新咏》校正的跋中指出，诗歌发展主要有三障，其中之一是词障："矜一韵之奇，争一字之巧，所谓好色不淫、怨诽不乱者，弗讲也，所谓铺陈终始、排比声韵者，弗讲也，所谓思表纤旨、文外曲致者，弗讲也，是之谓词障。"李谔在贬低齐梁诗歌的时候，就称之为"竞一韵之奇，争一字之巧，连篇累牍不出月露之形，积案盈箱唯是风云之状"①。纪昀认为齐梁诗歌的弊病在于"词障"，即没有按照诗教的要求进行创作，没有表现出诗歌应有的艺术性，文质关系没有处理好。范温《潜溪诗眼》指出："世俗喜绮丽，知文者能轻之。后生好风花，老大即厌之。然文章论当理与不当理耳，苟当于理，则绮丽风花同入于妙；苟不当理，则一切皆为长语。上至齐梁诸公，下至刘梦得、温飞卿辈，往往以绮丽风花累其正气，其过在于理不胜而词有余也。"这段话和纪昀的"词障"说意思有近似之处，可以作为补充。这些固然是齐梁诗风浮靡的原因，但在今天看来，这种认识还欠缺深刻。

齐梁诗歌最为突出的特征，确如纪昀所说，是情韵和词采。但是诗歌抒发性情、形式工巧、词藻华丽并没有错，根本原因是齐梁诗人大多是帝王宗室、社会上层，他们生活安逸，活动范围狭小，对社会现实没有深刻的认识，对人生无常也没有敏锐的感触，不像建安诗人那样有着治国平天下的伟大抱负、积极进取的慷慨意气，表现社会生活的重大题材。这些决定了齐梁诗人缺乏深刻、真挚的感情，精力主要用在诗歌的工巧和表现生活中的细节上。女性的外貌、装饰，甚至仪态、睡姿，都成为他们表现的对象。如《咏内人昼眠》、《和人以妾换马》等，感情过滥、过靡，仅有华丽的词藻而无深刻的内涵，诗歌自然容易粗俗、肤浅。所以，情感肤浅，眼界狭小，内容贫乏，没有深刻的思想，才是齐梁诗歌浮靡的根本原因。

三　自然与格律

纪昀重视齐梁诗，虽然首先从诗教角度予以肯定，但更深层的原因，还在于他认识到齐梁诗是诗歌发展中很重要的一环。在《玉台新咏》校正跋中，纪昀强调了齐梁诗歌在诗歌发展中的作用："《玉台新咏》虽宫体，而由汉及梁文章升降之故亦略见于斯。譬之古碑、旧帖，不必尽合于六书，而前人行笔作字之法，则往往因是而可悟"。和以往诗歌相比，齐

---

① 《隋书》卷六十六《李谔列传》。

梁诗出现了新的变化，这些变化直接影响了后来唐代的诗歌。这些变化，概括起来就是自然和格律。

两晋时期，虽然出现了不少优秀的诗人诗作，但也存在严重问题，比如诗歌形式的僵化和内容的谈玄说理。西晋崇尚儒学，提倡雅音正声，颂体充斥诗坛；东晋时盛行玄言诗，佛理玄谈取代了歌功颂德，诗歌又变成了说理的工具，"理过其辞，淡乎寡味"①。这种风气对齐梁诗的影响仍然很大。沈约、萧纲、萧绎等对此不满，认为"吟咏风谣，流连哀思者谓之文"②，要求改变这种"懦钝殊常"③的文风，提出了"立身先须谨重，文章且须放荡"的观点。对萧纲的这种说法，后人理解不同。联系具体的诗人诗作，虽然齐梁诗中也有淫荡的内容，但并非多数，本书也更倾向于不主故常、追求变化的说法④。刘勰《文心雕龙·明诗》也指出："宋初文咏，体有因革，庄老告退，而山水方滋；俪采百字之偶，争价一句之奇，情必极貌以写物，辞必穷力而追新，此近世之所竞也。"山水、田园、服饰、人体等成为齐梁诗歌表现的主要内容，是以纪昀称之为"竞尚轻艳"⑤，"求新于俗尚之中"⑥。

永明体和宫体诗代表了齐梁时期诗歌的主要风貌。《南齐书·陆厥传》："永明末，盛为文章。吴兴沈约、陈郡谢朓、琅邪王融以气类相推毂，汝南周颙善识声韵。约等文皆用宫商，以平、上、去、入为四声，以此制韵，不可增减，世呼为'永明体'"。四声之外，还有"八病"。皎然《诗式》："沈休文酷裁八病，碎用四声。""四声八病"⑦的出现，开启了诗歌格律化的道路，对诗歌的发展有很大推动作用。伴随着格律出现的就

① 钟嵘：《诗品》（上）。
② 萧绎：《金楼子》卷四。
③ 萧纲：《与湘东王绎书》，《梁文纪》卷二。
④ 对萧纲观点的争论集中在对"放荡"的理解上。主要有两种看法：一是和色情联系的淫荡，游国恩等主编的《中国文学史》持这种看法，认为是提倡描摹色情的文学主张；王瑶的《隶事·声律·宫体——论齐梁诗》认为是把放荡的要求寄托在文章上，用文章代替纵欲和荒淫（《中古文学史论集》，上海古籍出版社 1982 年版，第 141—142 页）。另一种观点认为"放荡"和淫佚不是一回事，主要是强调新变，不主故常，不拘成法。这种观点以赵昌平为代表，见《"文章且须放荡"辨》（《古代文学理论研究》第 9 辑，上海古籍出版社 1984 年版）。
⑤ 纪评《文心雕龙·乐府》，《文心雕龙汇评》，第 33 页。
⑥ 纪评《文心雕龙·通变》，《文心雕龙汇评》，第 102 页。
⑦ 对四声八病和沈约的关系历史有争议。纪昀在《沈氏四声考》中认为"休文但言四声五音，不言八病，言八病自唐人始"。相关研究，参见傅刚《永明文学至宫体文学的嬗变与梁代前期文学状态》（《社会科学战线》1997 年第 3 期）。此外，声调格律在这一时期的出现，普遍认为和佛教的进入有关，诵读佛经抑扬顿挫的声音启发了南朝人对格律声调的重视和研究。

是对语言词句的锤炼。诗人们已经非常注意诗歌的对仗，并对动词的用法非常注意。以阴铿、何逊为例，前者如《开善寺》中"莺随入户树，花逐下山风"，后者如《夕望江桥》"风声动密竹，水影漾长桥"，中间动词都运用得很好，为诗歌增色不少。律诗后经演变，到初唐沈佺期、宋之问，格律诗定型，但它的基础却是在六朝奠定的，这无可争议。从另一个方面来说，齐梁诗歌形式的华艳工巧，也和这一时期诗歌注重声律对偶有很大关系。

宫体诗的产生则是永明体以后的又一次变化。据《梁书·庾肩吾传》记载："齐永明中，文士王融、谢朓、沈约文章始用四声，以为新变，至是（指萧纲立为太子）转拘声韵，弥尚丽靡，复逾于往时。"《隋书·经籍志》亦称："梁简文之在东宫，亦好篇什。清辞巧制，止乎衽席之间；雕琢蔓藻，思极闺闱之内。后生好事，递相放习，朝野纷纷，号为'宫体'。""转拘声韵，弥尚丽靡"，可以说是宫体诗的主要特点。这种特点是当时文人求新求变的结果。他们对"采缛于正始，力柔于建安"的西晋诗人和永明体诗人，有赞赏亦有所不满，如评价谢灵运的诗歌"典正可采，酷不入情"，转而追求结构的精致、语言的华美和情感的抒发。不过，他们看重的"性情卓绝"、"情灵摇荡"，决非传统情志的内容①。

齐梁体也不尽是浮靡的艳诗，很多诗歌具有清丽自然的特点。齐梁时期最为杰出的诗人谢朓，其诗歌就天然风韵，称绝一时。如《秋夜》："秋夜促织鸣，南邻捣衣急。思君隔九重，夜夜空伫立。北窗轻幔垂，西户月光入。何知白露下，坐视阶前湿。谁能长分居，秋尽冬复及？"诗歌将写景、抒情结合在一起，既继承了谢灵运清新、细致的特点，但又突破了单纯描摹的局限，真正做到了情景相融。其他如《暂使下都夜发新林至京邑赠西府同僚》中的"大江流日夜，客心悲未央"，《晚登三山还望京邑》中的"余霞散成绮，澄江静如练"，都是传颂一时的名句。谢朓曾说"好诗圆美流转如弹丸"②，要做到这一点，语言的流畅清丽和声调的抑扬是重要的条件。谢朓诗歌就体现了这一审美观念，所以纪昀评价："齐梁之诗丽而缛，小谢独丽而清"（《夜听妓》评语）。谢朓《同王主簿怨

---

① "性情卓绝"出自萧纲《答新渝侯和诗书》，主要指"双鬓向光，风流已绝；九梁插花，步摇为古。高楼怀怨，结眉表色；长门下泣，破粉成痕。复有影里细腰，令与真类；镜中好面，还将画等"。"情灵摇荡"出自萧绎《金楼子·立言》，萧纲《序愁赋》有："情无所治，志无所求，不怀伤而忽恨，无惊猜而自愁"，可作此解。

② 《南史·王昙首传》附《王筠传》。

情》,纪评:"'花丛乱数蝶,风帘入双燕'兴象天然,不由雕绘。"①

这一时期柳恽、沈约、何逊等诗歌的成就也比较突出。如柳恽《江南曲》前四句"汀洲采白蘋,日落江南春。洞庭有归客,潇湘逢故人",纪昀予以高度评价,认为"兴象天然,神来之侯"。沈约《登高望春》前四句"登高眺京洛,街巷纷漠漠。回首望长安,城阙鬱盘桓",纪昀以为:"莽莽而来,脱尽尔时门径"②;何逊《日夕望江赠鱼司马》③,纪评:"起四句骨脉浑成,齐梁所少。'仲秋'二句,骨格亦高。"这些作品能达到这样的水平,和作者的苦心经营是分不开的。

四 齐梁诗的历史评价

纪昀重视诗教,但也不忽视诗歌的审美特性,把诗歌放在历史的发展中进行评价和分析。纪昀对待齐梁诗,也是如此:

> 齐、梁五言,大抵以涂泽为高,而七言诸作乃长篇,颇具风骨,短咏亦多情韵。盖五言承积衰之后,尚极而未反。七言为初变之时,正发而将盛,亦如唐末五代诗格靡靡,而诗余小令乃为填词家不祧之祖。风会所趋,虽作者不知所以然也④。

从历史发展的角度,纪昀并不完全否定齐梁诗,认为自有其存在的价值和意义。前面提到诗人注重形式的工巧,表现生活的细节,一个方面来说它容易轻靡、肤浅,但另一个方面来说,就是对诗歌形式的创新、诗歌题材的开拓、生活的艺术化,对于诗歌的文学特征反而有了进一步的认识。此外,在诗歌的声调格律等方面,齐梁诗也都有很大贡献。近体诗的五绝、五律和五言排律,基本上都是在这一时期形成的。从这个角度看,齐梁诗在诗歌发展史上是占有重要地位的。

虽然六朝诗歌受到后人尤其唐人的严厉批评,但如果没有六朝这一阶段诗歌的发展,盛唐气象是不可能出现的。就连批判它的那些诗人,在创

---

① 纪昀:《玉台新咏校正》卷四。
② 纪昀:《玉台新咏校正》卷五。
③ 何逊《日夕望江赠鱼司马》:"溢城带溢水,溢水萦如带。日夕望高城,耿耿青云外。城中多宴赏,丝竹常繁会。管声已流悦,弦声复凄切。歌黛惨如愁,舞腰疑欲绝。仲秋黄叶下,长风正骚屑。早雁出云归,故燕辞檐别。昼悲在异县,夜梦还洛汭。洛汭何悠悠,起望登西楼。的的帆向浦,团团月隐州。谁能一羽化,轻举逐飞浮。"(《玉台新咏校正》卷五)
④ 纪昀:《玉台新咏校正》卷九。

作中实际也都汲取了六朝诗歌的养分。如李白对谢朓非常推崇，在诗歌中赞叹不已，称"蓬莱文章建安骨，中间小谢又清发"，"解道澄江静如练，令人长忆谢玄晖"，倾慕之情，溢于言表，王渔洋《论诗绝句》说他"一生低首谢宣城"。

纪昀正是看到了这一点，强调"言各有当"，即使齐梁艳诗亦有其存在价值。他指出艳情诗的特点在"情韵"而不在格调，因此不能用"格"来要求。他甚至指出"字句贵从其类"，各类体裁都有自己适合的语言字句，艳诗亦然。如评王筠《秋夜二首》："（之二的三四句：'杀气下重轩，轻阴满四屋'）'杀气'字入之艳歌，殊不配色。文章各有体裁，字句贵从其类也。"纪昀在嘉庆的两场策问中，开始都是就齐梁诗歌的历史评价问题进行发问。这表明，纪昀对齐梁诗歌的价值是很看重的，把它当作诗歌发展中首先应该注意的问题。他指出杜甫和韩愈态度的不同，就是要求对齐梁诗歌有全面、客观的认识。

在这一点上，纪昀体现了相对客观、公允的态度。因为很多后人之所以对齐梁诗排斥、贬低，主要是从道德角度而不是文学批评角度，把诗歌正变和国家盛衰联系起来。其中，韩愈被认为是批判派的代表。

韩愈主张"修其辞以明其道"、"不平则鸣"。这和齐梁的"情无所治，志无所求，不怀伤而忽恨，无惊猜而自愁"，简直有天壤之别。韩愈对孟郊尊崇《诗经》、提倡"雅正"的观点非常推崇。在《荐士》诗中，韩愈对其高度评价，并集中阐述了自己的诗歌思想：

> 周诗三百篇，丽雅理训诰。曾经圣人手，议论安敢到。五言出汉时，苏李首更号。东都渐弥漫，派别百川导。建安能者七，卓荦变风操。逶迤抵晋宋，气象日凋耗。中间数鲍谢，比近最清奥。齐梁及陈隋，众作等蝉噪。搜春摘花卉，沿袭伤剽盗。国朝盛文章，子昂始高蹈。勃兴得李杜，万类困凌暴。（《昌黎先生文集》卷二）

韩愈以《诗经》为诗歌创作范本，推重苏李、建安七子、鲍照、谢灵运、陈子昂、李白、杜甫，对六朝淫靡诗风提出批评，"搜春摘花卉，沿袭伤剽盗"，认为齐梁诗歌只知道嘲风弄草，既无气象，亦无社会功用。

杜甫的态度和韩愈不同。本着"转益多师"的态度，杜甫对六朝诗歌多有借鉴和学习。《与李十二白同寻范十隐居》指出："李侯有佳句，往往似阴铿"，《秋日夔府咏怀奉寄郑监审李宾客之芳一百韵》称"阴何尚清省"等。

　　纪昀对此态度很明确，在评萧子显《燕歌行》的时候，指出："此诗置之初唐、盛唐之间，未见必能辨别。概以'齐梁蝉躁'挥斥之，恐亦兴到之言也。"他在策问中提到韩愈，更两次提到杜甫，就是要强调这一点。引用杜甫对阴、何的推崇，也并非单纯强调阴铿、何逊，而是以阴、何代表齐梁诗人。至于援引杜甫，一则因为杜甫在诗歌史上的地位无人能及，他对齐、梁诗歌的态度，后人比较关注[1]；二则是杜甫和六朝确实有渊源关系，更能说明问题[2]。指出"词障"之弊，肯定艳诗以"情韵为宗"而不能以"格"论等，这些都体现了纪昀文学思想比较通达、客观的一面。

第二节　性情与学力：纪昀对唐宋诗之争的超越

　　六朝时期诗歌的主要问题是艳情与绮靡，随后唐宋时期诗歌中的主要问题则是性情与学力。这是和诗歌不同的发展阶段相联系的。汉代与魏晋时期诗歌还处在初期，格律未备，汉诗浑朴而建安诗歌慷慨任气，齐梁时"性情渐隐，声色大开，诗运一转关也"[3]。随着创作经验的积累，诗歌审美特性认识的加深，无论是抒发的性情，还是具体的表现形式，都受到诗人的重视，是以艳情、绮靡成为这一时期诗歌的主要问题。其后，经过初唐四杰等人的改造，陈子昂等人的复古革新，到盛唐这一诗歌史上最为辉煌的时期，众星荟萃，名家云集，兴象和风骨成为这一时期诗歌的重要特征，而六朝的绮靡之风也就一洗顿尽了。不过极盛难继，到了中唐以及晚唐，诗歌如何继续发展就是诗人必须面对的问题。韩孟、元白、小李杜等不同的诗人、流派做出了不同的选择。他们的诗歌创作又直接影响了宋代诗歌的发展。从宋代开始，唐宋诗之争，成为诗学上一个重要问题。总的来说，唐宋诗的不同，归根到底是性情和学力的不同。流派之间的差异，实际也就是性情和学力上在创作上的不同倾向和

---

① 如杨万里《书王右丞诗后》："晚因子厚识渊明，早学苏州得右丞。忽梦少陵谈句法，劝参庾信谒阴铿。"

② 齐梁时期出现并发展起来的音韵格律，是杜甫诗歌取得较高成就的客观基础。在杜甫诗作中，格律诗是非常重要的一部分，其代表作《蜀相》、《登楼》、《阁夜》、《秋兴八首》等都是律诗。杜甫自己也承认对格律的重视，在《桥陵诗三十韵因呈县内诸官》称"遣词必中律"，《敬赠郑谏议十韵》有"律中鬼神惊"，《遣闷戏呈路十九曹长》称"晚节渐于诗律细"等。杜甫还对阴铿、何逊、虞信等人的诗歌进行过深入研究，这对其创作不无影响。

③ 沈德潜：《说诗晬语》卷上。

侧重。

这一部分主要分析唐宋时期诗学的几个主要问题。在纪昀看来，主要有以王、孟诗派等代表的唐音，李、杜、韩和元、白诗歌，李商隐诗歌和西昆体，苏、黄诗歌、江西诗派以及道学诗，总共四大类问题。下面就按照时间顺序，依次展开对它们的分析和评述。

一　论王、孟诗派等代表的唐音

对于汉代到唐代诗歌的发展，纪昀曾经作过概括：

> 汉氏七言大抵骚体，郊祀诸什，亦皆杂言，《柏梁》等诗，又出伪托。其全篇成就七言者，平子《四愁诗》、魏文《燕歌行》，实肇其端。晋《白苎词》，调渐宛转；参军《行路难》，气始纵横。其后《陈安歌》、《木兰诗》，及《东飞伯劳》、《河中之水》诸篇，最为高唱。然偶一见之，不以名家。沿及陈隋，渐多偶句；景龙以后，遂创唐音，排比成章，宛转换韵。四杰出之以华丽，高岑出之以朴健，王李出之以春容，元白出之以平易，才性不同，故面貌各异。按其节奏，实一格也。至李、杜、昌黎，始以拗句单行，别开门径耳。究极论之，李、杜、昌黎，如词家苏、辛，不得不谓之高调；此种如词家周、柳，亦不得不谓之正声。李、杜、昌黎，如书家欧、颜，不得不谓之绝艺；此种如画家赵、董，亦不得竟谓之别派也①。

纪昀对唐代诗歌的看法集中于此。它表明，纪昀对唐代诗人的看法是和诗歌文体的发展、变化联系在一起的，而不是仅注重他们的艺术成就。其中，李、杜、韩愈合称，放在一起评价，四杰、高岑、王孟、元白诗派等被他视为"唐音"的代表，这些分类和定位体现了他对唐诗的看法。

"装点是'四杰'本色。然有骨有韵，故虽沿齐、梁之格，而能自为唐世之音"②。四杰虽还处在除旧迎新的过程之中，但已属于唐音③。高适、岑参等以边塞为题材，严羽《沧浪诗话》称"高、岑之诗悲壮，读

---

① 纪昀：《删正二冯评阅〈才调集〉》（上），李昂《戚夫人楚舞歌》评语。
② 《瀛奎律髓汇评》，上海古籍出版社1986年版，第1626页。
③ "（王）勃文为四杰之冠，儒者颇病其浮艳。"（《四库全书总目》别集类二，《王子安集》提要）"（杨炯）词章瑰丽，由于贯穿典籍，不止涉猎浮华。"（《盈川集》提要）"（卢照邻）文士之极坎坷者。故平生所作，大抵欢寡愁殷，有骚人之遗响，亦遭遇使之然。"（《卢升之集》提要）

之使人感慨"。纪昀对他们的评价不多，主要认为风格朴健，已经暗含诗歌由盛转衰之意。如评高适《燕歌行并序》："入手即矫健"，"元白时效此格，终于不近，笔力不可强也"①；评岑参《宿关西客舍寄山东严许二山人时天宝高道举征》："'燃'字、'捣'字开后来诗眼之派，'严子'、'许由'开后来切姓关合之派，皆别派也，而已全见于开、宝之时。盖盛极而衰即伏焉，作者亦不自知也。"②

　　唐音之中，纪昀最关注王孟诗派，在策问中专门提及。这一类诗主清音、妙悟，代表了唐诗中最具审美特性的一部分，纪昀给予了很高的评价。王维诗作如《终南别业》："中岁颇好道，晚家南山陲。兴来每独往，胜事空自知。行到水穷处，坐看云起时。偶然值林叟，谈笑滞（无）还期。"这首诗思与境谐，神与物游，后人评价极高。纪昀提倡诗歌的熔炼，以此诗为"熔炼之至，渣滓俱融，涵养之熟，矜躁尽化，而后天机所到，自在流出，非可以摹拟而得者"。再如《辋川闲居》："一从归白社，不复到青门。时倚檐前树，远看原上村。青菰临水映，白鸟向山翻。寂寞于陵子，桔槔方灌园。"前一首内含理趣，后一首更加自然随意，静谧闲适，纪昀评价它"静气迎人，自然超妙"，"兴象天然"。对于孟浩然，纪昀认为"襄阳诗格清逸"，评《赴京途中遇雪》"此所谓唐人矩度"，评《永嘉浦逢张子容》"雍容闲雅，清而不薄。此是盛唐人身分"③。

　　从这些评价来看，纪昀认为这类自然不刻意，不讲雕琢，清淡而不单薄、明净澄澈的作品，才真正体现了唐诗的特点。它们往往深具诗歌的审美特性，诗中有画，诗中有趣，无论是内容还是技巧，都有了进一步的开掘。像王维的诗，他似乎并不在意如何选词调句，更不会堆砌词藻，对于描写的景物，甚至表现的对象，表达的情趣，全都是自然而然，随意而天成。但是他又并非不顾艺术性，创作时总能抓住最为鲜明的特征，最能动人的一刻，用自己的诗句把那特定时刻的景致连同韵味、情趣固定下来，物化为诗；诗句中也少有细致的细节刻画和心理活动，犹如画面上留有许多空白，却又不是纯粹的空白，任读者去想象、体会，反而感到无限的韵味。如《鸟鸣涧》："人闲桂花落，夜静春山空。月出惊山鸟，时鸣春涧

① 纪昀：《删正二冯评阅〈才调集〉》（上）。
② 岑参《宿关西客舍寄山东严许二山人时天宝高道举征》："云送关西雨，风传渭北秋。孤灯燃客梦，寒杵捣乡愁。滩上思严子，山中忆许由。苍生今有望，飞诏下林丘。"《瀛奎律髓汇评》，上海古籍出版社1986年版，第1263页。
③ 《瀛奎律髓汇评》，上海古籍出版社1986年版，第930、933、856、855、1022页。

中。"《辛夷坞》:"木末芙蓉花，山中发红萼。涧户寂无人，纷纷开且落。"两诗都创造了一个空灵美静的艺术天地，胡应麟《诗薮》称"读之身世两忘，万念皆寂"。用今天的话来说，就是达到忘我的审美境界了。

再如王维《过香积寺》"泉声咽危石，日色冷青松"，《终南山》"白云回望合，青霭入看无"，这些句子其实也有技巧，把自己的感受和客观的景物融合为一表现出来。纪昀往往批评方回等人标榜字眼，反对人名相对，但他对王维诗歌的这种做法却深表赞赏；纪昀反对说理，但对王维表现理趣的诗歌也评价极高。这些都表明，纪昀强调自然，但"自然而工"，才是"真自然"，这和他的创作论是一致的。

王孟诗派诗歌艺术性很高，但不关美刺，纪昀重视这类诗歌，但又属于比较正统的文论家，他处理的办法是承认其不关诗教，但也无害诗教，属于"教外别传"一类。至于这类诗歌的发展以及相关理论，第一章的"教外别传者"部分已有详细论述。

二 论李白、杜甫、韩愈和元稹、白居易的诗歌

上面那段论汉代到唐代诗歌发展的引文中，纪昀将李白、杜甫、韩愈并称，并以书法家欧、颜作比，认为三人"别开门径"。苏东坡也说过："书之美者，莫如颜鲁公，然书法之坏，自鲁公始；诗之美者，莫如韩退之，然诗格之变，自退之始。"① 显然，纪昀更注重三人诗歌创作的变化。

策问中提到朱子对李、杜"酒人"的评价，对此纪昀显然有所指。朱熹论人并不求全责备，"若一一责以全，则后世之君，不复有一事可言"②。他对李、杜的评语也并不仅此一条。如"作诗先用看李、杜，如士人治本经。本既立，次第方可看苏、黄以次诸家诗"；赞扬"李太白终始学选诗，所以好"；"李太白诗不专是豪放，亦有雍容和缓底"③。他对陶渊明、李白、杜甫、苏轼、黄庭坚等都有不少精彩论述。从朱熹自己的创作来看，他对文学的审美特性是有深刻认识的，和后来的道学家还有所不同。不过，朱熹主张"文皆是从道中流出"④，"今人不去讲义理，只去学诗文，已落第二义"，"作诗间以数句适怀亦不妨。但不用多作，盖便是陷溺尔。当其不应事时，平淡自摄，岂不胜如思量诗句？至如真味发

---

① 胡仔:《苕溪渔隐丛话》前集卷十七引。
② 《朱子语类》卷一三四。
③ 《朱子语类》卷一四〇。
④ 《朱子语类》卷一三九。

溢,又却与寻常好吟者不同"。① 这集中体现了朱熹对文学的态度,认可"适怀",但更看重"平淡自摄",认为这样胜于"思量诗句"。对朱熹来说,文学并非是最重要的,他对古人的批评也并非从文学批评的角度出发。在《读唐志》一文时说:"孟轲氏没,圣学失传。天下之士背本趋末,不求知道养德以充其内,而汲汲乎徒以文章为事业。……犹皆先有其实,而后托之于言。唯其无本,而不能一出于道,是以君子犹或羞之。及至宋玉、相如、王褒、扬雄之徒,则一以浮华为尚,而无实之可言矣。"朱熹提出"本"和"实"两个概念,并以此将文章分成三类。其中,宋玉等都被他归到了无本无实的第三类,他对文学的轻视是明显的。许多优秀诗文,在他看来,都应该摒弃。具体到李、杜,虽然朱熹有不少赞扬,甚至提到"本经"的高度,但那还是就诗歌而言,对社会来说,需要用另外一个价值尺度。

纪昀并不同意朱熹的说法。"李白触忤权倖,杜甫忧国忠君,而朱子谓李杜只是酒人",问题本身就已经表明了态度。纪昀持正统观念,对李、杜非常推崇,在他看来,诗歌和政治世运相连,占有重要地位;正因为李、杜忧国忧民,不畏权贵,将这种品格和精神运注在诗歌中,所以才卓绝千古,成为诗歌史上不可逾越的高峰。

具体到李白,纪昀对他的评价不是太多,主要有两点:一是诗歌清艳,兴象天然;二是温柔敦厚,有风人之致。对于李白诗歌,纪昀以为"兴象之妙,不可言传,此太白独有千古处"②,赞赏李白诗歌的天然、飘逸,称之为"仙才"③。评李白《长相思》(日色已尽花含烟),以为"节奏天成,不容凑泊";评《乌夜啼》"不深不浅,妙造自然"④。纪昀还将李白和苏轼对比,认为"东坡与太白似近而非,太白恣逸而飘忽,纯任自然,东坡恣逸而灵敏,时露巧妙"⑤。苏轼和黄庭坚相比,如朱熹所说,

① 《朱子语类》卷一四〇。
② 纪昀评李白《长干行二首》,《删正二冯评阅〈才调集〉》(下)。
③ 纪昀评李白《宫中行乐词》中五首:"小小生金屋"一诗,"丽语难于超妙,太白故是仙才";"柳色黄金嫩"一诗,"纯用浓笔,而气韵天然,无繁缛冗排之迹";"玉树春归日,金宫乐事多"一诗,"此首除'玉树'、'金宫'外纯是淡写,而浓艳鲜秀之气溢于句外,直是神思不同";"寒雪梅中尽"一诗,"清而艳";"水绿南薰殿"一诗,"亦艳而清"。总评:"五首秾丽之中别余神韵,觉后来宫词诸作,无非剪彩为花。"(《瀛奎律髓汇评》,上海古籍出版社1986年版,第206—207页)。在《删正二冯评阅〈才调集〉》(下),纪昀对"水绿南薰殿"一诗再次评价:"别是天人姿泽。虽了无深意,而使人流连不置,此种惟太白能之,温、李效之终不近。"纪昀还指出了李白诗歌的另外一些特点:"太白不以七律见长","缜密非太白所长"(评李白《登金陵凤凰台》、《春日游山寄孟浩然》,《瀛奎律髓汇评》,第27、1630页)
④ 纪昀:《删正二冯评阅〈才调集〉》(下)。
⑤ 《瀛奎律髓汇评》,上海古籍出版社1986年版,第18页。

"黄费安排"①，苏诗较自然；但苏轼和李白相比，还是不如李诗自在，这里的"安排"就是雕琢、刻意。这也和两人不同的风格有关，李白诗体现了唐诗的特点，注重兴象，苏诗却是宋诗的代表，较多理趣。纪昀将二人相比，也是大有深意的。

除兴象和清艳外，纪昀还从诗教角度对李白诗歌予以肯定。如《古风三首》，"此寓遇合之感，怨而不怒，思而不淫，视义山《无题》诸作，直是神思不同，不但面目有别"②。纪昀对《白头吟》的评价，更突出了这一点。《白头吟》有两首，虽很多句子一样，但蕴含的意思、情感相差很远。一首近似于古诗中的弃妇诗，如前面提到的刘勋妻王氏的《杂诗》，妻子任凭抛弃，还要恋恋不舍，甚至"妾有秦楼镜，照心胜照井。愿持照新人，双对可怜影"；另外一首则和《皑如山上雪》近似，女性追求爱情，但有独立人格和自尊，对丈夫的喜新厌旧表现出了决绝之意。纪昀比较赞赏其中更为温柔敦厚的一首，"一往缠绵，风人本旨。较原诗决绝之言，胜之万万矣。此在性情学问，非徒恃仙才"③。这两诗的关系如何且不论，仅就纪昀的评价而言，和他一贯对诗教的重视是一致的。

纪昀是把李白和杜甫、韩愈一起评论的，也就是说，主要是从诗歌创作变化的角度，而并非侧重于李白诗歌的艺术成就。如果谈到诗歌的变化，杜甫、韩愈以文为诗，对后世有很大影响，李白在这方面并不太突出。李白诗歌追求宏大的气势，奇伟的意象，自由的精神，创作中也是不拘一格，兴到笔到，不肯让格律束缚了自己的创作。所以在他的诗歌中，

---

① 《朱子语类》卷一四〇。

② 纪昀：《删正二冯评阅〈才调集〉》（下）。

③ 纪昀：《删正二冯评阅〈才调集〉》（下）。两首《白头吟》如下："锦水东北流，波荡双鸳鸯。雄巢汉宫树，雌弄秦草芳。宁同万死碎绮翼，不忍云间两分张。此时阿娇正娇妒，独坐长门愁日暮。但愿君恩顾妾深，岂惜黄金买词赋。相如作赋得黄金，丈夫好新多异心。一朝将聘茂陵女，文君因赠白头吟。东流不作西归水，落花辞条羞故林。兔丝本无情，随风在颠倒。谁使女萝枝，而来强萦抱。两草犹一心，人心不如草。莫卷龙须席，从他生网丝。且留琥珀枕，或有梦来时。覆水再收岂满杯，弃妾一去难重回。古来得意不相负，只今惟见青陵台。""锦水东流碧，波荡双鸳鸯。雄飞汉宫树，雌弄秦草芳。相如去蜀谒武皇，赤车驷马生辉光。一朝再览大人作，万乘忽欲凌云翔。闻道阿娇失恩宠，千金买赋要君王。相如不忆贫贱日，官高金多聘私室。茂陵姝子皆见求，文君欢爱从此毕。泪如双泉水，行堕紫罗襟。五起鸡三唱，清晨白头吟。长吁不整绿云鬓，仰诉青天哀怨深。城崩杞梁妻，谁道土无心。东流不作西归水，落花辞枝羞故林。头上玉燕钗，是妾嫁时物。赠君表相思，罗袖幸时拂。莫卷龙须席，从他生网丝。且留琥珀枕，还有梦来时。鹧鸪裘在锦屏上，自君一挂无由披。妾有秦楼镜，照心胜照井。愿持照新人，双对可怜影。覆水却收不满杯，相如还谢文君回。古来得意不相负，只今惟有青陵台。"

散文化的诗句已经不少，如《襄阳歌》"清风明月不用一钱买，玉山自倒非人推"，《江夏赠韦南陵冰》"我且为君捶碎黄鹤楼，君亦为吾倒却鹦鹉洲"，《蜀道难》"其险也若此，嗟尔远道之人，胡为乎来哉"。唐人已经注意到这一点，如任华《杂言寄李白》："多不拘常律，振摆超腾，既俊且逸"。殷璠《河岳英灵集》也说李白，"志不拘检，尝林栖十数载。故其为文章，率皆纵逸"。唐人基本上还是从赞扬其自由奔放的角度，看待李白诗歌的这种句式变化，纪昀则是从文学批评的角度，"至李、杜、昌黎，始以拗句单行，别开门径耳"。

李白在诗歌变化方面的影响，不如杜甫、韩愈。杜甫体现了诗歌由盛唐向中唐的变化，而李白尚属盛唐阶段。盛唐诗歌理想色彩浓重，以才气抒发情感，到了中唐，就逐渐转向以功力表现社会现实了。

天宝中期以后，唐代由盛转衰，儒家重功利的诗教观又受到普遍重视，诗歌写实的特点随着安史之乱的出现得到强化。其中，杜甫成就最为卓越。他"以强烈的是非之情写时事。以时事入诗，是杜甫的一大创造"①。杜甫亲身经历了战乱，对战争、社会状况、百姓疾苦，都有非常真切、深刻的认识。怀着对民族、百姓诚挚的感情，杜甫用诗歌展现了安史之乱时真实、广泛的社会生活，创作了《三吏》、《三别》等不朽的作品，被后人称为"诗史"。这种写实不仅体现在题材上，写作方法也有所改变。中国长期以来以诗言志，以文叙事，诗歌表达情感也带有对景物的描写，并逐渐发展到由眼前少数的景物到田园、山水，有意创造意境，到了盛唐诗歌兴象玲珑，风骨遒劲，达到了极高的水平。但是诗歌就叙事写实而言，到了杜甫"才大量的采用这种写法。这种写法的出现，乃是写时事对于表现手法的一种必然的要求。写实事，用构造意境的方法是难以达到的，意境很难表现事件的面貌，也不易表达作者对事件的评价。而叙事写实，却比较容易的做到这一点"②。除了记叙事件经过之外，杜甫诗歌还有议论。如《有感》中"莫取金汤固，长令宇宙新。不过行俭德，盗贼本王臣"，《昼梦》中"故乡门巷荆棘底，中原君臣豺虎边。安得务农息战斗，普天无吏横索钱"，《送韦讽上阆州录事参军》"庶官务割剥，不暇忧反侧。诛求何多门，贤者贵为德"，以及《蚕谷行》中的"焉得铸甲作农器，一寸荒田牛得耕。牛尽耕，蚕亦成，不劳烈士泪滂沱，男谷女丝行复歌"，都体现了议论的特点。

---

① 罗宗强：《隋唐五代文学思想史》，中华书局 1999 年版，第 107 页。
② 同上书，第 113 页。

在理论方面，杜甫把写实和入神结合起来。"把神的概念第一次引入诗歌的，是杜甫。自杜甫言之，他提出神的问题，是和写实连在一起的，是在写实基础上的传神。这一点，可以看作是对于盛唐诗歌传统的继承。盛唐的诗歌创作，在意境创作中看重的，也就是传神。……写实而重神，就使杜诗构成了与盛唐不同的诗歌风韵。""在唐诗的发展过程中，杜甫是第一个明确追求用字准确、以人工雕琢为美的诗人。"①

纪昀对杜甫诗歌予以了极高的评价，认为"唐代诸公，多各是一家法度。惟杜无所不有，故曰大家"②。杜甫《因许八奉寄江宁旻上人》："不见旻公三十年，卦书寄与泪潺湲。旧来好事今能否，老去新诗谁与传。棋局动随幽涧竹，袈裟忆上泛湖船。闻君话我为官在，头白昏昏只醉眠。"纪昀评价："一气单行，清而不弱。此后山诸人之衣钵，为少陵嫡派者也。然少陵无所不有，此其一体耳。"对于杜甫"诗史"之说，纪昀以为："自诗史之说行，注家句句关合时事，亦多有非老杜本意处也"③。

纪昀认为李白诗歌已经出现了变化，杜甫变化更大，其诗歌创作叙事、议论的写实特点，直接对后人创作尤其是宋诗产生巨大影响。在评阅《才调集》中，冯班称："赵宋吕文清名本中，字居仁，作江西诗派图，推山谷老人为第一，列陈无己等二十五人为法嗣，上溯韩文公为鼻祖。"纪昀不同意这种说法，认为："江西诗实乃从杜变出，渐成别派，无鼻祖昌黎之说。"实际上韩愈对宋诗的影响是不可忽视的。《四库全书总目》也称"江西诗派奉庭坚为初祖，而庭坚之学韩愈，实自庶偟之"④，黄庶乃黄庭坚之父。

对于韩愈，后人评价时多指出其变化，以及这种变化对诗歌的影响。如张戒："柳柳州诗，字字如珠玉，精则精矣，然不若退之之变态百出也。"⑤ 叶燮："唐诗为八代以来一大变。韩愈为唐诗之一大变。其力大，其思雄，崛起特为鼻祖，宋之苏、梅、欧、苏、王、黄，皆愈为之发其端，可谓极盛。"⑥ 韩愈提出了道统论，主张文以明道；积极推进文体改革，提倡古文；提出"不平则鸣"说，对于文学的发展影响很大。韩愈在《送陈秀才彤序》中说："读书以为学，缵言以为文，非以夸多而斗靡

① 罗宗强：《隋唐五代文学思想史》，中华书局1999年版，第116、118页。
② 纪昀评杜甫《上兜率寺》，《瀛奎律髓汇评》，上海古籍出版社1986年版，第1635页。
③ 《瀛奎律髓汇评》，上海古籍出版社1986年版，第1737、936页。
④ 《四库全书总目》别集类五，《伐檀集》提要。
⑤ 张戒：《岁寒堂诗话》卷上。
⑥ 叶燮：《原诗》内篇上。

也。盖学所以为道，文所以为理耳。苟行事得其宜，出言适其要，虽不吾面，吾将信其富于文学也。"韩愈持相对功利的文学观，把文学当作明道的工具。《原道》说："博爱之谓仁，行而宜之之谓义，由是而之焉之谓道，足乎已无待于外之谓德。仁与义为定名，道与德为虚位。"和韩愈同时的柳宗元也主张"文以明道"。他们的观点对后来的道学有一定影响，宋初柳开、石介就变本加厉，主张文道合一，后来更发展到文以载道、为文害道。

纪昀把韩愈和李杜并列，主要突出他在诗歌发展中的重要性。韩愈推崇李杜，《调张籍》称"李杜文章在，光焰万丈长。不知群儿愚，那用故谤伤？蚍蜉撼大树，可笑不自量"。但是韩愈又不同于李杜，《唐宋诗醇》称："试取韩诗读之，其壮浪纵恣，摆去拘束，诚不减于李；其浑涵汪茫，千汇万状，诚不减于杜。而风骨崚嶒，腕力矫变，得李杜之神而不袭其貌，则又拔奇于二子之外而自成一家。"胡仔《苕溪渔隐丛话》载："荆公云：诗人各有所得。'清水出芙蓉，天然去雕饰'，此李白所得也。'或看翡翠兰苕上，未掣鲸鱼碧海中'，此老杜所得也。'横空盘硬语，妥帖力排奡'，此韩愈所得也。"这种比较非常准确。奇险豪壮之美，李杜诗中已露端倪，韩愈承继李杜，将豪壮奇逸的一面极力推扩、发展，形成自己具有自觉意识的审美追求。"横空盘硬语，妥帖力排奡"，原本是韩愈用来评价孟郊诗歌的，但翁方纲指出，这种评价和孟郊诗"太不相类"[1]。这种批评与实际的错位，恰恰表明韩愈是推崇这种风格，以之为自己的审美理想的。韩愈诗歌重主观、尚怪奇，追求雄奇怪伟的审美境界。如《调张籍》中"我愿生两翅，捕逐出八荒。精诚忽交通，百怪入我肠。刺手拔鲸牙，举瓢酌天浆。腾身跨汗漫，不著织女襄。顾语地上友，经营无太忙。乞君飞霞佩，与我高颉颃"等句，构思奇特，肆力铺张，极富气势，具有浓厚的浪漫主义色彩。此外，《南山诗》、《双鸟》等诗作，都体现了韩愈有意出奇的特点。《南山诗》数十个"或"字句的连缀反复，语势雄浑豪强，且全诗故意一韵到底。《双鸟诗》则不断重复"不停两鸟鸣"，语势更加强劲。除了反复强调、利用虚字，一韵到底外，韩愈还通过反常用典，甚至"以丑为美"[2]等手段，构成离奇的意象、激越的节奏、强悍雄放的气势，以造成奇伟壮怪的效果。

---

[1]　翁方纲：《石洲诗话》卷二。
[2]　刘熙载：《艺概·诗概》。

　　纪昀及《四库全书总目》对韩愈诗歌评价很高，称其诗文"冠绝古今"①，"雄视百世"②，并对韩愈不同文体的诗作进行了细致分析，认为："昌黎古体横绝一代，律诗则非所长，试帖刻画更非所长矣"；评《郴州祈雨》："不见昌黎本领。大抵高才须一泻千里，乃见所长。小诗多窘缩不尽意"；评《闲游二首》："二诗体近'江西'，故虚谷取之，实无佳处"③ 等。纪昀在策问中还提到姚铉在《唐文粹》删韩碑一事，这也是出于对韩愈的肯定。《四库全书总目》称："文中芟韩愈《平淮西碑》，而仍录段文昌作，未免有心立异。"④

　　后人虽多认为韩愈创作有意为奇，纪昀及《四库全书总目》则不以为然。他们认为韩愈诗文有奇崛、醇正、高古的特点，有意为之的，是他的弟子们。"韩愈包孕群言，自然高古，而皇浦湜稍有意为奇，（孙）樵则视湜益有努力为奇之态。其弥有意于奇，是其所以不及欤？"⑤

　　对韩愈有意为奇的忽视或者不承认，可能是和纪昀的文学思想有关。纪昀看重兴象风神，欣赏浑融天成、自然而然的作品，倾向于诗歌抒情而不是叙事、议论，反对过分注重字眼、对偶，认为这些尚属细节，不是根本，如果过分注意工巧会损害诗歌的艺术性。所以纪昀反对有意为奇，认为越是如此，诗歌成就越低。杜甫、韩愈学力深厚，且感情真挚，所以叙事写实都能和情感融合在一起，以气运之，并不觉得死板、枯燥，反而在艺术上达到了很高的成就。后人学习这种写法时，没有其功力就很容易流于形式、技巧，或专门叙事说理，或故意生造字句。如黄庭坚《自巴陵略平江临湘入通城无日不雨至黄龙奉谒清禅师继而晚晴》三、四两句为"野水自添田水满，晴鸠却唤雨鸠归"，方回以为"尤妙"，纪昀则以为"偶然得之，亦好。有意效之，便成恶劫。工部'桃花'、'黄鸟'二联，原非佳处"。另外，纪昀非常看重儒家诗教，杜甫、李白和韩愈在这一点上后人也很难相比。所以综合各个方面，纪昀对他们予以

① 《四库全书总目》别集类二，《王子安集》提要。
② 《四库全书总目》别集类三，《李元宾文编》提要。
③ 《瀛奎律髓汇评》，上海古籍出版社 1986 年版，第 750、656、941 页。
④ 总集类一，《唐文粹》提要。韩碑事件：元和十二年，唐宪宗派兵平定了淮西。十三年正月，准备刻石纪功，明示天下。由韩愈负责撰写。碑文写成后，受到宪宗称赞。不久，李愬之妻诉碑文不实，并出现石孝忠推倒韩碑的事件。这种情况下，宪宗下诏研去原文，命翰林学士段文昌重写撰写。这对于韩愈是一耻辱，但政治势力介入，并非文学范围之事。原碑文由韩愈精心创作，文采飞扬，李商隐极为称赞，并有模仿之作。纪昀以此事作问，主要为肯定韩愈的重要作用。
⑤ 《四库全书总目》别集类四，《孙可之集》提要。

了高度评价。

诗坛上,和韩愈同时的还有元白诗派。"平易而最近乎情者,无过白居易"①。和韩孟诗派奇崛怪异相比,元白诗派的特点在于平易通俗。

元稹和白居易主张诗歌"救济人病、裨补时阙"和"直书其事",带有明显的儒家特点。从《与元九书》来看,白居易对诗歌注重社会功用,而对艺术性相对轻视,对诗歌史上不能直接有所裨益的作品,多采取贬低和否定的态度。像"余霞散成绮,澄江净如练"这样的佳句,他认为"丽则丽矣,吾不知其所讽焉"。这些说法和观点显然是比较偏激、片面的。他自己的创作,除了《长恨歌》等作品外,很多都有过于直白、浅俗的弊病。杜甫也有很多写实的作品,但事件、议论和情感很好地融合在一起,并非简单的说理,也并非只以实用为目的。所以白居易讽喻诗虽然实用性强,语言极通俗,后人评价却不高。白居易和元稹还创作了不少艳诗,也受到后人的指责。纪昀评元稹《春晓》"艳体诸绝,此为高调",评白居易《邯郸至除夜思家》"格自未高,然善以文言道俗情"②。讽喻诗和闲适诗、感伤诗的不同,反映了白居易思想的复杂。纪昀认为其讽喻诗有助劝惩,值得肯定,但元白说理的创作风格和特点,则应该批判。策问中指出:"元、白讽喻,源出变雅,有益劝惩,而论者谓之落言诠、涉理路","白居易诗如十首《秦咏》,近正声者原自不乏,杜牧乃一例诋之",就是针对他们不同的创作提出的批评意见。至于杜牧对元白提出批评这一情况,《四库全书总目》也有所解释:"平心而论,牧诗冶荡甚于元、白,其风骨则实出元、白上","牧于文章具有本末,宜其睥睨长庆体矣"③。

三 论李商隐及西昆体派的诗歌

李白等诗人倚仗才力和性情,表现出盛唐诗歌磅礴的气势和理想的精神,杜甫就开始面向现实,更强调学力,注重诗歌的技巧和雕琢。韩愈学杜甫之变,得李白之正,在艺术形式上求新求异;元白则继承杜甫面向现实的精神,走向平易、通俗。他们体现了杜甫之后诗歌内容和形式的不同发展。经历了盛唐和中唐两个发展高峰,在诗歌发展似乎难以为继的情况下,晚唐李商隐开辟了一条新的道路。吴乔在《西昆发微序》中称"唐

---

① 《四库全书总目》总集类五,《御选唐宋诗醇》提要。
② 纪昀:《删正二冯评阅〈才调集〉》(上)。
③ 《四库全书总目》别集类四,《樊川文集》提要。

人能自辟宇宙者，唯李、杜、昌黎、义山。"李商隐一方面广泛吸取李白、杜甫、韩愈、李贺的经验，一方面也有所发展，着重表现人的心灵世界，从而开辟一片新的天地。李商隐的诗歌，体现了性情和学力的很好结合，既学习前人，同时又有自我特色，受到纪昀高度评价，"义山诗在飞卿上，高处有逼老杜者"①。

李商隐的诗歌蕴藉有情，颇具兴象②，风格老重。如《乐游原》："向晚意不适，驱车登古原。夕阳无限好，只是近黄昏。"真正优秀的作品蕴意总是十分丰富，这首著名的诗作亦是如此。所以纪评："百感茫茫，一时交集。谓之悲身世可，谓之忧时事亦可。"（《点论李义山诗集》）再如《夜雨寄北》："君问归期未有期，巴山夜雨涨秋池。何当共剪西窗烛，却话巴山夜雨时。"纪评："探过一步作收，不言当下如何而当下可想。作不尽语，每不免有做作态。此诗含蓄不露，却只似一气说完，故为高唱。"再如《柳》："柳映江潭底有情，望中频遣客心惊。巴雷隐隐千山外，更作章台走马声。"纪评："深情忽触，不复在迹象之间"③。李商隐诗写得好，纪昀也评得好，可谓相得益彰。从纪昀的评价来看，他认为李商隐诗歌达到这种境地主要有三方面的因素：

其一，感情真挚，以情运笔。纪昀认为诗歌本乎性情，所以诗歌蕴含的情感是他批评的一个重要尺度。在他看来，杜甫诗歌成就卓越，其性情的诚挚、深沉是很重要的因素，李商隐也是如此。"温、李遭逢坎坷，故词虽华艳而寄托常深。玉溪尤比兴缠绵，性情沉挚"④。晚唐时代本来就弥漫着凄婉、感伤的情调，君主昏庸，政治腐败，宦官当权，不同的党派争权夺利，士人们虽然还怀有希望，但已经没有信心，既没有盛唐人的气

① 纪评：《删正二冯评阅〈才调集〉》（下）。"商隐诗与温庭筠齐名，词皆缛丽。然庭筠多绮罗脂粉之词，而商隐感时伤事，尚颇得风人之旨。故蔡宽夫诗话载王安石之语，以为唐人能学老杜而得其藩篱者，惟商隐一人。自宋杨亿、刘子仪等沿其流波，作西昆唱酬集，诗家遂有西昆体，致伶官有持撦之讥。刘攽载之《中山诗话》，以为口实。元祐诸人，起而矫之。终宋之世，作诗者不以为宗。胡仔《渔隐丛话》至摘其《马嵬》诗、《浑河》中诗，诋为浅近。后江西一派，渐流于生硬粗鄙，诗家又返而讲温、李。释道源以后，注其诗者凡数家。大抵刻意推求，务为深解，以为一字一句皆属寓言，而无题诸篇穿凿尤甚。"（《四库总目全书》别集类四《李义山诗集》提要）直到清代，才形成了历史上第一次研究李商隐诗歌的高潮。纪昀对《李义山诗集》、《二冯评阅〈才调集〉》的评点，《玉溪生诗说》、《瀛奎律髓刊误》中对李诗的评点，就是第一次研究高潮中的一部分。
② 《四库全书总目》：（西昆体）"其诗宗法唐李商隐，词取妍华而不乏兴象。"（总集类一《西昆酬唱集》提要）
③ 《纪文达公玉溪生诗说》，槐庐丛书本。
④ 纪评温庭筠诗，《删正二冯评阅〈才调集〉》（上）。

势，也没有中唐人的抱负，于是诗人们把创作的倾向转向了历史，转向了个人的内心情感世界。这一时期大量咏古、咏怀之作的出现，就是这种情况的产物。李商隐生不逢时，经历坎坷，陷入牛、李党争，成为政治斗争的牺牲品，一生抑郁不得志。他的很多诗歌感伤沉郁，即使比较轻快的作品也往往带有淡淡的忧愁。如《即日》："一岁林花即日休，江间亭下怅淹留。重吟细把真无奈，已落犹开未放愁。山色正来衔小苑，春阴只欲傍高楼。金鞍忽散银壶漏，更醉谁家白玉钩。"这首诗并未有明确的写作意图，也并未要突出什么，但写景中那种惆怅之情自然寓在其中，纪昀称之"纯以情致胜，笔笔唱叹，意境自深"。表现爱情在李商隐的无题诗中占有很大比重，纪昀曾经对他的无题诗分类。对于无题诗，纪昀有一个总的看法："无题诸作大抵感怀托讽，祖述乎美人、香草之遗，以曲传其郁结。故情深调苦，往往感人。"①

其二，善于用典，托物咏怀。杜甫诗歌用典已经很多，后来的诗人对学问越来越看重，学力在诗歌中的体现也越来越明显。由于典故含有一定的历史内容，运用巧妙的话，可以增加诗歌的意蕴，更有表现力，当然用的不好很容易成为诗歌的累赘，反而受到牵制。纪昀对此的看法是："凡咏物托意，须浑融自然，言外得之，比附有痕，此最忌也"②。李商隐诗歌用典很多，但他情感和功力足以灵活运用，典为我用而不是我被典困。正如袁枚所评："惟李义山诗，稍多典故，然皆用才情驱使，不专砌填也。"③ 纪昀对此也非常赞赏，称"义山诗感事托讽，运意深曲，佳处往往逼杜，非飞卿所可比肩"④。

以《隋宫》为例："紫泉宫殿锁烟霞，欲取芜城作帝家。玉玺不缘归日角，锦帆应是到天涯。于今腐草无萤火，终古垂杨有暮鸦。地下若逢陈后主，岂宜重问《后庭花》？"其中典故甚多⑤，写法灵活。"紫泉宫殿锁

① 《纪文达公玉溪生诗说》，槐庐丛书本。
② 纪昀评《赋得鸡》，《纪文达公玉溪生诗说》，槐庐丛书本。
③ 《随园诗话》卷五。
④ 《瀛奎律髓汇评》，上海古籍出版社1986年版，第104页。
⑤ "紫泉"，即紫渊，水名，在长安城外，因避唐高祖李渊名讳，改为"紫泉"，"紫泉宫殿"指代长安的隋宫。"芜城"，指隋时的江都。"日角"，旧时以为人的额骨隆起如日，乃是帝王之相。这里用《旧唐书·唐俭传》中唐俭说李渊"日角龙庭"，有帝王之相的典故。"锦帆"用《开河记》炀帝遍游江南，"锦帆过处，香闻百里"的典故。"腐草无萤火"，《隋书·炀帝纪》记载，杨广曾经在洛阳景华宫"征求萤火，得数斛，夜出游山，放之，光遍岩谷"。"垂杨"，杨广开运河，下令两岸皆植柳树。"《后庭花》"，即《玉树后庭花》，陈后主所制的舞曲，后世斥为亡国之音。

烟霞"尚是形象化的写实,三、四句就用"不缘"和"应是"两词将"日角"和"锦帆"两个典故巧妙地联在一起,以假设、推论的口气表明了隋亡的事实,对比鲜明,意蕴丰富。五、六句,"于今腐草"和"终古垂杨"相对,包含寓意。七、八句以讽刺反问作收,辛辣中略带尖酸。

这首诗,用典写事并加以议论,却不嫌滞涩,正体现了纪昀所说的"借事抒怀,故言尽意不尽"①的特点。对这首诗,纪昀的评价是:"纯用衬贴活变之笔,一气流走,无复排偶之迹。首二句一起一落,上句顿,下句转,紧呼三四句。'不缘'、'应是'四字,跌宕生动之极。无限逸游,如何铺叙,三四句只作推算语,便连未有之事一并托出,不但包括十三年中事也。此非常敏妙之笔。结句是晚唐别于盛唐处。若李、杜为之,当别有道理。此升降大关,不可不知。学义山者,切戒此种笔墨。结虽不佳,然缘炀帝实有吴公台见陈后主一事,借为点缀,尚不大碍,若凭空作此语,则恶道矣。"②

纪评中有三点需要注意:一是"一气流走"。这是李商隐用典、议论灵活、巧妙,并不死板的结果,也是别人不以他用典为嫌的主要原因。李商隐不是突出典故中的道理,而是抓其中蕴含的情感,出之以鲜活的意象,稍微一点,令人心领神会,比如诗中的"锦帆",既增加了诗歌前部的繁华气象,又指出了炀帝的腐奢。一是"敏妙之笔"。李商隐在具体的技巧上,比如上面"不缘"、"应是"两词的使用,将典故连接在一起,和谐而含义丰富;此外典故的反用、句意的跳跃转换,既增添了韵味、深意,也有助于诗歌的生动、流畅。一是"晚唐别于盛唐处"。纪昀认为这也是李商隐区别于杜甫之处。结句以《后庭花》反问,虽有言外之意,令人警醒,但刻薄、直露,不如杜甫之平和,和纪昀一贯强调的温柔敦厚之旨不甚相符。

此外,托物咏怀也是李商隐诗歌突出的特点。景物和典故对于李商隐来说,是结合在一起的,在具体表现上没有区别,都是借此以表现自己的看法、感受。如《齐宫词》:"永寿兵来夜不扃,金莲无复印中庭。梁台歌管三更罢,犹自风摇九子铃。"这首诗的突出之处,是通过物象来传达情意,纪评:"意只寻常,妙从小物寄慨,倍觉唱叹有情"。此外比较典型的还有《宫妓》"托讽甚深,妙于蕴藉"③;《风》诗"纯是寓意,字字

---

① 纪昀评《漫成三首》,《点论李义山诗集》(上)。
② 《纪文达公玉溪生诗说》,槐庐丛书本。
③ 纪昀:《点论李义山诗集》(上)。

沉着，却字字唱叹，绝无粘滞之痕"① 等。

其三，运意婉曲，文思细密。因为侧重表现人的心理和情感，这些本身就比较复杂、难以言传，李商隐又比较含蓄，多用比兴，所以他的诗歌大多同时混杂着多种情感、多重意蕴，微妙而有味。除了情感诚挚、用典咏物外，高明的创作技巧和手法也是李商隐诗歌的突出特点。纪昀重视艺术形式的独立价值和审美性，这也是他高度评价李商隐诗歌的原因之一。如《蝉》："本以高难饱，徒劳恨费声。五更疏欲断，一树碧无情。薄宦梗犹泛，故园芜已平。烦君最相警，我亦举家清。"纪评："起二句斗入有力，所谓意在笔先。前半写蝉即自寓，后半自写仍归到蝉。隐显分合，章法可玩。"李商隐的诗歌题目、结构安排、用字等，都有很多值得称道处。纪昀多次称赞李商隐善于用笔，同时也总结了一些规律，如"五六提笔振起，七八冷语作收，义山惯法"；"前六句一气，七八句掉转作收。义山多用此格"② 等。前面创作部分已经有很多对李商隐诗歌创作方面的分析，这里就不再重复。

纪昀对李诗也不尽是赞赏，在肯定的同时也指出其弊端。"义山诗不善学之，亦有浮艳之病，有晦曲之病，有刻薄纤佻之病"③。如《华清宫》："华清恩幸古无伦，犹恐娥眉不胜人。未免被他褒女笑，只教天子暂蒙尘。"纪评："运意佻薄，绝无诗品。学义山者最戒此种"。评《明日》："千回百折，细意体贴，然词靡格卑，愈工愈下。温、李并称，正坐此等结习不尽耳"④。纪昀《玉溪生诗说》中的补录部分就是专门讲述他不取一些诗歌的原因。如上面的《华清宫》，"何以不取《华清宫》也？曰：刻薄尖酸，全无诗品。学义山当知此病。"

纪昀对李商隐的批评也得一分为二地看待。李商隐有些诗歌过分深晦、做作，不够自然、大方。纪昀对这种诗提出批评是合理的。这种弊端和前面的蕴藉有致有关：做得适度是雅致，过于轻露便是佻薄；适度是含蓄，过于深曲则是隐晦。这种弊端还和李商隐诗歌的用事用典有关，用得适度可以增加诗歌的意味和韵致，过多或过深就容易影响诗歌的美感。纪

---

① 纪昀：《点论李义山诗集》（中）。《四库全书总目》中这样称朱鹤龄对李商隐诗歌的注解："至谓其诗寄托深微，多寓忠愤，不同于温庭筠、段成式绮靡香艳之词，则所见特深，为从来论者所未及。"（别集类四《李义山诗注》提要）

② 纪昀：《点论李义山诗集》，《南朝》评语，《茂陵》评语。

③ 纪昀：《删正二冯评阅〈才调集〉》（下）。

④ 纪昀：《点论李义山诗集》（上）。

昀批评其晦涩："世无不解而知其工者"①，"不解处即是不佳处，未有巨
手名篇而僻涩其字句者"②。纪昀反对诗作晦涩不自然，也反对后人对李
诗，尤其是无题诗，做过深考究。纪昀指出《药转》一诗"题与诗俱不
可解，不必强为之词"，《无题》（昨夜星辰昨夜风）"观此首末二句实是
妓席之作，不得以寓意曲解义山。'风怀'诗注家皆以寓言君臣为说，殊
多穿凿。虚谷收入此类，却是具眼"③。他还引用别人的话增加说服力：
"董曲江前辈尝曰，义山诗固多寄托，然亦有止是艳词者，如柳枝五首，
倘不留一序，何不可作感慨遇合解。即此足破注家症结，因论此诗附录
之。"④ 纪昀还对无题诗作了系统研究，从历史发展的角度追述了无题诗
的由来，并按照特点分为六种⑤。

在纪昀看来，李诗的不足在于或过于晦涩，或过于佻薄，问题和六朝
诗歌有近似之处⑥。后者特点在于清浅华靡，文胜于质，李商隐则受杜
甫、李贺、白居易等人影响，诗歌情韵不乏，有时反而过于隐晦深涩。针
对不同的情况，纪昀要求齐梁艳诗"以情韵为宗"，对李诗则提出"不解
处即是不佳处"的意见。

应该看到，纪昀对晦涩的批判是对的，但认为"不解处即是不佳处"
则过于片面。梁启超在《中国韵文里头所表现的情感》中说过：义山的
《锦瑟》、《碧城》、《圣女祠》等诗，"讲的什么事，我理会不着；……但
我觉得他美，读起来令我精神上得一种新鲜的愉快。须知美是多方面的，
美是含有神秘性的；我们若还承认美的价值，对于此种文字，便不容轻轻
抹煞"。此外，纪昀有时过分注重情感的温厚，语句的和平、典雅，一些
评点也未必恰当。如对"春蚕到死丝方尽，蜡炬成灰泪始干"，纪昀认为
"究非雅语"⑦。重视创作手法而忽视内容意蕴的情况在纪昀评点中也时有

---

① 纪昀：《二冯评阅〈才调集〉》（下）。

② 纪昀评《拟沈下贤》，《点论李义山诗集》（上）。

③ 《瀛奎律髓汇评》，上海古籍出版社 1986 年版，第 292 页。

④ 《留赠畏之》，《点论李义山诗集》（上）。

⑤ 纪昀：无题诸诗，有确有寄托者，"来是空言去绝踪"之类是也；有戏为艳语者，"近知名阿
侯"之类是也；有实有本事者，如"昨夜星辰昨夜风"之类是也；有失去本题而后人题曰
"无题"者，如"万里风波一叶舟"之类是也；有与无题诗相连，失去本题，误合为一者，
如"幽人不倦赏"是也。宜分别观之，不必概为穿凿。其摘诗中二字为题者，亦无题之类，
亦有此数种。（《点论李义山诗集》上）

⑥ 李商隐和六朝诗歌的近似，文论家多有提及。如王夫之《唐诗评选》："义山诗寓意俱远，以
丽句影出，实自《楚辞》来。宋初诸人，得其衣被，遂使西昆与香奁并目。"冯班《钝吟杂
录·瞿邻臾》："李玉溪全法杜，文字血脉却与齐、梁人相接。"

⑦ 《瀛奎律髓汇评》，上海古籍出版社 1986 年版，第 292 页。

出现，如上面对《蝉》一诗的分析。这些都体现了纪昀文学思想的局限性，并非仅体现在对李商隐诗歌的评点中。

纪昀有时也将李商隐和西昆体连在一起评论，如评《武侯庙古柏》"风格老重，五、六尤警切。惟'湘燕雨'、'海鹏风'，事外添出，毫无取义，'昆体'之可厌在此等"①。但当有人将西昆体和李商隐牵扯在一起，进行指责批判的时候，纪昀还是明确将二者分开，"义山殊有气骨，非'西昆'之比"②，认为是后来的学习者水平欠佳，而李商隐自身的诗歌创作是水平很高的，"雕琢繁碎，意格俱下，此是尔时习气，杨、刘专效此种，遂使人集矢于义山"③；"（《镜槛》）此种并无寓意，直是艳词。摘首二字为题，其词雕绘琐屑，殊非高格。海虞二冯，专标此种为昆体，而义山扫地矣"④。这种态度则又是相对客观、公允的。

宋初，西昆体学法温、李。《六一诗话》："盖自杨、刘唱和，《西昆集》行，后进学者争效之，风雅一变，谓西昆体，由是唐贤诸诗集几废而不行。"西昆派学习晚唐，是非常重要的一个流派，江西诗派就是出于对它的不满而挺立出现的。纪昀对西昆体亦多有论述："李本旁分杜派，温亦自有本原，但缛丽处多耳。杨、刘规摹形似，遂成剪彩之花，江西诸公正矫其弊而起，优人掯揎之戏，其未之闻耶"；"浮艳之弊，亦不胜言"；"江西之弊在粗悍，西昆之弊在纤俗。不善学之，同一魔道，不必论甘而忌辛"⑤。这是纪昀对西昆体的基本看法，即在渊源上，属于六朝余风，主要学习温、李；在诗歌流派上，和江西诗派对立存在，风格相反；流派的主要弊病是纤俗。

纪昀对西昆体的看法，主要体现在《删正二冯评阅〈才调集〉》中。二冯宗唐抑宋，推崇西昆体。冯武在凡例中说，"盖诗之为道，固所以言志，然必有美辞秀致而后其意始出，若无字句衬垫，虽有美意亦写不出。于是唐人必先学修辞，而后论命意，其取材又必拣择取舍，从幼熟读文选、骚雅、汉魏六朝，然后出言吐气，自然有得于温柔敦厚之旨，而不失三百篇之遗意也"。纪昀认为，"自是如此，然亦有涂泽太甚，转使本意不明者"，"究竟要先论命意，后学修词，断无梁壁不具，而丹垩能施者，唐人云云，尤为依托。唐人未见有此语"。他还进一步指出："二冯之尚

---

① 《瀛奎律髓汇评》，上海古籍出版社1986年版，第84页。
② 同上书，第1235页。
③ 纪昀评《碧瓦》，《点论李义山诗集》（上）。
④ 纪昀：《点论李义山诗集》（中）。
⑤ 纪昀：《删正二冯评阅〈才调集〉》凡例评语。

昆体，盖亦有激而然。而主持太过，遂使浮靡之弊视俚俗者为加厉，则门户之习，夺其是非之心也"；"（谨饬雅洁）此四字从江西诗对面写出。其实二冯所尚只是纤秾一派"；"但由温、李，以溯齐梁"①；"二冯但以字句秾丽赏之，实不知其比兴深微，自有根柢"②。此外，二冯主张"诗声调高亮，不用晚唐人细碎苦涩工夫，是此书律诗法也"，纪昀对此也不以为然，认为"律诗但求声调，即是躯壳工夫"；"凡诗气太紧峭，调太圆脆者，皆由于酝酿不深"③。

通过这些可以看出，纪昀对西昆体认可其对文字修辞的注重，但反对对形式过分看重，涂泽太甚。对于西昆体学温、李而多弊端的情况，纪昀在评价温庭筠时指出："苍苍莽莽，高调入云。温、李有此笔力，故能熔铸一切浓艳之词，无堆排之迹"，"杨、刘优游馆阁，寄兴唱酬，徒猎温、李之字句，故菁华易竭，数见不鲜，渐为后人之所厌。欧、苏起而变之，西昆遂绝"④。这和他一贯对笔力、根柢的看重，将学问和性情紧密相结合的原则是一致的。所以他指出："西昆须胸有卷轴，江西亦须胎息古人，皆不可以枵腹为也。如以粗野为江西，以剽窃为西昆，则皆可以枵腹为之。"⑤

四　论苏、黄、江西诗派与《濂洛风雅》代表的道学诗

"诗至唐而极其盛，至宋而极其变。盛极或伏其衰，变极或失其正。"⑥"唐诗至五代而衰，至宋初而未振。王禹偁初学白居易，如古文之有柳、穆，明而未融。杨亿等倡西昆体，流布一时。欧阳修、梅尧臣始变旧格，苏轼、黄庭坚益出新意，宋诗于时为极盛。南渡以后，《击壤集》一派参错并行，迁流至于四灵、江湖二派，遂弊极而不复焉。"⑦唐诗到宋诗的发展情况，这里已经基本概括。五代诗歌与晚唐诗歌往往被视为一体，宋初诗歌学唐，直到梅尧臣、欧阳修等人才渐渐体现出自己的特点，到苏轼与黄庭坚，宋诗才真正成型。所以严羽称"至东坡、山谷，始自出己意以为诗，唐人之风变矣"⑧。在纪昀看来，唐末以后，诗歌一变生

---

① 纪昀：《删正二冯评阅〈才调集〉》凡例评语。
② 纪昀：《删正二冯评阅〈才调集〉》（下）。
③ 纪昀：《删正二冯评阅〈才调集〉》（上）。
④ 同上。
⑤ 纪昀：《删正二冯评阅〈才调集〉》凡例评语。
⑥ 《四库全书总目》总集类五，《御选唐宋诗醇》提要。
⑦ 《四库全书总目》总集类五，《御定四朝诗》提要。
⑧ 严羽：《沧浪诗话·诗辨》。

一弊,弊极又生变,是一个不断"互相激,互相救"的发展过程,直到明代无可再变,才开始复古。这说明纪昀始终坚持汉魏盛唐传统,认为宋诗是唐诗的继续,中间并没有断裂或者出现新的价值系统。这样,唐宋诗之争在纪昀这里就失去了意义,变成了众多具体的问题。"夫义山、鲁直,本源俱出少陵,才分所至,面貌各别,而俱足千古。学者不求其精神意旨所在,而规规于字句之间,分门列户,此诋粗莽,彼诋涂泽,不问曲直,哄然佐斗。不知粗莽者江西之流派,江西本不以粗莽见长;涂泽者西昆之流派,西昆亦不以涂泽为长也。"① 西昆体上面已经有所论述,这里主要分析纪昀对苏、黄诗歌、江西诗派和道学诗的看法。

"至于南宋,始以少陵为一祖,而黄山谷、陈后山、陈简斋为三宗,于是'江西体'盛,而吕紫微《宗派图》作焉。故'江西'者,少陵之流别也。所列二十七家,人不尽江西,诗亦不尽似杜,并不尽似黄、陈。盖黄、陈因杜诗而荸甲新意,吕紫微诸家又沿黄、陈而极其变态,各运心思,各为面貌,而精神则同出一源。故不立学杜之名,而别得杜文外之意。"② 纪昀对唐诗给予了极高评价,"诗至少陵而诣极","唐人论诗最不苟"③,同时,因宋诗能自出新意,不落窠臼,有自己的本色和突破,在纪昀看来也有值得肯定之处。他在诗句中称:"稽古未能追马、郑,论诗安敢斥苏、黄"④。对于魏泰和元好问对苏、黄的贬低,纪昀的文集和《四库全书总目》也都有所论述。"余嘉庆壬戌典会试三场,以此条(元好问'只言诗到苏、黄尽,沧海横流却是谁?')发策,四千人莫余答也。惟揭晓前一夕,得朱子士彦卷,对曰:'南宋末年,江湖一派万口同音,故元好问追寻源本,作是惩羹吹齑之论。又,南北分疆,未免心存畛域,其《中州集》末题诗,一则曰:"若从华实评诗品,未便吴侬得锦袍。"一则曰:"北人不拾江西唾,未要曾郎借齿牙。"词意晓然,未可执为定论也。'喜其洞见症结,急为补入榜中。"⑤ 魏泰为曾布妇弟,"党熙宁而

---

① 《纪文达公玉溪生诗说》。
② 《二樟诗钞序》,《纪晓岚文集》第1册,河北教育出版社1991年版,第199—200页。
③ 分别见《二樟诗钞序》、《张为主客图序》,《纪晓岚文集》第1册,河北教育出版社1991年版,第199、181页。
④ 《三十六亭诗·壬戌会试阅卷偶作》六首之五,《纪晓岚文集》第1册,河北教育出版社1991年版,第565页。
⑤ 《四百三十二峰草堂诗钞序》,《纪晓岚文集》第1册,河北教育出版社1991年版,第208页。对元好问诗句,后人理解不同。朱东润认为,"遗山论诗,推崇东坡,叹后起之无人,而隐隐以砥柱横流自负",所以才有"沧海横流却是谁"之诗句。参见朱东润《中国文学批评史大纲》元好问部分(上海古籍出版社2001年版,第209—210页)。

抑元祐",“论黄庭坚则讥其自以为工,所见实僻,而有‘方其拾玑羽,往往失鹏鲸’之题",“坚执门户之私,而甘与公议相左"①。其中,苏、黄问题还不一样,苏轼在本色和创新上受到纪昀好评,黄庭坚及江西诗派则在古淡和句眼等问题上受到批评。

苏轼堪称北宋最重要的文学家和理论家,提出了一系列重要的见解。在创作上,对于“道"和“艺",即创作中的认识和实践的关系,进行了深入的分析,认为不仅要正确掌握“道",还要有高超的表现能力和技巧;对于构思,他强调“虚静"、“物化",主客体交融,物我合一,达到“其神与万物交,其智与百工通"②的境界;在法度和自然关系上,能灵活运用,不受拘泥,“冲口出常言,法度法前轨。人言非妙处,妙处在于是"③,对“穷而后工"等都有独到的见解。纪昀和苏轼在观点上,无论是对自然的看法,对“有为而作"的重视,还是对自我为法的要求,都大致相似。不过,纪昀面对的是苏轼的创作,而并非苏轼的理论,这二者还是有所不同。郭绍虞就认为:“盖苏诗作风与其论诗宗旨,正相反背。东坡诗云:‘乐天长短三千首,却爱韦郎五字诗。’论坡诗者,亦当作如是观,坡诗豪迈,其所以不脱子路未事夫子时气象者,盖皆由其才气累之。"④纪昀对苏诗研究比较深刻,五易点评稿,态度谨严,亦颇有创见。他的评点本,也是清代唯一的苏诗全集评点著作,在苏诗研究史上占有重要地位。

纪评苏诗突出的特点是放在诗歌的流变中为其定位,并注意到苏轼诗歌创作的发展变化,有明显的史的概念。对于诗歌,王、孟诗派“参其妙",而苏、黄则是“极其变"⑤。纪昀尤其注重苏轼学古而能创新,有自我本色的特点,认为苏轼的诗歌,无论是和陶,还是和李白,都仍然带有自己的特点。取纪评苏轼《和陶饮酒二十首》之一、之三来看:

> 我不如陶生,世事缠绵之。云何得一适,亦有如生时。寸田无荆棘,佳处正在兹。纵心与事往,所遇无复疑。偶得酒中趣,空杯亦常持。(之一)
>
> 纪评:此首纯乎陶意。首句于义应作“我生不如陶"。然四句乃

---

① 《四库全书总目》诗文评类一,《临汉隐居诗话》提要。
② 苏轼:《书李伯时山庄图后》,《苏文忠公全集》卷二三。
③ 苏轼:《诗颂》,周紫芝《竹坡诗话》。
④ 郭绍虞:《中国文学批评史》(上),百花文艺出版社1999年版,第357页。
⑤ 《挹绿轩诗集序》,《纪晓岚文集》第1册,河北教育出版社1991年版,第204页。

有"生"字，则固称为"陶生"矣，未免生造。（"偶得酒中趣"）一拍便住，恰是第一首。

　　道丧士失己，出语辄不情。江左风流人，醉中亦求名。渊明独清真，谈笑得此生。身如受风竹，掩冉众叶惊。俯仰各有态，得酒诗自成。（之三）

　　纪评：此参以本色，未尝不佳。

　　总评：敛才就陶，而时时亦自露本色。正如褚摹《兰亭》，颇参己法，正是其善摹处。明七子之摹古，不过双钩填廓耳①。

　　纪昀认为第一首有陶之意，第三首则本色显现。陶渊明的诗歌，恰如苏轼所说，"外枯而中膏，似淡而实美"②，"质而实绮，癯而实腴"③。第一首确实比较接近陶诗的风格，文字平实和缓、从容自然，却又富有意蕴趣味。至于第三首，则明显和陶诗不同，不像前首随意、平和，"道丧士失己，出语辄不情"，连同后两句，是明显的议论。整首诗气韵生动，语言流利，作者对于"道丧"后士人的情况和自己处境的忧虑，都鲜明地体现了出来。这里已经不是和陶，而是借诗抒发自我的情感了，所以纪昀称他"参以本色"。

　　苏轼还有《和李太白》等诗，同样"源出太白，而运以己法，不袭其貌，故能各有千古"；"非东坡不敢和太白。妙于各出手眼，绝不观摹"④。

　　纪昀一再称赞苏轼诗歌本色，那么这种本色是什么呢？贺裳《载酒园诗话》认为："坡诗吾第一服其气概"；方东树《昭昧詹言》："兴象老气自然，如秦汉法物，非近观时玩，（苏轼）公之本色在此。"纪昀在评点中反复强调的，则是苏诗的奇气和理趣。

　　奇气纵横，是苏诗的主要特点。如《六月二十七日望湖楼醉书五绝》之一："黑云翻墨未遮山，白雨跳珠乱入船。卷地风来忽吹散，望湖楼下水如天。"纪评："阴阳变化开阖于俄顷之间，气雄语壮，人不能及也"；评《次韵孔毅父久旱已而甚雨三首》："三首皆排奡兀傲，奇气纵横。妙俱从自己现境生情，不作应酬泛语"。此外，评《王维吴道子画》"奇气

――――――――――――

① 《苏诗汇评》，四川文艺出版社 2000 年版，第 1480、1482、1479—1480 页。

② 苏轼：《评柳州诗》，引自魏庆之《诗人玉屑》卷十五。

③ 《追和陶渊明诗引》，《苏文忠公全集·东坡续集》卷三。

④ 纪评《行琼儋间肩舆坐睡梦中得句云千山动鳞甲万谷酣笙钟觉而遇清风急雨戏作此数句》、《和李太白》，《苏诗汇评》，四川文艺出版社 2000 年版，第 1756、1028 页。

纵横，而句句浑成深稳"；评《白水山佛迹岩》"奇气忿涌，无一语不警拔，而无一毫粗犷之气"；评《和陶读山海经》"盖东坡善于用多，不善于用少；善于弄奇，不善于平实"。

富有理趣，也是苏诗的主要特点。苏轼一些富有理趣的诗词作品深入人心，广为传播，像"不识庐山真面目，只缘身在此山中"（《题西林壁》），"人生到处知何似？应似飞鸿踏雪泥。泥上偶然留指爪，鸿飞那复计东西"（《和子由渑池怀旧》），已经成为传统文化的组成部分。纪昀对此也有深刻认知，因此多处以"理趣"评析苏诗。如评《次韵刘京兆石林亭之作石本唐苑中物散流民间刘购得之》"意境开拓，而理趣亦极融彻"；评《和陶饮酒二十首》（醉中虽可乐）"参以禅悦，全然本色。兴之所至，忽合忽离。非有意于似，亦非有意于不似"。再以纪昀对苏轼《送参寥师》的评价来看：

> 上人学苦空，百念已灰冷。剑头惟一映，焦谷无新颖。胡为逐吾辈，文字争蔚炳。新诗如玉屑，出语便清警。退之论草书，万事未尝屏。忧愁不平气，一寓笔所骋。颇怪浮屠人，视身如丘井。颓然寄淡泊，谁与发豪猛。细思乃不然，真巧非幻影。欲令诗语妙，无厌空且静。静故了群动，空故纳万境。阅世走人间，观身卧云岭。咸酸杂众好，中有至味永。诗法不相妨，此语当更请。
>
> 纪评：查云："公与潜以诗友善，誉潜以诗。潜止一诗僧耳。寻出'空'、'静'二字（'欲令诗语妙，无厌空且静'）便有主脑，便是结穴处。"余谓潜本僧，而公之诗友。若专言诗，则不见僧；专言禅，则不见诗。故禅与诗并而为一，演成妙谛。结处"诗法不相妨"五字，乃一篇之主宰，非专拈"空"、"静"也。（起处）直涉理路，而有挥洒自如之妙，遂不以理路病之。言各有当，勿以王、孟一派概尽天下古今之诗①。

在这首诗里，苏轼表达了他对创作的重要看法，体现了他思想诗禅相通的特点，一直受到后人的重视和高度评价。纪昀比较注重诗歌创作中诗和禅偈的关系，认为这首诗中心在于"诗法不相妨"，诗和禅的关系"并而为一，演成妙谛"；这首诗虽然涉理，但浑洒自如，虽然说理，但不以说理为病。

---

① 《苏诗汇评》，四川文艺出版社 2000 年版，第 733—734 页。

　　至于苏轼能在学习和摹仿古人的基础上体现本色、有所创新的原因，纪昀也进行了分析。大致说来，学问、才气是重要因素。"自然凑泊，触手生春，亦见其学之富而笔之灵也"①。这也是后人的共识。清代张道《苏亭诗话》卷一："东坡博极群籍，左抽右取，纵横恣肆，隶事精切，如不著力。尤熟于史汉、六朝、唐史，《庄》、《列》、《楞严》、《黄庭》诸经及李、杜、韩、白诗，故如万斛泉源，随地喷涌，未有羌无故实者。"

　　在学习的基础上有所创新，仅靠学问、才气还是不够的，关键还要"熔化"。苏轼认为，"街谈市语，皆可入诗，但要人熔化耳"②。纪昀同意苏轼要"熔化"的说法，并用在对苏诗的批评上。如《次韵答荆门张都官维见和惠泉诗》，其中有"贪愚彼二水，终古耻莫雪。只应所处然，遂使语异别"等句，纪昀以为："颇参理语，遂入论宗。由其明而未融，故未能纵横无碍"。

　　苏诗熔化得好，则是奇气纵横、妙趣横生；熔化不好，则或流于直白、粗野，或成为偈颂。如《记梦》："圆间有物物间空，岂有圆空入井中。不信天形真个样，故应眼力自先穷。连环已解如神手，万窍犹号未济风。稽首问公公大笑，本来谁碍更求通。"纪昀直接批评："太似偈颂，便无复诗意"。纪昀还针对苏轼的诗歌，提出这样的意见："东坡以雄视百代之才，而往往伤率伤慢伤放伤露者，正坐不肯为郊、岛一番苦吟工夫耳"，"（苏诗）其高处在气机生动，才力富健。其不及古人者，在少熔炼之工，与浑厚之致"③。

　　苏轼少"熔炼之工"，黄庭坚及江西诗派更是如此。纪昀对他们的批评也更加明显。如黄庭坚，纪昀虽认为诗歌"苏、黄极其变"，时常苏、黄并称，但对黄庭坚的态度和评价较之苏轼明显不同：

　　　　涪翁五言古体，大抵有四病：曰腐，曰率，曰杂，曰涩。求其完篇，十不得一。要之，力开突奥，亦实有洞心而骇目者，别择观之，未尝无益也。

　　　　七言古诗，大抵离奇孤矫，骨瘦而韵逸，格高而力壮。印以少陵家

---

① 纪评《病中闻子由得告不赴商州三首》，《苏诗汇评》，第 89 页。
② 《竹坡诗话》转引李之仪语。
③ 纪评《读孟郊诗二首》，《苏诗汇评》，四川文艺出版社 2000 年版，第 650 页；纪评《正月二十日往岐亭潘古郭三人送余于女王城东禅庄院》，《瀛奎律髓汇评》，上海古籍出版社 1986 年版，第 372 页。

法，所谓具体而微者。至于苦涩卤莽，则涪翁处处有此病，在善抉择耳。但观渔洋之所录，而菁英亦略尽矣。

涪翁五言古律，皆多不成语，殆长吉所谓'强回笔端作短调'耶？五六言绝，大抵皆粗莽不成诗。

涪翁七言绝，佳者往往断绝孤迥，骨韵天拔，如侧径峭崖，风泉泠泠。然粗莽支离，十居七八，又作平调，率无味。人固有能不能耳。

东坡评东野，比之于蟹螯。予谓山谷亦然。然于毛骨包裹中，剥得一脔，自足清味，未必逊屠门大嚼也。要在会心领略耳。①

纪昀曾在《二樟诗钞序》中为自己辩护："尝有场屋为余驳放者，谓余诋諆江西派，意在煽构，闻者或惑焉。及余所编《四库全书总目》出，始知所传为蜚语，群疑乃释。今因先生是集，为著其诗格之所自，且明余于江西一派未有异同也。"《四库全书总目》对黄庭坚的说法，前面已有引文。和纪昀这里所说基本一致，有肯定，但也有批评，尤其将黄庭坚和江西诗派等联系在一起的时候，批评更多。

《瀛奎律髓刊误》中纪昀对黄庭坚诗歌也有不少点评。纪昀对有些作品予以了肯定，如《题落星寺》："星宫游空何时落，着地亦化为宝坊。诗人昼吟山入座，醉客夜愕江撼床。蜂房各自开户牖，蚁穴或梦封侯王。不知青云梯几级，更借瘦藤寻上方。"这是黄庭坚比较著名的一首诗，纪昀评价："意境奇恣。此种是山谷独辟。"《和答钱穆父咏猩猩毛笔》："爱酒醉魂在，能言机事疏。平生几两屐，身后五车书。物色看王会，勋劳在石渠。拔毛能济世，端为谢杨朱。"纪评："点化甚妙，笔有化工，可为咏物用事之法。三、四可以增人智慧，五句却太宽，结微近纤，然小题不甚避此。"② 这两首是黄庭坚得意之作，确有过人之处。还有些作品，纪昀认为存在不足。评《戏咏江南风土》"意摹柳州诸作，而骨韵神采不及远矣"；《次韵郭右曹》"腐气太重"；《食瓜有感》"后半篇堆砌故实，食古不化"③。

概括纪昀对黄庭坚的批评，主要有这样几个方面：食古不化；过分注重字眼等细节；学杜不得法；粗直腐陋无情采。这实际是和江西诗派联系在一起的，纪昀对江西诗派的批评基本上也是如此。其观点主要见于

---

① 《书黄山谷集后》，《纪晓岚文集》第 1 册，河北教育出版社 1991 年版，第 252—253 页。
② 《瀛奎律髓汇评》，上海古籍出版社 1986 年版，第 1118、1165 页。
③ 同上书，第 200、1142、1195 页。

《瀛奎律髓刊误序》:

> 其书非尽无可取,而骋其私意,率臆成编,其选诗之大弊有三:一曰矫语古淡,一曰标题句眼,一曰好尚生新。夫古质无如汉氏,冲淡莫过陶公,然而抒写性情,取裁风雅,朴而实绮,清而实腴。下逮王、孟、储、韦,典型具在。虚谷乃以生硬为高格,以枯槁为老境,以鄙俚粗率为雅音。名为尊奉工部,而工部之精神面目迥相左也。是可以为古淡乎?"朱华冒绿池",始见子建;"悠然见南山",亦曰渊明。响字之说,古人不废。暨乎唐代,锻炼弥工。然其兴象之深微,寄托之高远,则固别有在也。虚谷置其本原而拈其末节,每篇标举一联,每句标举一字,将率天下之人而致力于是。所谓温柔敦厚之旨,蔑如也;所谓文外曲致、思表纤旨,亦茫如也。后来纤仄之学,非虚谷阶之厉也耶!赞皇论文,谓"譬如日月,终古常见而光景常新"。人生境遇不同,寄托各异,心灵浚发,其变无穷。初不必刻镂琐事以为巧,捃摭僻字以为异也。虚谷以长江武功一派,标为写景之宗。一虫一鱼,一草一木,规规然摹其性情,写其形状,务求为前人所未道。而按以作诗之意,则不必相涉也。《骚》、《雅》之本旨,果若是耶?是皆江西一派先入为主,变本加厉,遂偏驳而不知返也。①

这一段文字集中体现了纪昀对江西诗派的批评。对纪昀的《瀛奎律髓刊误》,后人说法不一②。就纪昀对黄庭坚和江西诗派的批评来说,主

---

① 《四库全书总目》:(《瀛奎律髓》)"大旨排西昆而主江西,倡为一祖三宗之说。一祖者,杜甫。三宗者,黄庭坚、陈师道、陈与义也。其说以生硬为健笔,以粗豪为老境,以炼字为句眼,颇不谐于中声。"(总集类三《瀛奎律髓》提要)

② 对于纪昀的刊误,敏泽持肯定态度:"这些批评无疑是中肯地指出了方回和江西派的弊病"(《中国文学理论批评史》上册,人民文学出版社1981年版,第631页);方孝岳和郭绍虞则提出批评:"到了纪昀自己作这个《刊误》,就大事吹求,简直把他骂得无地自容,处处皆含成见;他所刊误的,自然也有些地方可以补救方回的,但实在远不及方回之精辟独到"(方孝岳:《中国文学批评》,生活·读书·新知三联书店1986年版,第130页);郭绍虞态度近似于方孝岳,认为纪昀批判方回选诗三弊"实则都不免失之过偏","(方孝岳)一方面驳纪昀之说,一方面为方回回护,论断亦尚谨严"(《中国文学批评史》下卷,百花文艺出版社1999年版,第107页)。本书认为纪昀对于方回《瀛奎律髓》的刊误,既没有敏泽评价的那样高,但也不至于如方孝岳贬低的那样一无是处。敏泽看到纪昀是把方回当作江西诗派的代言人看待,因而对方回的批评中实际不少是对江西诗派的批评;方孝岳则是把方回和江西诗派分开来看,认为纪昀对江西诗派的某些批评加在方回的头上是不合理的。对方回在江西诗派中的地位和作用认识的不同,是对纪昀刊误过褒和过贬的根本原因。

要有三个问题：古淡、句眼和创新。创新问题其实已经在苏轼部分有所讲述，黄庭坚也有创新，但成就不像苏轼被纪昀接受和认可。这里主要分析古淡和句眼。前者代表的是宋诗的风格、特点和审美追求；后者则是宋诗在创作上注重形式的特点，并非专讲句眼。

古淡，是指一种古朴自然、平和淡远，不事雕饰的艺术风格和境界。对古淡或平淡的追求，在宋代有一定普遍性。苏舜钦、梅尧臣、欧阳修等都表达过对"淡"的欣赏，如苏舜钦《诗僧则晖求诗》："会将趋古淡，先可去浮嚣"。此后苏轼、黄庭坚等对"古淡"也都很重视。苏轼《书黄子思诗集后》："独韦应物、柳宗元发纤秾于简古，寄至味于淡泊，非余子所及也"，把古淡和陶渊明、韦应物等诗人的诗歌联系起来，提出了"外枯中膏"、"似淡实美"、"渐老渐熟，乃造平淡"等一系列说法，在理论上有很大发展。黄庭坚与江西诗派也推崇古淡的风格，但是没有苏轼那样的才力，更多地体现为具体创作中"宁律不谐而不使句弱，用字不工不使语俗"① 的追求。方回对此很欣赏，"学诗者不可不深造黄、陈，摆落膏艳，而趋于古淡"②。方回所说在纪昀看来，并不是真正的古淡，"一涉穷苦酸楚，便云'古淡'，纯是习气"③；真正的古淡应该取材风雅，抒写性情，学习汉代诗歌和陶渊明以及王、孟、储、韦等诗人的作品，具有朴而实绮、清而实腴的特点。方回所说的诗歌只是有了表面的枯和淡，内在绮丽、饱满的意蕴却是不存在的，所以纪昀批评他"矫语古淡"。

标题句眼是方回诗学的重要特点，对此纪昀不以为然，认为这是字面功夫，古人也注意锻炼字句，并不影响诗歌兴象的深微和寄托的高远。假如忽视兴象、风骨而只重视字句功夫，就是舍本逐末，背离诗教，不符合诗歌审美的要求。"炼字之法，古人不废。若以所圈句眼，标为宗旨，则逐末流而失其本原，睹一斑而遗其全体矣"④。方回认为："学者当先去其哑可也。亦在乎抑扬顿挫之间，以意为脉，以格为骨，以字为眼，则尽之"。纪昀批评："虚谷主响之说，未尝不是，然究是末路工夫。酝酿深厚，而性情真至，兴象玲珑，则自然涌出，有不求响而自响者。"⑤

再以对陈子昂《晚次乐乡县》的评价来看，方回认为："盛唐律，诗

① 黄庭坚：《题意可诗后》，《豫章黄先生文集》卷二十六。
② 方回评白居易《百花亭》，《瀛奎律髓汇评》，上海古籍出版社 1986 年版，第 158 页。
③ 纪昀评陆游《卧病杂题》，《瀛奎律髓汇评》，第 1587 页。
④ 纪昀评杜甫《登岳阳楼》，《瀛奎律髓汇评》，第 6 页。
⑤ 纪昀评《次韵和汝南秀才游净土见寄》，《瀛奎律髓汇评》，第 1512 页。

体浑大，格高语壮；晚唐下细工夫，作小结里，所以异也，学者详之。"纪昀借机反问："此评极有见解。何以他处乃惟讲字眼？此种诗当于神骨气脉之间得其雄厚之味，若逐句拆看，即不得其佳处；如但摹其声调，亦落空腔"。由此可见，纪昀反对江西诗派过分强调诗眼，是因为更注重整体气象和浑融，反对在形式上过求细碎。若只注重形式，对内在的意蕴关注不够，诗歌就会有其形而无其神，"以生硬为高格，以枯槁为老境，以鄙俚粗率为雅音"，这些体现的就是形式与神气的断裂。

纪昀对黄庭坚的批评，主要在于熔炼不够，所以有生硬等弊病。但对黄庭坚的学杜，纪昀是很赞赏的，认为宋代朱弁所说的黄庭坚用昆体工夫而造老杜浑成之地，"尤为窥见深际"①。但对江西诗派来说，纪昀认为学杜不应该从黄入手，而且江西诗派并没有学到杜甫的根本和精髓，"盗句换字，即为善学老杜乎？"②

江西诗派认为三宗学杜甫得到精髓，主张学黄以学杜，纪昀则明确指出："'学老杜诗，当学山谷诗。'此虚谷一生歧路"，"山谷、后山、简斋皆学杜而得其一体者也。故谓三家学杜可，谓学杜当从三家入则不可"，"一气盘旋，清而不弱，非具大神力不能，然此只是诗家一体。陈后山始专以此见长，而'江西诗派'源出老杜之说亦从此而兴，杜实不以此为宗旨也"。就方回提出的："老杜如何可学？曰：自贾岛幽微入，而参以岑参之壮，王维之洁，沈佺期、宋之问之整"，纪昀认为："全是欺人之语，学杜从贾岛入，所谓北行而适越。王荆公谓学杜当从李义山入，却是有把捉、有阅历语。"③ 与其学黄学贾，不如学李。纪昀自己学杜就是走的这条路子④。

方回评价杜甫的《陪章留后侍御宴南楼得风字》"整齐工密，而开阖抑扬"，纪昀以为"八字评此诗不错，然杜之真精神、真力量不止于此八字，当求其凌跨百代处"，"此种犹他人所可及，非杜公之极笔"⑤。这段话集中地体现了纪昀学杜的观点：要学其真精神、真力量，不止于学形式，而江西诗派学杜甫则多从字句表面形式。纪昀对江西诗派的批评基本

①　《四库全书总目》诗文评类一，《风月堂诗话》提要。
②　纪昀评曾几《郡中吟怀玉山应真请雨未沾足》，《瀛奎律髓汇评》，上海古籍出版社 1986 年版，第 682 页。
③　同上书，第 1546、16、1552—1553、960—961 页。
④　纪昀《二樟诗钞序》："余初学诗从《玉溪集》入，后颇涉猎于苏、黄，于江西宗派亦略窥涯涘。"（《纪晓岚文集》第 1 册，河北教育出版社 1991 年版，第 200 页）
⑤　《瀛奎律髓汇评》，上海古籍出版社 1986 年版，第 22 页。

上也是从这个角度出发的，认为他们只注重形式、细节，求"末路工夫"，而忽视整体，忽视诗歌内在的意蕴。所以纪昀在《瀛奎律髓刊误序》中指出"虚谷乃以生硬为高格，以枯槁为老境，以鄙俚粗率为雅音。名为尊奉工部，而工部之精神面目迥相左也"。这种看法也并非纪昀的独见。胡应麟《诗薮》内编卷四已指出："宋人学杜，得其骨不得其肉，得其气不得其韵，得其意不得其象，至声与色，并亡之矣。"

纪昀在江西诗派上表现出较为通达的态度，有的观点至今可为借鉴。如："诗家之有江西，正如饮食之有海错，可兼尝而不可常馔。""学者根柢乎八代、三唐，而兼涉江西，得其别致，未为不佳。如专以江西为宗，则出手已是偏锋，愈入愈深，愈歧愈远，积成粗犷之习。高自位置，转相神圣，不可复以正理语矣。又安能旁通触类，兼收诸家之长耶？"

对于道学诗，纪昀的态度以批评为主。诗歌说理、议论，早就存在，但直到苏、黄为代表的宋诗才较为普遍，说理的极端发展则是道学诗。前面已经说过，纪昀对诗人之诗和道学之诗进行区别，并曾在策问中专门以此为题，"《击壤》流为《濂洛风雅》，是不入诗格者也，然据理而谈亦无以难之"。诗人之诗以词胜，道学之诗以理胜；诗人之诗要防止文词害理，道学之诗则要防止不文。这是纪昀对待道学诗的基本态度。

> 自班固作咏史诗，始兆论宗；东方朔作诫子诗，始涉理路。沿及北宋，鄙唐人之不知道，于是以论理为本，以修词为末，而诗格于是乎大变。……邵子之诗，其源亦出白居易。而晚年绝意世事，不复以文字为长。意所欲言，自抒胸臆，原脱然于诗法之外。毁之者务以声律绳之，固所谓谬伤海鸟，横斥山木。誉之者以为风雅正传。庄昹诸人，转相摹仿，如所谓"送我一壶陶靖节，还他两首邵尧夫"者，亦为刻画无盐，唐突西子，失邵子之所以为诗矣。况邵子之诗，不过不苦吟以求工，亦非以工为厉禁。如邵伯温《闻见前录》所载《安乐窝》诗曰："半记不记梦觉后，似愁无愁情倦时。拥衾侧卧未欲起，帘外落花撩乱飞。"此虽置之江西派中，有何不可？而明人乃惟以鄙俚相高，又乌知邵子哉。①

道学诗的特点是说理，好的有理趣，不好的则只有理语。邵雍发其端，金履祥则以此为定法，促进了道学诗的片面发展。"邵子以诗为寄，

---

① 《四库全书总目》别集类六，《击壤集》提要。

非以诗立制。履祥乃执为定法,选《濂洛风雅》一编,欲挽千古诗人归此一辙。所谓华之学王,皆在形骸之外,去之愈远。所作均不入格,固其所矣。"① 上面策问也直接说,《濂洛风雅》不入诗格,可见,对邵雍诗歌,纪昀认为算作诗家一种并无不妥,但纯粹"以论理为本,以修词为末",则过于极端,就已经不是诗歌了。事实确实如此,鄙俚也因此成为许多道学诗的特点。如元代元淮"其诗有《击壤集》之风,而理趣不逮"②。当然,也有道学诗做得较好的,如元代许谦,"谦初从金履祥游,讲明朱子之学,不甚留意于词藻,然其诗理趣之中颇含兴象。五言古体,尤谐雅音,非《击壤集》一派惟涉理路者比"③。胡炳文"诗虽颇入《击壤集》派",但"不失雅韵,殆其天姿本近于词章,故门径虽殊,而性灵时露"④。如果"理趣之中颇含兴象",就属于说理而不害文的情况,纪昀自然予以赞扬;但这样的作品究竟是少数,所以纪昀和《四库全书总目》对《濂洛风雅》代表的道学诗基本上是批评、排斥的态度。

五 论诗歌性情、兴趣与议论、说理的关系

前面就纪昀对唐宋诗歌发展中的几个主要问题进行了简要论述。由此可知,这一时期的主要问题,主要集中在诗歌创作中性情和学力的关系上。唐诗以吟咏性情为主,兴象玲珑,风骨遒劲;到了宋诗,凭借学力说理、议论成为诗歌的重要特点。纪昀虽然认为"唐宋诗各有门径,不必以一格拘也"⑤,但唐诗"极其盛",宋诗"极其变",唐诗更符合他的要求,总体上是尊唐存宋的态度。在性情和学力的关系上,纪昀接受了严羽对于诗歌的一些说法,但并不简单地排斥以文为诗、以议论为诗和以理为诗,也并不认为这仅体现在宋诗之中,"必不容着议论,则唐人犯此者多矣。宋人以议论为诗,渐流粗犷,故冯氏有'史论'之讥。然古人亦不废议论,但不着色相耳"⑥,"以文为诗,始元次山,或以为宋调,非也"⑦。

议论、说理等入诗的重要条件,是要经过鉴裁和熔炼。首先要选择,

---

① 《四库全书总目》别集类一八,《仁山集》提要。
② 《四库全书总目》别集类存目一,《水镜集》提要。
③ 《四库全书总目》别集类一九,《白云集》提要。
④ 《四库全书总目》别集类一九,《云峰集》提要。
⑤ 纪昀评曾茶山《蛱蝶》,《删正方虚谷瀛奎律髓》卷三。
⑥ 纪昀评王安石《登大茅山顶》,《瀛奎律髓汇评》,上海古籍出版社1986年版,第31页。
⑦ 纪昀评《送岑著作》,《苏诗汇评》,四川文艺出版社2000年版,第241页。

并非所有的典故、说理都可以入诗。"诗之用事，不可牵强，必至于不得不用而后用之，则事辞为一，莫见其安排斗凑之迹"①；"凡用事须具鉴裁，非谓有典即可入句"；"有寓意则用事不冗"②；"咏古用典，各因其地，各寓其意，岂必择贤者而入诗耶"③。其次，也是最重要的，要把它熔化成为自己诗歌中的一部分，并非简单地直接拿来运用，"议论以指点出之，神韵自远。若但议论而乏神韵，则胡曾咏史，仅有名论矣。诗固有理足意正而不佳者"④。用而不化就容易直露粗野，理气和偈颂气太重就影响诗歌的审美性，"太似偈颂，便无复诗意"，导致诗歌"有理而少情，有意而无致"⑤ 的弊端。

以苏轼两首诗作比：

《和子由记园中草木十首》之三："种柏待其成，柏成人已老。不如种丛箬，春种秋可倒。阴阳不择物，美恶随意造。柏生何苦艰，似亦费天巧。天工巧有几，肯尽为汝耗。君看藜与藿，生意常草草。"纪评："纯乎正面说理，而不入肤廓，以仍是诗人意境，非道学意境也。夫理，喻之米，诗则酿之而为酒，道学之文则炊之而为饭。"对十首诗的总评是："首首寓慨而不露怒张，句句涉理而不入迂腐，音节意境，皆逼真古人，亦无刻画之迹。"⑥

《赠陈守道》："一气混沦生复生，有形有心即有情。共见利欲饮食事，各有爪牙头角争。争时怒发霹雳火，险处直在嵌岩坑。人伪相加有余怨，天真丧尽无纯诚。徒自取先用极力，谁知所得皆空名……"。纪昀点评："竟是道经，无复诗格"⑦。

两首诗差别很明显。前一首理在情中，借助生动的意象表现出来，虽然说理，但不以说理为嫌；后一首纯属议论，并不难懂，但是没有诗情，没有韵味，已经不像诗歌了。两首诗的差别，正是上面所说的以米酿酒和以米炊饭的不同。纪昀要求"诗本性情，可以含理趣，而不能作理语"⑧，米也就是理语，米酿为酒，也就是理趣了。以米酿酒，米在酒中，见酒不见米；以米炊饭，米仍然是米，以米而要求酒味，显然不可能。

① 叶梦得：《石林诗话》卷一上。
② 《瀛奎律髓汇评》，上海古籍出版社 1986 年版，第 1194、900 页。
③ 同上书，第 123 页。
④ 纪评《北齐二首》，《点论李义山诗集》（上）。
⑤ 纪评《记梦》、《送张嘉父长官》，《苏诗汇评》，四川文艺出版社 2000 年版，第 1093、1474 页。
⑥ 《苏诗汇评》，四川文艺出版社 2000 年版，第 147、145 页。
⑦ 同上书，第 1650 页。
⑧ 纪昀评卢肇《澄心如水》，《唐人试律说》。

纪昀在谈到用地名时说："装四地名亦不碍，看运用如何耳"①；此外，"用事之妙，全在点化有神。抄撮类书，搜寻韵府，虽极工切，皆成死句"②；"作僧家诗，不可有偈颂气；作道家诗，不可有章咒气"③；"亦有议论而佳者，不以一例概之。大抵要抑扬唱叹，弦外有音，不得作十成死句"④。这些表达的都是同一个意思。

关于唐宋诗之争，后世还有以赋比兴作为区分标准的说法，纪昀对这个问题论述不多，认为"诸体各有所长，各有所短，在学者别白观之，概毁概誉，皆门户之见也"⑤。《四库全书总目》的说法可以作为佐证："至于赋比兴三体并行，源于三百。缘情触景，各有所宜。未尝闻兴比则必优，赋则必劣。况唐人非无赋体，宋人亦非尽无比兴。遗诗具在，吾将谁欺？乃划界分疆，诬宋人以比兴都绝，而所谓唐人之比兴者，实皆穿凿附会，大半难通。"⑥从这些来看，纪昀肯定宋诗的历史地位，和他肯定其他时期的诗歌并没有不同，并没有将它和唐诗传统割裂开来，实际是用汉魏盛唐传统来包含宋诗。纪昀对唐宋诗的态度和看法，对于今人研究有一定的借鉴意义。

第三节　摹拟与性灵：纪昀论明代诗歌发展及其主要流派

对明诗的发展情况，纪昀有一个简要概述：

> 明林子羽辈倡唐音，高青丘辈讲古调，彬彬然始归于正。三杨以后，台阁体兴，沿及正嘉，善学者为李茶陵，不善学者遂千篇一律，尘饭土羹。北地、信阳挺然崛起，倡为复古之说，文必宗秦、汉，诗必宗汉、魏、盛唐，踔厉纵横，铿锵震耀，风气为之一变，未始非一代文章之盛也。久而至于后七子，剿袭摹拟，渐成窠臼。其间横轶而出者，公安变以纤巧，竟陵变以冷峭，云间变以繁缛，如涂涂附，无

①　《瀛奎律髓汇评》，上海古籍出版社 1986 年版，第 1720 页。
②　纪评李景《都堂试贡士日庆春雪》，《唐人试律说》。
③　《苏诗汇评》，四川文艺出版社 2000 年版，第 134 页。
④　纪评李商隐《齐宫词》，《删正二冯评阅〈才调集〉》（下）。
⑤　《瀛奎律髓汇评》，上海古籍出版社 1986 年版，第 261 页。
⑥　《四库全书总目》，诗文评存目《围炉诗话》提要。

以相胜也。(《冶亭诗介序》)

从汉代到明代之前,是诗歌的发展阶段,到了明代难以继续演进,只能走上复古的道路。这是纪昀的看法。事实是,明诗情况复杂,问题也比较突出,不仅有复古,还有创新,而且都有比较极端化的倾向。摹拟复古和抒发性灵之间的矛盾,成为这一时期的主要问题。

一　纪昀、钱谦益对明诗看法的不同

纪昀和钱谦益对诗歌的看法比较接近,都主张诗本性情,注重辨别诗歌源流正变,对明代诗歌也都有比较系统的认识和总结。但两人对明诗的立场、态度截然不同:钱谦益主变存正,更强调性情对诗歌的根本意义,在理论上称赞茶陵派,倾向公安派,对七子复古派和竟陵派则大加排斥;纪昀主正存变,看重形式风格与性情的统一,指责七子的弊端,但认可其为正声,视公安、竟陵为幺弦侧调。将二人对明代诗歌的看法对比分析,纪昀的特点会更清楚。

纪昀和钱谦益都强调诗本性情,但纪昀更注重人品和心术对性情的制约,要求性情符合儒家诗教,他对忠孝节义、至情至性的推崇就体现了这一点。纪昀也要求性情的真,但感情真而粗俗的诗歌是不接受的。也就是说,在个人性情和儒家审美传统的关系上,他是二者并重的。他所要求的真性情,是儒家审美传统内的真性情。到了明代,诗歌已经变无可变,只能复古,只能学习前人,尤其是学习盛唐。所以,在纪昀看来,复古运动不仅是正确的,也是必然的。这样,纪昀和七子在根本立场上是一致的,和公安派则是矛盾的。问题是如何复古,如何在复古的基础上加以创新。纪昀和七子派的矛盾就在于此。

钱谦益对性情的看法没有纪昀正统,前面两人对温柔敦厚认识的不同,已经体现了这一点。钱谦益更强调诗歌表现人的真性情,不同的人有不同的性情,时代变化诗歌也会随之发展。在他看来,学习古人是必要的,复古则并非明诗发展的必然出路。在明代诗歌问题上,钱、纪的根本不同就在于此。他们对严羽和高棅态度的不同,也根源于此。七子宗唐,受高棅影响很大。纪昀接受了严羽宗法盛唐等观点,对高棅把唐诗分为四个阶段,虽没有明确表态,实际是赞同的。他自己论唐诗的时候,就是分为四个阶段。钱谦益对此则心有不满。《唐诗英华序》:"世之论唐诗者,必曰初盛中晚,老师竖儒,递相传述。揆厥所由,盖创于宋季之严仪卿,而成于国初之高棅,承讹踵谬,三百年于此矣。"《唐诗鼓吹序》:"唐人一代之诗，各有神髓，各有气候。今以初盛中晚釐为界分，又从而判断之曰：此为妙悟，彼为二乘；此为正宗，彼为羽翼。支离割剥，俾唐人之面目蒙幂于千载之上，而后人之心眼沈锢于千载之下。甚矣，诗道之穷也。"从这些可以看出，钱谦益主张抒发性情，没有必要因学唐诗而掩盖自己的真面目。这样，他在立场和观点上就更接近公安派，而和七子派相左。

"七子派强调形式风格的古典性，但牺牲了情感的真实性，雅而不真；公安派强调情感的真实性，但牺牲了形式风格的古典性，真而不雅。但真与雅是传统诗学的两个内在的价值尺度，要求处于平衡状态。"① 对性情和形式格调的矛盾，从上面可以看出，钱谦益更看重真，而纪昀更强调雅。

钱谦益推崇真诗，认为真诗是作者在情感支配下不得不作的结果。"诗言志，志足而情生焉，情萌而气动焉，如土膏之发，如候虫之鸣，欢欣噍杀，纤缓促数，穷于时，迫于境，旁薄曲折，而不知其使然者，古今之真诗也。"② "古之人，其胸中无所不有，天地之高下，古今之往来，政治之污隆，道术之醇驳，苞罗旁魄，如数一二。及其境会相感，情伪相逼，郁陶駓荡，无意于文，而文生焉，此所谓不能不为者也。"③ 既然诗不能不做，就应该带有作者鲜明的个性特征，不能摹拟因袭。"今也生乎百世之下，欲以其蝇声蛙噪，追配古人，俨然以李、杜相命，浸假而膏唇拭舌，訾议其短长，蜉蝣撼大树，斯可为一笑已矣。"④

在钱谦益这里，形成了这样的逻辑：主体的情真和诗文的工拙密切统一，可以视为一体。"古之为诗者，必有深情蓄积于内，奇遇薄射于外，轮囷结轖，朦胧萌折，如所谓惊澜奔湍，郁闭而不得流；长鲸苍虬，偃蹇而不得伸；浑金璞玉，泥沙掩匿而不得用；明星皓月，云阴蔽蒙而不得出。于是乎不能不发之为诗，而其诗亦不得不工。其不然者，不乐而笑，不哀而哭，文饰雕缋，词虽工而行之不远，美先尽也。"⑤ 也就是说，性情的真假，直接影响了诗歌的工拙。由此可见，钱谦益是以性情为本，而以形式为末。他所提出的有诗无诗，以及先看有诗无诗，再定其工拙的评判标准，都与性情和形式的关系问题有关。

---

① 张健：《清代诗学研究》，北京大学出版社 1999 年版，第 43 页。
② 钱谦益：《题燕市酒人篇》，《牧斋有学集》卷四十七。
③ 钱谦益：《瑞芝山房初集序》，《牧斋初学集》卷三十三。
④ 钱谦益：《范玺卿诗集序》，《牧斋初学集》卷三十一。
⑤ 钱谦益：《虞山诗约序》，《牧斋初学集》卷三十二。

"余常谓论诗者，不当趣论其诗之妍媸巧拙，而先论其有诗无诗。所谓有诗者，惟其志意偪塞，才力愤盈，如风之怒于土囊，如水之壅于息壤，傍魄结辖，不能自喻，然后发作而为诗。凡天地之内，恢诡谲怪，身世之间，交互纬繣，千容万状，皆用以资为诗，夫然后谓之有诗，夫然后可以叶其宫商，辨其声病，而指陈其高下得失。如其不然，其中枵然无所有，而极其挦撦采撷之力，以自命为诗。剪采不可以为花也，刻楮不可以为叶也。其或矫厉矜气，寄托感愤，不疾而呻，不哀而悲，皆象物也，皆余气也，则终谓之无诗而已矣。"① 至于工拙，钱谦益还说："古人之诗，以天真烂漫自然而然者为工，若以剪削为工，非工于诗者也"②。

显然，钱谦益制定这样的标准，主要是针对当时的弊端，尤其是明七子失去自我个性的摹拟而言的。钱谦益和明七子的分歧，归结起来，就是"在七子派，强调的是形式风格的独立于性情的一面，正是因为他们强调这种独立性，所以他们可以着眼于形式风格的层面来诠释风雅传统。但是在钱谦益，则强调的是形式风格受性情决定的一面，形式风格没有独立性，所以在他看来，七子派着眼于形式风格的层面建立风雅传统从根本上说乃是错误的"③。

纪昀对情真与诗工的关系，看法和钱谦益有所不同。不仅看重形式风格的独立性，而且强调性情与形式风格之间的复杂关系，坚持"凡作真语以不俚为妙"。像评赵师秀《十里》"（'亦知远役能添老，无奈高眠不救贫'）真语好，占身分人必不肯道，不知说出转有身分，胜于诡激虚骄也"；评白居易《卜岁日喜谈氏外孙女满月》"直写真情，尚不涉俚语。华而情伪，非也；情真而语鄙，亦非也"……，都体现了纪昀论诗的这个特点。

纪昀和钱谦益在真和雅问题，即诗歌情感和形式的关系问题上看法的不同，直接影响了他们对明代诗歌复古运动的态度和看法。相较而言，纪昀在此问题上尚不如钱谦益开放，诗教思想对纪昀的束缚和制约还是很明显的。

二 对明诗发展及其不同流派的评价

纪昀在《爱鼎堂遗集序》中指出："明二百余年，文体亦数变矣。其

---

① 钱谦益：《书瞿有仲诗卷》，《牧斋有学集》卷四十七。
② 钱谦益：《题交芦言怨集》，《牧斋有学集》卷十九。
③ 张健：《清代诗学研究》，北京大学出版社 1999 年版，第 130 页。

初，金华一派蔚为大宗。由三杨以逮茶陵，未失古格。然日久相沿，群以庸滥肤廓为台阁之体。于是乎北地、信阳出焉，太仓、历下又出焉，是皆一代之雄才也。及其弊也，以诘屈聱牙为高古，以抄撮饾饤为博奥。余波四溢，沧海横流，归太仆断断争之弗胜也。公安、竟陵乘间突起，幺弦侧调，伪体日增，而泛滥不可收拾矣。"① 在纪昀看来，明代的诗歌大致经过三次变化：台阁体和茶陵派，前后七子，公安派和竟陵派。它们的先后兴起，构成了明代诗歌发展的主体。

（一）台阁体和茶陵派

"虽无深湛幽渺之思，纵横驰骤之才，足以震耀一世，而逶迤有度，醇实无疵，台阁之文所由与山林枯槁者异也。（杨荣）与杨士奇同主一代之文柄，亦有由矣。柄国既久，晚进者递相摹拟，城中高髻，四方一尺。余波所衍，渐流为肤廓冗长，千篇一律。物穷则变，于是何、李崛起，倡为复古之论，而士奇、荣等遂为艺林之口实。平心而论，凡文章之力足以转移一世者，其始也必能自成一家，其久也亦无不生弊。微独东里一派，即前后七子，亦孰不皆然？不可以前人之盛，并回护后来之衰，亦不可以后来之衰，并掩没前人之盛也。亦何容以末流放失，遂病士奇与荣哉？"② 这段文字已经基本概括了台阁体的兴衰和纪昀对它的看法。明初洪武帝重视文治，社会较为安定，宋濂等人倡导明道，鼓吹盛世、宣扬王化的台阁体应运而生。它以杨士奇、杨荣、杨溥为代表，把国家世运和诗文紧密联系，追求自然雅正、雍容清丽。三杨诗作"和平安雅"③，但后来弊端日剧，"至宏正之间而极弊，冗沓肤廓，几于万喙一音"④，"并无咸酸之可味"⑤。

台阁体之后统领文坛的是李东阳的茶陵派。李东阳论诗尊唐抑宋，提倡格调，"唐人不言诗法，诗法多出宋，而宋人于诗无所得。所谓法者，

---

① 《四库全书总目》也称："明之诗派，始终三变。洪武开国之初，人心浑朴，一洗元季之绮靡。作者各抒所长，无门户异同之见。永乐以迄宏治，沿三杨台阁之体，务以春容和雅，歌咏太平。其弊也冗沓肤廓，万喙一音，形模徒具，兴象不存。是以正德、嘉靖、隆庆之间，李梦阳、何景明等崛起于前，李攀龙、王世贞等奋发于后，以复古之说，递相唱和，导天下无读唐以后书。天下响应，文体一新。七子之名，遂竟夺长沙之坛坫。渐久而摹拟剽窃，百弊俱生。厌故趋新，别开蹊径。万历以后，公安倡纤诡之音，竟陵标幽冷之趣，幺弦侧调，嘈囋争鸣。佻巧荡乎人心，哀思关乎国运。而明社亦于是乎屋矣。"（总集类五《明诗综》提要）

② 《四库全书总目》别集类二三，《杨文敏集》提要。

③ 《四库全书总目》别集类二三，《颐庵文选》提要。

④ 《四库全书总目》别集类二三，《倪文僖集》提要。

⑤ 《四库全书总目》别集类二二，《可传集》提要。

不过一字一句，对偶雕琢之工，而天真兴致则未可与道。其高者失之捕风捉影，而卑者坐于黏皮带骨，至于江西诗派极矣"，"诗必有具眼，亦必有具耳。眼主格，耳主声"①。李东阳还反对一味学古，主张不主一格。《镜川先生诗集序》："今之为诗者能轶宋窥唐已为极致，两汉之体已不复讲。而或者又曰必为唐、必为宋，规规焉俯首缩步，至不敢易一辞，出一语。纵使似之，亦不足贵矣。……岂必模某家，效某代，然后谓之诗哉！"他的理论对后世有不小影响，其格调说被后人接受，又有所发展。《四库全书总目》对李东阳的评价是："李、何未出以前，东阳实以台阁耆宿主持文柄。其论诗主于法度音调，而极论剽窃摹拟之非，当时奉以为宗。至何、李既出，始变其体。然赝古之病，适中其所诋诃。故后人多抑彼而伸此。"②

　　"抑彼而伸此"者中，就有钱谦益。纪昀对台阁体和茶陵派的态度和《四库全书总目》一致，注重从史的角度分析，既承认它们在诗歌发展中的可取之处，也不因此回护后来的弊端。钱谦益对台阁体，也基本持肯定的态度，称杨士奇《东里诗集》"词气安闲，首尾停稳，不尚藻辞，不矜丽句，太平宰相之风度可以想见，以词章取之则末矣"③。钱谦益对茶陵派则全面肯定。在对前人诗歌的态度上他和李东阳比较接近，反对摹拟学古、拘于一家一派。学古而能出以自我，这是钱谦益欣赏李东阳处。《书李文正公手书东祀录略卷后》："西涯之文，有伦有脊，不失台阁之体。诗则原本少陵、随州、香山，以追宋之眉山、元之道园，兼综而互出之，弘正之作者，未能或之先也。李空同后起，力排西涯，以劫持当世，而争黄池之长。……试取空同之集，汰去其吞剥挦撦、吷牙龃齿者，而空同之面目，犹有存焉者乎？西涯之诗，有少陵，有随州，有香山，有眉山、道园，要其自为西涯者，宛然在也。"他还在《题怀麓堂诗钞》中指出："近代诗病，其证凡三变：沿宋、元之窠臼，排章俪句，支缀蹈袭，此弱病也；剽唐、《选》之余瀋，生吞活剥，叫号躐突，此狂病也；搜郊、岛之旁门，蝇声蚓窍，晦昧结嶭，此鬼病也。……孟阳于恶疾沈痼之后，出西涯之诗以疗之，曰：'此引年之药物，亦攻毒之箴砭也。'"

　　（二）前后七子复古派

　　"自李梦阳、何景明崛起弘、正之间，倡复古学。于是文必秦汉，诗

---

① 李东阳：《怀麓堂诗话》。
② 《四库全书总目》诗文评类二，《怀麓堂诗话》提要。
③ 钱谦益：《列朝诗集》乙集卷一。

必盛唐，其才学足以笼罩一世，天下亦响然从之，茶陵之光焰几烬。逮北地、信阳之派转相摹拟，流弊渐深，论者乃稍稍复理东阳之传，以相撑拄。盖明洪、永以后，文以平正典雅为宗，其究渐流于庸肤。庸肤之极，不得不变而求新。正、嘉以后，文以沈博伟丽为宗，其究渐流于虚憍。虚憍之极，不得不返而务实。二百余年，两派互相胜负，盖皆理势之必然。平心而论，何、李如齐桓、晋文，功烈震天下，而霸气终存。东阳如衰周、弱鲁，力不足御强横，而典章文物尚有先王之遗风。殚后来雄伟奇杰之才，终不能挤而废之，亦有由矣。"①

　　此段文字可视为纪昀在内的清代正统文论家对明代诗歌发展的总括。对于七子，有肯定，也有批评。再结合《二樟诗钞序》、《冶亭诗介序》可以看出，纪昀对前后七子态度不同，对前七子较为肯定，认为他们的复古使得"风气为之一变"，堪称"一代文章之盛"，这种评价是相当高的；对后七子则多批评，"剿袭摹拟，渐成窠臼"，"嘉隆七子，规规摹杜之形似，宏音亮节，实为尘饭土羹也"②。不过，纪昀更多的时候是将他们放在一起批评的，如"七子之诗，虽不免浮声，而终为正轨。吐其糟粕，咀其精英，可由是而盛唐，而汉魏。惟袭其面貌，学步邯郸，乃至如马首之络，篇篇可移；如土偶之衣冠，虽绘画而无生气耳"③，"明七子之摹古，不过双钩填廓耳"④。

　　朱自清谈到诗歌发展的时候，指出："到了明代的李梦阳，他更进一步，主张五言古诗以汉、魏、六朝为宗，七言古诗以乐府及盛唐为宗，近体全以盛唐为宗。他给诗立了定格，建了正统。他的诗的影响不过一时，但他的诗格论的影响不是一时的；后来虽有许多反对的意见，却并没有能够动摇他的基础。它的基础是在'吟咏情性'（《诗大序》）'温柔敦厚'（《礼记·经解》）那些话和'选体'的五言诗上头"⑤。这段话有助于理解纪昀和七子在理论上的一致性，也可视作纪昀认可前七子的原因。

---

① 《四库全书总目》别集类二三，《怀麓堂集》提要。此外还可参考："当太仓、历下坛坫争雄之日，士大夫奔走不遑，七子之数，辗转屡增。一时山人墨客，亦莫不望景趋风，乞齿牙之余论，冀一顾以增声价。盖诗道之盛，未有盛于是时者。诗道之滥，亦未有滥于是时者。"（别集类二五《西邨诗集》提要）"梦阳振起痿痹，使天下复知有古书，不可谓之无功。而盛气矜心，矫枉过直。"（别集类二四《空同集》提要）
② 《二樟诗钞序》，《纪晓岚文集》第1册，河北教育出版社1991年版，第200页。
③ 《冶亭诗介序》，《纪晓岚文集》第1册，河北教育出版社1991年版，第190页。
④ 纪评《和陶饮酒二十首》，《苏诗汇评》，四川文艺出版社2000年版，第1480页。
⑤ 《论"以文为诗"》，《朱自清古典文学论文集》（上），上海古籍出版社1981年版，第92页。

　　纪昀肯定七子复古，但对"以摹拟秦汉为倡，于是人人皆秦汉，而人人之秦汉，实同一音"① 的创作表示不满，认为他们复古的方法不对。这批评主要针对他们后来发展的弊端提出的。实际上，七子复古派人数众多，观点也不尽一致，在理论上并非完全复古、不注意诗歌的性情和创新。像李梦阳《刻戴大理诗序》："情感于遭，故其言人人殊"；何景明在《与李空同论诗书》提出"达岸则舍筏"的见解；徐桢卿《谈艺录》也指出"情者心之精也"等。由此可见，他们不仅看重诗歌讲究性情，而且是要有个性的真性情，那么这种说法和纪昀、钱谦益是一致的。既然理论相同，为何两人要对七子大加批判呢？原因在于两人面对的是他们的诗歌创作，而不是理论，二者还是有一定距离。李梦阳"要抒发的一己之真情，如对腐败政治的批评，对理学虚伪的不满，对萎弱文风的抨击等，都还没明显地越出儒家传统的观念，故他或把自己比作屈原、贾谊，或在山水与友情中寻求解脱。总之，他在封建社会前期的优秀的诗文中大致相仿地寻得了一己之真我，寻得了寄托。这就是他的情真说与复古的格调说的会合之处，也是他与袁宏道诗论发生歧异的关键所在"②。这种说法还可进一点探讨。诗歌史上以前也有诗人主张复古，如陈子昂，他对情感的看法应该也是符合儒家传统的，然而他何以会取得成功，创作出优秀的诗作？上述说法把性情的内涵看得过于狭窄了。忠孝节义是儒家倡导的情感，但"春秋代序，阴阳惨舒，物色之动，心亦摇焉"③，这种对自然、外界的感受，也是情感的一部分，并不一定说尊奉儒家诗教的诗人就没有这些情感。事实上恰恰是把这些感受和社会、人生联系起来，诗人才创作出真正优秀的作品。具体到这个问题，纪昀认为七子诗歌不好，归根到底在于复古没有体现出自己的本色。虽然不能超出儒家规范，但个人的本色、个性总应该是存在的。

　　《香亭文稿序》："为文不根柢古人，是僵规矩也；为文而刻画古人，是手执规矩不能自为方圆也"。在纪昀看来，没有处理好学古和创新的关系，是七子复古派出现弊病的根本原因。同篇文章中，纪昀又进一步阐释："夫巧者，心所为；心所以能巧，则非心之自能为。学不正则杂，学不博则陋，学不精则肤，杂而兼以陋且肤，是恶能生巧；即恃聪明以为巧，亦巧其所巧，非古人之所谓巧也。"这里所说的"巧"，是一个比较

① 《香亭文稿序》，《纪晓岚文集》第 1 册，河北教育出版社 1991 年版，第 193 页。
② 袁震宇、刘明今：《明代文学批评史》，上海古籍出版社 1991 年版，第 11—12 页。
③ 刘勰：《文心雕龙·物色》。

宽泛的概念，具体到这个语境，可以理解为创作的高超技巧和水平，"心"则代表了创作主体。纪昀认为"心"不能自己生"巧"，必须经过学习。学习不当也会影响创作，依仗自己的聪明进行的创作，也只能是自己认为不错，实际已经偏离了古人所说的"巧"的本义。正确的办法是"惟根本六经，而旁参以史、子、集，使理之疑似，事之经权，了然于心，脱然于手，纵横伸缩，惟意所如，而自然不悖于道"。以此对照七子，情况就比较清楚了。复古派自然是学习古人的，李梦阳《答周子书》提出"文必有法式，然后中谐音度"，但七子"为文而刻画古人"，学到了方法但不能自为方圆，"了然于心"而不能"脱然于手"，过于拘泥前人法则，缺乏熔炼之功，不能将自己的气和神灌注到作品中，所以诗歌了无生气，形同泥胎木塑。

　　对待七子，钱谦益不同于纪昀认可中有批评的态度，基本上持彻底否定的态度。乔亿《剑溪说诗》："明诗屡变，咸宗六代三唐，固多伪体，亦有正声。自钱受之力诋弘、正诸公，始缵宋人余绪，诸诗老继之，皆名唐而实宋，此风气一大变也。"钱受之即钱谦益。"钱谦益是前人和同时代人批评前、后七子各种意见的集大成者，而锋芒更为毕露。"① 钱谦益晚年在《题徐季白诗卷后》中也自称："余之评诗，与当世抵牾者，莫甚于二李及弇州。"他对前后七子的批判非常严厉，"今之人，耳偷目僦，降而剿贼，如《弇州四部》之书，充栋宇而汗牛马，即而际之，枵然无所有也，则谓之无物而已矣"②，"献吉辈之言诗，木偶之衣冠也，土苴之文绣也。烂然满目，终为象物而已"③。袁中道在《中郎先生全集序》中尚且承认："自宋、元以来，诗文芜烂，鄙俚杂沓。本朝诸君子出而矫之，文准秦、汉，诗则盛唐，人始知有古法。"钱谦益则只注重前后七子的弊端，进行抨击，对于复古派的功绩都视而不见。后人对钱谦益这种比较偏激的做法多有批评。王士祯《居易录》称："牧斋訾謷李何，则并李何之友如王襄敏、孟大理辈而俱贬之；推戴李宾之，则并宾之门生如顾文僖辈而俱褒之。"④ 不置一评而讥讽之意可见。

　　（三）公安派和竟陵派

　　由于极力鼓吹复古而忽视自身的性情，七子在创作上出现了有形无神的弊端，主张创新的诗歌潮流即起而批之。万历中期后，公安"三

---

①　邬国平、王镇远：《清代文学批评史》，上海古籍出版社 1995 年版，第 117 页。
②　钱谦益：《汤义仍先生文集序》，《牧斋初学集》卷三十一。
③　钱谦益：《曾房仲诗叙》，《牧斋初学集》卷三十二。
④　转引自《带经堂诗话》卷二。

袁"即袁宗道、袁宏道和袁中道崛起，主张"独抒性灵，不拘格套"，反对复古，对七子派复古理论给予迎头痛击。此后，钟惺、谭元春继起，继续提倡创新，反对复古。不过，这两个流派和七子复古派一样，都出现了较为偏执、极端的情况：复古派主张拟议，在复古中耽于形式，失去了自我，形同木偶；公安、竟陵主张变化，在革新上大胆出奇，或注重性情流露而失之于直、野，或注重了诗歌的典雅而失之于枯、僵，各有弊病。

《四库全书总目》和纪昀对公安派、竟陵派的指责都很严厉——"务反前规，横开旁径，逞聪明而偭古法"①，"三袁纤俗，钟、谭佻薄"②。纪昀在嘉庆丙辰会试策问中所说的"北地、信阳以摹拟汉、唐流为肤滥，然因此禁学汉、唐，是尽偭古人之规矩也；公安、竟陵以荸甲新意，流为纤佻，然因此恶生新意，是锢天下之性灵也"，已经表达了对公安派、竟陵派的看法：反对公安派和竟陵派的主张，但对其创新亦有所认可。

袁宏道《叙小修诗》提出"独抒性灵，不拘格套"的观点，认为"代有升降，而法不相沿，各极其变，各穷其趣，所以可贵。原不可以优劣论也。且夫天下之物，孤行则必不可无，必不可无，虽欲废焉而不能。雷同则可以不有，可以不有，则虽欲存焉而不能。故吾谓今之诗文不传矣。其万一传者，或今闾阎妇人孺子所唱《击破玉》、《打草竿》之类，犹是无闻无识，真人所作，故多真声。不效颦于汉、魏，不学步于盛唐，任性而发，尚能通于人之喜怒哀乐嗜好情欲，是可喜也"。这种说法是比较新颖、大胆的。袁宏道非但反感复古，甚至提出妇人孺子的民间歌谣或许才真正可传。他对喜怒哀乐嗜好情欲的强调和表现，体现出了对个体情感和自我的高度重视，已经带有反叛传统的色彩。从嘉靖后期开始，随着社会经济的发展，人们对礼教的束缚越来越不满，要求表现个性、张扬自我的思潮迅速蔓延，并体现在文学的各个领域。心学的迅速传播和李贽童心说的出现，为这种思潮提供了理论依据；徐渭、汤显祖等人则以自己的理论和创作促进了新思潮的传播。公安三袁就是在这样的背景下，成为新思潮最突出的一部分，有力地批判了七子的复古运动，倡导性灵，给诗坛带来新的气象。

对公安派倡导性灵的进步意义，纪昀是认识不到的。他主要从辨别诗

---

① 《四库全书总目》别集类二五，《谷城山馆诗集》提要。
② 《四松堂集序》，《纪晓岚文集》第 1 册，河北教育出版社 1991 年版，第 196 页。

歌源流正变的角度，认为公安派的弊病主要在于有创新而没有继承前人成果，只重性情的抒发而"为文不根柢古人"。上面"心"和"巧"的关系中，陋肤而自巧其巧，就是针对公安派和竟陵派而言的。纪昀对公安派的这种批评，是他思想保守、拘泥的体现。不过，他对公安派的意义也并非毫无认识，所以在嘉庆丙辰会试策问指出公安派、竟陵派"荦甲新意，流为纤佻"，假如"因此恶生新意，是锢天下之性灵也"。此外，袁宏道的思想不仅有进步的一面，也有矫枉过正的一面。"见从己出，不曾依傍半个古人"（《张幼于》），"宁今宁俗"（《冯琢庵师》），这些说法对诗歌发展也有不利的影响。所以纪昀从诗歌发展角度考虑，认为拟议与变化之间酌乎其中，既要学习古人，又要自出新意，两者结合，才能在继承的基础上有所创新，其批评也有一定的意义。

　　钱谦益对公安派的态度则有褒有贬，不太明朗。他和袁中道关系甚好，视李贽为公安派之先驱。"余录中郎诗，参以小修之论，取其申写性灵而不悖于风雅者"（《列朝诗集》丁集卷十二），肯定公安派提倡性灵，对改变七子摹拟的习气有所作用，但又不满于其性情过于宽泛，不合风雅，总的来说是褒多于贬。"万历之季，海内皆诋訾王、李，以乐天、子瞻为宗，其说唱于公安袁氏。而袁氏中郎、小修皆李卓吾之徒，其指实自卓吾发之。……夫诗至于香山，文至于眉山，天下之能事尽矣。袁氏之学，未能尽香山、眉山，而其抉摘芜秽，开涤海内之心眼，则功于斯文为大。"①

　　对于竟陵派，纪昀和钱谦益的态度完全一致，都是严厉批判。"隆万以后，公安三袁始攻击王、李诗派，以清巧为工，风气一变。天门钟惺更标举尖新幽冷之词，与元春相唱和，评点《诗归》，流布天下，相率而趋纤仄。有明一代之诗，遂至是而极弊。论者比之诗妖，非过刻也。"② "窃尝谓末学之失，其病有二，一则弊于俗学，一则误于自是。"③ 钱谦益所说二病，前者说的是王、李，后面指责的就是钟、谭。

　　纪昀将明代诗歌复古运动放在历史的发展中，得出的评价虽然带有正统色彩，但还相对客观。朱彝尊《静志居诗话》卷十也指出："成、弘间，诗道旁落，杂而多端，台阁诸公，白草黄茅，纷芜靡蔓。……北地一呼，豪杰四应，信阳角之，迪功犄之，……正变则有少谷、太初，傍流则

---

① 钱谦益：《陶仲璞遯园集序》，《牧斋初学集》卷三十一。
② 《四库全书总目》别集类存目七，《岳归堂集》提要。
③ 钱谦益：《答徐巨源书》，《牧斋有学集》卷三十八。

有子畏，霞蔚云蒸，忽焉丕变，呜呼盛哉！"这种说法在清初到清中期比较盛行。在正统文论家看来，七子派虽多有弊端，但毕竟沿袭诗歌正统，以汉魏盛唐为宗；公安派的性灵说直接源于李贽童心说，有排斥经典的异端倾向。所以即使诗歌表达真情，也绝非正道，旁门左派而已。钱谦益对此也有一定认识，所以他才以古老的"诗言志"为自己的理论依据，而没有采纳公安派的性灵说。

对于钱谦益对李东阳的肯定，有学者分析："茶陵派寄托着他们昌隆诗道的希望，这是与后人以平静的心境看待李东阳创作的是非得失极不相同的"①。这也可以用来解释纪昀和钱谦益在这些方面差异的原因。所处时代和背景的不同对两人关于明代诗歌发展的态度影响也很大。钱谦益尚处在这个过程之中，曾深受七子观点影响。"余少而学诗，沉浮于俗学之中，憒无适从"②，"一误于王、李俗学之沿袭，寻行数墨，伥伥如瞽人拍肩"③，甚至一度"奉弇州《艺苑卮言》如金科玉条"④，直到中年才受人影响"幡然易辙"。他和公安派也有来往，袁中道还曾提议共同排击竟陵派⑤。所以钱谦益对七子派和公安派的利弊，认识比较深刻，着重强调性情对诗歌的根本意义和情志的统一。纪昀已经置身事外，对明代诗歌发展变化有整体认识，能更客观、全面地对待明代各个流派，分析其动机、原因和影响。所以纪昀对七子的复古摹拟提出批评，同时从正统角度肯定这场运动对于弘扬诗教的裨益。

在《玉台新咏》校正的跋中，纪昀提出了"三障"说，可以将其视为对诗歌批评的总结：

> 孔子论诗曰：思无邪。孟子论说诗曰：以意逆志。圣贤宏旨具于斯矣。学者取古人之诗，究其正变，以求所谓发乎情，而止乎义理者，或法或戒，皆可以上溯风雅也。否则横生意见，以博名高。本浅者务深言之，本小者务大言之，本通者务执言之，附会经义，动引圣人，是之谓理障；旧说既无师承，古籍亦鲜明证，钩稽史传，以佽其

---

① 邬国平、王镇远：《清代文学批评史》，上海古籍出版社1995年版，第120—121页。

② 钱谦益：《虞山诗约序》，《牧斋初学集》卷三十二。

③ 钱谦益：《答杜苍略论文书》，《牧斋有学集》卷三十八。

④ 钱谦益：《读宋玉叔文集题辞》，《牧斋有学集》卷四十九。

⑤ 《列朝诗集小传·袁仪制中道》载袁中道语："杜之《秋兴》，白之《长恨歌》，元之《连昌宫词》，皆千古绝调，文章之元气也。楚人何知，妄加评窜。吾与子当昌言击排，点出手眼，无令后生堕彼云雾。"

姓名年月之偶合，是之谓事障；矜一韵之奇，争一字之巧，所谓好色不淫、怨诽不乱者，弗讲也，所谓铺陈终始、排比声韵者，弗讲也，所谓思表纤旨、文外曲致者，弗讲也，是之谓词障。三障作而诗教晦矣，是非俗士之弊而通人之弊也。

从时间来看，纪昀对《玉台新咏》的点评和考异，是在辛卯年十月到次年二月，辛卯即乾隆三十六年，纪昀始从乌鲁木齐返京。在前文已经指出，纪昀对《文心雕龙》、《瀛奎律髓》等重要作品的点评，同样集中在从乌鲁木齐回京至入四库馆中间的两年时间之内。这时，他的文学思想已经非常成熟，所以《玉台新咏》校正中提出的"三障"说，代表了纪昀对诗歌批评的认识和观点。

在这段文字中，纪昀区分了孔子和孟子对诗的说法。孔子论的对象是"诗"，也就是说，"思无邪"是诗的特点。孟子论的则是"说诗"，即"以意逆志"是对经典进行阐释和批评的方法。

在早期，对经典进行阐释的方法并非只有"以意逆志"一种。孟子批评的"断章取义"也是其中之一。这些后来发展成为文学批评的重要手段和方法。在《万章上》中，孟子指出：

咸丘蒙曰："舜之不臣尧，则吾既得闻命矣。《诗》云：'普天之下，莫非王土；率土之滨，莫非王臣。'而舜既为天子矣，敢问瞽瞍之非臣，如何？"曰："是诗也，非是之谓也；劳于王事，而不得养父母也。曰此莫非王事，我独贤劳也。故说诗者不以文害辞，不以辞害志。以意逆志，是为得之。如以辞而已矣，《云汉》之诗曰：'周余黎民，靡有孑遗。'信斯言也，是周无遗民也。"

上面提到如果不"以意逆志"的结果就会"横生意见"。这两个"意"，应该是同一个意思，"见"则是由意生发出的具体见解和主张。所以，纪昀这段文字最核心的是"圣贤宏旨具于斯矣"，强调说诗者要本乎六经，在尊重作者创作主旨的基础上，自觉地用"发乎情，止乎礼义"来衡量和评价诗歌；如果做不到这一点，对诗歌的看法和批评就会出现偏差，也就是"横生意见"。"横生意见"来探究诗歌的目的，并非是"探风雅之大原"，而是"以博名高"，其结果就是"三障"的出现，"三障作而诗教晦矣"。纪昀还特意指出，这"非俗士之弊而通人之弊也"。

从前面对诗学史的分析可以看出，纪昀提出"事障"、"理障"和"词障"，是针对诗歌发展中出现的主要问题提出的批评。"三障"说和"诗本性情"、"温柔敦厚"、"发乎情，止乎礼义"兼重等观点，共同构成了纪昀诗歌创作和发展理论的核心。

第五章　理:纪昀的小说观念与创作

在诸多著述与点评中，能真实体现纪昀情怀和思想的，首先是他的创作，一是《南行杂咏》一类的诗歌，一是笔记小说。因为题材的特点，笔记小说较之诗歌更能直接和全面地反映纪昀的学术思想。因此，始于乾隆五十四年（1789），终于嘉庆三年（1798），晚年花费十年工夫创作的《阅微草堂笔记》，对于纪昀文学思想研究，是不可或缺的重要材料。

纪昀称创作笔记小说是"姑以消遣岁月而已"①，回顾自己的学术生涯时对《阅微草堂笔记》只字不提，可能只是传统价值观念影响下的一种说辞。这种情况在历史上并不少见。欧阳修在《思颖诗后序》中称："尔来俯仰二十年间，历事三朝，窃位二府，宠荣已至而忧患随之，心志索然而筋骸惫矣。"这种心态和纪昀晚年创作《阅微草堂笔记》相似，欧阳修在《六一诗话》自序中亦称："居士退居汝阴，而集以资闲谈也。"但是《六一诗话》对于欧阳修、对于批评史的重要意义是不言而喻的。《阅微草堂笔记》之于纪昀的情况大致也是如此。

纪昀是一位满怀经世热情又极为冷静的学者，虽然晚年位高名显，但是始终没有获得真正的权势，也没有进入权力的核心，一生并没有什么治国平天下的经历。自觉地顺从和维护主流意识形态、难以聚徒讲学的纪昀，如何在桑榆之年显现治世的抱负与才能？撰写笔记小说，大概是唯一之选。

　　张南山（维屏）曰："或疑文达公博览淹贯，何以不著书？"余曰："公一生精力具见于《四库全书提要》，又何必更著书？"或又言："既不著书，何以又撰小说？"余曰："此公之深心也。盖考据论辨之书，至于今而大备，其书非留心学问者多不寓目。而稗官小说，搜神志怪，谈狐说鬼之书，则无人不乐观之，故公即于此寓劝戒之

---

① 《姑妄听之序》。

意。托之于小说，而其书易行，出之于谐谈，而其言易入。"①

这段文字表述得非常清楚，考据之书在当时已经大备，而且读者群相对较小，笔记小说则不然，"无人不乐观之"。纪昀的资历、处境，则注定了纪昀撰写的笔记小说必然不同于在当时家喻户晓的《聊斋志异》，也会有别于同时期写作的《新齐谐》。就像晚年的纪昀想有作为有影响，笔记小说是不二之选一样，寓意劝惩也是他笔记小说创作的唯一选择。有益教化一直是贴在纪昀和《阅微草堂笔记》上最大的标签。这是事实，但不是全部事实。这种表象下隐藏的，是纪昀表现自己考据之学与治世之能，并由此获得社会的存在感和成就感的强烈愿望。

将纪昀同期创作的笔记小说和歌功颂德的恭贺文字对比来看，可以清楚地看到纪昀的两面性——在社会上，他是一个戴着面具的谨小慎微的官员；在生活中，他则是一个有着真实性情和鲜明好恶的学者。作为一名善于自保的官员，纪昀老于世故，在各个方面都严守着社会或明或暗的制度与规则，对当权者的意志与主流思想顺从甚至有所迎合；作为一名学者，他则在允许的范围内尽力探索各类现象存在的边界与运行的规律，分析其矛盾，展现不和谐与不合理之处。制度与规则也好，边界与规律也罢，其核心都在一个"理"字——"读书以明理，明理以致用"（《姑妄听之》四），"无所不有，即理也"（《滦阳消夏录》六）。

第一节　纪昀的小说观与《阅微草堂笔记》的义理

纪昀的史家意识运用在批评上，首先是辨体，其次考镜源流。对待诗歌如此，对待小说也是一样。纪昀对于蒲松龄《聊斋志异》的批评——"一书而兼二体"，便是其史家意识在小说批评上的体现；纪昀区分的"著书者之笔"与"才子之笔"，亦同样出于此：

> 《聊斋志异》盛行一时，然才子之笔，非著书者之笔也。虞初以下，干宝以上，古书多佚矣。其可见完帙者，刘敬叔《异苑》、陶潜《续搜神记》，小说类也；《飞燕外传》、《会真记》，传记类也。《太平广记》事以类聚，故可并收。今一书而兼二体，所未解也。小说

① 梁恭辰：《北东园笔录》卷一，《笔记小说大观》第十四册。

既述见闻，即属叙事，不比剧场关目，随意装点。伶玄之传，得诸樊
嬺，故猥琐具详；元稹之记，出于自述，故约略梗概。杨升庵伪撰
《秘辛》，尚知此意，升庵多见古书故也。今燕昵之词、媟狎之态，
细微曲折，摹绘如生。使出自言，似无此理；使出作者代言，则何从
而闻见之? 又所未解也。留仙之才，余诚莫逮其万一；惟此二事，则
夏虫不免疑冰。(盛时彦《姑妄听之》跋引纪昀语)

　　纪昀分析了笔记和传奇两种小说类型，指出蒲松龄《聊斋志异》"一
书而兼二体"，这固然是《聊斋志异》的特色，从文体角度来说，纪昀的
批评却是正确的。对此，学界已有共识。
　　关于"才子之笔"与"著书者之笔"，首先，"才子之笔"只是针对
蒲松龄《聊斋志异》。虽然《聊斋志异》传奇色彩很浓，但并非纯粹的传
奇作品，而且此引文中涉及其他传奇作品，也主要出于对实录的强调。至
于他处提到传奇类作品，如《滦阳续录》(六)最后一则，认为自己的作
品"不失忠厚之意，稍存劝惩之旨，不颠倒是非如《碧云騢》，不怀挟恩
怨如《周秦行记》，不描摹才子佳人如《会真记》，不绘画横陈如《秘
辛》，冀不见摈于君子云尔"，参考《四库全书总目》对小说的收录和评
价，可以看出纪昀对传奇类小说评价不高，但"才子之笔"是否可以由
《聊斋志异》扩大到整个传奇类作品，将之视为这类作品的表现手法，尚
需斟酌。有研究者认为：第一，著书者之笔是针对才子之笔而言的，它们
分别代表了笔记小说与传奇小说的创作手法和审美特征。前者反对虚构与
铺饰，后者突出想象与细节；前者长于议论，显示学问和才华，后者渲染
情感；前者代表学者的审美理想，推崇简淡平实、博学儒雅和和顺从容，
后者富有激情；前者尚质黜华，自然妙远，后者细腻生动，藻绘可观。第
二，著书者之笔相对于乾嘉以前的笔记小说而言。主要表现为以文人学者
的趣味作为题材取舍的标准，以博雅相尚①。这种分析仅就笔记和传奇小
说的区别而言，是有道理的。但假若针对纪昀这里提出的"著书者之笔"
与"才子之笔"而言，稍有过度阐释之嫌。
　　其次，"著书者之笔"是对笔记小说提出的创作要求。纪昀的弟子盛
时彦在《姑妄听之》跋文中提及著书之理：

　　　先生之书，虽托诸小说，而义存劝戒，无一非典型之言，此天下

────────────

①　宋莉华：《清代笔记小说与乾嘉学派》，《文学评论》2001年第4期。

之所知也。至于辨析名理，妙极精微，引据古义，具有根柢，则学问见焉。叙述剪裁，贯穿映带，如云容水态，迥出天机，则文章亦见焉。读者或未必尽知也，第曰先生出其余技，以笔墨游戏耳。然则视先生之书，去小说几何哉？夫著书必取熔经义，而后宗旨正；必参酌史裁，而后条理明；必博涉诸子百家，而后变化尽。譬大匠之造宫室，千楹广厦，与数椽小筑，其结构一也。故不明著书之理者，虽诂经评史，不杂则陋；明著书之理者，虽稗官脞记，亦具有体例。

这段话虽然出自盛时彦之口，但从纪昀对诗歌点评多次提到要学习古人，拟议以成变化等近似内容，可知这也是纪昀自己的意思。即使是笔记小说的创作，也应该"取熔经义"，"参酌史裁"，"博涉诸子百家"，广泛学习前人著述，立言有体，并自成变化，这样才能宗旨正、条理明而变化尽。不明著书之理，虽诂经评史，亦不杂则陋；明著书之理者，虽稗官脞记，亦具有体例。下面盛时彦还自称："因先生之言，以读先生之书，如迭矩重规，毫厘不失，灼然与才子之笔，分路而扬镳"。这样，"著书者之笔"与"才子之笔"的区别就更加明显。简单来说，"著书者之笔"就是在广泛学习经、史、子、集的基础上，符合儒家宗旨、史家要求，学古而不拘、有所创新这样的创作方法。这已经不仅是针对笔记小说了，在纪昀看来，所有的著述都应该如此。相应的"才子之笔"，就是对经典重视不够，依仗天分，抒发性情，表达见解，比较自由却不符合实录原则的写作方式。

纪昀确实是以"著书者之笔"来写作志怪笔记的。通过对蒲松龄《聊斋志异》的批评及《四库全书总目》对小说的评价来看，纪昀对小说的艺术性已有所认识，但是，他对小说审美特点的认识还不能摆脱史家小说观念的束缚，这不仅在理论上限制了自己，也妨碍了自己的创作实践。鲁迅在《怎么写》一文中就一针见血地指出："纪晓岚攻击蒲留仙的《聊斋志异》，就在这一点。两人密语，决不肯泄，又不为第三人所闻，作者何从知之？所以他的《阅微草堂笔记》，竭力只写事状，而避去心思和密语。但有时又落了自设的陷阱，于是只得以《春秋左氏传》的'浑良夫梦中之噪'来解嘲。他的支绌的原因，是在要使读者信一切所写为事实，靠事实来取得真实性，所以一与事实相左，那真实性也随即灭亡。如果他先意识到这一切是创作，即是他个人的造作，便自然没有一切挂碍了。"

徐复观《中国文学中的想象问题》也指出："蒲留仙的《聊斋志异》、纪晓岚的《阅微草堂笔记》，都是说狐说鬼，都有很丰富的想象。并且纪晓岚的文笔精洁，各篇的结构富于变化，表现了他高度的文学技巧。但凡是看过这两部书的人，应当有一种共同印象，即是在《聊斋志异》的若干故事中，我们的感情常常受到故事内容的感染，而看完《阅微草堂笔记》后，只是冷冰冰地，读者与故事乃两不相干之物。因此，尽管纪氏的学问比蒲氏大，但两书在文学的价值上，纪氏的作品却远不及《聊斋志异》。为什么？蒲氏能由想象而引出深厚的感情，纪氏则没有用上这一套功夫，于是他的文学技巧，也只是一种文学技巧而已。至于袁子才的《子不语》，其所以成为东施效颦，原因也正在此。"①

　　孙犁1979年在《天津日报》发表了《关于纪昀的通信》，表达了不同的意见："《阅微草堂笔记》的成就，并不能说就比《聊斋志异》低下。《阅微草堂笔记》是一部成就很高的笔记小说，它的写法及其作用，都不同于《聊斋志异》。直到目前，它仍然在中国文学史上，占有其他同类作品不能超越的位置。它与《聊斋志异》是异曲同工的两大绝调。这是一部非常写实的书，纪昀用他亲身见闻的一些生活琐事，说明社会生活中的因果问题。它并不是唯心宿命的，他的道理是从现实生活中演绎出来的。因果报应，并不完全是迷信的，因果就是自然规律。至于文字之简洁锋利，说理之透澈周密，是只有纪昀的文笔才能达到的。我常常想，清代枯燥的考据之学，影响所及，使文学失去了许多生机。但是这种一针见血、无懈可击的刀笔文风，却是清朝文字的一大特色。"②

　　这两位都不是专门的小说研究者，他们的观点也没有受到太多重视，但是在对《阅微草堂笔记》众多的褒贬中比较有代表性。徐复观对《阅微草堂笔记》的批评主要在于：读者和故事不相干，没有由想象引出深厚的感情。相比徐复观，孙犁无疑更接近作品本身。虽然孙犁有些观点值得商榷，比如说"因果就是自然规律"，但他确实触及到了《阅微草堂笔记》的核心，那就是从现实生活中演绎道理。本书也正是因为此，认为纪昀晚年创作《阅微草堂笔记》，目的之一就是要表达自己对社会生活的思考。正因为纪昀头脑中根深蒂固的传统小说观念，他的志怪笔记小说带有非常明显的文化研究的性质。也就是说，纪昀顺其自然的学术生涯，最后是走向了大的文化研究，而不能将《阅微草堂笔记》仅作一般小说创作看。

---

① 　徐复观：《中国文学精神》，上海书店出版社2006年版，第84—85页。
② 　孙犁：《关于纪昀的通信》，《纪晓岚年谱》，书目文献出版社1993年版，第232页。

一 纪昀的义理观

纪昀认为小说应该寓劝解、广见闻、资考证，内容要丰富广博，因此《阅微草堂笔记》内容比较宽泛，社会人情物理、自然奇异现象，甚至西域风情、边疆考古等都有涉及，可谓是"以言鬼神、说怪异、玄议论、记轶事、杂考辨为主要内容的杂俎派笔记小说"①。有的摘录本将内容分为八类：官府内幕；俗世百态；恩怨情结；婢妾奴仆；畸人鬼魅；物理探微；记游志怪；文坛拾零②。此笔记小说内容之丰富由此也可见一斑。以前的笔记小说内容也很宽泛，涉猎较多，但主要叙事记奇，专注于志怪、琐事，基本上还是对现象的描述。纪昀认为现象重要，但内在的情理更重要，所以小说叙事记言，更要明理。那么纪昀的义理是什么呢？

有现象就有其道理，《阅微草堂笔记》五种之中涉及的理，归结起来大概分为四类：物理、事理、情理、势理。

物理。即存在于自然现象中的规律，如"生必有死，物理之常"③。笔记中记载了很多自然界的奇异现象或者反常现象：公鸡产卵；避暑山庄莲花秋开晚凋；小溪产巨蚌、蚌含两珠；形如蜈蚣，以兰蕊为食、遇盐而化的小虫；以食人血为生，能看见地下财宝的鳖宝；西域为一般人不熟悉的植物、动物，如野牛、雪莲等。纪昀不仅关注这些奇异现象，还试图予以解释。如彩虹一则：

> 世言虹见则雨止，此倒置也，乃雨止则虹见耳。盖云破日露，则回光返照，射对面之云。天体浑圆，上覆如笠，在顶上则仰视，在四垂则侧视，故敛为一线。其形随下垂，两面之势，屈曲如弓。又侧视之中，斜对目者近，平对目者远。以渐而远，故重重云气，皆见其边际，叠为重重红绿色；非真有一物如带，横亘天半也。其能下洞饮水，或见其首如驴者，并有能狎昵妇女者，当是别一妖气，其形似虹；或别一妖物，化形为虹耳。（《姑妄听之》四）

类似的内容在《阅微草堂笔记》中还有不少。这些在考古、西域研究等方面有一定价值，但是更多的内容在今天看来，意义主要在于民间文

---

① 吴礼权：《中国笔记小说史》，商务印书馆1993年版，第250页。
② 杨闻宇笺注：《阅微择谭》，四川文艺出版社1993年版。
③ 《如是我闻》二。

化习俗方面。

事理。纪昀坚持人伦日用、事无巨细而有其理，理事合一，反对理事分离。盛时彦序称："万事当然之理，是即道矣。故道在天地，如汞泻地，颗颗皆圆；如月映水，处处皆见。大至于治国平天下，小至于一事一物一动一言，无乎不在焉。"这也体现了纪昀的意见。社会中万事万物其中的曲折之理，纪昀多有所涉及，一一将之呈现出来。

以《滦阳消夏录》卷一一则故事为例：沧州刘士玉孝廉，有书室为狐所据，白昼与人对语，掷瓦石击人，但不睹其形耳。知州平原董思任，良吏也，闻其事，自往驱之。方盛陈人妖异路之理，忽檐际朗言曰："公为官颇爱民，亦不取钱，故我不敢击公。然公爱民乃好名，不取钱乃畏后患耳，故我亦不避公。公休矣，毋多言取困。"董狼狈而归，咄咄不怡者数日。刘一仆妇甚粗蠢，独不畏狐。狐亦不击之。或于对语时举以问狐，狐曰："彼虽下役，乃真孝妇也。鬼神见之犹敛避，况我曹乎！"刘乃令仆妇居此室。狐是日即去。

这个故事非常简短，却涉及几种理，且所有的人包括狐狸都遵"理"而行。有"人妖异路之理"，这是知州驱狐的理由；有为官爱民不取钱的理，这是狐狸不击知州的理由，但是因为官员是出于私心而非真正"良吏"，狐狸亦不躲避。与官员地位高却不高贵成对比的是，仆妇虽粗蠢低下，但是"真孝妇"，反而受到狐狸的礼让。一般研究者都注意到了笔记对节孝之理的宣扬，忽略了它其实在涉及的所有事由中都有个"理"在。

这种遇事讲理、守理的故事在《阅微草堂笔记》中随处可见，如"烟水森茫，庐舍遮映，实无望见理"，"盈虚消息，理似如斯"，"以天道论之，苟神理不诬，（魏）忠贤断无幸免理"，"为吏，非理取财，当婴刑戮"，"遇牛触仆，犹事理之常"，"前因后果，理自不诬"，"艰难辛苦以证道，犹力田以致富，理所宜然"，"鬼无白昼对语理，此必狐也"……万事都寻一个理出，讲个理在的现象，和戴震所说的情况倒很相似："六经、孔孟之言以及传记群籍，理字不多见。今虽至愚之人，悖戾恣睢，其处断一事，责诘一人，莫不辄曰理者，自宋以来始相习成俗"[①]。笔记人物处处讲理、事事讲理，确实与宋以来讲理之习有关。

除了纪昀对各类事理的展现外，他还关注到了事理之间的矛盾，"世

_____

① 《孟子字义疏证》卷上。

间真有不可解事。宋儒事事言理，此理从何处推求耶？"① 在事、理关系上，纪昀始终坚持事理合一，理在事中："理所必无，事所或有，类如此，然实亦理之所有"②，"其事为理所宜有，固不必以子虚乌有视之"③。对于坚持理无事有的情况，纪昀也提出了批评："理所必无者，事或竟有；然究亦理之所有也，执理者自太固耳。"④ 戴震亦称："天地之大，有非恒情所可测者。"（《天问注》）

情理。"大抵无往不复者，天之道；有施必报者，人之情。既已种因，终当结果。"⑤ 情与理合，尤其是隐情而与理合，是纪昀笔记部分内容的主题，此类故事读起来生动曲折，比较有意味。试举一例：

> 同年金门高，吴县人。尝夜泊淮扬之间，见岸上两叟相遇，就坐水次草亭上。一叟曰："君近何事？"一叟曰："主人避暑园林，吾日日入其水阁，观活密戏图；百媚横生，亦殊可玩。其第五姬尤妖艳。见其与主人剪发为誓，约他年燕子楼中作关盼盼；又约似玉萧再世，重侍韦皋。主人为之感泣。然偶闻其与母窃议，则谓主人已老，宜早储金帛，为琵琶别抱计也。君谓此辈可信乎？"相与太息久之。一叟又曰："闻其嫡甚贤，信乎？"一叟掉头曰："天下之善妒人也，何贤之云！夫妒而嚣争，是为渊驱鱼者也。此妇于妾媵之来，弱者抚之以恩，纵其出入冶游，不复防制，使流于淫佚，其夫自愧而去之。强者待之以礼，阳尊之与己匹，而阴导之与夫抗，使养成骄悍，其夫不堪而去之。有二术所不能饵者，则密相煽构，务使参商两败者，又多有之。幸不即败，而一门之内，诟谇时闻，使其夫入妾之室则怨语愁颜，入妻之室乃柔声怡色。其去就不问而知矣。此天下之善妒人也，何贤之云！"门高窃听所言，服其中理；而不解其日入水阁语。方凝思间，有官舫鸣钲来，收帆欲泊。二叟转瞬已不见。乃悟其非人也。（《如是我闻》一）

这则故事对大家庭妻妾的情理心态刻画细微。然而现实生活中还有很多情理的矛盾，令人难作判断，"以理断天下事，不尽其变；即以情断天

---

① 《滦阳消夏录》二。
② 《滦阳消夏录》一。
③ 《滦阳消夏录》五。
④ 《如是我闻》一。
⑤ 《滦阳消夏录》五。

下事，亦不尽其变也"①。纪昀的做法，也就是鲁迅《中国小说史略》称的:"于不情之论，世间习而不察者，亦每设疑难，揭其拘迂，此先后诸作家所未有也"。比如:

> 天下事，情理而已，然情理有时而互妨。里有姑虐其养媳者，惨酷无人理，遁归母家。母怜而匿别所，诡云未见，因涉讼。姑以朱老与比邻，当见其来往，引为证。朱私念言女已归，则驱人就死，言女未归，则助人离婚，疑不能决。乞签于神，举筒屡摇签不出，奋力再摇，签乃全出，是神亦不能决也。辛彤甫先生闻之曰:神殊愦愦。十岁幼女，而日日加炮烙，恩义绝矣，听其逃死不为过。②

> ……有奸而怀孕者，决罚后，官依律判生子还奸夫。后生子，本夫恨而杀之。奸夫控故杀其子。虽有律可引，而终觉奸夫所诉，有理无情;本夫所为，有情无理，无以持其平也。……③

这样的例子很多，再举一则非常典型的故事，以见纪昀所谓的"必不能断之狱，不必在情理外也;愈在情理中，乃愈不能明"④:

> 东光有王莽河，即胡苏河也。旱则涸，水则涨，每病涉焉。外舅马公周箓言:雍正末，有丐妇一手抱儿，一手扶病姑涉此水。至中流，姑蹶而仆。妇弃儿于水，努力负姑出。姑大诟曰:"我七十老妪，死何害! 张氏数世，待此儿延香火，尔胡弃儿以拯我? 斩祖宗之祀者尔也!"妇泣不敢语，长跪而已。越两日，姑竟以哭孙不食死。妇呜咽不成声，痴坐数日，亦立槁。不知其何许人，但于其姑詈妇时，知为姓张耳。有著论者，谓儿与姑较，则姑重;姑与祖宗较，则祖宗重。使妇或有夫，或尚有兄弟，则弃儿是。既两世穷嫠，止一线之孤子，则姑所责者是，妇虽死有余悔焉。姚安公曰:"讲学家责人无已时。夫急流汹涌，少纵即逝，此岂能深思长计时哉! 势不两全，弃儿救姑，此天理之正，而人心之所安也。使姑死而儿存，终身宁不耿耿耶? 不又有责以爱儿弃姑者耶? 且儿方提抱，育不育未可知。使

---

① 《槐西杂志》二。
② 《姑妄听之》二。
③ 《如是我闻》一。
④ 《如是我闻》四。

姑死而儿又不育，悔更何如耶？此妇所为，超出恒情已万万。不幸而其姑自殒，以死殉之，其亦可哀矣！犹沾沾焉而动其喙，以为精义之学，毋乃白骨衔冤，黄泉赍恨乎？孙复作《春秋尊王发微》，二百四十年内，有贬无褒；胡致堂作《读史管见》，三代以下无完人。辨则辨矣，非吾之所欲闻也。"（《槐西杂志》二）

　　这则故事带有典型的纪昀笔记风格，非常简洁，没有情节展开，亦少细节描写；语言质朴，毫无夸饰。先表明这是听外舅所说，是真实有根据的；然后叙述事件：一少妇在过河时为救婆婆舍弃了儿子，婆婆因断了香火责骂媳妇并绝食死，少妇亦伤心绝望而死；下面是议论：讲学家固守家族观念，赞同婆婆而批评媳妇，认为其"虽死有余悔"；另一派是姚安公，站在情理角度，设身处地地分析少妇的选择之难和行为之可贵，并予以高度评价，对讲学家进行驳斥。基本上属于先叙后议。因为主要是为了说理，叙事自身不是目的，所以只要把事件说清楚即可，没有必要铺张、夸饰，也没有必要在细节上展开。虽然如此，这则故事并不枯燥。"呜咽不成声，痴坐数日，亦立槁"，寥寥数语，而少妇复杂、绝望的心态，委屈、难过的表情，却如在目前。整则故事说理也是有根有据，娓娓道来，并非板着面孔进行说教。所以鲁迅称之为"叙述复雍容淡雅，天趣盎然"，给予了很高的评价。纪昀在叙述上有自己的特点，在结构安排上也很高明，比如他讽刺假道学，通过故事显现其虚假的真面目，在叙事上往往先扬后抑，有一个出人意料的结尾，可读性很强。

　　势理。值得注意的是，纪昀还注重一般人所忽视的势理。"势本相因，理无偏胜。"[1]"夫好色者必病，嗜博者必贫，势也；劫财者必诛，杀人者必抵，理也。同好色而禀有强弱，同嗜博而技有工拙，则势不能齐；同劫财而有首有从，同杀人而有误有故，则理宜别论，此中之消息微矣，其间功过互偿，或以无报为报，罪福未尽；或有报而不即报，毫厘比较，益微乎微矣。"[2]纪昀同样是以故事来展现势理。这里试举一例：

　　　吴惠叔言：医者某生，素谨厚。一夜，有老妪持金钏一双就买堕胎药，医者大骇，峻拒之。次夕，又添持珠花两枝来，医者益骇，力挥去。越半载余，忽梦为冥司所拘，言有诉其杀人者。至则一披发女

---

① 《滦阳消夏录》三。
② 《如是我闻》二。

子，项勒红巾，泣陈乞药不与状。医者曰：药以活人，岂敢杀人以渔
利。汝自以奸败，于我何尤？女子曰：我乞药时，孕未成形，倘得
堕之，我可不死，是破一无知之血块，而全一待尽之命也。既不得
药，不能不产，以致子遭扼杀，受诸痛苦，我亦见逼而就缢，是汝
欲全一命，反戕两命矣。罪不归汝，反归谁乎？冥官喟然曰：汝之
所言，酌乎事势；彼所执者，则理也。宋以来固执一理，而不揆事
势之利害者，独此人也哉？汝且休矣。拊几有声，医者悚然而寤。
（《如是我闻》三）

纪昀论理，孙犁说是从现实生活中演绎道理，抓住了纪昀笔记创作的
特点，纪昀正是通过创作来探索道理，借助现实生活演绎情理、势理等之
间的复杂关系。纪昀的立足点始终是现实人生、人伦日用，这和他"六
经所论，皆人事，即易阐阴阳，亦以天道明人事也"的观点都是一致的。

二　纪昀、戴震义理观之异同

将纪昀关于理的观点放置在历史的大坐标中，和宋明理学、同时代以
戴震为代表的义理观加以比较的话，可以清晰地看到它们之间的联系和差
异，以及纪昀义理观的意义。

美国学者艾尔曼在其《从理学到朴学——中华帝国晚期思想与社会
变化面面观》中对清代汉学做了如此概括："与其理学先辈相反，清代学
者崇尚严密的考证、谨严的分析，广泛地搜集古代文物、历史文件与文本
保存的客观证据，以具体史实、版本及历史事件的考证取代了新儒学视为
首要任务的道德价值研究和论证。"① 戴震和纪昀应当是其中两位主要代
表人物。

戴、纪和程朱理学关于义理的看法存在一定的延续和承接。朱熹：
"至于天下之物，则必各有所以然之故与其所当然之则，所谓理也。"②
"夫天下之事，莫不有理，为君臣者有君臣之理，为父子者有父子之理，
为夫妇、为兄弟、为朋友，以至于出入起居，应事接物之际，亦莫不各
有理焉。"③ 纪昀和戴震关于理的看法以及理的普遍性上与此都基本相

---

① ［美］艾尔曼：《从理学到朴学——中华帝国晚期思想与社会变化面面观》，赵刚译，江苏人
民出版社 1995 年版，第 5 页。
② 《四书或问·大学或问》。
③ 《甲寅行宫便殿奏札二》，《晦庵集》卷十四。

同。这和他们早期对程朱理学的信奉以及程朱理学自身的合理性有关。相比戴震，纪昀承继程朱理学的成分要更多一些，比如对天理的接受和使用。

但是对待程朱理学，纪昀和戴震更多地是持反对批驳的态度。纪昀借助笔记小说对程朱理学和讲学家大加讥讽，这是历来研究的共识。戴震则直接同程朱理学发生冲突，"震为《孟子字义疏证》，以明材性，学者自是疑程朱"①。纪昀和戴震在反对程朱方面，有这样一些共同之处：

一是注重经世致用，希望借助明理来化理斯民，反对程朱腐儒空谈性理而舍人伦日用。

这一点在纪昀处非常突出，《阅微草堂笔记》中很多故事都旨在于此：

> ……公所讲者道学，与圣贤各一事也。圣贤依乎中庸，以实心励实行，以实学求实用；道学则务语精微，先理气，后彝伦，尊性命，薄事功，其用意已稍别。圣贤之于人有是非心，无彼我心，有诱导心，无苛刻心；道学则各立门户，不能不争，既已相争，不能不巧诋以求胜。以是意见，生种种作用，遂不尽可令孔孟见矣。……（《姑妄听之》二）

戴震学术也是如此。晚年寄信给段玉裁，称自己一生治学终得明"古今治乱之源"；在《与某书》中，表达"君子或出或处，可以不见用；用必措天下于治安"，"古人之学在行事，在通民之欲，体民之情，故学成而民赖以生"等观点，同样对信奉程朱理学的迂儒提出批评和斥责："后儒冥心求理，其绳以理严于商、韩之法，故学成而民情不知，天下自此多迂儒。及其责民也，民没能辩，彼方自以为理得，而天下受其害者众也"，直斥后儒"以理杀人"。

二是坚持理欲统一，认为道在人伦之用之中，不可舍人事而言天道，反对宋明理学理欲对立。

朱熹主张存天理而压抑人欲："孟子曰其为人也寡欲章，只是言天理人欲，相为消长分数。'其为人也寡欲'，则人欲分数少，故'虽有不存焉者寡矣'。不存焉寡，则天理分数多也。'其为人也多欲'，则人欲分数多，故'虽有存焉者寡矣'，存焉者寡，则是天理分数少也。"②

---

① 章太炎：《訄书·清儒》。
② 《朱子语类》卷六十一。

纪昀认为："经者常也，言常道也；经者径也，言人所共由也。"①
"六经所论皆人事，即易阐阴阳，亦以天道明人事也。舍人事而言天道，
已为虚杳……"②。纪昀还以两人交谈的方式，对理、欲关系进行辩论：

> 颖州吴明经跃鸣言，其乡老儒林生，端人也。尝读书神庙中。庙
> 故宏阔，僦居者多，林生性孤峭，率不相闻问。一日，夜半不寐，散
> 步月下，忽一客来叙寒温。林生方寂寞，因邀入室共谈，甚有理致。
> 偶及因果之事，林生曰：圣贤之为善，皆无所为而为者也。有所为而
> 为，其事虽合天理，其心已纯乎人欲矣。故佛氏福田之说，君子弗道
> 也。客曰：先生之言，粹然儒者之言也。然用以律己则可，用以律人
> 则不可；用以律君子犹可，用以律天下之人则断不可。圣人之立教，
> 欲人为善而已。其不能为者，则诱掖以成之；不肯为者，则驱策以迫
> 之，于是乎刑赏生焉。能因慕赏而为善，圣人但与其善，必不责其为
> 求赏而然也；能因畏刑而为善，圣人亦与其善，必不责其为避刑而然
> 也。苟以刑赏使之循天理，而又责慕赏畏刑之为人欲，是不激劝于刑
> 赏，谓之不善；激劝于刑赏，又谓之不善，人且无所措手足矣。况慕
> 赏避刑，既谓之人欲，而又激劝以刑赏，人且谓圣人实以人欲导民
> 矣。有是理欤？盖天下上智少而凡民多，故圣人之刑赏，为中人以下
> 设教；佛氏之因果，亦为中人以下说法。儒释之宗旨虽殊，至其教人
> 为善，则意归一辙。先生执董子谋利计功之说，以驳佛氏之因果，将
> 并圣人之刑赏而驳之乎？先生徒见缁流诱人布施，谓之行善，谓可得
> 福；见愚民持斋烧香，谓之行善，谓可得福。不如是者，谓之不行
> 善，谓必获罪。遂谓佛氏因果，适以惑众，而不知佛氏所谓善恶，与
> 儒无异。所谓善恶之报，亦与儒无异也。林生意不谓然，尚欲更申己
> 意，俯仰之倾，天已将曙，客起欲去，固挽留之，忽挺然不动，乃庙
> 中一泥塑判官。（《滦阳消夏录》二）

和纪昀的观点散见于笔记、文集中的情况不同，戴震在《原善》、
《孟子字义疏证》等著作中对自己的思想有非常集中和系统的表述。

《孟子字义疏证》开篇就是："理者，察之而几微必区以别之名也，
是故谓之分理；在物之质，曰肌理，曰腠理，曰文理；得其分则有条而不

---

①　《滦阳消夏录》六。
②　《槐西杂志》二。

綮，谓之条理。"对于宋儒绝对化了的天理，戴震认为："情得其平，是
为好恶之节，是为依乎天理。古人所谓天理，有未如后儒之所谓天理者
矣"。对于情理和理欲，戴震认为"在己与人皆谓之情，无过情无不及情
之谓理"，"理也者，情之不爽失也；未有情不得而理得者也"。对于事
理，戴震认为"理在事情，于心之所同然"，"圣贤之理义，即事情之至
是无憾"，反对宋儒"以理为如有物焉，得于天而具于心"，将个人的意
见当作理，"心之所同然始谓之理，谓之义；则未至于同然，存乎其人之
意见，非理也，非义也"；反对将意见用于世的做法，"即其人廉洁自持，
心无私慝，而至于处断一事，责诘一人，凭在己之意见，是其所是而非其
所非，方自信严气正性，疾恶如仇，而不知事情之难得，是非之易失于
偏，往往人受其祸，己且终身不悟，或事后乃明，悔已无及"。

戴震的学术特点鲜明，尊崇六经，论证时引经据典对抗宋儒，方法上
是由训诂考据而至义理："六经者，道义之宗而神明之府也"（《古经解钩
沉序》）；"以今之去古既远，圣人之道在六经也"（《沈学子文集序》）；
"天人之道，经之大训萃焉。"（《原善序》）；"学者大患在自失其心。心
全天德，制百行，不见天地之心者，不得己之心；不见圣人之心者，不得
天地之心；不求诸前古贤圣之言与事，则无从探其心于千载下。是故由六
书九数制度名物，能通乎其词，然后以心相遇"（《郑学斋记》）。

戴震的观点，是对明末以来学者言论的发展。顾炎武便鲜明提出
"理学之名，自宋人始有之。古之所谓理学，经学也"①，把经学视为儒学
正统。

对戴震关于义理的说法，刘师培《清儒得失论》"理学字义通释"部
分以为：戴震解理为人心所同然，情欲不爽失，"舍势论理，而解理为
分，亦确宗汉诂，可谓精微之学矣。惟谓六经群籍理字不多见，此则东原
立说之偏耳，然较宋儒之以势为理者，所得不已多乎"？② 对此，当代学
者吴通福《清代新义理观之研究》则通过关键词意义类型的计量研究方
法，对仁、理、气、心、性五个关键词代表的意义类型进行分析，认为乾
嘉义理学是儒家义理之学的新形态，根据关于理的统计，认为理在儒家经
典中出现的次数很少，计《易传》8 次、《尚书》1 次、《诗经》4 次、
《周礼》6 次、《孟子》7 次，可见清儒如戴震等谓六经、孔、孟之言以及

---

① 《与施愚山书》，《亭林文集》卷三。
② 刘师培：《清儒得失论》，中国人民大学出版社 2011 年版，第 110—111 页。

传记群籍，"理"字不多见的种种说法是有根据的。① 由于多少的标准没有确定，见仁见智，对"理"出现多少没有进一步争论的必要。不过，吴通福的结论大致与刘师培观点相合：儒家经典中"理"字最突出的含义是条理与秩序及使变得有条理有秩序；戴震的理不是《孟子》所能完全容纳的。

注重实证精神和归纳方法，坚持情理统一，事理统一，道不离日用饮食，以及理和意见不同，这些地方戴震和纪昀多是相同的，有些也是当时时代的共识。此前李贽有名言："穿衣吃饭即是人伦物理。"同一时期的惠栋也指出："理字之义，兼两之谓也。人之性禀于天，性必兼两，在天曰阴与阳，在地曰柔与刚，在人曰仁与义，兼三才而两之，故曰性命之理。《乐记》言天理，谓好与恶也。好近仁，恶近义，好恶得其正，谓之天理；好恶失其正，谓之灭天理。《大学》谓之拂人性。天命之谓性，性有阴阳、刚柔、仁义，故曰天理。后人以天人、理欲为对待，且曰天即理也，尤谬。"② 这些观点的背后有一个隐含的评判标准，即"己所不欲毋施于人"，这也是伦理学的核心观点。

戴震和纪昀的差异也是明显的，这种差异表现在：

戴震的义理观主要见诸《孟子字义疏证》、《原善》，强调以词通道，"由考核以通乎性与天道"③，"以识字为读经之始，以穷经为识义理之途"④，坚持圣人之道在六经，其义理观建构在儒家经典和严格的训诂考据基础之上，代表和体现了乾嘉新义理学的最高水平；纪昀深于汉易，义理观集中体现在《阅微草堂笔记》之中，主要从经验层面，以事例通道，借助佛道和民间文化，从现实生活中演绎道理，在理论的深广度和批判程朱理学的彻底性上不如戴震。在影响上，戴震的影响主要在学术层面，在当时受到批斥，直到进入现代学术视野，戴震学术才逐渐升为显学；纪昀的影响主要在社会文化层面，其志怪小说通俗易懂而教化人心，是以在当时即广为流传，至今仍为读者津津乐道。

两人异同的根源在于：戴震青少年时期即立下学术志向，学问广博而坚实，逐渐从考据走向义理，虽然后来进入四库馆，但是始终坚持自己的学术追求，立身以学问为本；同样是学者，纪昀学术随仕宦转换，缺少定性，在学术人格和自主性方面不如戴震，虽然同样在晚年走向了义理，但

① 吴通福：《清代新义理观之研究》，江西人民出版社 2007 年版，第 59 页。
② 惠栋：《易微言下·理》。
③ 段玉裁：《戴东原集序》。
④ 胡朴安：《古书校读法》，江苏古籍出版社 1985 年版，第 13 页。

是治学的方法和志趣不同于戴震，在学术造诣和后世影响上也逊于戴震。

戴震对程朱理学提出严厉指斥，"详于论敬而略于论学"，这种言论是极大胆的，对此胡适评价说："这九个字的控诉是向来没有人敢提起的。也只有清朝学问极盛的时代可以产生这样大胆的控诉"①。戴震提出指斥的依据是对道问学的重视，以为"舍夫'道问学'则恶可命之'尊德性'乎？"戴震是基于学术理性，从考据走向义理；纪昀不然，虽然也有主智重学的一面，但是对于尊德性和道问学之间关系的思考，漫说他未见得有如此深刻的认识，就是有，怕也是不敢说的。

虽然纪昀和戴震有不少共同之处，但是在《孟子字义疏证》公开后，纪昀也随主流社会表示了愤慨——章学诚记载："当时中朝荐绅负重望者，大兴朱氏、嘉定钱氏实为一时巨擘。其推重戴氏，亦但云训诂名物、六书九数，用功深细而已。及见《原善》诸篇，则群惜其有用精神耗于无用之地。"② 而纪昀往往被视为"群"中之一。另据章太炎《释戴》篇记载，纪昀对于《孟子字义疏证》是"攘臂而扔之"，斥责此书"以诽清净洁身之士，而长流污之行"。一些研究者据此对纪昀大加批判，以之为封建保守之明证。

相较之前纪昀对戴震的高度评价，"戴君深明古人小学，故其考证制度、字义，为汉以降儒者所不能及"（考工记图序），以及戴震死后纪昀作长诗深切怀念，加上二人相交多年，在思想上有诸多共同之处，纪昀此时的态度是令人惊讶的。在这一点上，有学者指出："长期以来，学术界普遍的理解是，纪氏十分推崇戴震的人格及治学精神，在对戴震的义理思想及批判理学的态度上，纪昀作为程朱理学的信仰者，与戴震发生了严重的分歧和对立。这是一种'对事不对人'的态度。但我们也不排斥有另一种可能，就是说，纪昀对戴震著作'攘臂而扔之'，纯属一种政治上的自我保护措施，是在做一种表面性的官样文章，是为了适应当时的某种政治需要不得已而为之，这种行为并不代表他本人的真实思想，其真实思想仍是对戴震思想的深深认同。纪昀的这种行为说明了在封建专制社会中人们常常存在'言行不一'的情形，为了保护自己不得不违心做出一种有利于自己的选择。"③ 本书以为纪昀虽然深受程朱理学的影响，但是并非其信仰者，对于戴震《孟子字义疏证》的此种态度，后一种解释比较客

---

① 胡适：《戴东原的哲学》，安徽教育出版社 2006 年版，第 64 页。
② 章学诚：《答邵二云书》。
③ 王杰：《戴震义理之学的历史评价及近代启蒙意义》，《文史哲》2003 年第 2 期。

观，更为接近事实。

三　天理与阴律

乾嘉时期对于佛老的风气是"我朝儒者，束身修行，好古敏求，不立门户，不涉二氏，似有合于'实事求是'之教①。戴震是反对援老释入儒的，"宋以前孔孟自孔孟，老释自老释，谈老释者高妙其言，不依附孔孟。宋以来孔孟之书尽失其解，儒者杂袭老释之言以解之。于是有读儒书而流入老释者；有好老释而溺其中，既而触于儒书，乐其道之得助，因凭藉儒书以谈老释者。对同己则共证心宗，对异己则寄托其说于六经、孔孟，曰：'吾所得者，圣人之微言奥义。'而交错旁午，屡变益工，浑然无罅漏。孔子曰：'道不同，不相为谋。'言徒纷然词费，不能夺其道之成者也"②。钱大昕也认为："仙佛都虚幻，休寻不死方。"③

纪昀和他们有所不同，且不说有多少真正相信老释的成分，但是利用这些因素来明理却是确定无疑的，很突出的表现就是对阴律和天理的探讨。

朱熹以天理为必然之理、当然之则；通过格物致知、"即物穷理"来把握天理。纪昀在笔记小说中也常常出现"天理"，如"汝欲淫人，致人淫我，天理昭然"，"杀人过多，天律不容也"，"弃儿救姑，此天理之正，而人心之所安也"，但是更多的是对天理和人欲对立的质疑，如狐狸对老儒的斥责："夫修己明道，天理也，近名好胜，则人欲之私也。私欲之不能克，所讲何学乎？"④

假如将《阅微草堂笔记》放在历史的长河，而不是仅仅用现代人的眼光进行判断，那么就可以清楚地发现，董仲舒在"引经决狱"中提出的一种审判理论"原心定罪"："春秋之听狱也，必本其事而原其志，志邪者不待成，首恶者罪特重，本直者其论轻"（《春秋繁露》卷三），被大量运用于《阅微草堂笔记》之中，屡屡出现"春秋诛心"、"春秋原心"之语，而具体体现为无处不在的"阴律"的一个特点。

汉代在汉武帝实行"罢黜百家，独尊儒术"后，司法由法家思想主导逐渐转变为儒家思想为主导，出现了"引经决狱"和"以经注律"，形成了"德主刑辅"的特点。宋明理学大兴，司法也随之改变，儒家的伦理纲常上

①　阮元：《研经室三集》卷五《〈惜阴日记〉序》。
②　戴震：《答彭进士允初书》，《戴东原集》卷八。
③　钱大昕：《辛酉新年作二首》其二，《潜研堂诗续集》卷十。
④　《滦阳消夏录》四。

升到了法律的高度，存在司法儒家化的特点，在南宋后期出现了"义理决狱"，即以是否符合天理为评判准则，"义理之在人心，实天之所与，而不可泯灭焉者也"（陆九渊《象山集》卷三十二）。朱熹说："宇宙之间，一理而已。天得之而为天，地得之而为地。而凡生于天地之间者，又各得之以为性。其张之为三纲，其纪之为五常，盖皆此理之流行，无所适而不在"，"'凡听五刑之讼，必原父子之亲、立君臣之义以权之'，盖必如此，然后轻重之序可得而论，浅深之量可得而测……凡有狱讼，必先论其尊卑上下、长幼亲疏之分，而后听其曲直之辞。凡以下犯上，以卑凌尊者，虽直不右，其不直者罪加凡人之坐"。① 当然，这个义理也就是宋明理学的义理。由于宋明理学主张存天理而灭人欲，将二者处于对立的地位，因此在实际操作和执行过程中很容易偏离和极端，造成对人性的戕害。清代尤其是乾嘉时期的学者，对此戕害有不同程度的认识和反思。

纪昀并非是一个在故纸堆中埋头钻研的腐儒，这一时期又盛行实事求是的学术风气和经世致用思想，因此纪昀在对社会生活各个方面的奇怪现象进行探索和分析中，表达了他对乾嘉时期面临的社会问题的思考和解答。公正无私的阴间世界就是其中之一，对此学者已经有所关注。这里加以分析的则是世界得以公正的根本——阴律。

所谓阴律，和阳律相对，阳律是人间的法律，阴律则是阴间的法律。《阅微草堂笔记》中它的特点可概括为：

极严——"阴律至严"（《姑妄听之》三），"如或乘其急迫，抑勒多端，使进退触藩，茹酸书券，此其罪与劫盗等，阳律不过笞杖，阴律则当堕泥犁"（《如是我闻》一）。

公平而推崇忠孝节义——"阴律不孝罪至重"（《滦阳消夏录》一）。笔记中推崇忠孝节义处甚多，阴律和阳律最大的区别在于追求绝对的公平。

大小必报——"阴律如春秋责备贤者，而与人为善。君子偏执害事，亦录以为过；小人有一事利人，亦必予以小善报"（《滦阳消夏录》二）。这里强调的其实就是阴律的无处不在，大小必报。纪昀处处说鬼道狐，其实已经泯灭了阴间、阳间的区别，这也使得无人无事不在阴律束缚管辖之中，善恶必得其报。

注重内心动机——"鬼神之责人，一二行事之失，犹可以善抵，至

_____

① 分别见《晦庵集》之《读大纪》、《戊申延和奏札一》。

罪在心术,则为阴律所不容。"(《滦阳消夏录》三)"问心无愧,即阴律所谓善,问心有愧,即阴律所谓恶,公是公非,幽明一理"(《槐西杂志》一)

如果对《阅微草堂笔记》里众多故事进行归纳,我们可以发现阴律依据常识,体现民间所谓的"善有善报,恶有恶报,不是不报,时候未到"的原则,是扩大的自然规律。至于何谓善恶,一方面有封建礼教色彩,遵从三纲五常,属于忠孝节义的就是善,反之就是恶;一方面是依据常情常理可以判别的所谓好坏。阴律的执行者可能是任何人:他可以是各种所谓的鬼役,可能是土地神、城隍,也可能是鬼,是狐,是人;具体的奖惩途径可能是惯常的阴间判狱,也有可能借助偶然的事件。总之,这些因素对于民众来说并不新鲜,但是这些因素组合而形成的结果却是民众熟悉而喜闻乐见的。

马克思在《关于费尔巴哈的提纲》中指出:"哲学家们只是用不同的方式解释世界,而问题在于改变世界"。纪昀借助于鬼狐故事等奇闻异事宣扬流布的阴律,显然是优越于当时的法律的;又由于民间普遍存在的因果报应等观念,《阅微草堂笔记》为当时社会接受并广泛流传,也就是必然之事了。《阅微草堂笔记》不仅在解释世界上有其独特之处,而且在改变世界的努力上也值得肯定。

第二节 清出于老,老基于真:《阅微草堂笔记》、 《聊斋志异》、《新齐谐》比较

《阅微草堂笔记》的艺术特点是在和《聊斋志异》与《新齐谐》的比较中得出的。三者相比,特点各异。《阅微草堂笔记》和《聊斋志异》展现的完全是两个世界:《聊斋志异》富有情趣,《阅微草堂笔记》富有理趣;前者是基于情感对理想世界的展现,主角是各种善良美貌的青年男女;后者则是基于天理、阴律对公正世界的设计,主角是各色人等,最为突出的形象是老者。袁枚的《新齐谐》与前两者还有所不同,它没有明确的理想追求,是对现实生活中新奇怪异事件的平面罗列,内容斑杂。

这三部作品虽特点不同、水平各异,但都是作者以自己的方式表达对世界的理解和阐释,同时也是对社会的改造和完善。这些最终凝固在作品中成为它们的风格。就三部作品来说,《聊斋志异》具有理想的"清"之美,《阅微草堂笔记》有现实的"老"之美,《新齐谐》则有

自然的"真"之美。

一 青年、老者和豪士——三部小说的人物

小说终究是人物的艺术,追求真实的笔记小说也概莫能外。这三部小说的人物塑造也各有特点。

《聊斋志异》中各式人物林林总总,但是刻画最为成功、影响也最大的,是理想化的青年。狄去病、娇娜、婴宁、宁采臣、红玉……《聊斋志异》最为经典的故事往往以具有文人特色的青年男女为中心,其中诚挚的情谊、美满的爱情、自由的境界,构成小说最为美好动人的部分。主人公多重情执着而不顾世俗礼法,不必说各类女狐女鬼如何善解人意、美貌多情,就是身为凡人的男主人公也多具有痴狂的特点:《青凤》中狄去病"狂放不羁",自称"狂生";《鲁公女》中张于旦"性疏狂不羁";《章阿端》中的"卫辉戚生,少年蕴藉,有气敢任";《甄后》中刘仲堪"追念美人,凝思若痴"……对此,历来研究已经很充分。这里关注的是,这些相貌姣好、富有才情的理想青年处于怎样的社会关系之中,他们的社会处境有何共同之处?

通过归纳即可发现,在《聊斋志异》这个注重和追求情感的世界里,象征着社会正统、权威、礼法等诸多意味的父亲形象大多是缺失或是无力的,主人公"少孤"的情况比较普遍:

《考城隍》中宋焘被鬼吏捉去,关帝命其为城隍时,他顿首而泣:"辱膺宠命,何敢多辞?但老母七旬,奉养无人,请得终其天年,惟听录用。"关帝准许,魂返故里,其母听到棺材中的呻吟,将其扶出。"后九年,母果卒"。全文未有一字提及其父。类似情况很多:《青凤》中"耿有从子去病",未言有父,青凤也是"少孤";《婴宁》中的王子服"早孤";《聂小倩》中的宁才臣,《水莽草》中祝生,《蕙芳》中的马二混,《菱角》中的胡大成,《阿绣》中的刘子固,《云萝公主》中的安大业,都只言有母;《侠女》中的顾生和侠女也都没有父亲;《莲香》中桑生"少孤";《白于玉》中吴青庵"不即入山者,徒以有老母在";《翩翩》中的罗子浮"父母俱早世";《颜氏》中的顺天某生"父母继殁";《阿英》中甘氏弟兄"父母早丧";《青娥》中的霍桓,父"早卒";《胡四娘》中程孝思"父母俱早丧,家赤贫";《嫦娥》中的宗子美,从父游学时见到嫦娥,"逾年,翁媪并卒";《褚生》中的陈孝廉以金钱帮助朋友,父亲以为痴,"逾两年,陈父死";《凤仙》中的刘赤水"父母早亡";《刘夫人》中连胜"早孤";《阿宝》中孙子楚但有"家人";《于

江》:"乡民于江,父宿田间,为狼所食";《刘海石》:"无何,海石失怙恃,奉丧而归"……

"少孤"还常常伴有"少贫"。《狐嫁女》中的殷天官"少贫,有胆略";《娇娜》中的孔雪笠落魄在外,"寓菩陀寺,佣为寺僧抄录",他也是没有父亲的,后来中举,携家赴任时,"母以道远不行"。

有的主人公虽然有父亲,但是在社会和家庭中没有掌控能力,甚至难以自保:《张诚》、《巧娘》中的父亲软弱无用;《马介甫》中杨万石一家因为悍妇,"尊长细弱,横被摧残","杨父年六十余而鳏",被儿媳"齿奴隶数",甚至批颊摘髭,以致"翁不能堪,宵遁,至河南,隶道士籍";《红玉》中虽然有冯翁,子冯相如亦称"父在,不得自专",但是在故事中冯翁的作用是断绝冯生和红玉往来,引出下面的情节,即红玉出资帮助冯生迎娶卫氏,卫氏为乡绅所抢,冯翁诟骂乡绅家人而被殴毙;《贾儿》一商人妇为狐所扰,商人归家"驱禳备至,殊无少验",最终还是商人子设计杀狐。

《聊斋志异》中父亲形象缺失或者无力,但是母亲多是存在的。形成对比的还有狐狸,《娇娜》、《青凤》、《长亭》等作品中狐鬼之家倒是家长俱全,尤其是父亲、叔父之类人物扮演了很重要的角色,非常有能力和权威,是一家之长。

《聊斋志异》中父亲之所以缺失或者无力,很大程度上是作者有意为之,通过切断主人公的社会关系,可以使他更加独立自主,摆脱封建伦理习俗的束缚;另一方面,也可以视为底层百姓之家,尤其是贫穷落后的农村地区家庭关系的真实写照。愈是贫穷和落后,生活的压力越大,在经济上能够支撑和供养家庭的壮劳力的地位就越高,丧失了劳动能力、仰仗后辈奉养的老人的地位则反之。虽然这些不能一概而论,但是直到今天,落后乡村依然有不少老人处境堪忧的情况。

中国传统社会中,父亲代表了社会礼法和权威,母亲则是生活与家庭的主要维系者。可能因为此种差别,男主人公的父亲多缺失或无力,母亲则多是存在的,虽然同样几乎毫无能力,但却往往成为主人公和世俗社会的主要维系,成为其不能遗世独立的原由,具有丰富的意味。

《聊斋志异》给人印象深刻的是理想化的青年,《阅微草堂笔记》则塑造了众多老者形象,以老者视角叙述故事和评析,呈现了一个以老者为主角、以长为尊、以达为美的"老"的世界。

中国传统社会注重伦理道德,以孝为百善之首,因此在传统的家庭结构中,长者当仁不让地成为核心和领导者,极为强势,甚至"父要子亡，子不得不亡"。在文学作品中，老者则往往作为次要人物出现，承担着维护主流价值观念、维持社会正常秩序的功能。《红楼梦》中的贾母、贾政等就是很好的例子。但是在《阅微草堂笔记》中，老者成为主要人物。这种情况和笔记小说人物刻画服务于明理，呈现类型化特征直接有关。在各色人等之中，老叟、老媪乃至老狐、老鬼的形象都最为突出。这里的老者作为父母长辈，具有保护家族、阻碍子女任性妄为等作用。其特点还在于，老者多睿智通达、洞明世事，是智者的象征；老媪则或走无常，或守贞节，是有德者的象征。

关于老叟，可以下面两则故事为例：

> 有郎官覆舟于卫河，一姬溺焉。求得其尸，两掌各握粟一匊，咸以为怪。河干一叟曰：是不足怪也，凡沉于水者，上视暗而下视明，惊惶瞀乱，必反从明处求出，手皆掊土，故检验溺人，以十指甲有泥无泥别生投死弃也。此先有运粟之舟沉于水底，粟尚未腐，故掊之盈手耳。……（《槐西杂志》一）

> 沧州瞽者蔡某，每过南山楼下，即有一叟邀之弹唱，且对饮，渐相狎，亦时到蔡家共酌。自云姓蒲，江西人，因贩磁到此。久而觉其为狐。然契分甚深，狐不讳，蔡亦不畏也。会有以闺闱詅语涉讼者，众议不一，偶与狐言及，曰：君既通灵，必知其审。狐艴然曰：我辈修道人，岂干预人家琐事？夫房帏秘地，男女幽期，暧昧难明，嫌疑易起。一犬吠影，每至于百犬吠声。即使果真，何关外人之事？乃快一时之口，为人子孙数世之羞。斯已伤天地之和，召鬼神之忌矣。况杯弓蛇影，恍惚无凭，而点缀铺张，宛如目睹。使人忍之不可，辩之不能，往往致抑郁难言，含冤毕命。其怨毒之气，尤历劫难消，苟有幽灵，岂无业报？恐刀山剑树之上，不能不为是人设一座也。汝素朴诚，闻此事自当掩耳，乃考求真伪，意欲何为？岂以失明不足，尚欲犁舌乎？投杯径去，从此遂绝。……（《如是我闻》四）

前一老叟精通物理，后一老狐则人情练达，都有探究隐微、解难释疑的能力，在故事中起着决定作用。老者中还有其他类型，常见的如老儒，有时也称老学究、塾师，多迂腐不明事理，是批判、讽刺的对象。

> 边随园征君言：有入冥者，见一老儒立庑下，意甚惶遽。一冥

吏似是其故人，揖与寒温毕，拱手对之笑曰：先生平日持无鬼论，不知先生今日果是何物？诸鬼皆粲然。老儒蝟缩而已。（《滦阳消夏录》四）

　　……一老儒耿直负气，由所居至县城，其地适中，过必憩息，偃蹇傲睨，竟无所见闻。如是数年。一日，又坐墓侧，袒裼纳凉。归而发狂，谵语曰：曩以汝为古君子，故任汝放诞，未敢侮汝。汝近乃作负心事，知从前规言矩步，皆貌是心非，今不复畏汝矣。其家再三拜祷，昏愦数日始痊。自是索然气馁，每经其地，辄俯首疾趋。……（《如是我闻》四）

对于老儒还主要嘲笑其迂腐，如"老儒解世法，不老儒矣"（《姑妄听之》三）。至于道貌岸然的假道学家，讽刺就极为尖刻了：

　　李孝廉存其言：蠡县有凶宅，一耆儒与数客宿其中。夜闻窗外拨剌声，耆儒叱曰：邪不干正，妖不胜德，余讲道学三十年，何畏于汝。窗外似有女子语曰：君讲道学，闻之久矣。余虽异类，亦颇涉儒书。《大学》扼要在诚意，诚意扼要在慎独。君一言一动，必循古礼，果为修己计乎？抑犹有几微近名者在乎？君作语录，断断与诸儒辩，果为明道计乎？抑犹有几微好胜者在乎？夫修己明道，天理也。近名好胜，则人欲之私也。私欲之不能克，所讲何学乎？此事不以口舌争，君扪心清夜，先自问其何如，则邪之敢干与否？妖之能胜与否？已了然自知矣，何必以声色相加乎？耆儒汗下如雨，瑟缩不能对。徐闻窗外微哂曰：君不敢答，犹能不欺其本心。姑让君寝。又拨剌一声，掠屋檐而去。（《滦阳消夏录》四）

从笔记中一些材料看，涉及道学先生的故事共有几十则，按照对道学先生嘲讽的内容，大致分为无实学、无实用、无品行三类。其中，又以前两类为主，后一种相对较少，大概只有几则。由于国内的社会政治背景，笔记中数量并不多的几则故事，因为揭示了道学先生虚伪奸诈、为人不齿的一面，反而受到格外的关注。下面就是引用极多的一则故事：

　　有两塾师邻村居，皆以道学自任。一日相邀会讲，生徒侍坐者十余人。方辩论性天，剖析理欲，严词正色，如对圣贤。忽微风飒然，吹片纸落阶下，旋舞不止。生徒拾视之，则二人谋夺一寡妇田，往来密商之札也。此或神恶其伪，故巧发其奸欤？然操此术者众矣，固未尝一一败也。闻此札既露，其计不行，寡妇之田竟得保。当由茕嫠苦节，感动幽冥，故示是灵异，以阴为呵护云尔。（《滦阳消夏录》四）

除批判品行低下、无实学的道学家外，纪昀还明确反对道学的门户之争，反对"责人无已"（《滦阳续录》五）；"道学则各立门户，不能不争，既已相争，不能不巧诋以求胜，以是意见，生种种作用，遂不尽可令孔孟见矣"（《姑妄听之》二）；"讲学家持论务严，遂使一时失足者，无路自赎，仅甘心于自弃，非教人补过之道也"（《滦阳续录》一）；"冤魄为厉，犹以于礼不可为词，其斯以为讲学家乎"（《滦阳续录》五）。

纪昀之所以批评讲学家和道学先生，大致有两种原因：其一是在观念上，纪昀注重现实，讲究经世致用；态度也偏于客观，注意实事求是，不同意宋明理学的一些观点，反对宋儒的主观臆断。"读书以明理，明理以致用也。食而不化至昏愦僻谬，贻害无穷，亦何贵此儒者哉"（《姑妄听之》四），所以纪昀对于读书而不能致用深感痛心，"明之季年，道学弥尊，科甲弥重，于是黠者坐讲心学，以攀援声气，朴者株守课册，以求取功名。致读书之人，十无二三能解事"（《滦阳续录》三）。其二便是尊汉抑宋、贬低道学的主流思想和时代风尚使然。乾隆因为鄂尔泰与张廷玉等理学名臣的虚伪与贪婪，指出"讲学之人，有诚有伪，诚者不可多得，而伪者托于道德性命之说，欺世盗名，渐启标榜门户之害"①。纪昀为皇帝身边近臣，又总纂《四库全书总目》，对此应该深有体会。

"读书以明理，明理以致用"的另一种表述便是"以实学求实用"："圣贤依乎中庸，以实心励实行，以实学求实用；道学则务语精微，先理气，后彝伦，尊性命，薄事功，其用意已稍别"（《姑妄听之》二）。这便是纪昀一贯主张的经世致用之意。所以，在笔记小说中，涉及道学先生的故事体现最多的是对无实学和无实用的批判，如：

武邑某公，与戚友赏花佛寺经阁前。地最豁厂，而阁上时有变怪，入夜即不敢坐阁下。某公以道学自任，夷然弗信也。酒酣耳热，盛谈《西铭》万物一体之理，满座拱听，不觉入夜。忽阁上厉声叱

---

① 《清高宗实录》卷一百二十八。

曰：时方饥疫，百姓颇有死亡。汝为乡宦，既不思早倡义举，施粥舍药，即应趁此良夜，闭户安眠，尚不失为自了汉。乃虚谈高论，在此讲民胞物与。不知讲至天明，还可作饭餐，可作药服否？且击汝一砖，听汝再讲邪不胜正！忽一城砖飞下，声若霹雳，杯盘几案俱碎。某公仓皇走出，曰：不信程朱之学，此妖之所以为妖欤。徐步太息而去。（《滦阳消夏录》四）

由此可见，纪昀对于道学先生的批评，有鲁迅先生所讲的迎合时代潮流的因素，但是强调经世致用、反对空谈性理，才是最为根本的原因。由于鲁迅先生在中国的巨大影响力，他对纪昀的论断直接影响到了很长时间内学界对纪昀的理解和接受。

对于普通老人，包括老鬼、老狐，笔记中则多称老翁，以区别于老叟和老儒。"老翁求饮，以罐中水与之。因问大金姓氏，并问其祖父，恻然曰：汝勿怖。我即汝曾祖，不祸汝也。"（《滦阳消夏录》四）"李乘月散步空圃，见一翁携童子立树下。心知是狐，翳身窃睨其所为。童子曰：寒甚，且归房。翁摇首曰：董公同室固不碍。此君俗气逼人，那可共处？宁且坐凄风冷月间耳。"（《滦阳消夏录》四）

除了老叟，老媪也是多以正面形象出现。如果说前者体现的是智，后者体现的则主要是德。《滦阳消夏录》（一）讲阎罗王见一农家老媪拱手礼遇，因其"一生无利己损人心"。描写较为细致的还有廖姥：

廖姥，青县人，母家姓朱，为先太夫人乳母。年未三十而寡，誓不再适，依先太夫人终其身。殁时年九十有六。性严正，遇所当言，必侃侃与先太夫人争。先姚安公亦不以常媪遇之。余及弟妹皆随之眠食，饥饱寒暑，无一不体察周至。然稍不循礼，即遭呵禁。约束仆婢，尤不少假借，故仆婢莫不阴憾之。顾司管钥，理庖厨，不能得其毫发私，亦竟无如何也。……（《滦阳消夏录》四）

除了通常的严正守节、行善积德外，一些老媪多为村妇，身份低微，有的可以"走无常"、视鬼，因此也常常可以听闻一些常人所不能接触的隐秘；有的就是纯粹的农村妇女，因为守节多年而得到世人的敬重。

《阅微草堂笔记》刻画了众多老者，《聊斋志异》的主人公多"少孤"，虽然史无前例，但是也并非毫无根源，那就是汉代的"长者"和豪侠。根据中国古代法律，秦朝法律苛严，汉初用来抵消承秦之制所带来的负作用的办法，除了减轻刑律外，便是尊重和任用"长者"。《礼记·曲礼上》："谋于长者，必操几杖以从之"，"群居五人，则长者必异席"，"长者举未釂，少者不敢饮"。长者具有仁慈、宽厚、威严等特点。《史记·日者列传》中专门谈到长者之道，"君子处卑隐以辟众，自匿以辟伦，微见德顺以除群害，以明天性，助上养下，多其功利，不求尊誉"。形成对比的是《史记》中的豪侠，和《聊斋志异》男主人公相似，也多是无父而有母的，如《刺客列传》中聂政"幸有老母"。

可见，《聊斋志异》和《阅微草堂笔记》中对理想人物的刻画，都不是凭空出现的。前者是为了突出这种理想性而有意切断主人公和社会的联系，摆脱礼法习俗的束缚，为"一切皆有可能"提供条件；后者则体现了传统社会老者或长者的权威地位，是礼法的象征。

如果说《聊斋志异》和《阅微草堂笔记》突出的分别的是人的情感和理性，《新齐谐》则展现了社会与人生荒诞的一面。袁枚《新齐谐》原名《子不语》，取自《论语·述而》"子不语怪、力、乱、神"，后因元人说部有同名者，遂改为《新齐谐》。《新齐谐序》中对于怪力乱神的历史传统和合法性进行了论证："然'龙血'、'鬼车'，《系词》语之；'玄鸟'生商，牛羊饲稷，《雅》、《颂》语之。左丘明亲受业于圣人，而内外传语此四者尤详。……《周易》取象幽渺，诗人自记祥瑞，左氏恢奇多闻，垂为文章，所以穷天地之变也，其理皆并行而不悖"。接着从自身角度解释何以著述此书："余生平寡嗜好，凡饮酒度曲揅蒱可以接群居之欢者，一无能焉。文史外无以自娱，乃广采游心骇耳之事，妄言妄听，记而存之，非有所惑也"，希望能收到"以妄驱庸，以骇起惰"的效果，且在原刻本上自题"随园戏编"四字。

这种游戏的态度贯穿于《新齐谐》，体现的是作者袁枚对于社会、人生以及世界和宇宙是荒诞的、无理的看法。《周易》的核心是象数和义理，汉儒强调象数，宋儒突出义理。在清代的汉宋之争中，纪昀一直持客观态度和理性精神，认为："汉《易》言象数，不能离存亡进退，非理而何？宋《易》言理，不能离乘承比应，非象数而何？而顾言：言理则弃象数，言象数即弃理，岂通论哉！……大抵汉《易》一派，其善者必由象数以求理；或舍理者，必流为杂学。宋《易》一派，其善者必由理以知象数；或舍象数者，必流为异学"（《黎君易注序》）①。和纪昀力持其

———————————

① 乾嘉时期，对于汉宋之争中力持其平的的考据学家为数不少，像戴震："圣人之道在六经。汉儒得其制数，失其义理；宋儒得其义理，失其制数。"（《与方希原书》）

平的学术态度相比,袁枚非常艺术化地体现了自己的观点。

袁枚将象数和义理形象化,通过两神——李大王和素大王的较量,来表明自己的看法。李者理也,素者数也,而两神相斗,李不胜素。两神闹至玉帝处,玉帝的裁决居然是赐酒十杯,能多饮者为胜。结果,李神只饮三杯便欲呕吐,素神却是七杯不醉。玉帝因而下诏:理不胜数,自古皆然,观此酒量,汝等便该明晓。世上一切,素王掌管七分,李王掌管三分。所以人心天理,美恶是非,终有三分公道,直到万古千秋,绵绵不绝。这就是袁枚心目中的天理是非,不要说放在清代,就是今天看来也是骇人听闻。在袁枚那里,象征公正、完美的终极之物已经不复存在。

因此,《新齐谐》整部书中也很少体现"我"的存在,着重于描述"游心骇目者","奇情奇事,奇技奇人,何所不有",并不追求背后的义理,几乎等同于市井流言传闻的照录。比如三部小说都频繁出现的雷击,纪昀通常的解释是做了亏心事,蒲松龄那里往往是天击鬼狐,都有一种道德评判,和公理是非联系;袁枚则仅描述现象过程,并不予以道德联系和阐发。此外,对于纪昀和蒲松龄大加批判的淫、诮、负心等,袁枚都采取了更为宽容和理解的态度。所以《新齐谐》中突出的是奇人怪人、妖人恶人,是市井流言中出现最多、最引人关注的人物,没有极为尖锐、不能调和的社会矛盾与情理冲突,也因此没有需要回避、忌讳的内容,粗俗不堪的故事也照写不误,"鄙亵猥琐,无所不载"(周中孚《郑堂读书记》)。

对于男女相恋而后负心,三部作品都有描写,袁枚的做法是化解之,"吾因往日情重,至于此极。使汝死,恐天下有情人贻笑吾辈。汝家倘能大修醮禳,择名山安我神灵,我仇且释矣"(《续新齐谐》卷九《兰渚山北来大仙》)。对此类故事的选择以及写作方式,袁枚大多持极为宽容的态度。在他看来,"男女帷薄不修,都是昏夜间不明不白之事,故阳间律文载:'捉奸必捉双。'又曰:'非亲属不得擅捉。'正恐黯昧之地,容易诬陷人故也。阎罗王乃尊严正直之神,岂肯伏人床下而窥察人之阴私乎?况古来周公制礼,以后才有'妇人从一而终'之说。试问未有周公以前,黄农虞夏一千余年史册中,妇人失节者为谁耶?至于贫贱之人,谋生不得,或奔走权门,或趋跄富室,被人耻笑,亦是不得已之事"(《续新齐谐》卷十)。

袁枚还否认了因果报应的一个重要体现:阳寿增减,认为人寿有定,阴间不能增减。男女之情和生死命定两者如果去除,《聊斋志异》和《阅微草堂笔记》的故事大概要大为失色。然而袁枚没有用梦想和义理来改变和阐释现实，这样做自有他的价值和意义。章学诚《文史通义·书坊刻诗话后》批袁枚："近有倾邪小人，专以纤佻浮薄诗词倡道末俗，造言饰事，陷误少年，蛊惑闺壸，自知罪不容诛，而曲引古说，文其奸邪。"在当时主流看来是贬抑的"倡道末俗"，在今天看来正是袁枚小说的意义之一。

具体到《新齐谐》中人物，它的人物形象最为单薄，类型化人物亦不复存在。对比《阅微草堂笔记》中人物包括鬼狐的通情达理，《聊斋志异》中人物包括鬼狐对幸福的追求，《子不语》中的人物乃至鬼狐，都截然不同，时时出现人物异类肆意作恶的情况，多狡狯狂暴、自私自利之徒。邱炜萲《菽园赘谈》认为："篇中真得谐处却又甚少，只见无理之事，无情之文，累累不绝耳。"无理是指部分故事荒诞不经，人物既非现实可能，亦无想象的合理性；无情是指无人之常情，粗直豪壮，特立独行，有天不怕地不怕之作为。如"占城国取生人胆入酒与家人饮，且以浴身，曰'通身是胆'。每伺人于道，出其不意杀之，取胆以去。若其人惊觉，则胆先裂，不足用矣。"（《新齐谐》卷二十二《采胆入酒》）故事荒诞不经，有一种寻常难见之硬恶之气。还有一类故事，同样荒诞不经，却不是一味荒唐，无当时之常理而有至理。如《裹足作俑之报》："上帝恶后主作俑，故令其生前受宋太宗牵机药之毒，足欲前，头欲后，比女子缠足更苦，苦尽方薨"；《奉行初次盘古成案》："天地无始无终，有十二万年，便有一盘古"，解释万事前定之故，"今世上所行，皆成案也。当第一次世界开辟十二万年之中，所有人物事宜，亦非造物者之有心造作，偶然随气化之推迁，半明半暗，忽是忽非，如泻水落地，偶成方圆；如孩童着棋，随手下子。既定之后，竟成一本板板账簿，生铁铸成矣。乾坤将毁时，天帝将此册交代与第二次开辟之天帝，命其依样奉行，丝毫不许变动，以故人意与天心往往参差不齐。世上人终日忙忙急急，正如木偶傀儡，暗中有为之牵丝者。成败巧拙，久已前定，人自不知耳"。盘古乃是中国最早的神话传说，关涉到宇宙与人类的起源，虽然《阅微草堂笔记》也有对宇宙神鬼的质疑，但是《新齐谐》则是从源头重新加以设定和安排。《纣之值殿将军》更是将纣王值殿将军商高安排为宋代岳飞麾下小将的师父，存活至大清，询问当年妲己、文王事，并借人物之口指出，纣王宠妲己之说有误、文王事纣王甚恭等。

在《新齐谐》中，除了历史人物，就是现实中人，也多为胆大狂妄之徒。《酆都知县》中幕客李诜"豪士也"；《塞外二事》幕客陈对轩，"豪士也"；《雷公被绐》中祖某，"为一乡豪士"；《鬼有三技过此鬼道乃穷》中吕某,"松江廪生,性豪放,自号豁达先生";《智恒僧》中苏州陈国鸿"素豪";《油瓶烹鬼》中"钱塘周轶韩孝廉,性豪迈"……这些胆壮气豪之人,无所畏惧,传统礼法也好,神仙鬼怪也好,发生冲突一律是奋起抗争。所以在《董贤为神》中董贤鞭打王莽,嘲笑他一生信《周礼》,虽死犹抱持不放。《裘秀才》中南昌裘秀才,因夏天裸卧社公庙,归家大病。其妻以为得罪社公,于是烧纸请罪,秀才病愈。妻子命秀才去谢社公。秀才非但不去,反而怒作牒呈向城隍庙状告社公,致使社公革职,社公庙遭到雷击。可以说,这些强人恶鬼不但无视礼法,而且极尽嘲弄之能事。《水仙殿》中恶鬼迷人,被迷廪生之妻曰:"人乃未死之鬼也,鬼乃已死之人也。人不强鬼以为人,而鬼好强人以为鬼,何耶?"空中应声道:"书云:'夫仁者,己欲立而立人,己欲达而达人。'我等为鬼者,己欲溺而溺人,己欲缢而缢人,有何不可耶?"言毕,大笑而去。

《新齐谐》散发出一种无所畏惧、自由狂放、安排宇宙的邪气和霸气,不要说和《聊斋志异》的深秀、《阅微草堂笔记》的雅正不同,就是放在历代小说史上,也是极为罕见的。

二　天界、人世、阴间——三部小说世界的塑造

三部作品刻画人物不同,展现的世界也各异。

在中国民间文化中,历来将空间分为天界、人世、阴间。天界是完满自由的,人世是现实的,阴间则是恶人的去处。如果从这个角度比较,这三部小说也表现出一些差异:

《聊斋志异》是指向天界的,主要手段是营造局部的理想之地。《聊斋志异》中和父亲形象的缺失或无力相配套的,是故事发生场所的与世隔绝、相对独立:《画壁》、《聂小倩》、《山魈》、《娇娜》等故事都发生在寺庙;《王成》、《青凤》、《狐嫁女》故事发生在荒废旧居;《婴宁》中婴宁与王子服邂逅于旷野;《王六郎》的故事发生在河上……通过这种空间安排,作者有意无意地让主人公摆脱宗法礼教的羁绊的同时也远离世俗社会,将其置于孤立无援、同时自然天性也可以更加舒展的境地,为接受外界帮助、和非人类的往来等提供了可能和便利,人为地创造出一个相对理想而自由的空间。所以《聊斋志异》是一个"有情世界",借此表现的却是抗争,是绝俗,是希望实现对现实的超越,获得幸福与自由。

《新齐谐》是指向阴间的,它展现的是一个荒诞的无情无理的世界:没有明显的理想追求,也没有借此抒发情感的意愿,所以在故事上看不出选择性和方向性,就是将日常生活中稀奇古怪的恶的事情汇聚在一起,最

终显现出来，就是人世如地狱。以卷一 29 则故事来看，除了几则死而复生、借尸还魂的离奇故事外，大多是鬼怪使坏、诉冤的内容，这些故事中的恶鬼虽是主角，衬托的却是人恶如鬼，人世也就跟阴间没什么两样了。

《阅微草堂笔记》是指向人世的。无论是讲天理，还是强调阴律，目的都是为了现实社会的完善。更具体地说，《阅微草堂笔记》细致地展现了纪昀社会生活的世界：就空间而言，以纪昀行踪为中心，向外扩散，故事主要发生在献县、交河、沧州、德州、北京、福建、乌鲁木齐等地；就时间而言，大致是纪昀生活的康雍乾嘉时期；就人物来说，叙事者和主角多与纪昀的亲朋师友、幕僚同事、乡人家仆等有关。笔记中各类人物很多，基本都处在家庭、亲族、乡里等具体的社会体系之中，很少见到远离世俗、无根无基的人物，即便是鬼狐，也往往拖家带口，亲族众多，是人世关系的一种折射，带着浓重的现实气息。

指向不同，写法也就不一样。"清代文言小说有那么一个特点：既有纪实，又有虚构；既有传承，又有创造"①。三部小说也不例外，它们也同样存在着虚构与创造。这一点上，《聊斋志异》有意写奇，艺术性也最强。《新齐谐》无意立异，创作也最为率意，近似游戏笔墨。惟有纪昀，打着纪实的旗帜，又不能完全没有虚构，因此鲁迅《怎么写》嘲笑他："只写事状，而避去心思和密语。但有时又落了自设的陷阱，于是只得以《左氏春秋传》的'浑良夫梦中之噪'来解嘲"。其实纪昀在创作中对这个问题有所处理，所以他一再强调"小说既述见闻"，"所见异词，所闻异词，所传闻异词，鲁史且然，况稗官小说。他人记吾家之事，其异同吾知之，他人不能知也。然则吾记他人家之事，据其所闻，辄为叙述，或虚或实或漏，他人得而知之，吾亦不得知也"（《滦阳续录》六）。表现在叙事上首先就是多数故事叙述者或人物身份比较明确，内容属于自述或转述的见闻。也就是说，将心思和密语化为见闻，使虚构变为纪实，是纪昀笔记的叙事策略。

以《滦阳消夏录》卷一一则故事为例：

> （一老学究夜行遇亡友）因并行，至一破屋，鬼曰："此文士庐也。"问何以知之。曰："凡人白昼营营，性灵汩没。惟睡时一念不生，元神朗澈，胸中所读之书，字字皆吐光芒，自百窍而出，其状缥缈缤纷，烂如锦绣。学如郑、孔，文如屈、宋、班、马者，上烛霄

---

① 程毅中：《清代轶事小说中纪实与虚构的消长》，《明清小说研究》1998 年第 1 期。

汉，与星月争辉。次者数丈，次者数尺，以渐而差，极下者亦荧荧如一灯，照映户牖；人不能见，惟鬼神见之耳。此室上光芒高七八尺，以是而知。"学究问："我读书一生，睡中光芒当几许？"鬼嗫嚅良久曰："昨过君塾，君方昼寝。见君胸中高头讲章一部，墨卷五六百篇，经文七八十篇，策略三四十篇，字字化为黑烟，笼罩屋上。诸生诵读之声，如在浓云密雾中。实未见光芒，不敢妄语。"学究怒叱之。鬼大笑而去。

这里以虚为实——将读书人的学问实化为光芒；进行了对比——居住在破屋子的文士学术光芒高七八尺，塾师老学究的学问则黑烟滚滚；有寓意——老学究的"昼寝"而让诸生诵读之声如在浓云密雾中，意寓塾师的无知而影响到诸生的学习。

纪昀笔记小说中体现的鬼神作用，和墨子有相同之处。墨子认为："鬼神为明，能为祸福。善者赏之，为不善者罚之。"[1] 纪昀说法相似，"幽明一理，人所不及治者，鬼神或亦代治之，示不测也"（《滦阳消夏录》二）。可能与注重功能有关，和《聊斋志异》众多活色生香的鬼狐相比，《阅微草堂笔记》中鬼狐基本没有姓名，主要作为叙事说理的工具存在。纪昀之所以青睐鬼狐，除了《聊斋志异》珠玉在前，中国历来有以此入笔记的传统外，纪昀对鬼狐的认识也是重要因素："余尝谓小说载异物能文翰者，惟鬼与狐差可信，鬼本人，狐近于人也。其他草木鸟兽何自知声病，至于浑家门客，并苍蝇、草帚亦俱能诗，即属寓言，亦不应荒诞至此。"（《如是我闻》一）鬼狐不仅和人最为接近，还具有超人的能力，"狐鬼皆能变幻，而鬼能穿屋透壁出"（《槐西杂志》四），"人所不知，鬼神知之"（《槐西杂志》一）。正因为如此，鬼狐在纪昀笔下成了阐幽明理、善恶报应、体现公平的主要工具。

纪昀利用鬼狐和耳目，目的是为了让故事显得真实可信。而真实可信，是史家小说观对小说的首要要求。由于史家小说观在历史上长期占据主流，甚至出现了把虚构和虚假、虚妄联系起来进行批判的现象。唐代刘知几反对虚假现象，认为小说是"虚辞"。《史通·杂说》（下）："故立异端，喜造奇说，汉有刘向，晋有葛洪"；《史通·杂述》对逸事一类也指出"真伪不别，是非相乱"，并举郭子横《洞冥》、王子年《拾遗》为例，认为它们"全构虚辞，用惊愚俗"。尽管史家小说观对虚构大加排

---

[1] 《墨子·公孟》。

斥，但是并不能遏制住真正意义上的小说的发展。虚构性很强的唐传奇在社会上的盛行就说明了这一点。元代虞集《道园学古录·写韵轩记》中说："盖唐之才人，于经艺道学有见者少，徒知好为文辞，闲暇无所用心，辄想象幽怪遇合、才情恍惚之事，作为诗章答问之意，傅会以为说，盍簪之次，各出行卷，以相娱玩，非必真有是事，谓之传奇。"明代冯梦龙《古今小说序》也说："史统散而小说兴。始乎周季，盛于唐，而浸淫于宋。韩非、列御寇诸人，小说之祖也。《吴越春秋》等书，虽出炎汉，然秦火之后，著述犹稀。迨开元以降，而文人之笔横矣。"

纪昀既要讲理，又要追求可信，所以采取"有意写实"的策略，无论从叙述方式还是内容，都要尽量显得真实。虽然如此，纪昀本人也很清楚："此当是其寓言，未必真有。然庄生、列子，半属寓言，义足劝惩，固不必刻舟求剑尔。"① "一切神奇之说，皆附会也。"② 这里主要就纪昀对鬼狐和"报"、"缘"的态度展开论述，这也是《聊斋志异》创作的重要特点。

> 人死者，魂隶冥籍矣。然地球圆九万里，径三万里，国土不可以数计，其人当百倍中土，鬼亦当百倍中土。何游冥司者，所见皆中土之鬼，无一徼外之鬼耶？其在在各有阎罗王耶？顾郎中德懋，摄阴官者也。尝以问之，弗能答。人不死者，名列仙籍矣。然赤松、广成，闻于上古；何后代所遇之仙，皆出近世？刘向以下之所记，悉无闻耶？岂终归于尽，如朱子之论魏伯阳耶？娄真人近垣，领道教者也。尝以问之，亦弗能答。（《如是我闻》一）③

> ……但不识天下一灶神欤？一城一乡一灶神欤？抑一家一灶神欤？如天下一灶神，如火神之类，必在祀典，今无此祀典也。如一城一乡一灶神，如城隍社公之类，必有专祠，今未见处处有专祠也。然则一家一灶神耳，又不识天下人家，如恒河沙数，天下灶神，亦当如恒河沙数；此恒河沙数之灶神，何人为之？何人命之？神不太多耶？人家迁徙不常，兴废亦不常，灶神之闲旷者何所归？灶神之新增者何

---

① 《姑妄听之》（四）。

② 《滦阳消夏录》一。

③ 纪昀对于鬼狐的说法和小说中众多的鬼狐形象，常常有矛盾之处。比如认为鬼是一种气，受享是不太可能的事情，但小说中有不少鬼魂回家受子孙祭祀的故事，还有一些故事讲鬼为索要祭食而采取的种种行为。

自来？日日铨除移改，神不又太烦耶？此诚不可以理解。然而遇灶神者，乃时有之。余小时见外祖雪峰张公家，一司爨妪好以秽物扫入灶，夜梦乌衣人呵之，且批其颊，觉而颊肿成痈，数日巨如杯，脓液内溃，从口吐出，稍一呼吸辄入喉，呕哕欲死，立誓虔祷乃愈。是又何说欤？或曰：人家立一祀必有一鬼凭之，祀在则神在，祀废则神废，不必一一帝所命也。是或然矣。（《槐西杂志》三）

　　两则材料之中，前者明确表明了怀疑，但是后者更有代表性，一方面纪昀对灶神的存在提出质疑，但是却还是举例证明"遇灶神者，乃时有之"，那又是为了什么呢？下面纪昀自己说得很清楚，为了听从帝命，是为了使人遵从而已。

　　此外，就具体内容而言，纪昀还借助鬼狐表达了这样一个观点，就是真实性和必然性是相连的。他反对在小说情节中人为制造偶然性，对所谓的"报"和"缘"提出质疑，认为这属于虚构。"报"和"缘"的观念都是由来已久。"报"的观念中国自古有之，深入民心，"恶有恶报，善有善报，不是不报，时候不到"之说广为流传，成为中国民间文化的一个重要内容。"缘"出现较晚，在宋元文学中有所体现而流行于明清时期，像为人熟知的《镜花缘》，就直接以"缘"作名。

　　（"报"和"缘"）"两个观念，都与社会秩序有密切关系。……'报'这观念中国本来已有，然而佛教传入，却使这个观念增加了新的内容，从而令它在维持社会秩序方面，发挥了更为积极的作用。至于'缘'这观念，则非中国土产，是佛教的独特贡献。"[1]"儒家所讲的'报'，只是民间的制裁手段。此手段虽可补德化礼治之不足，但本身仍有局限。假使做坏事的人势力强大，如皇帝、高官或绿林首领之类，受害者固然难以复仇，害人者因而亦不会感到有所掣肘。要堵塞这个漏洞，必须借助自然力量，来主持善恶有报的公道。"[2]

　　纪昀对于"报"和"缘"是有区别的：他看重"报"，前面所讲阴律，就是"报"的主要依据；但是又反对"缘"，认为它是创作虚构的。《阅微草堂笔记》中有一则故事比较典型，体现了纪昀对小说创作的看法：

①　张德胜：《儒家伦理与秩序情结——中国思想的社会学诠释》，巨流图书公司 1989 年版，第211 页。
②　同上书，第 213 页。

雍正丙午、丁未间，有流民乞食过崔庄，夫妇并病疫。将死，持券哀呼于市，愿以幼女卖为婢，而以卖价买二棺。先祖母张太夫人为葬其夫妇，而收养其女，名之曰连贵。其券署父张立、母黄氏，而不著籍贯，问之已不能语矣。连贵自云：家在山东，门临驿路，时有大官车马往来，距此约行一月余。而不能举其县名。又云：去年曾受对门胡家聘。胡家亦乞食外出，不知所往。越十余年，杳无亲戚来寻访，乃以配围人刘登。登自云：山东新泰人，本胡姓。父母俱殁，有刘氏收养之，因从其姓。小时闻父母为聘一女，但不知其姓氏。登既胡姓，新泰又驿路所经，流民乞食，计程亦可以月余，与连贵言皆符。颇疑其乐昌之镜，离而复合，但无显证耳。先叔栗甫公曰："此事稍为点缀，竟可以入传奇。惜此女蠢若鹿豕，惟知饱食酣眠，不称点缀，可恨也。"边随园征君曰："'秦人不死，信苻生之受诬；蜀老犹存，知葛亮之多枉。'史传不免于缘饰，况传奇乎？《西楼记》称穆素晖艳若神仙，吴林塘言其祖幼时及见之，短小而丰肌，一寻常女子耳。然则传奇中所谓佳人，半出虚说。此婢虽粗，倘好事者按谱填词，登场度曲，他日红氍毹上，何尝不莺娇花媚耶？先生所论，犹未免于尽信书也。"①

这里讲述的是纪昀自己家中仆婢婚姻巧合的事。重要的是借此谈到了对传奇的看法，认为"史传不免于缘饰，况传奇乎"，其中所说的"稍为点缀"，便是对日常生活的艺术加工了。此则故事中还举了《西楼记》的例子，指出现实生活中的真人和艺术加工过的形象很不相同。并进而指出，假如对这件事也加以"点缀"，那么"蠢若鹿豕，惟知饱食酣眠"的女仆一样"莺娇花媚"。这前后的不同，在今天看来，就是生活原型和艺术形象的不同了。从这些来看，纪昀对传奇的虚构性有所认识，但他不赞同这种写作方式和审美特征，认为有意虚构，令人难以相信。他坚持的还是实录的史家小说观，和传奇有意的创作和虚构截然不同。

《阅微草堂笔记》对传奇中经常出现的反常和偶然性的反感和讽刺，也体现了纪昀主张实录反对虚构的小说观念。纪昀并不反对感情，他认为"饮食男女，人生之大欲存焉。干名义，渎伦常，败风俗，皆王法之所必禁也。若痴儿骏女，情有所钟，实非大悖于礼者，似不必苛以深

---

① 《如是我闻》（三）。

文"。对于拘泥礼道，迫人致死的某公，纪昀批判："其本不正，故其末不端。是二人之越礼，实主人有以成之。乃操之已蹙，处之过当，死者之心能甘乎？冤魄为厉，犹以'于礼不可'为词，其斯以为讲学家乎？"①《阅微草堂笔记》虽然涉及内容广泛，无论男女、鬼怪，都带有正常人的理智和情感，其交往也沿循事理和逻辑，比较冷静和理性，虽然有冲动、比较离奇的言行，也往往会受到周围环境的制约和亲朋邻里的劝解。传奇作品多表现男女爱情，其中男女的结识和相爱，往往以"夙缘"为借口，其实这就是虚构，只是起到使男女结识的作用。纪昀对此深表怀疑。他借助鬼狐故事表达了自己的看法：

> 石洲又言：一书生家有园亭，夜雨独坐。忽一女子搴帘入，自云家在墙外，窥宋已久，今冒雨相就。书生曰："雨猛如是，尔衣履不濡，何也？"女词穷，自承为狐。问："此间少年多矣，何独就我？"曰："前缘。"问："此缘谁所记载？谁所管领？又谁以告尔？尔前生何人？我前生何人？其结缘以何事？在何代何年？请道其详。"狐仓卒不能对，嗫嚅久之，曰："子千百日不坐此，今适坐此；我见千百人不相悦，独见君相悦。其为前缘审矣，请勿拒。"书生曰："有前缘者必相悦。吾方坐此，尔适自来，而吾漠然心不动，则无缘审矣，请勿留。"女赵趄间，闻窗外呼曰："婢子不解事，何必定觅此木强人！"女子举袖一挥，灭灯而去。或云是汤文正公少年事。余谓狐魅岂敢近汤公，当是曾有此事，附会于公耳。（《槐西杂志》二）

书生独坐灯下，狐女前来相就。类似的故事在传奇中不少，《聊斋志异》中尤其如此。纪昀这则故事带有明显的质疑意味。书生见到狐女，并不为之所惑，上来就问："雨猛如是，尔衣履不濡，何也？"一开始就置于非常理性、客观的氛围之中；而后是一连串的发问，将狐女作为托词的"前缘"一批到底。这显然是纪昀借助书生之口表达他对传奇类故事的质疑，认为纯属托词，亦即虚构，不符合事实逻辑。

另外一则故事可以和此结合起来看。有两人没有上面书生理性，为狐所媚，同娶一狐女而不知，发现真相后狐女离去，两人身体赢弱且困于深山，后被猎户救出。这里的狐女虽"绝妍丽"，但无情无义，迷惑

---

① 《滦阳续录》（五）。

二人纯粹为了采补，并无情感可言。在纪昀看来，假如真的和狐女相遇，其结果大抵如此，生死缠绵之事亦属虚构。最后他借猎户之口，发表评论："邂逅相遇，便成佳偶，世无此便宜事。事太便宜，必有不便宜者存。鱼吞钩，贪饵故也；猩猩刺血，嗜酒故也。尔二人宜自恨，亦何恨于狐？"① 批评虚构的同时，纪昀也归结本旨，一以贯之地进行劝戒、说教。

《四库全书总目》也是如此。对《山海经》，指出"核实定名，实则小说之最古者尔"，"书中序述山水，多参以神怪……然道里山川，率难考据。案以耳目所及，百不一真"②；《神异经》"所载皆荒外之言，怪诞不经"③；《海内十洲记》"大抵恍惚支离，不可究诘"④；《汉武洞冥记》"所载皆怪诞不根之谈"⑤；指责宋代王铚《默记三卷》"颇近小说家言，不可据为实录耳"⑥ 等，和纪昀对于小说和虚构的看法是一致的。

三 清、老、真——三部小说的风格

《聊斋志异》、《阅微草堂笔记》、《新齐谐》，这三部小说三个世界，三位作者三种境遇，最终凝聚为三部小说的三种风格：《阅微草堂笔记》以明理为中心，道世态人情之幽微，有"老"之美；《新齐谐》自然粗鄙，泥沙珍珠混杂，有"真"之美；《聊斋志异》既有对现实的无情揭露，更有对远离现实的理想世界与美好生活的描绘，有"清"之美。

对于构成风格、境界的"老"来说，"理"是核心要素，"老"在本质上就是主客两方的高度融合统一。只有在深刻认识与把握各种"理"的基础上，才可能具有"老"的特点。

"理"只有在现实中才能获得。从这个意义上说，"老"是基于"真"的，这个"真"就是真实，是客观现实，既包括社会现实，也包括自然现实。同时，"老"又构成"清"的基础，"清出于老"，这在前面已经有过论述。"清"的核心特征就是胡应麟《诗薮》外编卷四所说的："清者，超凡绝俗之谓。"

---

① 《槐西杂志》（一）。
② 小说家类三《山海经》提要。
③ 小说家类三《神异经》提要。
④ 小说家类三《海内十洲记》提要。
⑤ 小说家类三《汉武洞冥记》提要。
⑥ 小说家类二《默记三卷》提要。

　　具体到三部小说，就《阅微草堂笔记》来说，它基本是纪昀现实生活的写照，考虑到写作的具体情境，众多睿智通达的老者几乎就是纪昀本人的反映，作品的总体风格就是"老"。前面论述过"老"，在诗歌方面主要体现在自然平和的风格，不雕不琢而深稳妥帖的创作特点，至法无法的水平和境界，而《阅微草堂笔记》叙事的简洁淡雅，人物老于世故、随心所欲不逾矩的特点，以及明理达道的气味，都表明纪昀本人将"老"的风格特点广泛表现在诗歌批评和小说的创作之中。"老"的不足在于"俗"和"浊"，"俗"有世俗，也有世故，"浊"却是杂质混合，《阅微草堂笔记》为人诟病的封建礼教之类便是它们的体现了。

　　《聊斋志异》的风格则是"清"，远离世俗，清高至性，超越世俗礼法，追求公正与自由。"清"也主要见于诗歌批评，但无论是作为趣味，还是品格和境界，"清"的核心都是不俗，体现理想和超越性。宋代林景熙："天地间唯正气不挠，故清气不浑。清气与正气合而为文，可以化今，可以传后。"（《王修竹诗集序》）薛雪也指出："诗重清真，尤要有寄托；无寄托，便是假清真。"（《一瓢诗话》）这些是诗歌批评，用于评价《聊斋志异》同样恰当。明代钟惺在论陶渊明诗歌的时候说："幽生于朴，清出于老，高本于厚，逸原于细"，点得很透彻。"清"基于"老"，是从"老"升华出来的，有"老"所未有的那种浩然的"正气"和理想性。《聊斋志异》讲述了众多美丽动人的爱情故事，即使人鬼之恋，也是建立在极强的现实基础之上的。如果缺少了对社会人生深刻的洞察力，对现实黑暗的揭示和批判力，《聊斋志异》的艺术魅力就要大打折扣了。

　　《新齐谐》的风格却是"真"。鲁迅先生《中国小说史略》称"其文屏去雕饰，反近自然，然过于率意，亦多芜秽，自题'戏编'，得其实矣"。《阅微草堂笔记》、《聊斋志异》都带着作者鲜明的印迹，体现了作者对社会生活的体察和反思，《新齐谐》却并非如此。袁枚自称"妄言妄听，一时游戏"（《答赵味辛》），虽有少数作品富有艺术性，但大多作品未经加工和选择，洋溢着民间低俗粗狂的气息，保留了最多原始的面貌。对于《新齐谐》的这种状况，后世批判甚多，晚清俞鸿渐在《印雪轩随笔》中甚至认为"直付之一炬可矣"。傅璇琮、蒋寅《中国古代文学通论·清代卷》认为："袁枚的《子不语》则力图表现出与他对性灵追求相一致的旨趣。只不过他似乎在小说方面用心不专，作品也就显得有些随意散漫。"与《聊斋志异》等相比，这部作品在艺术水平上可能有所不及，但是从袁枚及清中期市井文化的研究角度，它自有其不可替代的价值和意义。

三部小说不同的风格根源于三位作者各自的遭遇和寄托。三位作者之中，蒲松龄和纪昀都是在现实中有所抑郁：纪昀有高处不胜寒之悲叹，蒲松龄有多年不得志的孤愤和养活家小的巨大生活压力；两人都在笔记小说中有所寄托：纪昀"寄所欲言"；蒲松龄"有意为文，非徒纪事"①，"托街谈巷议，以自写其胸中磊块诙奇"②。袁枚则不然。虽然经历也有坎坷，但是袁枚的一生终究算是平顺如意的③。他在辞官后，悠然游走于社会、家庭和自然之间，得到的自由度和满意度是最高的，远非蒲松龄和纪昀所及。袁枚的内心也没有明显的失落和不平衡。现实中看似结交公卿，但实际袁枚对外界的依赖性最小，他的生活来源部分和公卿交往得到的润笔费有关，但这并非是他主要的支柱。在经济上自立，情感上自足，生活上满意，袁枚的内心较为强大。因而在笔记小说的撰写上不像前二者那样有所寄托，笔下的人物也无所畏惧，无有所求。《新齐谐》这么多的故事中，看不到像《聊斋志异》和《阅微草堂笔记》中那样明确的核心和清晰的追求，但是自然而然，气壮胆雄，人不怕鬼，鬼不怕人，鬼神相斗，这些在其他作品中少见的现象，在《新齐谐》中却是普遍的存在。

对比三位作者可以看到，内心越压抑，感情越强烈，对于文学的寄托就越大，因此在创作上就更加用心，投入的不止时间和精力，更是拿自己的血泪，自己的生命在创作。这样创作出来的作品，相比那些有所寄托甚至没有寄托的作品，最终的艺术水平和感染力是相差甚远的。这大概是创作的一般规律。

---

① 冯镇峦：《读聊斋杂说》，《明清小说资料选编》（下），齐鲁书社1990年版，第1180页。

② 南村：《聊斋志异跋》，《明清小说资料选编》（下），齐鲁书社1990年版，第1169页。

③ 袁枚十二岁中秀才。二十一岁时，被荐应乾隆元年丙辰（1736年）九月的博学鸿词试，落选。此后，"齿渐壮，家贫，两亲皤然，前望径绝，势不得不降心俯首，惟时文之自考"（《与之秀才第二书》，《小仓山房续文集》卷三十一），潜心研读八股文。乾隆三年（1738年）秋中举，并于次年考取进士，授庶吉士，入庶常馆深造。三年后庶吉士学习期满，因满文考试不及格，袁枚被外放知县。在任地方官六七年。期间，袁枚颇有善政，但终于不堪忍受，乾隆十四年其三十四岁时正式辞官，归隐于南京小仓山下随园。闲云野鹤般悠然自得地度过了后半生，嘉庆二年丁巳（1797年）病逝。

结语　纪昀:中国文学批评史上
承前启后的重要学者

　　纪昀是乾嘉时期一位有代表性的学者，在中国文学批评由传统转向现代的过程中发挥着承前启后的重要作用。当代学者对纪昀的关注和研究和他实际的学术成就相比还是不相称的。造成这种局面的原因很多，中国文学批评史的撰写体例可能是其中重要却易被忽视的一种。

一

　　关于中国文学批评史的撰写体例，早期大致有三种模式：一种是以史为纲。陈钟凡的《中国文学批评史》（1927 年由中华书局出版）按照朝代，将批评史分为周秦、两汉、魏晋、宋齐梁陈、北朝、隋唐、两宋、元明、清代九个时期分别论述。二是以问题为纲，将批评家的理论纳入其中。郭绍虞的《中国文学批评史》（上卷，1934 年由商务印书馆出版）依据文学观念的演变，着眼于文学与学术的分合及从文学的自觉到批评的自觉的发展历程，将中国文学批评史分为文学观念演进期、文学观念复古期与文学批评完成期三个阶段①。虽然郭绍虞指出《中国文学批评史》下卷的编排和上卷恰恰相反，"以批评家为纲而以当时的问题纳入批评家的论理体系之中"，但实际上仍然突出了问题，可以说以问题为纲是贯穿其书的基本原则②。三是以批评家为纲。朱东润的《中国文学批评史大纲》（1944 年由开明书店出版）以单个的批评家为纲目，通过对重要人物的论述来勾勒中国文学批评史的整体线索并确立起其基本构架，"我认为伟大的批评家不一定属于任何的时代和宗派。他们受时代的支配，同时他们也

---

① 郑振铎 1932 年出版的《插图本中国文学史》中对中国文学批评史做过简略的分期：以先秦至魏晋南北朝为"批评文学的发端"，以隋唐宋为"批评文学的复活"，以金元明清为"批评文学的进展"。

② 关于郭绍虞对于中国文学批评史分期的研究，可参考董乃斌《郭绍虞先生中国文学批评史研究的成就与贡献》（《文学遗产》1992 年第 1 期）。

超越时代"(《自序》)。

此后陆续出现的比较权威的中国文学批评史著作,如刘大杰主编的《中国文学批评史》(上),王运熙、顾易生主编的三卷本《中国文学批评史》和七卷本《中国文学批评通史》,张少康的《中国文学理论批评史》,敏泽的《中国文学理论批评史》等,基本上是对以上三种模式的综合,即采取以朝断代、以人立章的体例,探讨不同时期的理论问题。

将纪昀作为批评家和中国文学批评史的撰写体例联系起来,即可发现,新现象、新观念、新理论是各种模式写作出来的文学批评史的真正主角,没有提出新理论、新观念的批评家则很容易被忽视和筛掉。虽然朱东润的《中国文学批评史大纲》将纪昀作为第一个具有文学批评史自觉意识的批评家凸显了出来,但这是比较少见的情况。至于几个著名人物和新观点能否代表这一时期的文学批评,学界已经有所质疑。钱钟书在《读〈拉奥孔〉》一文中,就指出:"在考究中国古代美学的过程里,我们的注意力常给名牌的理论著作垄断去了。"

探索和总结文学思想的发展规律是文学批评研究的核心任务之一。假如以文学思想的发展脉络和规律为纲,综合各种版本的中国文学批评史著作,可以发现,这些文学批评史中有一些隐约可见的共同之处,那就是都存在着一些极为重要的人物与典籍:在所有的中国文学批评史中,第一座高峰都是孔子,作为中国文学批评家之首,孔子的理论对于儒家正统诗学的形成,对文学的创作、评价、欣赏和接受,都具有奠基的重要作用和深远影响;第二座高峰是刘勰的《文心雕龙》,它建构了以儒家思想为主的完整的理论体系。在这毫无异议的两座高峰之后,还耸立着其他几座高峰:朱熹,集道学家文学批评之大成;王夫之,对宋元以来许多重大理论问题进行了推展;最后一座高峰如果说是纪昀可能会有争议,但是如果换作纪昀总纂的《四库全书总目》,争议大概会少很多,《四库全书总目》对历代文学批评进行了系统总结,这是学界公认的事实。

这些在中国文学批评史上界碑一样存在的学者和典籍,有一个共同的特点,那就是"集大成"。

集大成者在各学术领域都是最重要的研究对象之一,因其在学术发展史上,基本上都是"处在贮水池地位的人",以前的学术皆流向他,以后的学术又是从他这里流出①。他们总结了前人的学术,同时又对后世的发展发挥着重要的作用,是不同历史发展阶段的连接者,是承前启后的关键

---

① [日]安倍能成:《康德实践哲学》,于凤梧、王宏文译,福建人民出版社1984年版,第1页。

人物。

中国文学批评史上的第一个集大成者是孔子。中国"集大成"之说，即出自孟子对孔子的赞美。《孟子·万章下》："孔子，圣之时者也。孔子之谓集大成。集大成也者，金声而玉振之也。金声也者，始条理也。玉振之也者，终条理也。"古代奏乐一篇为一终，也称一成。这里"集大成"是以音乐为喻，指孔子能集纳先圣之道，成己之圣德。后来一般指总结前人或各家成果而系统化为集大成。在目前所有的中国文学批评史上，孔子都处于第一文论家的地位。张少康将孔子的文艺思想总结为六个方面：文艺与道德修养的关系——兴于诗，立于礼，成于乐；文艺与政治、外交活动的关系——不学诗，无以言；文学批评的标准——思无邪；文学的社会作用——诗可以兴，可以观，可以群，可以怨；文学内容与形式的关系——文质彬彬；雅乐与郑声——放郑声①。其后的孟子、荀子等人，包括汉代批评家，他们提出的文学观念与理论，基本上都可以视为对孔子之说的深化与发展。

中国文学批评史上第二个堪称"集大成"的是刘勰的《文心雕龙》，是中国古代最杰出的、体系严密的文学理论批评巨著，被视为"集论文之大成"②，将儒家文论首次进行了系统化。这座高峰也是渊源有自的，《文心雕龙》核心的原道、征圣、宗经思想，最早萌芽于孟子，发展于荀子，而经扬雄阐发有了较大的发展，刘勰继承了前人的思想并将其明晰和深化。此外，《文心雕龙》反对和批评当时创作上的不良风气，对诗歌本质、创作特点和文体等诸多问题进行了总结和分析。"大舜云：'诗言志，歌永言。'圣谟所析，义已明矣。""诗者，持也，持人情性；三百之蔽，义归无邪，持之为训，有符焉尔"（《明诗》）。这些都表明刘勰延续和发展了孔子确立的以儒家正统思想为立场、同时注重文学审美特点和规律的批评传统。孔子和刘勰分属不同时期，骨子里是一脉相通的。

第三个"集大成"者是朱熹，"宋代道学至朱子而集其大成；宋代道学家之文学批评也至朱子而集其大成"③。如果说刘勰对于孔子一脉相承，其发展更突出在学术发展方面，朱熹对于孔子确立的正统文论则有明显的转变：反对毛诗大序，贬低温柔敦厚，强调诗无邪："只是'思无邪'一句好，不是一部《诗》皆思无邪。"（《朱子语类》卷八十）朱熹能够从

---

① 张少康、刘三富：《中国文学理论批评发展史》（上），北京大学出版社 1995 年版，第 29—39 页。

② 刘师培：《搜集文章志材料方法》，《左庵外集》卷十三。

③ 郭绍虞：《中国文学批评史》，中华书局 1962 年版，第 200 页。

文学角度理解《诗经》："看诗义理外更好看他文章。且如《谷风》，他只是如此说出来，然而叙得事曲折先后，皆有次序。而今人费尽气力去做后，尚做得不好。"（《朱子语类》卷八十）但是，朱熹以理学为安身立命之所在，所以又有不少反对文学和贬低文学的言论，对文学批评产生了很大影响，不仅南宋一些文学家皈依到理学家的队伍中来，金元明一些批评家也依附理学，推崇理学家之诗，对于文学的发展形成了一定的抑制作用。

王夫之是中国文学批评史上第四位集大成者①。"王夫之的诗歌理论一方面总结了中国古代诗论史上特别是宋元以来的一些有争论的重大理论问题，另一方面又提出了许多深刻精辟的重要见解，开了清代诗歌理论批评的先河，因此是一位具有承上启下、继往开来的重要作用的文学理论批评家。"② 王夫之在中国文学批评史上的贡献是多方面的：他对诗和志、意进行了区分，指出志并非诗，意也不是诗，"诗则即事生情，即语绘状"（《古诗评选》卷四《古诗》评语）；诗是审美意象，是情、景的统一，"情不虚情，情皆可景，景非滞景，景总含情"；审美意象的获得，则得之于"即景会心"，"身之所历，目之所见，是铁门限"（《姜斋诗话》卷二），"只于心目相取处得景得句，乃为朝气，乃为神笔"（《唐诗评选》卷三张子容《泛永嘉江日暮回舟》评语）；提出"诗无达志"（《唐诗评选》卷四杨巨源《长安春游》评语），"作者用一致之思，读者各以其情而自得"（《姜斋诗话》卷一），指出审美意象具有多义的特点。对于兴观群怨说，王夫之强调了彼此之间的联系和转化；对于严羽以来突出的诗歌和理的关系问题，王夫之也指出："非谓无理有诗，正不得以名言之理相求耳"（《古诗评选》卷四司马彪《杂诗》评语），即这个理并非是逻辑思维的理，而是审美中得到的理。

纪昀总纂的《四库全书总目》对于中国文学批评所做的总结不同于王夫之，也有理论创新，但是更多地体现为对中国文学批评进行了全面系统的总结。吴承学在《论〈四库全书总目〉在诗文评研究史上的贡献》一文中指出："《总目》诗文评类提要考辨精微，评价公允，基本构成古典形态文学批评学术史的雏形，大致体现出封建社会诗文评研究的学术水平。它既可以说是传统诗文评研究的集大成之作，也是现代形态文学批评

---

① 在这几位批评家之外，还有一些学者有集大成者之称，如韩愈、元好问、胡应麟、叶燮等。胡震亨《唐音癸签》："吾尝谓近代谈诗集大成者，无如胡元瑞。"在历史发展过程中，他们的成就和影响更集中在一时一域，不可与上述集大成者相提并论。

② 张少康、刘三富：《中国文学理论批评发展史》（下），北京大学出版社 1995 年版，第 292 页。

史学科形成的基础。"① 《四库全书总目》的学术成就和纪昀是分不开的。朱自清特别指出："《四库全书总目提要》集部各条，从一方面看，也不失为系统的文学批评，这里纪昀的意见为多。"

通过对文学批评发展主要脉络的梳理，突出其中"集大成"者的意义，纪昀在中国文学批评史上的地位会比现在显现出来的重要得多。就纪昀自身的文学思想来说，通过和其他批评家在历史的坐标中进行的比较更能显现其承前启后的意义。

二

在中国古代的批评家中，被称赞具有史家眼光的，除了纪昀，还有叶燮②。郭绍虞称："叶燮论诗之长，在用文学史流变的眼光与方法以批评文学，故对诗之正变与盛衰，能有极透澈的见解"③。叶燮也是王夫之之外受到学界最高赞誉的清代批评家。敏泽甚至称之为"我国文学理论批评史在刘勰之后的最重要的一位大家"④。在当代，叶燮和《原诗》研究逐渐成为显学，学界对其展开了近似于"地毯式"的研究。对于纪昀，叶燮是重要的参照；反之，对于叶燮，纪昀的文学思想也具有坐标的意义。

概括来说，纪昀和叶燮文学思想有同有异，异大于同。最根本的区别在于，叶燮超越以往"一枝一节"式的批评模式，创一家之言，对诗歌和创作进行了集中和精妙的阐述；纪昀则集"一枝一节"之大成，对诗歌和诗学进行了全面系统的总结。

两位批评家的差异，首先跟文体有关，叶燮是在进行诗论，纪昀则沿袭传统的批评之体。纪昀坚持"文章流别，各有体裁"（《滦阳续录》四），批评《聊斋志异》"一书而兼二体"，《四库全书总目》对于叶燮《原诗》的批评也是重视辨体，"其言皆深中症结而词胜于意，虽极纵横博辨之致，是作论之体，非评诗之体也"⑤。那么，何谓"评诗之体"？

关于"评诗之体"，历来亦有论述。姜夔："诗说之作，非为能诗者

---

① 吴承学：《论〈四库全书总目〉在诗文评研究史上的贡献》，《文学评论》1998 年第 6 期。
② 叶燮（1627—1703），原名世倌，字星期，号己畦，又号独岩，江苏吴江人，晚年居住吴县横山，世称横山先生。著有《己畦文集》二十二卷，《己畦诗集》十卷，《原诗》内外篇四卷，《己畦诗集残余》一卷，《汪文摘谬》一卷。
③ 郭绍虞：《清诗话·前言》，上海古籍出版社 1978 年版，第 23 页。
④ 敏泽：《中国文学理论批评史》（下），吉林教育出版社 1993 年版，第 1113 页。
⑤ 《四库全书总目》诗文评类存目，《原诗》提要。

作也，为不能诗者作，而使之能诗。"① 沈枋德："诗话有两种，一是论作诗之法，引经据典，求是去非，开后学之法门，如《一瓢诗话》是也。一是述作诗之人，彼短此长，花红玉白，为近来之谈薮，如《莲坡诗话》是也。"② 许顗《彦周诗话》："诗话者，辨句法，备古今，纪盛德，录异事，正讹误也。"《四库全书总目》指出，"文章莫盛于两汉，浑浑灏灏，文成法立，无格律之可拘。建安、黄初体裁渐备，故论文之说出焉，《典论》其首也。其勒为一书传于今者，则断自刘勰、钟嵘。勰究文体之源流而评其工拙，嵘第作者之甲乙而溯厥师承，为例各殊。至皎然《诗式》备陈法律，孟棨《本事诗》旁采故实。刘颁《中山诗话》、欧阳修《六一诗话》，又体兼说部。后所论著，不出此五例中矣"，认为"诗文评"的功能在于"讨论瑕瑜，别裁真伪，博参广考，亦有裨于文章"③。纪昀以为，"夫体者，例之谓也"④，"评诗之体"应该就是历史已有的评诗的文体，如文章的序跋、评诗诗、诗话等。

作论之体和评诗之体有别，因此《四库全书总目》将《原诗》仅列入存目，且对其总体评价不高，肯定"其大旨在排斥有明七子之摹拟，及纠弹近人之剽窃，其言皆深中症结"，但是"亦多英雄欺人之语。如曰宋诗在工拙之外，其工处固有意求工，拙处亦有意为拙。若以工拙上下之，宋人不受也。此论苏黄数家犹可，概曰宋人，岂其然乎？至谓谢灵运胜曹植，亦故为高论"。

《四库全书总目》对叶燮《原诗》评价不高，除作诗论不合评诗之体外，还认为叶燮多"英雄欺人之语"，具体表现在：举叶燮论宋诗和曹、谢诗歌比较两例，认为词胜于意，故为高论。这种批评是否合理，可以结合这两个事例具体来看。

关于宋诗的评价，实际涉及诗歌演变这个大问题。叶燮对宋诗的评价是基于诗歌演变的。在叶燮看来，古代诗歌发展有"三大变"，以杜甫代表的唐代开元、天宝时期为第一大变，韩愈为第二大变，宋代苏轼为第三大变。此外还有小变。如诗始于《三百篇》，《三百篇》一变而为苏、李，再变而为建安、黄初；建安、黄初之诗一变而为晋，历梁、陈、隋以迄唐之垂拱。就是到了唐代，也有小变、大变，"小变于沈、宋、云、龙之间，而大变于开元、天宝，高、岑、王、孟、李此数人者，虽各有所因，

---

① 姜夔：《白石道人诗说》。
② 《莲坡诗话》跋语，《清诗话》，上海古籍出版社1978年版，第519页。
③ 《四库全书总目》诗文评类一。
④ 《瀛奎律髓汇评》，上海古籍出版社1986年版，第1551页。

而实一一能为创"。宋诗是在这种背景下有所发展的。"宋初，诗袭唐人之旧，如徐铉、王禹偁辈，纯是唐音。苏舜卿、梅尧臣出，始一大变，欧阳修亟称二人不置。自后诸大家迭兴，所造各有至极。今人一概称为'宋诗'者也。"（《原诗·内篇上》）

宋诗之于诗歌史，叶燮有很形象的说法："譬诸地之生木然：《三百篇》，则其根；苏、李诗，则其萌芽由蘖；建安诗，则生长至于拱把；六朝诗，则有枝叶；唐诗，则枝叶垂荫；宋诗则能开花，而木之能事方毕。自宋以后之诗，不过花开而谢，花谢而复开。"（《原诗·内篇下》）如果说根与枝叶还难以看出评价的高低，叶燮的另一个比方更能显现他对不同时期诗歌的态度：汉魏诗"如初架屋，栋梁柱础，门户已具；而窗棂楹槛等项，犹未能一一全备，但树栋宇之形制而已"，六朝诗"始有窗棂楹槛，屏蔽开阖"，唐诗开始"于屋中设帐帏床榻器用诸物，而加丹垩雕刻之工"，宋诗则"制度益精，室中陈设，种种玩好，无所不蓄"（《原诗·外篇下》）

由此可见，叶燮对于宋诗是非常欣赏的，"盛唐之诗，浓淡远近层次，方一一分明，能事大备。宋诗则能事益精，诸法变化，非浓淡、远近、层次所得而该，刻画掉换，无所不极"（《原诗·外篇下》）。对于宋诗的特点，叶燮也予以了肯定性地阐释："至于宋人之心手日益以启，纵横钩致，发挥无余蕴，非故好为穿凿也。譬之石中有宝，不穿之凿之，则宝不出。且未穿未凿以前，人人皆作模棱皮相之语，何如穿之凿之之实有得也。如苏轼之诗，其境界皆开辟古今之所未有，天地万物，嬉笑怒骂，无不鼓舞于笔端，而适如其意之所欲出，此韩愈后之一大变也，而盛极矣。"（《原诗·内篇上》）

叶燮不以工拙论宋诗，便是在这种背景之下提出的。在叶燮看来，汉魏诗不可论工拙，"其工处乃在拙，其拙处乃见工"；六朝诗和唐诗可以言工拙，六朝诗"工居十六七，拙居十三四，工处见长，拙处见短"；唐诗则工者自工，拙者全拙；至于宋诗，则在工拙之外，"其工处固有意求工，拙处亦有意为拙；若以工拙上下之，宋人不受也"。

叶燮论宋以前诗歌的发展，有些类似于进化论，前者为粗而后者转精，因此对于处于最后阶段的宋诗给予了最高评价。叶燮《原诗》立论精妙、逻辑性强的特点，在宋诗评价问题上显然没有体现得那么充分。以某人某物为比附，"泛而不附，缛而不切，未尝会于心、格于物，徒取以为谈资"，这是叶燮对于他人的批评，但是叶燮有时也自身难免。关于诗歌发展、不同时代诗歌的特点等问题，叶燮相对简单地论述未必赶得上他批评的刘勰、严羽。和纪昀相比，叶燮对于宋诗特点的认识也有所不及。

唐宋诗之争是清代关注很多的一个复杂问题，有时代的关系，也有风格等方面的因素。纪昀对于唐宋诗，批评态度力求客观公允，但总的说来尊唐存宋，更欣赏唐诗，推崇兴象、风神，对于宋诗，有肯定，批评更多①。如"浅淡而不薄弱，此盛唐人身分"，"诗家之有'江西'，正如饮食之有海错，可兼尝而不可常馔。东坡比山谷诗于江瑶柱，诚至论也。学者根柢乎八代、三唐，而兼涉'江西'，得其别致，未为不佳。如专以'江西'为宗，则出手已是偏锋，愈入愈深，愈歧愈远。积成粗犷之习，高自位置，转相神圣，不可复以正理诘矣②。

就纪昀和叶燮对于宋诗的批评而言，纪昀的论述更为详细，对于宋诗的长处和弊病认识也更为深刻，评价也更为客观。宋诗本身是复杂的现象，且宋代诗人众多，确实难以一概而论。就叶燮对于宋诗在工拙之外的评论而言，评价过于简单和片面，这是不争的事实。从这一点而言，《四库全书总目》对叶燮关于宋诗的批评是正确的。《四库全书总目》此条提要无证据证明出自纪昀之手，但是说它符合和体现了纪昀的观点，则应该不为过。此外，纪昀在批评中时常用到"英雄欺人"之语，大概可以作为一条佐证。如评杜甫《涪城县香积寺官阁》："盛唐、晚唐各有佳处，各有其不佳处。必谓五律当学某，七律当学某，说定板法，便是英雄欺人。"③

关于谢灵运和曹植的比较，出自《原诗·外篇下》：

> 谢灵运高自位置，而推曹植之才独得八斗，殊不可解。植诗独《美女篇》，可为汉、魏压卷，《箜篌引》次之，余者语意俱平，无警绝处。《美女篇》意致幽眇，含蓄隽永，音节韵度，皆有天然姿态，

---

① 纪昀评王安石《登辨觉寺》："五、六句兴象深微，特为精妙。"许印芳："晓岚论诗主兴象，即此可见。"此外，还可参考纪昀评刘得仁《冬日题邵公院》："'武功派'所以不佳，正坐着力都在没紧要处。若盛唐大家却在紧要处用力，其象外传神，空中烘托之笔，亦必与本位秘响潜通，神光离合，必不是抛落正意，另自刻画小景。"（《瀛奎律髓汇评》，上海古籍出版社1986年版，第1628、1667页）

② 《瀛奎律髓汇评》，上海古籍出版社1986年版，第1392、1816—1817页。

③ 《瀛奎律髓汇评》，上海古籍出版社1986年版，第1735页。此外，还有多处：评周益公《上巳访杨廷秀赏牡丹于御书扁榜之斋其东圃仅一亩为街者九名曰三三径》："此似英雄欺人，子由终不及子瞻也"（《瀛奎律髓汇评》，第309页）；评杜甫《春远》："此宗山谷之论，其实英雄欺人。杜诗佳处卷卷有之，若综其大凡，则晚岁语多颓唐，精华自在中年耳"（《瀛奎律髓汇评》，第325页）；评杜甫《秋野》："可则可，不可则不可，安在老杜独可？此种纯是英雄欺人"（《瀛奎律髓汇评》，第425页）。

层层摇曳而出，使人不可仿佛端倪，固是空千古绝作。后人惟杜甫《新婚别》可以伯仲，此外谁能学步？灵运以八斗归之，或在是欤！若灵运名篇，较植他作，固已优矣；而自逊处一斗，何也？

谢灵运和曹植的比较，涉及的是对诗人的评价标准。叶燮论诗以正变立论，认为"惟变以救正之衰"，"惟正有渐衰，故变能启盛"；对于诗人，则特别推重"变"者，认为"大抵古今作者，卓然自命，必以其才智与古人相衡，不肯稍为依傍"，"从来豪杰之士，未尝不随风会而出，而其力则尝能转风会"；"苟于情、于事、于景、于理随在有得，而不戾乎风人永言之旨，则就其诗论工拙可耳，何得以一定之程格之，而抗言《风》、《雅》哉？"（《原诗·内篇上》）

在评价标准上，叶燮的意义在于，主变而取消了雅正这一审美追求，去除了正、变二者之间的二元对立，认为"正变盛衰互为循环"，主张新变而无拟议。对此，朱东润《中国文学批评史大纲》指出："旧说以正为尚，以变为不得已，横山破之，以为正变无系乎盛衰，而谓诗之为道，相续相禅，其学无穷，其理日出，此其立说之大纲也"。日本学者青木正儿也指出："诗坛上自成一家思想之抬头"，"主张不将目标特别拘泥于或唐或宋或元，一切按照个人所好，形成各自风格，以吟咏个人性情为宜的人逐渐出现。首先发出这一呼声的，是苏州的叶燮"[①]。袁枚论诗讲究"著我"和有工拙而无古今，显然就是对这种思想的继承和发展。对此，郭绍虞在《中国诗的神韵、格调及性灵说》指出："千秋论定，横山知己，乃在随园，是亦至堪惊异之事矣"。

杜甫、韩愈、苏轼代表了诗歌的三次大变，也最为叶燮推重。谢灵运的诗歌虽然没有那么突出，但是属小变之列，被叶燮称为"警秀"，"矫然自成一家"，"六朝诗家，惟陶潜、谢灵运、谢朓三人最杰出，可以鼎立"。大概就是出于这个原因，叶燮不太同意谢灵运对曹植的推崇。谢灵运和曹植在诗歌史上各有特色，认为谢灵运胜过曹植，恰恰体现了叶燮主变的评价标准。《四库全书总目》和纪昀持正统观点，强调诗教，对于谢灵运评价不高，并对叶燮之论提出质疑，这倒不难理解。

除了直接发生关联的两个方面外，两位文论家在诗学观、批评态度等诸多方面，也是有异有同。

就诗学观而言，两位文论家都持正统观念，对于诗教理论都有切实的

---

① 青木正儿：《清代文学评论史》，杨铁婴译，中国社会科学出版社 1988 年版，第 89 页。

发展。纪昀对于正统文论的发展和贡献在于，以"发乎情，止乎礼义"
涵盖"诗言志"和"思无邪"，以"教外别传"为陶渊明、王维、柳宗
元等刻画自然山水的一类诗歌在诗教的系统中予以定位。叶燮则从体、用
的角度，认为"温柔敦厚，其意也，所以为体也，措之于用，则不同；
辞者，其文也，所以为用也，返之于体，则不异"，因此不同时期各有其
"温柔敦厚"，关键在"作者神而明之"。

　　就诗歌史而言，叶、纪都做了全面考察，都认为诗歌史是相续相禅
的。纪昀考镜源流、辨章学术，肯定不同时代的诗歌各有特点，包括齐梁
诗，纪昀也肯定其富于情韵的方面。叶燮亦然，"诗有源必有流，有本必
达末；又有因流而溯源，循末以返本"（《原诗·内篇》上）。不同处在
于，纪昀主正存变，不以时代分高下；叶燮则以变为核心，持诗歌进化
论，认为"大凡物之踵事增华，以渐而进，以至于极"，"人之智慧心思，
在古人始用之，又渐出之；而未穷未尽者，得后人精求之，而益用之出
之。乾坤一日不息，则人之智慧心思，必无尽与穷之日"，因此将宋代诗
歌置于很高的地位。

　　就诗歌创作而言，两位批评家都强调了作者的品德、个性和创新，注
意到世运、气数对于创作的影响①。不同在于纪昀更强调诗歌创作中的技
巧与规律，叶燮理论性更强，从创作的主客双方，分别提出才、胆、力、
识之说和理、事、情之说，系统阐释了诗歌的创作活动与审美规律。"幽
渺以为理，想象以为事，惝恍以为情"，这些对于形象思维的生动表述，
纪昀有所不及。

　　就批评态度而言，叶燮睥睨前贤，纪昀更为客观通达。叶燮自视甚
高，对于前人诗论，虽少有称许，但基本上不以为然。在他看来，诗道不
能长振，原因在于"古今人之诗评杂而无章，纷而不一"；叶燮甚至认为
刘勰、钟嵘这样的大家，"其言不过吞吐抑扬，不能持论"；对于一贯被认
为"体大虑周"的《文心雕龙》，只肯定"沈吟铺辞，莫先于骨。故辞之
待骨，如体之树骸"；对于钟嵘《诗品》，只肯定"迩来作者，竞须新事，
牵挛补衲，蠹文已甚"，认为"此二语外，两人亦无所能为论也"（《外篇
上》）。唐宋以来的评诗者，叶燮有所肯定者为皎然、刘禹锡、李德裕、
皮日休，对于严羽、高棅、刘辰翁、李攀龙等人，则视为"最厌于听闻，

---

①　蒋寅：《一代有一代之文学——关于文学繁荣问题的思考》（《文学遗产》1994 年第 5 期）指
　　出，运数之说并非笠翁独创，明代袁中道已有"文章关乎世运"之论，后来清代叶燮、纪昀
　　均再三申说此意。然而论文归乎气运，则堕于不可知论，等于什么也没说。

锢蔽学者耳目心思者"，诗道之不振，严羽、高棅、刘辰翁"与有过焉"。明代论诗者，如李梦阳、何景明等，叶燮则以为"自以为得其正而实偏，得其中而实不及"。叶燮对于历代诗论的批评，无疑有许多正确的观点；他对于历代诗评"杂而无章，纷而不一"的评价也是符合事实的，虽然《文心雕龙》具有自己的系统，但是就诗学整体而言，确实是散乱不一的。尽管如此，叶燮的批评史观和批评态度还是显现了极大的片面性、主观性，对于《文心雕龙》等著作，不能给予实事求是的客观评价，而是以偏概全、盲目偏激。遗憾的是，在当代的叶燮研究中，基本上对其是一边倒地赞誉有加，对其思想的复杂性和消极方面则关注不够。其实早在三十年前，张少康先生便指出："过去，对叶燮在我国文艺思想史上的地位重视不够，这是需要纠正的。但是，近年来，学术界对他的文艺思想和美学思想评价，却又有过高的倾向，这也是不恰当的。矫枉难免过正，但不能片面夸大。"① 文章对叶燮研究中的五个重要问题进行了剖析，指出有些观点是叶燮的创见，有些则是继承前人观点；叶燮的理论中有积极的方面，同时也有消极的因素。张文冷静的态度、客观的分析，在今天尤具借鉴的意义。

　　叶燮"持论断断，多否而少可，谓千余年间惟少陵、昌黎、眉山三家高山乔岳，拔地耸峙，所谓豪杰特立之士，余子不足儗也"②，有深刻而片面的特点。纪昀则不然。作为《四库全书总目》的总纂官，其中专门设立《诗文评》部分，对历代诗论进行了系统的整理和评价。就批评方法而言，纪昀将乾嘉学术的思想方法运用于诗歌批评，注重考证，如《四库全书总目·诗品提要》说："史称嵘尝求誉于沈约，约弗为奖借，故嵘怨之，列约'中品'。案，约诗列之'中品'，未为排抑。惟《序》中深诋声律之学，谓'蜂腰鹤膝，仆病未能；双声叠韵，里俗已具'，是则攻击约说，显然可见。言亦不尽无因也。"纪昀也有一些尖刻的批评，但是整体而言侧重于具体作家作品的品评，宏观抽象的理论少；态度相对客观通达，更有雍容大度的气象，虽然新意没有叶燮那样突出，但是因为是首次系统全面地对诗文评进行总结，更具有里程碑的意义。

三

　　在历史纵向坐标中，对于纪昀有比较意义的，清初是叶燮，晚清是许

---

① 张少康：《叶燮文艺思想的评价问题》，《苏州大学学报》1983 年第 4 期。
② 张玉书：《叶星期西南草序》，《张文贞集》卷四。

印芳。叶燮和纪昀的理论分别代表了清初和清中期诗学取得的主要成就，许印芳则在晚清具有代表性。叶燮和纪昀相差近百年，纪昀对于叶燮有所批评；纪昀和许印芳相差也是百年，许印芳对于纪昀也有不少批评，甚至堪称是清代对纪昀研究最深入的文论家。纪昀对叶燮有所不满，许印芳对于纪昀则非常推崇："乾隆以来，论诗最公允者首推纪晓岚先生，其评点前人诗文集多所发明。东坡诗集亦有批本，集中五七律诗佳篇不少，尽可奉为师法。学者取纪批苏诗读之，自能分别弃取，而渔洋之说不足为据矣。"①

　　纪昀和许印芳都编著丰富，内容时有交集。就文论言，纪昀和许印芳的交集集中在两个大的方面：一是历代诗文评；二是具体作家作品的点评。纪昀总纂《四库全书总目》，设有"诗文评"专部，许印芳则著有《诗法萃编》，同样对历代文论进行了系统解读和评论；具体作家作品，则主要见于《瀛奎律髓》，纪昀有点评和刊误，许印芳点评诗歌的同时，对于纪评也进行了点评。

　　《四库全书总目》诗文评部分，按照时间顺序为 149 部作品撰写提要（诗文评类 64 部著作，诗文评类存目 85 部著作），历史上的文论著作基本上都被涵盖在内，单篇文章、部分涉及文论的著作则基本上不在整理范围之内。具体著作的内容提要，主要包括作者简介、版本情况、内容概括、争议与评价等几个方面。

　　《诗法萃编》共 15 卷，涉及 32 部作品，其中既有《文心雕龙》、《诗品》这样的专著，也有《典论·论文》、《与吴质书》这样的单篇文章。从体例上，按照历史先后排序，先是文论著作的内容，一般是选择部分重要内容，如《文心雕龙》就选了《原道》、《宗经》、《辨骚》、《明诗》、《乐府》、《神思》、《风骨》、《通变》、《情采》、《熔裁》、《声律》、《章句》、《丽辞》、《比兴》、《夸饰》、《附会》、《物色》、《知音》十八篇；然后是名家评点，最后是许印芳自己的评论，有对作者生平著述的简介和总评，在具体问题上再加以评论。

　　相较而言，《四库全书总目·诗文评》更全面，虽然还是传统的概括与总结，但是"综观《总目》'诗文评'的小序和各篇提要，的确使人感到作者们对于中国古代的文学批评著作进行了全面、系统、认真的研究，

---

① 许印芳：《诗法萃编》卷十一。许印芳对纪昀点评《文心雕龙》、《苏诗全集》、《瀛奎律髓》、二冯评阅《才调集》等，均有深入研究，可以说，许印芳是 20 世纪之前纪昀研究方面最全面和深入的文论家。

已经自觉地把研究中国古代的文学批评当作一门专门的学问。正是在这个意义上，《总目》的'诗文评'标志着中国古代文学批评史学正在走向成熟"①。《诗法萃编》就一些主要的文论著述进行了整理和评论，吸收前人观点，编排也已经接近当代的文论教材，只不过论和史料的排放顺序上有所不同。

在《诗法萃编》收录的名家评点中，纪昀的点评是主要部分。如《文心雕龙·情采篇》，纪批："赵饴山'诗中有人'之论源出于此"，许印芳按："诗中须有人在，诗外尚有事在，皆先辈名言。赵著《谈龙录》取以立论耳"。《文心雕龙·声律篇》，纪批："此篇即沈休文《与陆厥书》而畅言之，后世近体诗遂准此定制。齐梁文格卑靡，惟此学独有千古，钟记事以私憾排之，非公论也"，许印芳按："纪批褒沈太过，贬钟亦非论"。（《诗法萃编》卷二）

许印芳对于纪昀诗评的评价，集中体现于《瀛奎律髓》点评中，既有总体的概括，如"我朝纪晓岚先生《律髓刊误》持论最公，亦最确，即可据为断案"（《诗法萃编》卷三），也有大量具体的批评，赞赏者有之，批评者也有不少。试举两例：

登黄鹤楼

崔　颢

昔人已乘白云去，此地空余黄鹤楼。黄鹤一去不复返，白云千载空悠悠。晴川历历汉阳树，芳草萋萋鹦鹉洲。日暮乡关何处是，烟波江上使人愁。

方回评：此诗前四句不拘对偶，气势雄大。李白读之，不敢再题此楼，乃去而赋《登金陵凤凰台》也。

纪昀（针对方回评语）评：此诗不可及者，在意境宽然有余，此评最是。

纪昀（针对诗歌）评：偶尔得之，自成绝调。然不可无一，不可有二。再一临摹，便成窠臼。改首句"黄鹤"为"白云"则三句"黄鹤"无根，饴山老人批《唐诗鼓吹》论之详矣。

许印芳（针对纪昀评语）评：饴山老人，赵秋谷也。《唐诗鼓吹》，皆唐人七言律诗，系元人选本嫁名元遗山者。

---

① 《中国古代文学批评史学论略》（代前言），黄霖编著《文心雕龙汇评》，上海古籍出版社2005年版，第7页。

　　许印芳（针对诗歌）评：……二冯批《才调集》，评此诗云：气势阔宕。纪批云：二字确评，"宕"字尤妙。愚谓虚谷求之形貌，评为雄大。雄者貌也，大者形也。以此学古人即成伪体。冯氏求之神意，评为阔宕。阔者意也，宕者神也。晓岚谓"宕"字尤妙，又归重神理一边。以此学古人，方是真诗。同一评诗教人，而有浅深真伪之分，学者能明辨之，庶不为浅说所误耳①。

　　对于这首名诗，作过评价的有从元到晚清的四位文论家。站在"江西诗派"立场的方回重形貌，鼓吹李商隐的二冯重神意，纪昀对于他们的评语又都有所评，无论从形貌还是从神意，都认为是"确评"。看似公允，但是从对方回的评中强调"意境宽然有余"，以及《刊误》和《四库全书总目》中都批评方回"以生硬为高格，以枯槁为老境，以鄙俚粗率为雅音"来看，纪昀更看重的还是神意。至于许印芳，他的评价明显带有总结的意味，不是就诗论诗，就此诗评谈诗评，还将《才调集》中的评语引来进行对比，学理性更强，分析也更透彻。此处再举一例：

登大茅山顶

王安石

　　一峰高出众山巅，疑隔尘沙道里千。俯视云烟来不极，仰攀萝茑去无前。人间已换嘉平帝，地下谁通句曲天？陈迹是非今草莽，纷纷流俗尚师仙。

　　纪昀（针对方回评语）评：……二冯讥此诗为"史断"，太刻。必不容着议论，则唐人犯此者多矣。宋人以议论为诗，渐流粗犷，故冯氏有史论之讥，然古人亦不废议论，但不着色相耳。此诗纯以指点出之，尚不至于史论。

　　许印芳（针对纪昀评语）评：此说最平允。

　　纪昀（针对诗歌）评：其言有物，必如是乃非空腔。凡初学为诗，须先有把握，稍涉论宗亦未妨，久而兴象深微，自能融化痕迹。若入手但流连光景，自诧王、孟清音，韦、柳嫡派，成一种滑调，即终身不可救药矣。

　　许印芳（针对纪昀评语）评：此说盖为近代学渔洋"神韵"，流为空滑者痛下针砭，虽为一时流弊而发，实至当不易之论，学诗者宜

――――――――――

① 《瀛奎律髓汇评》，上海古籍出版社 1986 年版，第 24 页。

书诸绅①。

这里涉及的问题虽然重要，却很清晰，无须展开。从诸多类似的评语来看，无论是正统的诗学观，还是诗歌发展、创作，许印芳和纪昀都存在观点相似、相承的情况。

纪昀有些评点比较简单，如评张宛丘《腊日二首》："二首入之杜集不辨。"许印芳对纪评的评语："此评有眼力。二诗逼真少陵处在神骨意味，不在形貌格调，学者熟读深思自知之。"再如评点唐太宗《守岁》，方回评："唐太宗才高。此诗尾句有把握，起句有两字为眼，殊不苟也。"纪昀针对方评，指出："诗眼之说，不可施之初唐。"许印芳又针对纪评指出："诗眼之说，即诗家炼字法，未可斥为外道，但不宜任意穿凿，强标句眼耳。"②

很显然，对纪昀有深刻了解的许印芳对纪评进行了很好的阐发和补充，纪昀的意思也因此更加清晰明确。除了阐发外，许印芳对纪昀评语还有两类，一是纠错式批评，一是态度过于苛刻的指责。

对于杜甫的名作《登楼》，纪昀评："何等气象！何等寄托！如此种诗，如日月终古常见而光景常新。沈归愚谓首二句若倒装，便是近人诗，其论甚微。"许印芳评："引归愚评语有讹谬处，愚为正之。沈归愚谓：'首二句妙在倒装，若一掉转，便是近人诗。'"③

许印芳对于纪昀的指责主要在态度苛责方面。如杜甫《冬至》一诗的第七句"心折此时无一寸"，纪昀以为"太纤，不类杜之笔墨，遂为全篇之累"。许印芳则以为，"一寸心，诗家常用语。此诗七句拆开用，晓岚便斥为纤，亦苛论也"。再如杜甫《秋尽》，纪昀以为："前四句语殊平平，后四句自极沉郁顿挫之致。"许印芳对此不以为然，"前半平正，方衬得出后半之沉郁顿挫，此正章法之妙。……晓岚此评苛且谬矣"④。

综合纪昀和许印芳两人的著述来看，两人都是正统文论家，许印芳显然继承了纪昀的观点，如重视诗教，强调"发乎情，止乎礼义"："若夫说诗以教学人，虞书言志后，孔子之训事父事君，兴观群怨、温柔敦厚，知道无邪，卜子之训吟咏情性、主文谲谏，孟子之训以意逆志、论世知人，是皆词约义精，为千古说诗之祖"（《诗法萃编·序》）。

对于批评家的评价和批评标准，许印芳也和纪昀多有一致处。如评价

①　《瀛奎律髓汇评》，上海古籍出版社 1986 年版，第 30—31 页。

②　同上书，第 570、571 页。

③　同上书，第 29 页。

④　同上书，第 601、450 页。

方回，纪昀称："文人无行，至方虚谷而极矣"，许印芳则称："自来论诗，未有如虚谷之固执偏见，好为大言以欺人者"①。评价诗歌，"老"是纪昀使用极多的范畴，如"一气写出，不雕不琢，而自然老辣"，许印芳也有不少类似表述，如"诗文斩尽枝叶，直起直收是老法"。

作为晚清的文论家，除了受到纪昀影响，许印芳也吸收了包括袁枚在内一些文论家的观点，最突出的莫过于"诗论优劣，不分朝代"之说②。和纪昀同时期的袁枚在《答沈大宗伯论诗书》中指出："诗有工拙，而无今古。"《赵云松瓯北集序》更是明确指出："夫诗宁有定格哉？《国风》之格，不同乎《雅》、《颂》；皋、禹之歌，不同乎《三百篇》；汉、魏、六朝之诗，不同乎三唐。谈格者将奚从？"因此，集中体现许印芳文学思想的《诗法萃编》，研究对象从《诗传序》一直到清沈德潜《说诗晬语》，呈现出由传统诗文评向古代文学批评史过渡的状态。

从叶燮到纪昀再到许印芳，这是中国传统的诗文评逐渐转入诗歌批评史的一条脉络。在这个脉络中，纪昀发挥着承前启后的重要作用。

实事求是的态度，客观理性的精神，考镜源流的方法，是乾嘉考据学家的共同特征。纪昀的独特处就在于，他独一无二地将此运用到了文学批评领域，而不是当时考据学较为集中的音韵、训诂、史地等方面。在中国文学批评史上，纪昀作为首位将考据学的精神和方法运用到文学批评领域的文论家，无论是对具体的作家作品，还是对诗歌发展史，他都提出了自己的见解，同时对当时出现的问题进行了深入的思考和解答。

正是凭借这种治学精神，无论是总纂《四库全书总目》，还是点评《文心雕龙》等典籍，创作《阅微草堂笔记》，纪昀都代表和体现了乾嘉时期中国文学批评所能取得的最高成就，对后世有着深远的影响。从这个意义上说，纪昀是中国古代文学批评的总结者，也是中国古代文学批评转向现代的开拓者。

---

① 《瀛奎律髓汇评》，上海古籍出版社 1986 年版，第 1826、592 页。
② 许印芳：《诗法萃编》卷十五。

参考文献

（清）纪昀：《镜烟堂十种》，乾隆已卯年刊本。

（清）纪昀：《纪文达公玉溪生诗说》，槐庐丛书光绪十二年吴县朱氏刊本。

（清）纪树馨编校：《纪文达公遗集》，嘉庆十七年刊本。

（唐）刘知几著，（清）纪昀削繁：《史通削繁》，道光十三年冬粤东省城翰墨园藏板。

（清）查慎行补注：《补注东坡先生编年诗》，乾隆二十六年香雨斋刻本。

（清）翁方纲注：《苏诗补注》，乾隆四十七年刊本。

（清）王文诰编注：《苏诗编注集成》，光绪十四年浙江书局本。

（元）方回评选，（清）纪昀刊误：《瀛奎律髓刊误》，嘉庆五年李光垣校刻本。

（陈）徐陵编，（清）纪昀校正：《玉台新咏校正》，清撷英书屋抄本。

（梁）刘勰著，（清）纪昀评：《纪晓岚评文心雕龙》，江苏广陵古籍刻印社 1997 年版。

（元）方回选评，李庆甲集评校点：《瀛奎律髓汇评》，上海古籍出版社 1986 年版。

孙致中等校点：《纪晓岚文集》，河北教育出版社 1991 年版。

贺治起、吴庆荣编：《纪晓岚年谱》，书目文献出版社 1993 年版。

曾枣庄主编：《苏诗汇评》，四川文艺出版社 2000 年版。

（宋）朱熹集注：《诗集传》，中华书局 1958 年版。

（梁）钟嵘著，曹旭集注：《诗品集注》，上海古籍出版社 1994 年版。

司空图著，郭绍虞集解；袁枚著，郭绍虞辑注：《诗品集解 续诗品注》，人民文学出版社 1963 年版。

（唐释）皎然著，李壮鹰校注：《诗式校注》，齐鲁书社 1986 年版。

（宋）严羽著，郭绍虞校释：《沧浪诗话校释》，人民文学出版社 1961 年版。

（明）谢榛：《四溟诗话》，人民文学出版社 1998 年版。

（明）李东阳：《怀麓堂集》，上海古籍出版社 1991 年版。

（明）李贽著，张建业编：《李贽文集》，社会科学文献出版社 2000 年版。

吴调公主编，王骧等选注：《公安三袁选集》，湖北人民出版社 1988 年版。

（清）钱谦益：《牧斋初学集》，上海古籍出版社 1985 年版。

（清）钱谦益：《牧斋有学集》，上海古籍出版社 1996 年版。

（清）钱谦益：《列朝诗集小传》，上海古籍出版社 1959 年版。

（清）王夫之：《姜斋诗话》，人民文学出版社 1998 年版。

（清）王士祯：《带经堂诗话》，人民文学出版社 1998 年版。

（清）叶燮：《原诗》，人民文学出版社 1979 年校点本。

（清）朱彝尊：《静志居诗话》，人民文学出版社 1990 年版。

（清）沈德潜：《说诗晬语》，人民文学出版社 1979 年版。

（清）沈德潜编：《古诗源》，岳麓书社 1998 年版。

（清）沈德潜选编：《唐诗别裁集》，岳麓书社 1998 年版。

（清）沈德潜选编：《明诗别裁集》，上海古籍出版社 1979 年版。

（清）沈德潜选编：《清诗别裁集》，岳麓书社 1998 年版。

（清）何文焕辑：《历代诗话》，中华书局 1981 年版。

（清）袁枚：《随园诗话》，人民文学出版社 1960 年版。

（清）章学诚著，叶瑛校注：《文史通义校注》，中华书局 1994 年版。

郭绍虞编选，富寿荪校点：《清诗话续编》，上海古籍出版社 1983 年版。

（清）永瑢等撰：《四库全书总目》，中华书局 1965 年版。

余嘉锡：《四库提要辨证》，中华书局 1980 年版。

郭伯恭：《四库全书纂修考》，上海书店 1992 年版。

杨武泉：《四库全书总目辨误》，上海古籍出版社 2001 年版。

黄爱平：《四库全书纂修研究》，中国人民大学出版社 1989 年版。

周积明：《文化视野下的四库全书总目》，广西人民出版社 1991 年版。

张少康、汪春泓、陈允锋、陶礼天：《文心雕龙研究史》，北京大学出版社 2001 年版。

张少康：《文心雕龙新探：刘勰文学理论体系及其渊源》，齐鲁书社 1987 年版。

（梁）刘勰著，王元化讲疏：《文心雕龙讲疏》，上海古籍出版社 1992 年版。

（梁）刘勰：《文心雕龙今译》，周振甫译，中华书局 1986 年版。

黄霖编著：《文心雕龙汇评》，上海古籍出版社 2005 年版。

朱东润：《中国文学批评史大纲》，古典文学出版社 1957 年版。

方孝岳：《中国文学批评》，生活·读书·新知三联书店 1986 年版。

张少康、刘三富：《中国文学理论批评发展史》，北京大学出版社 1995 年版。

郭绍虞：《中国文学批评史》，百花文艺出版社 1999 年版。

张少康：《古典文艺美学论稿》，中国社会科学出版社 1988 年版。

钱钟书：《谈艺录》，中华书局 1984 年版。

梁启超：《中国近三百年学术史》，山西古籍出版社 2001 年版。

钱穆：《中国近三百年学术史》，商务印书馆 1997 年版。

朱自清：《古典文学论文集》，上海古籍出版社 1981 年版。

萧华荣：《中国诗学思想史》，华东师范大学出版社 1996 年版。

蒋寅：《中国诗学的思路与实践》，广西师范大学出版社 2001 年版。

陈伯海：《唐诗学引论》，东方出版中心 1988 年版。

罗宗强：《隋唐五代文学思想史》，中华书局 1999 年版。

袁震宇、刘明今：《明代文学批评史》，上海古籍出版社 1991 年版。

邬国平、王镇远：《清代文学批评史》，上海古籍出版社 1995 年版。

张健：《清代诗学研究》，北京大学出版社 1999 年版。

［日］青木正儿：《清代文学批评史》，杨铁婴译，中国社会科学出版社 1988 年版。

马积高：《清代学术思想的变迁与文学》，湖南出版社 1996 年版。

蒋寅：《清诗话考》，中华书局 2005 年版。

王达敏：《姚鼐与乾嘉学派》，学苑出版社 2007 年版。

周积明：《纪昀评传》，南京大学出版社 1994 年版。

张维屏：《纪昀与乾嘉学术》，国立台湾大学出版社委员会 1998 年版。

漆永祥：《乾嘉考据学研究》，中国社会科学出版社 1998 年版。

刘墨：《乾嘉学术十论》，生活·读书·新知三联书店 2006 年版。

陈居渊：《清代朴学与中国文学》，百花洲文艺出版社 2000 年版。

余英时：《论戴震与章学诚》，生活·读书·新知三联书店 2000 年版。

陈祖武、朱彤窗：《乾嘉学派研究》，河北人民出版社 2007 年版。

陈祖武编：《乾嘉学术编年》，河北人民出版社 2008 年版。

袁行霈主编：《中国文学史》，高等教育出版社 1999 年版。

（陈）徐陵编，吴兆宜注：《玉台新咏笺注》，中华书局 1985 年版。

刘跃进：《玉台新咏研究》，中华书局 2000 年版。

葛晓音：《汉唐文学的嬗变》，北京大学出版社 1990 年版。

刘学锴辑：《汇评本李商隐诗》，上海社会科学院出版社 2002 年版。

王文龙编纂：《东坡诗话全编笺评》，西南师范大学出版社 1996 年版。

曾枣庄等：《苏轼研究史》，江苏教育出版社 2001 年版。

傅璇琮编著：《黄庭坚和江西诗派卷》，中华书局 1978 年版。

莫砺锋：《江西诗派研究》，齐鲁书社 1986 年版。

廖可斌：《明代文学复古运动研究》，上海古籍出版社 1994 年版。

左东岭：《李贽与晚明文学思想》，天津人民出版社 1997 年版。

商衍鎏：《清代科举考试述录》，生活·读书·新知三联书店 1958 年版。

戴逸：《乾隆帝及其时代》，中国人民大学出版社 1992 年版。

鲁迅：《中国小说史略》，上海古籍出版社 1998 年版。

鲁迅校录：《古小说钩沉》，人民文学出版社 1953 年版。

鲁迅校录：《小说旧闻钞》，齐鲁书社 1997 年版。

鲁迅校录：《唐宋传奇集》，齐鲁书社 1997 年版。

丁锡根编著：《中国历代小说序跋集》，人民文学出版社 1996 年版。

张庆民：《魏晋南北朝志怪小说通论》，首都师范大学出版社 2000 年版。

马振方：《小说艺术论》，北京大学出版社 1999 年版。

鲁迅：《中国小说史略》，人民文学出版社 1973 年版。

王汝梅、张羽：《中国小说理论史》，浙江古籍出版社 2001 年版。

吴礼权：《中国笔记小说史》，商务印书馆 1993 年版。

石昌渝：《中国小说源流论》，生活·读书·新知三联书店 1994 年版。

王先霈、周伟民编著：《明清小说理论批评史》，花城出版社 1988 年版。

马振方：《聊斋艺术论》，上海文艺出版社 1986 年版。

后　记

　　古代学术研究是一种无形的考古。在众多的史料中搜集它活性的部分，然后按照其内在的脉络理路，将其一点点粘合起来，使之逐渐呈现出完整、清晰、生动的形态。这是一个复古的过程，也是创造的过程。它是学术研究的过程，也是自我发现和提升的过程。

　　这是我写作此书的一点体会。写完之后，我不仅认识了纪昀，对自己也有了一些新的认识。行云流水，变动不止，生命和学问本为一体，都是奇妙而变化的。

　　这本书是在博士论文的基础上修改而成的。之所以毕业十一年后，才决定出版，源于三点：一是做博士论文的时候，已经发现研究一个人，不仅要看他的书，更要看他看的书。将纪昀作为研究对象，短时间内无法做到这一点。然而若非如此，便无法洞彻并超越已有研究，出版亦无甚意义。二是张少康老师对于论文的指导和要求。我博一师从陈熙中老师，博二由张健老师指导，最后阶段的论文写作是在张少康老师指导下完成的。在论文写作的具体指导中，张少康老师指出，以一个学者为研究对象，各章看似是对各方面的研究，但是骨子里它们是血脉相通的，是一个灵魂在不同方面的表现。我深以为然。但是很长时间内做不到，我把握不住纪昀的灵魂。三是工作之后，发现丰富深刻的人生阅历和体验，对于人文研究如此必要，"不破万卷书，不行万里路，读不得杜诗"，在今天依然如此——它构成与研究对象对话、继而深入研究的重要前提，对于世故老练的纪昀来说尤其如此。对于文学研究来说，人生阅历和体验的丰富和深刻会直接影响到理解和接受的深度。肤浅感受和会然于心，终究是两个层次。

　　这些犹如三座大山，横亘在我学术研究的路上。很长时间我都认为自己可能永远都不能逾越，于是选择搁置，让一切顺其自然。放开怀抱后，随兴趣翻看各类书籍，听自己觉得有意思的课。2009 年的春天，我在哲学所听"康德批判"。那是一个下午，阳光正好，跟上课的内容其实没有关系，坐在那里的我突然醍醐灌顶，眼泪涌了出来。在那一刻，我明白了读书对于自身的意义，学术的价值，以往看的杂七杂八的书，也交融贯通起来，让我不再有读书如泥牛入海之叹。其实，这大概就是荀子所说的"真积力，久则入"。至此，我才跨过这个无形的门槛，开始真正的学术研究。

到今天，我依然有很多书没有读，但是自信把握住了纪昀这个人，考古一样将其零散的部分，按照脉络有机地粘合成为一体；在以往研究的基础上，为我认识的纪昀塑型，以此散发他独特的光泽。

感谢很多人。感谢我博士时期的老师，硕士时期的老师，本科以及以前的老师。感谢我的同事和家人。感谢为此书出版付出了辛勤劳动的编辑和朋友。他们构成我的生活。也感谢诸多萍水相逢与不相识的人，他们构成我的世界和背景。

我刚工作的那一年，一个白雪茫茫的深冬之夜，加班后背着沉重的老式笔记本，转车在国贸赶最后一趟938路公交车回通县宿舍。那时已经是938路的末班车，远远地望见了它，欣喜地朝它飞奔，跑一段后又绝望地放弃，这段路很远，车应该已经开走了。走几步抬头却意外地发现它还在原地，继续狂奔，直到上气不接下气地到了车后。我看见一个中年女性售票员，正从车窗探出头看着我，眼神漠然。我想她是看到我在遥远处的奔跑，就一直在那里等，因为几分钟前就已经没有了别的乘客。上车后我满怀感激地谢她，她却视若无睹地转过去，关门行路了。

这是很小的事，但一直记着它。它构成我内心世界的一个底色。即便寒冬雪夜，但是始终有一种人情的温暖。《神墓》讲到人有一个"内世界"，我想这人情包括各种情就是内世界的阳光，思想和知识则是内世界的涓涓细流甚或河海汪洋，历史和现实构成内世界的坚实大地，不同的人生境遇则化为各种自然风貌。现在要出版的这部书，是我内世界的第一棵树，有它的生命之根和存在的意义。